LE SANG DES BORGIA

Paru dans Le Livre de Poche :

LE DERNIER PARRAIN

LE QUATRIÈME K.

LE SICILIEN

MARIO PUZO

Le Sang des Borgia

TRADUIT DE L'AMÉRICAIN PAR JEAN-PAUL MOURLON

L'ARCHIPEL

Titre original :

THE FAMILY

HarperCollins Publishers Inc., New York.

Prologue

Quand la peste noire dévasta l'Europe, fauchant près de la moitié de sa population, bien des désespérés se détournèrent du ciel pour contempler la terre. Les plus philosophes d'entre eux pour dominer le monde physique, s'efforcer de découvrir les secrets de l'existence, les grands mystères de la vie ; les pauvres se contentant d'espérer surmonter leurs souffrances.

C'est ainsi que Dieu redescendit sur terre pour y devenir l'Homme, et que la religion médiévale, perdant son pouvoir, dut céder la place à l'étude des grandes civilisations de l'Antiquité — romaine, grecque, égyptienne. L'esprit des Croisades disparut ; les héros de l'Olympe revinrent à la vie et se livrèrent de nouvelles batailles. L'Homme se dressa contre Dieu, la Raison triompha.

La philosophie, les arts, la médecine et la musique firent beaucoup de progrès à cette époque ; la culture s'épanouit dans toute sa splendeur. Il y eut toutefois un prix à payer. Les vieilles lois furent violées avant que les nouvelles soient rédigées. Passer de la stricte adhésion à la parole de Dieu et de la croyance en la damnation éternelle à l'adoration de l'Homme, aux bienfaits du monde matériel, à l'humanisme, fut en réalité une difficile transition.

A cette époque, Rome n'était pas une ville sainte, mais un lieu sans foi ni loi. Les gens se faisaient dépouiller en pleine rue, les maisons étaient pillées, la prostitution florissait, les assassinats se comptaient chaque semaine par centaines.

De surcroît, l'Italie telle que nous la connaissons aujourd'hui n'existait pas encore. Des cités-Etats indépendantes y étaient gouvernées par de vieilles familles aristocratiques menées par un souverain, un duc ou un archevêque. Chacun combattait son voisin, les vainqueurs restaient toujours sur leurs gardes — car chaque nouvelle conquête semblait à portée de main.

Les grandes puissances étrangères, soucieuses d'accroître leur empire, envahirent ensuite le pays, que la France et l'Espagne se disputèrent, tandis que les « barbares » turcs, musulmans, menaçaient l'Occident et la papauté.

L'Eglise et l'Etat se livraient une lutte acharnée. La première avait connu la pantalonnade du Grand Schisme, où l'on avait vu deux papes, installés dans deux villes différentes, défendre chacun un pouvoir et des revenus bien réduits. Désormais, il n'y avait plus qu'un seul souverain pontife, installé à Rome, et les princes de l'Eglise se remirent à espérer. Plus forts que jamais, il leur suffirait de lutter contre le pouvoir temporel des rois et des aristocrates. Mais l'Eglise catholique était en plein tumulte, car elle connaissait les mêmes comportements effrénés qu'ailleurs.

Les cardinaux n'hésitaient pas à envoyer leurs serviteurs, armés d'arbalètes et de pierres, combattre la jeunesse romaine dans les rues ; ils fréquentaient les courtisanes, avaient de nombreuses maîtresses, offraient et acceptaient des pots-de-vin. Le haut clergé était tout prêt, contre espèces sonnantes, à délivrer des indulgences, à promulguer des bulles papales absolvant les plus terribles crimes.

Plus d'un citoyen blasé disait volontiers qu'à Rome tout était à vendre : l'argent pouvait acheter les églises, les prêtres, et même le pardon de Dieu.

A de rares exceptions près, ceux qui devenaient prêtres étaient des fils cadets — donc destinés au sacerdoce dès leur naissance. Ils n'avaient pas de véritable vocation religieuse, mais l'Eglise avait encore le pouvoir de sacrer les rois, d'accorder bien des bienfaits matériels. Chaque grande famille d'Italie distribuait donc cadeaux et pots-de-vin pour voir ses fils entrer dans le collège des cardinaux.

Telle fut la Renaissance — tels furent le cardinal Rodrigo Borgia et sa famille.

1

Le soleil d'été tiédissait les pavés des rues de Rome tandis que le cardinal Rodrigo Borgia se dirigeait, d'un pas vif, vers une demeure de la piazza Merlo. Il allait y retrouver ses deux fils, César et Juan, et sa fille Lucrèce — chair de sa chair, sang de son sang. En cet heureux jour, le vice-chancelier du pape, l'homme le plus puissant de l'Eglise après le souverain pontife, se sentait tout particulièrement heureux.

Quand il arriva chez leur mère, Vanozza Catanei, il fredonnait gaiement. Le mariage lui était certes interdit ; mais, homme de Dieu, il était certain de connaître les plans du Seigneur. Celui-ci n'avait-il pas créé Ève pour compléter Adam ? Et ne s'ensuivait-il pas que, sur cette terre perfide emplie de malheurs, un homme avait besoin du réconfort d'une femme ? Jeune évêque, il avait eu trois enfants ; mais ceux de Vanozza occupaient dans son cœur une place à part. Ils éveillaient en lui la même violente passion qu'il éprouvait pour leur mère. Ils étaient encore très jeunes, mais il les voyait déjà grimpés sur ses épaules, comme pour former un immense géant grâce auquel il pourrait unifier les Etats pontificaux et étendre dans le monde entier le pouvoir de la sainte Eglise.

Chaque fois qu'il venait leur rendre visite, ils l'appelaient « papa », sans qu'il voie de contradiction entre l'affection qu'il leur portait et sa fidélité au Saint-Siège. Qu'il soit leur père, mais aussi cardinal, ne leur paraissait nullement bizarre. Après tout, le fils et la fille du pape Innocent VIII ne paradaient-ils pas souvent dans les rues de Rome à l'occasion de grandes cérémonies ?

Vanozza était la maîtresse de Rodrigo Borgia depuis dix ans. Il souriait en pensant que peu de femmes avaient su faire naître tant de passion en lui, et l'entretenir durant si longtemps. Bien entendu, elle n'était pas la seule femme de sa vie, car il avait grand appétit de tous les plaisirs terrestres, mais elle avait eu le plus d'importance, et de loin. Belle, intelligente, c'était quelqu'un avec qui il pouvait discuter des problèmes aussi bien matériels que spirituels. Elle lui avait souvent donné de sages conseils, et en retour il s'était montré amant généreux et père aimant.

*

Dans l'entrée, Vanozza eut un sourire résigné en agitant la main pour dire au revoir à ses enfants.

Elle venait d'atteindre la quarantaine. L'une de ses plus grandes forces était sans doute de comprendre l'homme vêtu de sa robe de cardinal. Elle le savait animé d'une brûlante ambition que rien ne pourrait éteindre. Fin stratège, il voulait accroître le pouvoir de l'Eglise, nouer des alliances qui la renforceraient, conclure des traités qui assureraient sa position — ainsi que la sienne. Il en avait discuté avec elle. Des idées lui trottaient dans la tête avec autant d'ardeur que ses armées qui, un jour, s'avanceraient dans de nouveaux territoires. Il était destiné à devenir un grand meneur d'hommes, et son triomphe précéderait celui de ses enfants. Vanozza tenta de se réconforter en songeant que, héritiers légitimes du cardinal, ils jouiraient de la fortune et du pouvoir. C'était bien pourquoi elle les avait laissés partir.

Elle serra contre elle son dernier-né, Geoffroi, le seul qui lui restât : encore à la mamelle, il était trop jeune. Mais lui aussi partirait bientôt. Les larmes aux yeux, Vanozza regarda s'éloigner ses aînés. Lucrèce fut la seule à se retourner.

L'imposante silhouette du cardinal prit la petite main de son cadet, Juan, et celle, minuscule, de la fillette — elle n'avait que trois ans. César, l'aîné, paraissait déjà s'agiter. Sa mère songea que cela annonçait des problèmes ; mais, avec le temps, leur père apprendrait à les connaître aussi bien qu'elle. Vanozza hésita un instant, puis referma la lourde porte en bois.

A peine avaient-ils fait quelques pas que César, furieux, poussa si fort son frère Juan que celui-ci, contraint de lâcher la main de son père, trébucha et faillit tomber. Le rattrapant de justesse, le cardinal dit :

— César, mon fils, ne pourrais-tu pas dire ce que tu veux plutôt que de t'en prendre à ton frère ?

Juan, plus jeune d'un an que César — qui en avait sept —, ricana avec orgueil en voyant que son père prenait sa défense mais, avant même qu'il ait pu dire mot, l'aîné s'approcha et lui écrasa le pied. Juan poussa un cri de douleur.

Le cardinal saisit César de son énorme main, le souleva et le secoua si fort que les boucles de l'enfant vinrent lui balayer le visage. Puis il le reposa à terre, s'agenouilla et lui demanda :

— César, qu'y a-t-il ? Qu'est-ce qui t'agace à ce point ?

Les yeux de l'enfant, sombres et pénétrants, brûlaient comme des charbons ardents :

— Je le déteste, papa ! s'écria-t-il avec violence. C'est toujours lui que tu choisis...

— César, voyons ! répondit son père, amusé. La force d'une famille, comme celle d'une armée, tient à la fidélité qui unit ses membres. D'ailleurs, haïr son frère est un péché mortel, pourquoi mettre ton âme en danger de damnation ?

Se relevant, il sourit et tapota son imposante bedaine :

— J'ai assez d'amour pour vous tous, non ?

Rodrigo Borgia était un homme d'allure massive, de grande taille et d'un poids imposant, assez avenant, mais aux manières plus rugueuses qu'aristocratiques. Son regard avait souvent une lueur amusée ; son grand nez, ses lèvres sensuelles, qui souriaient fréquemment, lui donnaient une allure agréable. Mais c'étaient son magnétisme personnel, l'énergie émanant de lui, qui lui permettaient d'être considéré comme l'un des hommes les plus attirants de son temps.

— César, tu peux prendre ma place, dit Lucrèce d'une voix si claire que le cardinal se tourna vers elle, fasciné. Elle avait croisé les bras, ses longues boucles blondes lui tombaient sur les épaules, son visage angélique avait une expression de farouche résolution.

— Tu ne veux pas tenir la main de ton père ?

demanda le cardinal avec une moue faussement boudeuse.

— Je ne vais pas pleurer pour ça, dit-elle.

— Lucrèce, intervint César, ne sois pas sotte ! Juan fait le bébé, il peut très bien se débrouiller seul !

Il contempla avec dégoût son cadet qui essuyait ses larmes d'un revers de sa manche de soie.

Le cardinal ébouriffa les cheveux de son cadet :

— Cesse de pleurnicher et prends ma main.

Puis, se tournant vers César :

— Et toi, mon petit soldat, prends l'autre !

Il eut un grand sourire à l'adresse de Lucrèce :

— Et toi, ma douce enfant ? Qu'est-ce que papa va faire de toi ?

Elle demeura impassible, ce dont son père fut enchanté :

— Tu es bien ma fille ! Pour te récompenser de ta générosité et de ton courage, tu vas t'asseoir à la place d'honneur.

Se penchant, il souleva la fillette et la déposa sur ses épaules. Puis il éclata de rire. Sa fille donnait vraiment l'impression d'être une superbe couronne sur une tête de cardinal.

*

Le même jour, il installa ses enfants dans le palazzo Orsini, en face de celui qu'il occupait au Vatican. Sa cousine Adriana Orsini, désormais veuve, s'occuperait d'eux et ferait office de gouvernante, tout en se chargeant de leur éducation. Quand son propre fils, Orso, alors âgé de treize ans, fut officiellement fiancé, sa promise, Julia Farnèse, vint au palais aider Adriana.

Les enfants du cardinal rendaient souvent visite à leur mère, désormais mariée, pour la troisième fois, à Carlo Canale — choisi par Rodrigo Borgia, comme d'ailleurs les deux précédents. Une veuve ne pouvait rester seule, il lui fallait un mari pour la protéger et défendre la réputation d'une demeure respectable. Le cardinal se montra généreux avec elle — et elle avait hérité de ses deux précédents époux. Contrairement à certaines courtisanes issues de l'aristocratie, fort belles mais sans cervelle, Vanozza était une femme à l'esprit pratique, que Rodrigo admirait fort. Elle possédait à la campagne un domaine qui lui assurait de confortables revenus, mais aussi plusieurs auberges bien tenues ; fort pieuse, elle avait fait édifier une chapelle à la Madone dans laquelle elle venait prier chaque jour.

Au bout de quelques semaines, elle dut se séparer de Geoffroi, que l'absence de ses frères et de sa sœur semblait rendre inconsolable. Tous les enfants de Rodrigo Borgia furent donc confiés aux soins de sa cousine.

Comme il convenait à des enfants de cardinal, ils eurent droit aux meilleurs précepteurs de Rome, qui leur enseignèrent les humanités, l'histoire ancienne, l'astronomie et l'astrologie, le français, l'espagnol et, bien entendu, le latin. L'intelligence et l'esprit de compétition de César lui permirent d'exceller, bien que Lucrèce se montrât la plus prometteuse, car elle avait du caractère.

Bien des jeunes filles entraient au couvent pour s'y consacrer à Dieu ; mais elle adorait les arts, et apprit à dessiner, à jouer du luth et à danser. Elle brodait superbement, sur des tissus aux fils d'argent et d'or.

C'était d'ailleurs là une obligation : de tels talents accroissaient sa valeur en vue d'alliances matrimoniales qui, plus tard, serviraient la famille. La poésie était l'un de ses passe-temps favoris : elle consacrait de longues heures à écrire des vers évoquant l'amour romanesque, mais aussi celui de Dieu, et les saints l'inspiraient tout particulièrement.

Le cardinal et Adriana lui accordaient toute leur attention, et Julia Farnèse la considérait comme sa sœur cadette ; aussi Lucrèce devint-elle une enfant heureuse, d'humeur toujours égale. Curieuse, d'un commerce facile, elle n'aimait guère les conflits et veillait à maintenir la paix au sein de la famille.

Par un beau dimanche, après avoir dit la messe à la basilique Saint-Pierre, le cardinal Borgia invita ses enfants à le rejoindre au Vatican. C'était là une décision un peu risquée car, jusqu'à l'époque du pape Innocent VIII, tous les enfants du haut clergé n'étaient, officiellement, que des nièces et des neveux : reconnaître ouvertement leur existence aurait menacé la position de leurs pères. Bien entendu, chacun savait à quoi s'en tenir mais, tant que la chose restait dissimulée, l'honneur était sauf. Le cardinal Borgia, toutefois, n'aimait guère cette hypocrisie — peut-être parce que, diplomate, il avait dû plus d'une fois embellir ou maquiller la vérité.

A cette occasion, Adriana fit revêtir leurs plus beaux atours aux enfants : César parut en satin noir, Juan en soie blanche, Geoffroi, désormais âgé de deux ans, en velours bleu orné de dentelles, Lucrèce en dentelle de couleur pêche, avec sur les cheveux un filet orné de joyaux.

Le cardinal venait d'achever la lecture d'un document officiel que Duarte Brandao, l'un de ses principaux conseillers, lui avait rapporté de Florence. Il y était question d'un frère dominicain nommé Savonarole. On le disait prophète, inspiré par le Saint-Esprit ; les citoyens de la ville accouraient en masse pour l'écouter prêcher et lui témoignaient la plus grande ferveur. C'était un orateur éloquent dont les sermons enflammés dénonçaient souvent la cupidité et la luxure de la papauté.

— Il faudra garder l'œil sur lui, dit Rodrigo Borgia. Les plus puissantes dynasties ont parfois été renversées par des hommes simples convaincus de détenir la vérité.

Grand et mince, Brandao avait de longs cheveux noirs, des traits fins, des manières affables et courtoises — bien qu'on chuchotât à Rome que mieux valait ne pas déclencher sa fureur par la traîtrise et l'insolence ; il eût été suicidaire de s'en faire un ennemi.

Duarte se caressa la moustache d'un doigt en réfléchissant :

— Il se dit aussi qu'il attaque les Médicis du haut de la chaire, et que les citoyens de Florence l'applaudissent.

La conversation en resta là, car les enfants du cardinal entraient ; Brandao les accueillit d'un sourire, puis se retira.

Lucrèce se précipita vers son père, tandis que les garçons restaient immobiles, mains dans le dos.

— Venez, mes fils ! leur dit Rodrigo. Venez donc embrasser votre père !

Il déposa Lucrèce sur un tabouret et prit César dans ses bras. C'était un enfant déjà grand, solide et musclé ; de quoi rassurer son père sur l'avenir de la famille.

— César, dit-il avec tendresse, chaque jour je remercie la Vierge, car tu réjouis mon cœur chaque fois que je te vois.

Juan vint ensuite. Il y avait en lui une fragilité que trahissait son cœur battant, et qui émouvait toujours son père : il le serra tendrement contre lui.

Quand le cardinal mangeait seul, il se contentait généralement de pain, de fromage et de quelques fruits. En ce jour, toutefois, il avait ordonné à ses serviteurs de préparer un repas somptueux.

Les enfants, qu'accompagnaient Adriana et son fils Orso, ainsi que la belle Julia Farnèse, s'assirent à table et se mirent à bavarder et à rire. Rodrigo Borgia se sentit comblé : la vie était belle, entouré de sa famille et de ses amis. Quand l'échanson versa du vin dans son gobelet d'argent, il était si heureux qu'il en offrit à Juan, assis à côté de lui.

L'enfant but et fit la grimace :

— Il est trop amer, père. Je ne l'aime pas.

Rodrigo Borgia se figea, épouvanté. Amer ? c'était impossible... Est-ce que...

Au même moment, Juan se plaignit qu'il se sentait mal, se plia en deux, victime de violentes douleurs d'estomac et, presque aussitôt, se mit à vomir. Le cardinal le prit dans ses bras puis l'emmena dans une chambre où il le déposa sur un lit couvert de brocart.

Juan avait déjà perdu conscience quand le médecin du Vatican arriva.

— Poison ! déclara l'homme de l'art après l'avoir examiné.

L'enfant était livide, fiévreux ; un peu de bile lui coulait des lèvres.

— Un poison qui m'était destiné ! lança le cardinal, plein de fureur.

Il se tourna vers Brandao :

— Rassemble tout le monde dans la grande salle, verse du vin à chacun, puis amène-moi celui ou ceux qui auront refusé d'en boire.

— Mon cousin, chuchota Adriana, je comprends ta douleur, mais tu vas perdre tes plus fidèles serviteurs, qui mourront empoisonnés...

— Bien sûr que non ! Ce ne sera pas le vin qui vient de m'être servi. Mais le coupable ne pourra boire, car sa crainte l'étouffera.

Duarte sortit aussitôt.

Juan restait immobile, pâle comme un mort. Adriana, Julia et Lucrèce étaient à ses côtés, lui épongeant le front avec des linges mouillés.

Le cardinal prit la petite main moite, la baisa, puis se rendit dans sa chapelle privée et s'y agenouilla devant une statue de la Vierge.

— Sainte Mère, chuchota-t-il, je ferai tout ce qui est en mon pouvoir, tout ce qui est humainement possible, pour amener à l'Eglise les âmes des hommes, pour veiller à ce qu'ils adorent votre fils, si seulement vous consentiez à épargner la vie du mien...

César était resté à l'entrée et, se tournant vers lui, le cardinal vit qu'il avait les yeux pleins de larmes.

— Viens prier pour ton frère, mon fils, dit-il.

L'enfant s'approcha et s'agenouilla.

Tout le monde attendit en silence le retour de Duarte.

— Le coupable est découvert, annonça-t-il. C'est un simple marmiton, qui était auparavant au service de la maison de Rimini.

Celle-ci régnait sur une petite province au nord-est de l'Italie, mais son chef, Gaspare Malatesta, était un redoutable ennemi de Rome et de la papauté. Un homme immense — on disait que son corps était assez vaste pour abriter deux âmes —, au visage buriné, à la chevelure rousse hirsute, qui lui avait valu d'être surnommé « le Lion ».

Le cardinal s'approcha de Brandao et lui dit à voix basse :

— Demande donc au cuisinier pourquoi il a tant de mépris pour Sa Sainteté, puis veille à ce qu'il boive le vin qui m'était destiné.

Duarte acquiesça de la tête :

— Et que ferai-je de lui, une fois que le vin aura fait son effet ?

Les yeux du cardinal étincelèrent :

— Attache-le sur un âne que tu enverras au Lion de Rimini avec un message l'avertissant qu'il ferait mieux de prier pour obtenir le pardon de Dieu !

Juan demeura inconscient pendant plusieurs semaines, et le cardinal tint à ce qu'il reste au Vatican, soigné par son médecin personnel. Adriana et plusieurs servantes prenaient soin de l'enfant, tandis que son père passait des heures dans sa chapelle privée à supplier la Madone.

Ses prières furent exaucées : Juan revint à la vie.

Le cardinal n'en fut que plus décidé à défendre les intérêts de l'Eglise.

Mais il savait aussi que le ciel ne suffirait plus à défendre sa propre famille. Il devait donc prendre d'autres mesures.

Il lui faudrait écrire en Espagne et faire venir à Rome Miguel Corello, qu'on appelait Don Michelotto.

C'était un neveu par la main gauche du cardinal. Dès l'enfance, à Valence, il avait senti l'appel du destin. C'était un garçon paisible, mais qui se voyait souvent contraint de défendre ceux que leur grandeur d'âme exposait aux tourments des autres — on prend souvent la bonté pour de la faiblesse. Dès cette époque, Miguel accepta donc sa destinée : protéger ceux qui portaient la torche de la sainte Eglise.

Mais c'était un jeune homme d'une grande force physique, dont la fidélité était aussi farouche que les actes. On racontait que, dans son village, il avait affronté un redoutable bandit pour protéger la maison de sa mère, sœur du cardinal.

Il n'avait que seize ans. Le brigand et plusieurs de ses complices, pénétrant dans la demeure, avaient voulu s'emparer du coffre de bois dans lequel sa mère avait dissimulé des reliques et le linge de maison. Miguel maudit les assaillants et refusa de bouger ; leur chef le frappa au visage d'un coup de stylet, lui entaillant profondément la joue. Mais le jeune homme tint bon, bien qu'il fût inondé de sang. Et les voisins commençant à s'attrouper dans la rue, les bandits battirent en retraite et disparurent dans les collines.

Quelques jours plus tard, ils voulurent de nouveau pénétrer dans le village, mais se heurtèrent à une vive résistance et s'enfuirent. Miguel captura leur chef — que l'on retrouva, le lendemain, pendu à un arbre.

A compter de ce jour, Miguel Corello fut connu dans toute la principauté de Valence, et personne n'osa plus s'en prendre à sa famille ou à ses amis par crainte des représailles. Il garda de l'événement une balafre donnant l'impression que sa bouche grimaçait en permanence. Les villageois se mirent à l'appeler « Don Michelotto » : c'était désormais un homme que l'on respectait.

Dans chaque grande famille, se disait le cardinal, des hommes doivent s'avancer pour prêcher la parole de Dieu. Mais d'autres doivent garantir leur sûreté, et veiller à assurer le succès de leur pieuse entreprise. Car ceux qui représentent l'Eglise ne peuvent se défendre des avanies sans être aidés par une main humaine : ainsi va le monde.

Que Miguel soit appelé à jouer ce rôle n'avait rien de surprenant. C'était un homme remarquable. On ne pouvait douter de l'amour et de la fidélité qu'il vouait à Dieu et à l'Eglise, en dépit des calomnies chuchotées par ses ennemis. Et Rodrigo Borgia ne doutait nullement que Don Michelotto servirait toujours Dieu le Père et le Saint-Siège.

Comme le cardinal, Miguel croyait que ses mains étaient guidées par une sorte d'inspiration divine : aussi ne pouvait-il commettre de péché. Quand il mettait un terme à l'existence d'un ennemi du cardinal et de l'Eglise, ne renvoyait-il pas son âme devant le Père Céleste, qui seul pouvait la juger ?

Peu après la guérison de Juan, Rodrigo Borgia appela donc son neveu à Rome. Don Michelotto, désormais âgé de vingt et un ans, fut chargé d'assurer la sécurité de la famille ; il ne quittait jamais les enfants d'un pas.

Quand le cardinal était à Rome, et que ses devoirs de vice-chancelier ne l'absorbaient pas trop, il venait les voir chaque jour et, en été, dès que l'occasion s'en présentait, il les emmenait à la campagne, loin des ruelles fétides de Rome.

2

A une journée de Rome, se dissimulait dans les collines des Apennins une vaste étendue de terre sur laquelle se dressait une magnifique forêt de cèdres et de pins entourant un petit lac aux eaux limpides. Rodrigo Borgia l'avait reçue en cadeau de son oncle, le pape Calixte III, et en avait fait une retraite pour lui et sa famille.

Le Lac d'Argent était un lieu magique, un véritable paradis terrestre. A l'aube, puis au crépuscule, quand le ciel perdait sa couleur, les eaux du lac prenaient une teinte argentée. Découvrant l'endroit, le cardinal en avait été émerveillé. Il espérait bien que lui et ses enfants passeraient là leurs plus heureux moments.

Ses fils et sa fille nageaient dans le lac pour se rafraîchir, puis couraient dans les opulentes prairies tandis qu'il se promenait dans les bosquets de citronniers, chapelet d'or en main, s'enchantant de la beauté de l'existence — en particulier de la sienne. Certes, il avait travaillé dur dès le temps où il était encore jeune évêque ; mais cela suffit-il pour que la Fortune vous sourie ? Car bien des gens faisaient de même, sans jamais en être récompensés sur cette terre. Le cœur plein de gratitude, Rodrigo Borgia levait les yeux vers le ciel en murmurant une prière pour réclamer la bénédiction divine. Il gardait au cœur la terreur qu'un jour, il ne lui faille payer le prix. Que Dieu lui ait prodigué ses bienfaits ne faisait aucun doute ; mais, pour être digne de mener les âmes vers l'Eglise, il fallait témoigner d'une sincérité de cœur dont seul Dieu pouvait juger. Le cardinal espérait pouvoir se montrer à la hauteur de ce défi.

Un soir, après dîner, il offrit à ses enfants un somptueux feu d'artifice. Des étoiles d'argent illuminèrent le ciel en énormes boules incandescentes, en cascades de couleurs vives. César tenait la main de sa sœur et la sentit frémir au bruit des déflagrations.

Quand Rodrigo vit que Lucrèce tremblait, il tendit Geoffroi, assis sur ses genoux, à César, et prit la fillette dans ses bras :

— Allons, allons, je te protégerai.

César, tenant son frère, écouta leur père leur expliquer, avec beaucoup d'éloquence, les constellations d'étoiles. Le son de la voix paternelle fut pour lui un si grand bonheur qu'il sut, dès ce moment, que le Lac d'Argent serait toujours un lieu qu'il chérirait. Ce soir-là, il fut l'enfant le plus heureux du monde ; d'un seul coup, tout paraissait possible.

Plus ses enfants grandissaient, plus le cardinal discutait avec eux de religion, de politique et de philosophie, consacrant des heures à initier César et Juan aux arcanes de la diplomatie, de la stratégie religieuse et politique. L'aîné appréciait fort ces aperçus intellectuels, mais le cadet semblait s'ennuyer. Son père avait eu si peur de le voir mourir qu'il lui prodiguait toutes sortes d'attentions, ce qui porta tort à l'enfant, beaucoup trop gâté. Mais c'était en César que le cardinal mettait ses plus grands espoirs.

Rodrigo Borgia aimait fort se rendre au palazzo Orsini, où Adriana et la jeune Julia lui accordaient toute leur attention. La jeune fille devenait peu à peu une femme superbe ; sa chevelure, plus blonde encore que celle de Lucrèce, lui tombait presque jusqu'aux pieds. Ses grands yeux, ses lèvres pleines, lui valaient d'être surnommée « la Bella » dans Rome. Le cardinal éprouvait une vive affection pour elle.

Issue de la petite noblesse, Julia disposait toutefois d'une dot de trois cents florins pour son mariage avec Orso Orsini, qui avait quelques années de moins qu'elle. Elle se mit peu à peu à attendre avec impatience les visites du cardinal ; après avoir aidé Lucrèce à s'habiller, elle faisait elle-même de son mieux pour paraître à son avantage. Et Rodrigo Borgia, en dépit de leur différence d'âge, était charmé de sa présence.

Quand vint enfin le jour du mariage de Julia et d'Orso, la déférence envers sa cousine Adriana poussa le cardinal à proposer de présider à la cérémonie dans son propre palais. La jeune femme, vêtue de satin blanc, un voile orné de nacre lui couvrant le visage, n'avait jamais paru aussi belle — si fraîche, à ce point pleine de vie. Rodrigo Borgia dut faire un effort pour garder ses esprits.

Peu de temps après, Orso fut envoyé à Bassanello, dans la maison de campagne de Rodrigo Borgia, avec ses conseillers, pour y recevoir une formation militaire. Julia se retrouva dans les bras du cardinal et, très vite, dans son lit.

Quand César et Juan atteignirent l'adolescence, ils quittèrent Rome pour accomplir leur destin. Juan n'était guère doué pour l'étude, et la vie de prêtre n'était pas faite pour lui : il se consacrerait aux armes. Mais la vive intelligence de César lui valut de partir étudier pendant deux ans à Pérouse, puis d'être inscrit à l'université de Pise, où il étudierait la théologie et le droit canon. Son père espérait qu'il suivrait son exemple et honorerait l'Eglise.

Le cardinal avait eu trois enfants d'autres courtisanes, mais c'est dans ceux de Vanozza qu'il plaçait tous ses espoirs. Eprouver de l'affection pour le plus jeune, Geoffroi, lui était toutefois plus difficile. Il lui fallait évidemment se trouver des raisons, et il en vint, presque inconsciemment, à se demander si c'était vraiment son fils. Qui peut se flatter de savoir ce qui se passe dans le cœur d'une femme ?

Rodrigo Borgia, vice-chancelier de plusieurs papes, avait servi pendant huit ans le souverain pontife du moment, Innocent VIII.

Toutefois, quand celui-ci entra en agonie, rien ne put le sauver, ni le lait de femme, ni la transfusion du sang de trois jeunes garçons. Chacun d'eux avait reçu un ducat. Cette expérience médicale se termina très mal. Ils eurent droit à des funérailles solennelles, et leurs familles à quarante ducats.

Le défunt laissait vides les coffres de la papauté, qui ne pouvait riposter aux insultes des rois de France et d'Espagne. Les finances étaient dans un état si déplorable que le feu pape avait dû mettre en gage sa tiare pour financer les cérémonies du dimanche des Rameaux. En dépit des conseils de Borgia, il avait aussi permis aux dirigeants de Naples, Milan, Venise et Florence de retarder le paiement de leur tribut à l'Eglise, tout en gaspillant des fortunes à préparer une croisade dont personne ne voulait entendre parler.

Seul un génie de la finance et de la stratégie pourrait rétablir l'Eglise dans toute sa gloire. Mais qui ? Le collège des cardinaux, guidé par le Saint-Esprit, pourrait seul en décider. Car le pape n'était pas un homme ordinaire ; il devait être l'envoyé des Cieux.

Le 6 août 1492, dans la grande salle de la chapelle Sixtine, entouré de gardes suisses, d'aristocrates romains et d'ambassadeurs étrangers, le conclave entreprit donc d'élire un nouveau souverain pontife.

La tradition voulait en effet qu'à la mort du pape, les princes de l'Eglise, les vingt-trois membres du collège, se réunissent pour choisir le nouveau successeur de saint Pierre, vicaire du Christ sur la terre. Et il serait non seulement le chef spirituel de l'Eglise catholique, mais aussi le maître des Etats pontificaux. En tant que tel, il lui faudrait commander aux hommes et aux armées, savoir négocier avec les princes et les rois, ainsi qu'avec les dignitaires locaux.

Le centre de la péninsule italienne était un conglomérat de cités-Etats qu'il faudrait, au choix, unifier ou fragmenter davantage encore. Lourde responsabilité, qui, il est vrai, s'accompagnait de la promesse d'immenses richesses. Avant même la mort d'Innocent VIII, on avait donc conclu des accords, promis des titres et des biens, négocié certaines fidélités, en vue d'assurer l'élection de tel ou tel.

Seuls quelques cardinaux pouvaient espérer être *papabili* : Ascanio Sforza de Milan, Cibo de Venise,

Della Rovere de Naples, Borgia de Valence. Ce dernier, toutefois, étant considéré comme étranger, avait peu de chances. Qu'il eût changé de nom — « Borja » devenant « Borgia » — ne suffisait pas à lui gagner l'estime des vieilles familles romaines.

Il avait toutefois servi l'Eglise avec éclat trente-cinq ans durant, négociant plusieurs situations diplomatiques difficiles pour la papauté, bien qu'évidemment chaque victoire du Vatican fût aussi l'occasion pour lui d'accroître la richesse et l'influence de sa propre famille. Il avait confié des postes de responsabilité à plusieurs des membres de sa parenté, leur accordant des biens qui paraissaient autant d'usurpations aux grandes lignées d'Italie. Un pape espagnol ? Pure absurdité ! Le siège de la papauté était à Rome, il était donc évident que le pape devait être italien.

Le conclave entama ses travaux, toujours entourés de mystère. Isolés dans des cellules individuelles de l'énorme chapelle glaciale, les cardinaux ne pourraient nouer — officiellement du moins — de contacts ni entre eux, ni avec le monde extérieur. Ils disposeraient d'un lit pliant pour dormir, d'un urinal, d'une carafe d'eau, et de quelques provisions — sel, amandes, massepain, biscuits, sucre de canne. Ils pourraient, il est vrai, faire venir de leur palais un serviteur que l'on se chargerait de recevoir à travers une ouverture pratiquée dans la porte de la chapelle.

Les cardinaux ne pourraient perdre trop de temps, ou faire traîner les choses : au bout d'une semaine, ils n'auraient plus droit qu'à du pain, de l'eau et un peu de vin. La mort du pape provoquait en effet le chaos. Le désordre le plus complet régnait dans la ville désormais privée de chef : les boutiques étaient pillées, les palais attaqués, des centaines de citoyens assassinés. Et tant qu'un nouveau souverain pontife n'était pas élu, Rome elle-même était en grand danger d'être conquise.

Des milliers d'hommes se rassemblèrent donc sur la place devant la chapelle, priant à haute voix, chantant des cantiques, espérant que le pape, une fois nommé, pourrait convaincre le ciel de mettre un terme aux désordres. Ils agitaient des drapeaux et des banderoles, attendant qu'on vienne leur annoncer qu'ils étaient enfin sauvés.

Le premier tour de scrutin dura trois jours, sans qu'aucun des cardinaux ne s'assure la nécessaire majorité des deux tiers. Les cardinaux Sforza et Della Rovere obtinrent chacun huit voix, Rodrigo Borgia sept. A l'issue du décompte, les bulletins furent brûlés.

Ce matin-là, la foule rassemblée dehors guetta avec impatience la fumée sortant de la cheminée de la chapelle, qui semblait tracer dans le ciel bleu une sorte de point d'interrogation de couleur grise. Mais personne ne vint se présenter au balcon, et l'assistance se mit à prier avec plus de ferveur encore, à chanter encore plus fort.

Les cardinaux regagnèrent leurs cellules pour réfléchir.

Le second tour de scrutin eut lieu trois jours plus tard et donna les mêmes résultats ; quand une fumée noire monta dans le ciel, prières et chants s'interrompirent.

De folles rumeurs circulaient dans Rome. Certains juraient que, le lendemain matin à l'aube, trois soleils identiques étaient apparus dans le ciel. La foule voulut y voir le signe que le prochain pape saurait équilibrer les trois pouvoirs de la papauté : temporel, spirituel et céleste. Cela parut un bon présage.

Mais le soir, dans la tour du palais du cardinal Della Rovere, où personne n'avait le droit d'entrer, seize torches s'allumèrent spontanément et, sous les yeux de la foule, toutes s'éteignirent, sauf une. Mauvais signe ! Quel pouvoir resterait-il à la papauté ? Un silence inquiétant régna sur la place.

A l'intérieur de la chapelle, le conclave était dans l'impasse. Les cellules paraissaient toujours plus humides et plus froides : les plus âgés des cardinaux commençaient à en souffrir. C'était insupportable ! Comment penser droit avec des genoux douloureux et des entrailles agitées ?

Cette nuit-là, certains prélats sortirent de leur cellule pour se glisser dans celle des autres. Il y eut de nouveaux palabres, de nouveaux accords, de nouvelles promesses, de nouvelles alliances. Mais les cœurs et les esprits des hommes sont changeants, et bien des difficultés pouvaient surgir. Celui qui s'était vendu à l'un ne risquait-il pas de se vendre à l'autre ?

Sur la place, la foule avait fondu : beaucoup, las et découragés, étaient rentrés chez eux. Le lendemain, à six heures du matin, il n'y avait donc plus grand monde quand une mince fumée blanche monta de la cheminée et qu'on abattit les pierres bouchant les fenêtres du Vatican pour faire une proclamation.

Une silhouette en soutane, à peine discernable, proclama :

— J'ai la joie de vous annoncer que nous avons un nouveau pape !

Ceux qui étaient au courant des rivalités internes

au conclave s'interrogèrent : qui l'avait emporté ? Ascanio Sforza ? Della Rovere ? Mais une autre silhouette, plus imposante, fit son apparition à la fenêtre et, levant les mains, laissa tomber, comme des confetti, des bouts de papier sur lesquels on avait griffonné : « Nous avons un pape, le cardinal Rodrigo Borgia de Valence, désormais pape Alexandre VI. Nous sommes sauvés ! »

3

Quand le cardinal Rodrigo Borgia devint pape sous le nom d'Alexandre VI, il n'ignorait pas que sa première tâche devrait être de rétablir l'ordre dans les rues de Rome. Entre la mort de son prédécesseur et sa propre élection, plus de deux cents personnes avaient été assassinées. Un meurtrier fut capturé et pendu — avec son frère, pour faire bonne mesure —, sa maison brûlée et rasée, si bien que sa famille se retrouva sans toit.

L'ordre revint en quelques semaines. Le peuple de Rome fut ravi de voir que le nouveau souverain pontife savait se montrer aussi résolu qu'avisé.

Bien entendu, Alexandre avait d'autres décisions à prendre. Il devait aussi résoudre deux problèmes cruciaux, dont aucun n'avait le moindre caractère spirituel. En premier lieu, il lui fallait une armée pour reprendre le contrôle des Etats pontificaux. Ensuite, il lui fallait assurer la fortune de ses enfants.

Pour autant, assis sur le trône du Vatican, il ne cessait de réfléchir aux voies du Seigneur, à ce qui se passait dans le monde, les nations et les familles. N'était-il pas le vicaire de Dieu sur terre et, par conséquent, ne lui fallait-il pas traiter avec les rois, les cités, les républiques, les oligarchies, jusqu'à ces Indes mystérieuses qu'on venait de découvrir ? Donner à tous des conseils avisés n'était-il pas son devoir ? Et que faire, face à ceux qui mettaient en péril le pouvoir divin ?

La famille Borgia, quant à elle, comptait de nombreux membres dont il lui fallait s'occuper ; et ses enfants — son propre sang — étaient animés de passions violentes qui les rendaient incontrôlables.

Bref, ces deux objectifs pouvaient-ils être atteints sans sacrifier l'un à l'autre ?

Alexandre avait envers Dieu des devoirs parfaitement clairs : il devait rendre l'Eglise plus forte que jamais. Le souvenir du Grand Schisme, soixante-quinze ans plus tôt — deux papes, installés dans deux villes différentes —, ne faisait que renforcer sa résolution.

Les cités d'Italie appartenant à l'Eglise étaient désormais dirigées par des tyranneaux qui songeaient plus à remplir leurs coffres qu'à payer leur tribut à la papauté. Les rois ne voyaient dans la religion qu'un outil leur permettant de renforcer leur pouvoir. Que leur importaient les âmes ? Ceux de France et d'Espagne n'hésitaient pas à garder par-devers eux les revenus ecclésiastiques, quand l'action du pape leur déplaisait. Quelle audace ! Ne savaient-ils donc pas que les peuples ne leur obéissaient que parce qu'ils voyaient en eux les représentants de Dieu sur terre ? Il faudrait, en tout cas, veiller à maintenir l'équilibre. Pour faire respecter la volonté de Dieu, l'Eglise et le pape devraient disposer du pouvoir temporel — en bref, d'une armée. Alexandre dressa donc ses plans.

A peine était-il devenu pape qu'il nomma César cardinal. Enfant, celui-ci s'était déjà vu accorder divers bénéfices ecclésiastiques, et le titre d'évêque, ce qui lui assurait un revenu annuel de mille ducats. Il n'avait encore que dix-sept ans, avec les passions et les vices de la jeunesse ; pourtant c'était déjà, d'esprit et de corps, un homme fait. Il avait étudié à Pérouse et à Pise, il était aussi brillant que cultivé ; mais l'histoire et la stratégie militaire demeuraient ses grandes passions. Il avait pris part à des batailles, certes de médiocre importance, en sachant s'y distinguer ; il n'ignorait plus rien de l'art de la guerre. Alexandre avait de la chance : Dieu avait pourvu son fils d'un esprit vif, d'une résolution sans faille, et d'une férocité bien nécessaire dans un monde aussi pervers.

César étudiait le droit canon à Pise quand la nouvelle de son accession au cardinalat lui parvint. Il lui fallait s'y attendre : après tout, il était le fils du pape. Mais il n'en fut guère satisfait. Certes, cela lui assurerait la richesse, mais il était avant tout un soldat, qui voulait mener les troupes à la bataille, s'emparer des châteaux et des forteresses. Il voulait également avoir des enfants qui, contrairement à lui, ne seraient pas des bâtards.

Gio Médicis et Tila Baglioni, ses meilleurs amis, le félicitèrent et entreprirent de préparer une petite fête. Fils de Laurent le Magnifique, Gio était lui-même devenu cardinal dès l'âge de treize ans. Baglioni, quant à lui, n'avait pas cette chance, mais c'était l'un des héritiers du duché de Pérouse — ville où tous trois n'étaient d'ailleurs que de simples étudiants, bien qu'ils aient eu serviteurs et gardes du corps chargés de les protéger.

César était, bien entendu, le plus brillant des trois : grand, vigoureux, sachant manier l'épée, il faisait aussi l'orgueil de ses maîtres à l'université. Gio était bon étudiant, mais peu imposant physiquement ; il avait beaucoup d'esprit, qu'il maniait avec prudence avec ses deux amis : César lui inspirait une sorte de crainte respectueuse, et, volontiers brutal, Baglioni était capable d'entrer en fureur quand il s'estimait offensé.

Tous trois célébrèrent donc l'événement un beau soir, dans une villa appartenant aux Médicis au sortir de Pise. Comme il s'agissait de fêter le chapeau rouge de César, on resterait discret : il n'y avait là que six courtisanes. Les trois amis se contentèrent de mouton, de vin, de quelques friandises, tout en bavardant gaiement.

Ils allèrent même se coucher tôt, chacun devant rentrer chez lui. Mais auparavant, ils se rendraient à Pérouse avec Tila Baglioni pour une grande fête : son cousin Torino se mariait, et la tante du jeune homme, la duchesse Atalanta, lui avait fermement enjoint d'être présent.

Ils se mirent donc en route à l'aube. César montait son plus beau cheval, cadeau d'Alfonso, duc de Ferrare. Médiocre cavalier, Gio s'était contenté d'une mule blanche. Tila, fidèle à lui-même, montait un cheval de bataille dont on avait taillé les oreilles pour lui donner une apparence farouche. Aucun des trois hommes n'était en armure, bien qu'ils soient armés de dagues et d'épées, et accompagnés d'une trentaine d'hommes au service de César et portant ses couleurs, écarlate et jaune.

Pérouse et les Baglioni se montraient farouchement

indépendants, bien que la papauté eût depuis longtemps fait valoir ses droits sur la ville : César n'aurait jamais osé s'y rendre sans la protection de Tila. Mais la perspective de prendre part à la fête avant de rentrer à Rome pour assumer ses devoirs le séduisait.

Pérouse était une cité superbe, très impressionnante : sa forteresse, dressée sur une énorme colline, paraissait imprenable.

Entrant dans la ville, les trois jeunes gens virent qu'églises et palais avaient été décorés à grands frais : les statues étaient même drapées de tissus d'or. Tout en bavardant gaiement avec ses compagnons, César prit soin d'examiner de près les fortifications, et de songer aux moyens de s'en emparer.

Pérouse était gouvernée par la duchesse Atalanta Baglioni, désormais veuve. Encore belle, elle régnait sur la ville avec une férocité notoire ; son fils Netto était son capitaine militaire. Son plus cher désir était de voir son neveu Torino épouser Lavina, l'une de ses dames de cour.

Tous les membres de la puissante famille Baglioni se réunirent donc au château. Il y eut un repas somptueux, des danses, des luttes et des joutes que César, qui se flattait de sa force physique, remporta à chaque fois.

Quand vint le soir, les Baglioni se retirèrent dans la forteresse, tandis que Gio et César allaient retrouver Tila dans ses appartements pour boire un dernier verre.

Il fut suivi de beaucoup d'autres, et ils étaient un peu éméchés quand, vers minuit, des cris et des hurlements se firent entendre dans le château. Tila bondit et, s'emparant de son épée, voulut se précipiter dehors, mais César l'en empêcha :

— Tu pourrais te mettre en danger ! Laisse-moi voir ce qui se passe, je reviens tout de suite.

César avait aussitôt soupçonné une grande traîtrise : il sortit, la main sur son épée. Les Baglioni étaient de chauds partisans du meurtre, mais ils n'oseraient pas tuer le fils du pape, et celui-ci ne l'ignorait pas. Longeant les couloirs, il se dirigea vers la chambre des nouveaux époux, d'où venaient les cris.

Il y avait du sang partout. Les draps et les oreillers du lit nuptial en étaient inondés, comme la statue de la Vierge et le portrait de l'enfant Jésus. Les cadavres de Lavina et de Torino gisaient sur le sol, percés de coups d'épée mortels.

Netto et quatre de ses hommes les contemplaient ; leurs épées ruisselaient de sang. La duchesse Atalanta hurlait des malédictions tandis que son fils s'efforçait de l'apaiser :

— Mère, Torino avait acquis trop de pouvoir, sa famille complotait pour te renverser. J'ai tué tous les membres de son clan.

Il ajouta qu'il deviendrait le maître et se verrait contraint de la déposer, mais qu'elle aurait toujours une place d'honneur.

— Mon fils m'a trahie ! hurla-t-elle en le giflant.

— Ouvre les yeux ! Torino complotait, et Tila aussi !

César en avait assez entendu : il repartit sans bruit vers la chambre de son ami.

Apprenant les événements, celui-ci entra en fureur :

— Mensonges ! s'écria-t-il. Netto, ce bâtard, veut dépouiller sa propre mère ! Et m'assassiner au passage !

Les trois jeunes gens barricadèrent la porte puis, sortant par la fenêtre, s'aventurèrent sur les toits du palais, en prenant soin de longer les murs de pierre. César et Tila sautèrent dans une cour, avant d'aider Gio à faire de même — il n'était pas très doué pour ce genre d'exercice. Il fallut ensuite empêcher Tila de courir s'en prendre à Netto. César conduisit ses deux compagnons jusqu'aux champs où son escorte s'était installée : ses trente hommes les protégeraient. Cependant, fallait-il rester sur place pour venir en aide à Tila, ou l'emmener à Rome où il serait en sécurité ?

Son ami refusa les deux termes de l'alternative, demandant seulement à César de l'accompagner jusqu'au palais communal, en plein centre de la ville : là-bas, il pourrait rallier ses partisans, afin de défendre son honneur et de rendre le pouvoir à sa tante.

Quatre hommes armés, fidèles partisans de Tila, les y attendaient. Il en fit ses messagers et, à l'aube, disposait d'une bonne centaine de soldats.

Comme le soleil se levait, Netto, commandant une troupe de cavaliers, fit son apparition sur la place. César ordonna à ses hommes de ne pas prendre part à l'inévitable affrontement : les hommes de Tila cernèrent la place et lui-même se rua sur son cousin.

La bataille ne dura guère : Tila planta sa dague dans la cuisse de Netto, qui tomba de cheval. Puis il sauta à terre et, avant que l'autre ait eu le temps de se relever, le transperça de son épée. Les hommes de Netto tentèrent en vain de s'enfuir. Tila ordonna qu'on les lui amène. Il en restait une quinzaine, dont la plupart étaient blessés ; il ordonna qu'on les décapite, puis qu'on expose leurs têtes sur les remparts. César fut stupéfait : l'étudiant turbulent était devenu, en une nuit, un tueur sans merci. A dix-sept ans, Tila Baglioni devenait le maître de Pérouse.

De retour à Rome, César raconta toute l'histoire à son père et lui demanda :

— La Vierge est tout particulièrement vénérée à Pérouse ! Comment peuvent-ils se montrer aussi féroces ?

Alexandre sourit ; l'histoire semblait l'avoir amusé.

— Les Baglioni sont de vrais croyants, ce qui est un grand bonheur : comment supporter cette vie, si l'on ne croit pas au paradis ? Mais c'est aussi ce qui donne à des hommes mauvais le courage de commettre de grands crimes au nom du bien et de Dieu.

Le nouveau pape n'aimait pas le luxe en soi. Mais le Vatican se devait d'évoquer toute l'étendue des félicités célestes. Si le menu peuple vénérait le souverain pontife, vicaire de Dieu sur cette terre, les rois et les princes témoignaient d'une foi moins assurée. Il fallait, comme pour beaucoup d'aristocrates, les convaincre par l'or et les pierres précieuses, les étoffes de soie et de brocart, l'opulence des tissus.

La salle des papes était l'une des plus grandioses du Vatican : sur des milliers de mètres carrés, les murs et les plafonds s'ornaient de scènes évoquant le bonheur sans mélange du paradis. C'est là que le souverain pontife recevait les pèlerins venus de toute l'Europe, la bourse pleine, pour solliciter une indulgence plénière. Les fresques montraient les papes couronnant de grands rois, comme Charlemagne, menant des croisades ou suppliant la Madone d'intercéder pour l'humanité. Les rois, baissant la tête, s'agenouillaient devant les portraits des vicaires de Dieu, qui levaient les yeux vers le ciel.

C'est dans ses appartements privés donnant sur la grande salle qu'Alexandre convoqua son fils Juan : il était temps de lui faire savoir qu'il devait assumer son destin.

Juan était presque aussi grand que César, mais de constitution plus frêle. Il avait les hautes pommettes, les yeux un peu bridés de ses ancêtres espagnols, une peau bronzée à force de chevaucher et de chasser. Il était pourtant dépourvu du charme de son père et de son frère : son regard était souvent soupçonneux, son sourire cynique. Il vint s'agenouiller devant Alexandre.

— Comment puis-je te servir, père ? demanda-t-il.

Alexandre eut un sourire affectueux :

— Le temps est venu pour toi d'assumer les responsabilités qui t'incombent depuis la mort de ton demi-frère Pedro Luis. Comme tu le sais, il t'a légué son duché et son titre de duc de Gandie. Il était fiancé à Maria Enriquez, la cousine du roi d'Espagne Ferdinand. J'ai décidé d'honorer cet engagement, pour assurer à la fois notre alliance avec l'Espagne et l'amitié de la maison d'Aragon. Tu te rendras donc là-bas pour l'épouser. Comprends-tu ?

— Oui, père, répondit Juan — mais il avait l'air mécontent.

— Ma décision te déplaît ? Elle a de gros avantages pour toi comme pour nous. C'est une famille puissante, s'allier avec elle sera très fructueux politiquement. Et ton duché est très riche.

— Emmènerai-je des richesses avec moi, pour me faire respecter ?

— Qui veut l'être doit se montrer pieux et redouter Dieu. Tu serviras le roi fidèlement, tu honoreras ton épouse et te garderas des jeux de hasard.

— Est-ce tout, père ? demanda Juan d'un ton sarcastique.

— S'il y a autre chose, je te le ferai savoir, répondit son père d'un ton sec.

Son fils l'irritait prodigieusement, ce qui pourtant n'arrivait pas souvent. Se disant que Juan était jeune et n'avait guère le sens de la diplomatie, il reprit, avec une chaleur un peu forcée :

— Entre-temps, savoure la vie, mon fils. Ce sera une grande aventure si tu sais t'y prendre.

Le jour où César reçut le titre de cardinal, l'immense chapelle de la basilique Saint-Pierre fourmillait d'aristocrates élégamment vêtus : toute la noblesse italienne était là.

Ludovico Sforza, « le More », était venu de Milan en compagnie de son frère, le cardinal Ascanio, désormais vice-chancelier d'Alexandre VI.

Les d'Este étaient venus de Ferrare, vêtus de tuniques noires et grises très simples, mais inondées de joyaux. Pour eux, il ne s'agissait pas simplement de témoigner de leur respect au pape, mais aussi d'impressionner le père et le fils, dont les faveurs leur seraient nécessaires.

Celui qui marchait derrière eux les éclipsa pourtant sans peine. L'allure hautaine et solennelle, Piero de Médicis était vêtu d'un pourpoint vert émeraude brodé de soleils d'or, qui jetaient sur son visage des reflets de lumière. Il était accompagné de sept de ses parents, dont son frère Gio, l'ami de César. Piero était désormais le maître de Florence, bien qu'on murmurât que, depuis la mort de son père Laurent le Magnifique, les Médicis n'avaient plus le contrôle de la cité et que bientôt ils seraient renversés.

Les Orsini et les Colonna avaient quitté leurs palais romains. Ennemis mortels depuis des générations, ils étaient pour l'heure en paix. Ils prirent soin, toutefois, de s'asseoir très loin les uns des autres : lors de l'ordination d'un autre cardinal, ils s'étaient livrés à une rixe sanglante.

Le duc Guido Feltra, maître d'Urbino, était assis au premier rang et discutait à voix basse avec le plus redoutable ennemi d'Alexandre, le cardinal Giuliano Della Rovere, neveu du feu pape Sixte IV et désormais ambassadeur pontifical en France.

— J'ai l'impression que notre César est plus un soldat qu'un érudit, chuchota Feltra. Ce garçon pourrait faire un grand général, s'il n'était destiné à devenir pape.

— Un vrai libertin, comme son père ! siffla le cardinal. Un matamore qui combat des taureaux, affronte des paysans à la lutte... C'est indigne !

— Son cheval vient de remporter le Palio de Sienne.

— Par la ruse ! Il a ordonné à son cavalier de sauter à bas de sa monture juste avant la fin, pour que l'animal soit plus rapide. Ses adversaires ont protesté, en vain. Guido Feltra, écoutez bien ce que je dis : ce fils de l'Eglise est un produit du diable.

Giuliano Della Rovere était désormais l'implacable ennemi des Borgia. Il était furieux, non seulement de ne pas avoir été élu pape, mais aussi de voir qu'Alexandre nommait des cardinaux qui lui seraient tout dévoués. Ne pas assister à la cérémonie qui faisait de César un cardinal demeurait toutefois impensable : Della Rovere pensait trop à son propre avenir.

La haute silhouette du pape Alexandre VI se dressait devant l'autel, vêtue de blanc. Ses yeux rayonnaient de fierté et de confiance en soi. L'orgue entama un *Te Deum* triomphant : il s'avança, leva très haut le chapeau de cardinal et, entonnant d'une voix forte une bénédiction en latin, le déposa sur la tête de son fils, agenouillé devant lui.

César garda les yeux baissés, puis se releva tandis que deux autres cardinaux déposaient la cape pourpre, symbole de sa dignité, sur ses larges épaules. Après quoi, il vint se placer près de son père ; les deux hommes firent face à l'assistance.

Encore plus grand que son géniteur, César était puissamment bâti, et d'une grande beauté : son long nez aquilin avait la perfection d'une statue, ses grands yeux bruns rayonnaient d'intelligence. Un silence tomba sur la foule.

Tout au fond de la basilique, un homme très gras, élégamment vêtu de blanc et d'argent, était assis au dernier rang. Gaspare Malatesta, le Lion de Rimini, fulminait intérieurement contre ce pape espagnol, qui lui avait envoyé le cadavre d'un jeune homme attaché à un âne. Les menaces papales le laissaient de marbre. Malatesta ne croyait ni à Dieu ni à diable. Alexandre VI n'était qu'un homme, et les hommes meurent. Le Lion se souvint d'avoir fait verser de l'encre dans les fonts baptismaux, pendant la période de l'Avent, pour que le cardinal tache ses vêtements et se voie un peu rabaissé. Mais lui-même avait désormais plus urgent à faire. Il sourit.

Derrière lui, Don Michelotto, perdu dans l'ombre, l'observait. Tandis que le *Te Deum* prenait fin par un crescendo assourdissant, il se glissa sans bruit derrière Malatesta, lui glissa un garrot autour du cou et, d'un mouvement fluide, resserra le nœud.

Le Lion de Rimini hoqueta, souffle coupé. Il tenta de se débattre mais, privé d'air, ne put que tressauter en vain. Avant que l'obscurité ne l'engloutisse, il eut le temps d'entendre quelques mots chuchotés à son oreille : « Un message du Père éternel. »

Puis l'exécuteur se perdit dans la foule aussi vite qu'il avait agi.

César Borgia suivit son père dans la travée, accompagné de sa mère Vanozza, de sa sœur et de ses deux frères, ainsi que de plusieurs membres de la famille. Ils passèrent sans mot dire à hauteur de Gaspare Malatesta, qui paraissait endormi.

Le spectacle était du plus haut comique et plusieurs femmes pouffèrent. La belle-sœur du Lion de Rimini fut mortifiée par ce qu'elle crut être l'une de ses nombreuses farces ; elle se pencha vers lui — et hurla quand la lourde carcasse de Gaspare tomba à terre, ses yeux exorbités contemplant sans le voir le plafond de la basilique.

4

Le désir de vengeance du cardinal Della Rovere tournait à l'obsession. Il se réveillait souvent en pleine nuit, glacé et frissonnant : Alexandre Borgia envahissait ses rêves. Et chaque matin, quand il priait, agenouillé dans la chapelle, sous le regard attentif de gigantesques statues des saints, de tableaux représentant les martyrs, il machinait la destruction du pape.

Certes, Della Rovere avait échoué à se faire élire pape, et sa rancœur nourrissait de tels sentiments. Mais il était avant tout persuadé qu'en son fond, Alexandre était un homme immoral.

Le charme et le charisme du pape semblaient rendre ceux qui l'entouraient indifférents à la nécessité de sauver les âmes, ils le laissaient placer ses fils aux plus hautes positions. Beaucoup de cardinaux, presque tous les rois et tous les citoyens de Rome lui pardonnaient ses excès, trop heureux de profiter de ses gigantesques processions, de ses bals, de ses banquets, de ses spectacles. Tout cela coûtait pourtant beaucoup d'argent, qui eût été mieux employé à défendre les Etats pontificaux, ou à conduire les armées de l'Eglise dans des terres nouvelles.

Contrairement au souverain pontife, Della Rovere

était un homme violent et peu patient, qui n'était heureux qu'à la chasse ou à la guerre. Bourreau de travail, il n'avait pas le moindre humour — défaut qui pourtant lui semblait être le signe qu'il était vertueux. Bien qu'il eût trois filles, il se souciait peu des autres et, de sa vie, n'avait aimé qu'une seule fois.

Le cardinal Della Rovere ne se départissait jamais d'une grande dignité, qui aurait paru rassurante s'il n'y avait eu dans ses grands yeux une lueur de fanatisme. Il avait une tête massive, de hautes pommettes carrées, de petites dents très belles — mais il souriait trop rarement pour qu'on pût s'en rendre compte. Seule la fossette de son menton adoucissait un peu la dureté de ses traits : un visage médiéval, l'incarnation même du jugement dernier. Son corps massif donnait plus une impression de raideur que de force. Nul ne niait son courage et son intelligence ; mais on ne l'aimait guère, en raison d'un langage trop souvent cru et injurieux, si éloigné de l'affabilité du pape. C'était un ennemi redoutable.

Dans les nombreuses lettres qu'il adressait à Charles VIII, au roi Ferrante de Naples et à bien d'autres, il ne cessait d'accuser Alexandre d'être un simoniaque, un corrompu, un escroc, un être cupide, qui s'adonnait aux plaisirs de la chair. Jugement sans appel, bien que lui-même se soit plus d'une fois rendu coupable de ces péchés.

Certaines de ses accusations n'étaient pas sans fondement. Une fois élu, Alexandre avait offert des châteaux aux cardinaux qui l'avaient soutenu, les postes les plus élevés de la bureaucratie vaticane. Ascanio Sforza avait ainsi été nommé vice-chancelier, tout en se voyant accorder de multiples bénéfices ecclésiastiques. La rumeur voulait que, la nuit précédant l'élection du souverain pontife, des ânes chargés de sacs remplis d'argent soient arrivés dans son palais. Le cardinal Antonio Orsini avait reçu deux villes, d'une valeur de plusieurs milliers de ducats, d'autres cardinaux des fiefs. Della Rovere lui-même avait été nommé légat du pape en Avignon, recevant en outre la forteresse d'Ostie, le port de Senigallia, sur l'Adriatique, ainsi que le canonicat de Florence.

Une telle politique n'avait rien de bien nouveau. Quel meilleur moyen, pour un pape, de récompenser ceux qui lui avaient témoigné leur fidélité ? De la part d'Alexandre, les cadeaux faits à Della Rovere témoignaient même d'une grande générosité — mais intéressée et qui, dans ces circonstances, avait quelque chose d'insultant.

Toutefois, l'accuser de simonie était scandaleux. Della Rovere était issu d'une famille bien plus riche, et bien mieux considérée, que celle d'Alexandre. Si de somptueux cadeaux avaient suffi à acheter l'élection au trône pontifical, lui-même n'eût pas hésité à prodiguer les largesses.

Mais la fureur de Giuliano Della Rovere l'emporta sur son sens politique et, avec d'autres cardinaux dissidents, il entreprit d'implorer le roi de France de réclamer la tenue d'un concile. Autrefois, cette réunion des plus hauts dignitaires de l'Eglise pouvait imposer des limites aux pouvoirs du pape, et même le déposer. Mais Pie II, trente ans auparavant, l'avait réduite à presque rien.

Voir le nouveau pape nommer cardinal son fils César avait néanmoins tellement scandalisé Della

Rovere que celui-ci, avec ses alliés, comptait bien ressusciter le Concile pour abattre Alexandre Borgia.

Prudent, il quitta toutefois Rome peu de temps après pour se rendre à Ostie, afin de mieux préparer son complot. Une fois les alliances passées, les plans bien en place, il passerait en France pour se mettre sous la protection de Charles VIII.

Ayant assuré l'avenir de ses fils, Alexandre VI se devait de faire de même pour sa fille. Il y réfléchit avec le plus grand soin. A treize ans, Lucrèce n'était pas encore une femme, mais il ne pouvait attendre. Du temps où il était cardinal, il l'avait promise à deux aristocrates espagnols ; maintenant qu'il était pape, cela devenait impensable : il la fiancerait donc à Giovanni Sforza, duc de Pesaro. S'assurer le soutien de Milan était en effet indispensable. De ce point de vue, Lucrèce constituait son atout le plus précieux. Agé de vingt-six ans, veuf depuis peu d'une épouse morte en couches, Giovanni avait pour oncle le redoutable Ludovico Sforza, « le More », qui tenait Milan. Il fallait s'en faire un allié avant même de songer aux rois d'Espagne et de France.

Alexandre n'ignorait pas qu'il lui fallait unifier toutes les cités-Etats de la péninsule en une seule Italie dominée par le Saint-Siège. Faute de quoi, les Turcs pourraient bien, à la première occasion, envahir le pays. La papauté y perdrait bien des âmes, et bien des revenus. Plus important encore, si Alexandre ne pouvait s'assurer la fidélité du peuple, défendre Rome des invasions, et accroître le pouvoir de l'Eglise, un autre cardinal — sans doute Giuliano Della Rovere — prendrait sa place, et la famille Borgia courrait les plus grands dangers. Ses membres seraient accusés d'hérésie, torturés, condamnés à mort ; la fortune qu'Alexandre s'était donné tant de mal pour amasser leur serait confisquée. Il ne leur resterait rien. Un destin infiniment plus dramatique que tout ce que sa fille pourrait devoir endurer.

Après une nuit sans sommeil, passée à marcher de long en large dans sa chambre, à s'agenouiller devant l'autel pour prier, et à envisager ses plans sous tous les angles, il fit appeler ses enfants — César, Juan et Lucrèce. Geoffroi était encore trop jeune, et de toute façon assez lent d'esprit ; tout cela lui passerait au-dessus de la tête.

En public, Lucrèce se bornait à faire la révérence, à baiser l'anneau de son père et à s'agenouiller ; mais quand ils étaient seuls, elle courait vers lui et l'embrassait tendrement. Quelle enfant merveilleuse ! Le cœur d'Alexandre en était tout ému.

Ce jour-là, cependant, au lieu de la serrer dans ses bras, il la repoussa et la tint à distance.

— Que se passe-t-il, père ? demanda-t-elle, surprise et blessée : elle le croyait en effet mécontent d'elle. A treize ans, elle était déjà grande pour son âge, et fort belle : une peau de porcelaine, des traits si fins qu'on aurait cru voir une Vierge de Botticelli, des yeux clairs pétillant d'intelligence. Elle était vraiment le soleil qui illuminait l'existence d'Alexandre.

— Père, répéta-t-elle d'un ton vif, que se passe-t-il ? Qu'ai-je donc fait pour te déplaire ?

— Il faut que tu te maries sous peu, répondit-il simplement.

Elle tomba à genoux :

— Père ! Je ne peux te quitter si tôt ! Je n'y survivrais pas ! s'écria-t-elle avant d'éclater en sanglots.

S'avançant, le pape la souleva et la serra contre lui pour la réconforter :

— Allons, allons, chuchota-t-il. Lucrèce, cette alliance m'est nécessaire, mais cela ne veut pas dire que tu dois partir dès maintenant. Sèche tes larmes et laisse-moi t'expliquer.

Elle s'assit à ses pieds sur un coussin brodé d'or et l'écouta avec attention.

— Les Sforza de Milan sont très puissants ; et Giovanni, le neveu du More, vient de perdre sa femme. Il a accepté un mariage. Tu sais que je veux le bien de tous mes enfants. Et tu es assez grande pour comprendre que, sans ces alliances, mon règne de pape ne durerait pas. Nous serions tous en danger, et je ne peux le permettre.

Elle acquiesça de la tête.

Se levant, Alexandre se mit à marcher de long en large, en se demandant comment présenter au mieux ce qu'il allait dire.

— Sais-tu comment on couche avec un homme ? Te l'a-t-on expliqué ?

— Non, père, répondit-elle — mais avec un sourire espiègle, comme elle l'avait vu si souvent chez les courtisanes.

Alexandre hocha la tête, surpris. Elle était sensible et émotive, comme sa mère, et pourtant pouvait se montrer subtile et joueuse, en dépit de son jeune âge.

Il eut un geste à l'intention de ses fils. S'avançant, Juan et César s'agenouillèrent en baissant la tête.

— Levez-vous ! dit Alexandre. Il faut que nous parlions. Nous avons des décisions importantes à prendre, car notre avenir dépendra de ce que nous allons dire aujourd'hui.

Moins accommodant que sa sœur, César avait un vif esprit de compétition : il voulait toujours l'emporter, quel qu'en fût le prix. Juan, de son côté, était très sensible aux injures personnelles — du moins quand il en était l'objet, car il se souciait peu d'en infliger aux autres. Il avait souvent une expression sardonique qui trahissait une certaine cruauté. Il était par ailleurs dépourvu de la grâce de sa sœur, comme du charisme de son aîné. Alexandre l'aimait, pourtant ; il devinait en lui une vulnérabilité que les deux autres ignoraient.

César jeta un coup d'œil par la fenêtre : c'était une belle journée. Il se sentait plein d'énergie et aurait préféré être à la campagne.

— Père, pourquoi nous as-tu convoqués ? Il y a tout à l'heure un beau carnaval sur la place, nous devrions y assister...

Alexandre alla s'asseoir dans son fauteuil préféré, placé dans un coin de la vaste pièce :

— Venez près de moi, mes enfants.

Tous trois obéirent et s'installèrent sur de grands coussins de soie.

Il sourit :

— En agissant pour la sainte Eglise apostolique et romaine, nous sauverons bien des âmes, et Dieu nous récompensera de tout ce que nous faisons pour Lui. Mais cela implique des sacrifices, chacun de vous le sait. Les vies des saints nous l'ont appris...

Il se signa puis, baissant les yeux, regarda Lucrèce, assise tout près de César ; leurs épaules se touchaient. A côté d'eux, Juan contemplait une dague qu'on lui avait offerte.

— César, Juan, je suppose que vous avez déjà fait l'amour à une femme ?

Juan fronça les sourcils :

— Bien sûr, père ! Pourquoi poser cette question ?

— On ne peut prendre de décision sans s'être informé, répondit son père, qui se tourna vers César : Et toi, mon fils ?

— Oh ! A plus d'une !

— Ont-elles été satisfaites ? demanda Alexandre à ses deux fils.

— Comment le saurais-je ? répondit Juan en éclatant de rire. J'aurais dû demander ?

— Et toi, César ?

Celui-ci eut un petit sourire :

— Je suppose que oui, père ; toutes m'ont supplié de revenir.

Alexandre se tourna vers sa fille, qui le regardait avec un mélange de curiosité et d'espoir. Puis il s'adressa à ses fils :

— Lequel d'entre vous voudrait faire l'amour à votre sœur ?

Juan prit un air ennuyé :

— Plutôt entrer au monastère, père !

Alexandre sourit :

— Tu es bien niais !

Lucrèce fronça les sourcils :

— Pourquoi demandes-tu cela à mes frères, et pas à moi ? Si l'un d'eux doit me faire l'amour, ne devrais-je pas choisir ?

César lui caressa la main pour la rassurer, puis dit :

— Père, à quoi rime tout cela ? Ne crains-tu pas que nous nous retrouvions tous en enfer pour avoir commis un tel acte ?

Alexandre se leva, marcha jusqu'à la porte donnant sur une autre pièce et dit :

— Vos précepteurs ne vous ont-ils pas parlé des dynasties égyptiennes, où le frère épousait sa sœur pour que le sang de leur lignée reste pur ? Isis s'est ainsi unie à Osiris, fils aîné du ciel et de la terre ! Ils ont eu un fils, nommé Horus, avec lequel ils formaient une trinité qui a précédé celle du christianisme, celle du Père, du Fils et du Saint-Esprit. La seule différence, c'est que la trinité égyptienne comptait une femme. L'Egypte fut l'une des civilisations les plus avancées de l'Histoire, et nous ferions bien de réfléchir à l'exemple qu'elle nous donne.

— Père, intervint César, ce n'est quand même pas la vraie raison ! C'étaient des païens ! Tu as pensé à autre chose que tu ne nous dis pas.

Alexandre se dirigea vers Lucrèce, caressa ses longs cheveux et se sentit pris de remords. Il ne pouvait, en effet, leur avouer ce à quoi il avait pensé. Il comprenait le cœur des femmes, et savait que leur premier amant commanderait toujours leur amour et leur fidélité. Une fois qu'elle se donnait, une femme abandonnait également les clés de son cœur et de son âme. Mais il devait veiller à ce que Lucrèce ne cède pas aussi celles du royaume. Le temps était venu de s'en assurer la possession.

— Nous sommes une famille, dit-il à ses enfants, où la fidélité doit passer avant tout le reste. Il nous faut apprendre les uns des autres, nous protéger mutuellement, rester unis. De cette manière, jamais on ne pourra nous vaincre. Dans le cas contraire, nous serons tous condamnés.

Il se tourna vers Lucrèce :

— Tu as raison, mon enfant. En ce cas précis, le choix te revient — même si tu ne peux choisir qui tu épouseras.

La jeune fille jeta un coup d'œil à Juan et inclina la tête :

— Plutôt entrer dans un couvent !

Puis elle se tourna vers César :

— Il faut que tu me promettes d'être tendre.

Il sourit et s'inclina :

— Tu as ma parole. De ton côté, tu m'en apprendras plus sur l'amour que je n'en ai entendu jusqu'ici. Cela me sera utile !

— Père, dit Lucrèce en se tournant vers Alexandre, seras-tu là ? Je n'aurai pas le courage, sans toi. J'ai entendu tant d'histoires de Julia comme de mes dames de compagnie...

— Je serai là, répondit-il. Comme lors de ta nuit de noces ; un contrat n'est valide qu'en présence de témoins.

— Merci, père ! s'exclama-t-elle en lui sautant au cou. Me feras-tu cadeau d'une robe, et d'un anneau orné d'un rubis, pour fêter l'événement ?

— Bien sûr, bien sûr ! Tout ce que tu veux !

La semaine suivante, Alexandre s'assit donc sur son trône, vêtu d'une soutane de satin blanc, mais sans porter sa lourde tiare : il s'était contenté d'une calotte de satin. L'estrade, placée face au lit, s'appuyait contre une tenture d'une beauté exquise, dans l'une des pièces les plus richement ornées de la demeure des Borgia, récemment restaurée. Les domestiques avaient reçu l'ordre de rester à l'écart jusqu'à ce que le souverain pontife les appelle.

Le pape regarda son fils et sa fille se dévêtir. Elle gloussa en voyant son frère nu. Alexandre sourit, en songeant que le visage de César ne montrait de tendresse qu'en présence de sa sœur. Le reste du temps, il gardait toujours quelque chose d'agressif. Mais cette fois, il paraissait sous le charme.

Lucrèce était un véritable trésor, et pas seulement à cause de sa beauté — bien qu'il n'y eût pas soie plus fine que les boucles blondes qui lui encadraient le visage. Ses yeux brillaient. Son corps était parfait, quoiqu'elle fût un peu mince ; mais sa peau était superbe et sa poitrine s'épanouissait déjà. Un véritable trésor pour quiconque serait son maître.

— Suis-je belle ? demanda-t-elle à son frère, qui répondit d'un signe de tête.

Elle se tourna vers son père :

— Qu'en dis-tu ? Plus belle que toutes les femmes que tu as vues ?

Alexandre sourit :

— Tu es superbe, mon enfant. L'une des plus belles créations de Dieu !

Levant lentement la main droite, il fit le signe de la croix, puis leur enjoignit de commencer. Son cœur était plein de joie et de gratitude pour ses enfants, qu'il aimait tant. Dieu le Père, se dit-il, avait dû éprouver le même sentiment en observant Adam et Ève dans le jardin d'Eden. Cette pensée l'amusa, puis l'intrigua. N'était-ce pas là cette démesure, cet *hubris*, à quoi les héros païens finissaient toujours par succomber ? Il se signa de nouveau et implora le pardon divin. Mais ses enfants avaient l'air si innocents, si exempts de remords, leurs visages brillaient d'un tel plaisir ! Jamais plus ils n'auraient l'occasion de visiter un tel paradis. N'était-ce pas d'ailleurs ce pour quoi l'homme et la femme étaient faits ? Le seul vrai moyen d'honorer le Créateur ? Le monde des hommes était plein de ruses et de fourberies ; ce n'était qu'ici, dans le palais de leur père, que les deux jeunes gens pouvaient se sentir en sécurité. Il était de son devoir d'y veiller. Ces instants de plaisir leur permettraient d'affronter les épreuves et les tourments qui les attendaient.

Le grand lit de plumes était tendu de draps de soie, et quand Lucrèce s'y laissa tomber, elle pouffa. César se précipita à ses côtés sans perdre de temps.

— Père ! s'écria-t-elle. César me fait mal !

Alexandre se leva :

— Mon fils, est-ce ainsi que tu as appris à faire l'amour à une femme ? Quelle honte ! C'est sans doute ma faute, car sans moi, comment aurais-tu appris à trouver le paradis sur cette terre ?

César se leva, le regard brûlant : il se sentait rejeté par sa sœur, condamné par son père. Mais son ardeur n'avait pas diminué pour autant...

Alexandre vint vers eux :

— Viens ici, mon fils. Et toi, Lucrèce, rapproche-toi.

Prenant la main de César, il lui fit caresser le corps de la jeune fille, lentement, tendrement. D'abord le visage, puis le cou, les petits seins fermes...

— Mon fils, ne va pas si vite ! Prends le temps de savourer la beauté. Il n'y a rien de plus beau au monde qu'un corps de femme. Si tu te hâtes, tu ne sauras jamais ce qu'est faire l'amour, et tu feras peur à ta malheureuse partenaire...

Lucrèce avait les yeux mi-clos, elle respirait plus

vite en sentant la main de son frère caresser son corps. Elle voulut crier quand il atteignit son ventre, mais c'était impossible : elle frémissait de la tête aux pieds.

— Père, chuchota-t-elle, n'est-ce pas un péché que de ressentir tant de plaisir ? Je n'irai pas en enfer, hein ?

— Crois-tu que je laisserais ton âme courir un danger mortel ? répondit-il.

Tenant toujours la main de César, il était désormais si proche de la jeune fille que la violence de sa propre réaction le fit frémir. S'éloignant, il dit à son fils, d'une voix rauque :

— Maintenant, prends-la, mais doucement. Doucement ! Sois un amant, sois un homme !

Puis il traversa la pièce en toute hâte pour aller se rasseoir sur son trône. Mais, quand il entendit sa fille geindre et geindre encore, il se fit peur. Son cœur battait trop fort, trop vite, il se sentit pris de vertiges ; jamais il n'avait rien éprouvé d'aussi fort. Et brusquement, il comprit. Vicaire du Christ sur la terre, il avait joué le rôle du serpent dans le jardin d'Eden. Et il avait été tenté. Plus jamais, il ne devrait toucher cette enfant, de peur d'être condamné à la damnation éternelle. Ce qu'il éprouvait témoignait assez de son péché.

Il pria la sainte Trinité de ne plus jamais l'exposer à la tentation. « Délivrez-moi du mal », chuchota-t-il ; et quand de nouveau il leva les yeux, ses deux enfants étaient allongés sur le lit, nus et épuisés.

— Rhabillez-vous et venez près de moi, dit-il d'une voix faible.

Ils s'agenouillèrent devant lui. Lucrèce avait des larmes dans les yeux :

— Merci, père. Je ne pouvais imaginer me donner à un autre sans avoir connu cela d'abord. J'aurais dû avoir peur, et pourtant j'ai éprouvé tant de plaisir...

Elle se tourna vers son frère :

— César, je te remercie aussi. Jamais je ne pourrai aimer quelqu'un comme je t'ai aimé à ce moment.

Son frère sourit mais ne répondit rien.

Alexandre croisa son regard et y lut quelque chose qui le troubla. Il n'avait pas songé à avertir son fils des dangers de l'amour, qui donne tant de pouvoir à la femme et met l'homme en péril. Cette journée aurait dû être une bénédiction pour sa fille, renforcer la dynastie des Borgia. Peut-être serait-elle, en définitive, une malédiction pour César.

5

Le jour où Giovanni Sforza, duc de Pesaro, arriva à Rome, le pape organisa un grand défilé de célébration. Il savait en effet que le More, l'oncle du jeune homme, y verrait un signe de respect, une preuve de la sincérité d'Alexandre.

Ce dernier obéissait toutefois à d'autres considérations. Souverain pontife, il connaissait son peuple et savait qu'il appréciait de telles réjouissances. Elles l'assuraient de sa bienveillance, comme de celle du Père céleste, et mettaient un peu d'animation dans son existence. Faire la fête était l'occasion d'oublier la grisaille de la vie quotidienne. Celle des citoyens les plus pauvres était si terne que le pape se sentait tenu de leur offrir de menus plaisirs qui nourriraient leurs âmes. Sinon, comment s'assurer qu'ils soutiendraient la papauté ? Si les hommes de peu se voyaient contraints d'assister de loin aux divertissements des plus fortunés, la jalousie naîtrait en leurs cœurs. Il fallait donc les partager : seul moyen de tenir leur désespoir à distance.

C'était une journée chaude, remplie d'un parfum de roses. César, Juan et Geoffroi se rendirent à cheval jusqu'aux portes de la cité afin d'accueillir le duc de

Pesaro. Ils étaient accompagnés des ambassadeurs de Florence, de Naples, Venise et Milan, comme de ceux de France et d'Espagne, tous magnifiquement vêtus.

Le défilé devait suivre le prétendant jusqu'au palais de son oncle, le cardinal Ascanio Sforza, vice-chancelier pontifical, où le jeune duc séjournerait jusqu'à son mariage. Après quoi, il poursuivrait sa route jusqu'au Vatican. Alexandre avait enjoint à ses fils de longer le palais de Lucrèce, qu'elle ait l'occasion de voir son futur époux. Il avait tenté d'apaiser ses craintes en lui promettant qu'une fois mariée, elle pourrait séjourner avec Julia et Adriana dans le palais de Santa Maria del Portico, mais la jeune fille paraissait toujours inquiète. Et la savoir malheureuse le mettait très mal à l'aise.

Les préparatifs du défilé avaient pris des semaines, mais tout était enfin en place. On y verrait des bouffons habillés de vert et de jaune, des jongleurs, tandis que fifres et trompettes égaieraient la foule rassemblée le long du trajet, en attendant ce duc qui devait épouser la fille du pape...

Ce matin-là, pourtant, César se réveilla de mauvaise humeur, avec une migraine atroce. Il tenta même de se dérober à ses obligations, mais son père ne voulut rien entendre :

— Tu es le représentant du Saint Père, il est donc hors de question que tu sois dispensé de tes devoirs, à moins d'être à l'article de la mort !

Alexandre se retira, furieux. César allait insister, mais sa sœur arriva en courant dans sa chambre, ayant appris qu'il était malade. Elle s'assit au bord du lit, lui caressa la tête, et dit :

— César, qui d'autre que toi pourrait me dire la

vérité sur l'homme que je vais épouser ? A qui d'autre puis-je me fier ?

— A quoi bon ? Tu lui es déjà promise, et je ne peux rien y faire.

Elle sourit, lui ébouriffa les cheveux et se pencha pour l'embrasser :

— Est-ce donc aussi difficile pour toi que pour moi ? A l'idée qu'un autre va entrer dans mon lit, j'ai envie de pleurer. En tout cas, je refuserai de l'embrasser, je te le promets !

— J'espère, pour toi comme pour moi, que ce n'est pas une brute, sinon il faudra que je le tue avant même qu'il t'ait touchée.

Ravie, Lucrèce gloussa :

— Ce serait provoquer une guerre sainte ! Père aurait encore plus à faire que maintenant ! Une fois que tu aurais tué Giovanni, il devrait apaiser le More, puis faire alliance avec Naples. Si le More te capture et t'emmène dans son donjon pour te torturer, père devra aussi ordonner à son armée de te libérer, et Venise en profitera pour conquérir les territoires pontificaux ! Florence demandera à ses peintres de brosser de nous des portraits peu flatteurs, leurs prophètes nous voueront à la damnation éternelle !

Elle rit si fort qu'elle en tomba sur le lit.

César adorait l'entendre rire. Cela lui faisait tout oublier, jusqu'à sa colère contre son père. Et son mal de tête semblait s'apaiser un peu. Il accepta donc de prendre part au défilé.

Dès que Lucrèce entendit la musique, elle grimpa en courant l'escalier menant au premier étage du palais. Julia Farnèse, maîtresse du pape depuis plus de deux ans, l'aida à passer une robe de satin vert sombre, aux manches crème, ainsi qu'un corset orné de pierreries. Puis elle la coiffa, rassemblant ses longues boucles blondes en un chignon, laissant quelques mèches tomber sur son front et sa nuque pour mieux souligner l'effet d'ensemble.

Cela faisait des mois qu'elle tentait d'enseigner à Lucrèce ce qu'elle devait faire lors de sa nuit de noces, mais la jeune fille ne semblait guère y prêter attention. Julia lui expliquait, à grand renfort de détails, comment plaire à un homme, mais Lucrèce ne pensait qu'à César. Il occupait ses pensées jour et nuit — ce dont elle ne disait mot à quiconque.

Paraissant sur le balcon, elle fut surprise de voir que la foule l'attendait. Son père avait chargé des gardes de la protéger ; mais ils ne pouvaient empêcher les fleurs de tomber à ses pieds. Elle sourit et eut un geste de la main à l'intention de ceux qui la saluaient ainsi.

Elle rit aux simagrées des bouffons, applaudit fifres et trompettes qui jouaient pour elle leurs airs les plus gais. Puis elle vit ses frères.

César avançait en premier, bien droit, l'air grave. Levant la tête, il aperçut sa sœur et sourit. Juan le suivait. Il ne fit aucune attention à elle, trop occupé à se pencher pour prendre les fleurs que les femmes lui tendaient. Geoffroi eut un grand sourire un peu niais à l'intention de son aînée.

Giovanni Sforza les suivait. Il avait de longues boucles brunes, une barbe bien taillée, un nez délicat ; il était plus trapu que ses trois frères. Elle se sentit un peu gauche et empruntée mais, quand, levant la tête, il la vit et la salua, elle répondit par une révérence, comme on le lui avait appris.

Dans trois jours elle serait mariée. Le défilé s'éloigna en direction du Vatican. Lucrèce mourait d'impatience à l'idée d'en apprendre davantage sur son futur époux. Adriana la réconforterait, prétendrait que tout allait bien ; mais Julia, elle le savait, lui dirait la vérité.

Elle lui demanda donc tout de suite :

— Qu'en penses-tu ?

Julia éclata de rire :

— Je le trouve beau, bien que vraiment grand... peut-être trop pour toi !

Lucrèce comprit sans peine. Julia la serra dans ses bras :

— Il est très bien. Tu ne dois te marier que pour le Saint Père et pour l'Eglise. Cela n'a que peu d'importance pour ta vie.

A son arrivée dans le palais des papes, Alexandre avait transformé un ensemble de pièces nues, abandonnées depuis longtemps, en un fabuleux appartement. Les murs de son salon privé, la salle des Mystères, avaient été ornés de fresques peintes par le Pinturicchio, son artiste préféré. Le pape apparaissait dans l'une d'elles : il était l'un des rares élus ayant le bonheur de voir le Christ monter au ciel. Vêtu d'une grande cape ornée de joyaux, il avait posé à terre sa tiare d'or, et levait les yeux pour mieux regarder le Sauveur qui le bénissait.

Ailleurs, d'autres membres de la famille étaient représentés. Lucrèce prêtait ainsi ses boucles blondes à sainte Catherine, César était un empereur assis sur un trône d'or, Juan un potentat oriental, Geoffroi un chérubin. Et partout on voyait le taureau rouge qui était l'emblème de la famille.

Le Pinturicchio avait orné l'une des portes d'un portrait de la Vierge, dans toute sa beauté sereine — empruntée à Julia Farnèse, qui avait servi de modèle.

Il y avait aussi l'immense salle de la Foi, aux plafonds voûtés, dont les lunettes et les médaillons étaient, eux aussi, couverts de fresques : une pour chaque apôtre, lisant un rouleau de parchemin aux prophètes qui diffuseraient la parole du Christ — prophètes qui avaient les traits d'Alexandre, de César, de Juan et de Geoffroi.

Toutes les pièces étaient richement ornées de tapisseries et de dorures. Le trône papal, où Alexandre s'asseyait pour recevoir d'importants visiteurs, était installé dans la salle de la Foi. Les nobles s'agenouillaient sur des prie-Dieu pour baiser son anneau ; des divans étaient réservés aux personnages assez puissants pour mériter une audience un peu plus longue, où l'on évoquerait des projets de croisade, ou bien le partage du pouvoir dans les villes italiennes.

Giovanni Sforza, duc de Pesaro, fut conduit dans les appartements du pape, dont il baisa le pied, puis l'anneau. La beauté du Vatican l'avait fortement impressionné, comme les richesses dont il serait bientôt l'heureux propriétaire : car sa jeune promise avait une dot de trente mille ducats — de quoi embellir comme il convenait sa propre demeure.

Giovanni songea à ses futurs beaux-frères. Trop jeune, Geoffroi ne comptait pas. César ne semblait pas très accueillant ; mais Juan s'était montré plus avenant et lui avait promis qu'avant le mariage il pourrait se donner du bon temps à Rome. Peut-être ne serait-ce donc pas aussi redoutable que Giovanni ne l'avait craint. Bien entendu, il lui était impossible de dire non à son oncle le More : Pesaro lui aurait été repris sur-le-champ.

L'après-midi, après l'arrivée de tous les invités, César s'éclipsa. Sortant du Vatican à cheval, il partit au galop et, quittant Rome, s'en fut errer à travers la campagne. Il n'avait passé que quelques instants avec Sforza mais le haïssait déjà. C'était une brute, un vantard, un crétin ! Encore plus niais que Geoffroi, et plus arrogant que Juan ! Quel époux pour sa pauvre sœur ! Quand il la reverrait, que pourrait-il bien lui dire ?

Juan, au contraire, était très attiré par le nouveau venu. Il avait peu d'amis à la cour du pape ; son seul véritable compagnon était le prince turc Djem, frère du sultan qui, en signe de bonne volonté, l'avait envoyé à Rome pour être l'otage du pape.

Le sultan Bayézid II avait en effet passé un accord avec le pape Innocent VIII. Il redoutait une nouvelle croisade à l'occasion de laquelle son frère pourrait monter sur le trône. Il l'avait donc remis à la papauté à qui il versait quarante mille ducats par an. A la mort de son prédécesseur, Alexandre Borgia avait renouvelé l'accord ; il traitait son otage en hôte respecté. Quel meilleur moyen de remplir les coffres de l'Eglise que d'y verser l'argent des infidèles ?

Agé d'une trentaine d'années, Djem, sombre de peau, moustachu, d'allure un peu maussade, tenait à garder son costume oriental, et Juan ne tarda pas à l'imiter, du moins en dehors des occasions officielles.

Bien que le frère du sultan eût deux fois l'âge du jeune homme, ils s'entendaient fort bien, allaient partout ensemble ; le Turc semblait avoir beaucoup d'influence sur le fils du pape. Celui-ci laissait faire, non seulement parce que Djem rapportait beaucoup d'argent au Vatican, mais aussi parce qu'il paraissait être le seul à pouvoir faire sourire Juan, toujours si revêche. César, de son côté, avait vite cessé de les fréquenter.

La veille du mariage, Juan invita Giovanni Sforza à l'accompagner en ville pour rendre visite, avec Djem, à quelques courtisanes connues. Giovanni accepta aussitôt. Il parut fort bien s'entendre avec le prince turc, avec qui il bavarda gaiement pendant que tous trois faisaient bombance. Le trio ne passa pas inaperçu, mais les citoyens de Rome prirent soin de rester à distance.

Il en alla tout autrement chez les courtisanes, où Juan était fort connu : elles pariaient souvent à qui l'entraînerait la première dans son lit. Certaines rumeurs voulaient qu'il fût l'amant de Djem, mais elles ne s'en souciaient guère : elles gagnaient leur pain en satisfaisant des personnages de haut rang, et Juan se montrait toujours fort généreux.

Avalona, une jeune fille de quinze ans aux longs cheveux bruns, était l'une de ses préférées. Fille d'aubergiste, elle avait une réelle affection pour lui. Mais ce soir-là, quand les trois hommes survinrent, Juan l'offrit d'abord à Giovanni, puis à Djem. Tous se rendirent à l'étage, où Juan assista aux ébats, mais il était trop ivre pour songer à ce que la jeune fille pouvait bien penser. Quand ce fut son tour, elle se détourna et refusa de l'embrasser. Toujours prompt à prendre la mouche, Juan fut furieux à l'idée qu'elle lui avait préféré son beau-frère, et la gifla : sur quoi elle refusa de lui adresser la parole. Il bouda tout au long de leur retour au palais ; mais les deux autres, qui s'étaient donné du bon temps, s'en rendirent à peine compte.

Le jour du mariage arriva. Lucrèce avait l'air d'une reine dans sa robe de velours rouge ornée de fourrure, sa chevelure blonde était semée de fils d'or ornés de diamants et de rubis. Julia Farnèse avait revêtu une tunique de satin rose qui mettait en valeur la pâleur de son teint. Celle d'Adriana était bleu sombre, et sans ornements, pour ne pas faire concurrence à la mariée. Giovanni, Juan et Djem portaient des atours encore plus somptueux — turbans de satin crème, étoles de brocart d'or — qui éclipsaient non seulement ceux de Lucrèce, mais aussi ceux du pape lui-même.

Alexandre avait chargé Juan d'accompagner sa sœur à l'autel, et Lucrèce savait que César en était furieux. Mieux valait qu'il reste à distance, car elle savait que jamais il n'accepterait de la céder de bon gré. Elle se demanda même s'il assisterait à la cérémonie ; mais leur père, il est vrai, ne lui laisserait guère le choix. César était bien capable de monter à cheval pour disparaître à la campagne. Elle espéra que non : c'était lui qu'elle voulait le plus, et aimait plus que tout.

La cérémonie eut lieu dans la grande salle du Vatican, en dépit des objections des princes de l'Eglise, pour qui ces lieux devaient rester réservés au clergé. Mais le pape tenait à ce que sa fille s'y mariât, et il en fut ainsi.

Le trône du souverain pontife fut installé sur une estrade à l'entrée de la salle, entouré, de chaque côté, de six sièges de velours pourpre qui accueilleraient les douze cardinaux qu'il venait de nommer. Il avait également ordonné que dans sa chapelle privée soient placées des dizaines de torches d'or et d'argent, qui brûleraient devant les énormes statues de marbre ornant les côtés de l'autel.

L'archevêque présidant la cérémonie, coiffé d'une mitre d'argent, dit la messe avant d'offrir sa bénédiction aux mariés.

Il régnait dans la salle la vive odeur d'un encens venu d'Orient quelques jours auparavant : c'était un cadeau du sultan Bayézid II. L'épaisse fumée blanche piquait la gorge de Lucrèce, qui eut une quinte de toux qu'elle dissimula derrière un mouchoir de dentelle. Le Christ sur son énorme croix de bois lui parut de mauvais augure, comme l'épée de fidélité que l'archevêque tint au-dessus de la tête des mariés tandis qu'ils échangeaient leurs vœux.

Sur l'estrade, le siège de César était resté vide. Elle finit par l'apercevoir à l'entrée de la salle.

Elle avait passé la nuit précédente à genoux, à prier la Madone de lui accorder son pardon : elle s'était rendue chez César pour lui appartenir une nouvelle fois. Lucrèce ignorait pourquoi la pensée d'être à un autre lui inspirait tant de crainte. Elle ne connaissait même pas son futur époux, ne l'ayant vu qu'une fois du haut d'un balcon ; la veille, ils s'étaient bien retrouvés dans la même pièce, mais il ne lui avait pas dit mot, et ne semblait même pas avoir remarqué son existence.

Agenouillée à ses côtés devant l'autel, elle l'entendit prononcer : « Je ferai de cette femme mon épouse », et jugea sa voix rauque et désagréable. Elle accepta, comme en transe, de prononcer à son tour les paroles fatidiques ; mais ses yeux étaient fixés sur César, venu se placer à côté de Juan — et qui prenait soin de ne pas la regarder.

Ensuite, dans la salle Reale, Lucrèce prit place à table, avec son nouvel époux, ainsi qu'Adriana et Julia Farnèse, qui était sa demoiselle d'honneur. Il y avait aussi Battestina, la petite-fille d'Innocent VIII. Les trois frères de la mariée avaient toutefois pris place à l'autre bout de la pièce. Beaucoup d'invités s'étaient installés sur les centaines de coussins disposés sur le sol. Contre les murs se dressaient d'énormes tables chargées de nourriture et de friandises. Une fois que tous eurent mangé, le centre de la pièce fut libéré, pour que des comédiens, suivis de danseuses et de chanteuses, puissent distraire l'assistance.

Lucrèce jeta à plusieurs reprises un regard furtif à son époux, mais il était trop occupé à s'empiffrer pour faire attention à elle. Révulsée, elle préféra détourner les yeux.

La journée aurait dû être heureuse ; Lucrèce regretta — ce qui ne lui arrivait guère — que sa mère ne fût pas là. Julia était désormais la maîtresse du pape ; Vanozza n'avait plus sa place au Vatican.

La mariée, observant discrètement son époux, se demanda si elle parviendrait jamais à se faire à son expression lugubre. Devoir quitter Rome pour l'accompagner à Pesaro la mettait au désespoir ; heureusement, son père lui avait promis qu'elle pourrait attendre un an.

Lucrèce se sentait incroyablement seule au milieu des rires. Elle n'avait guère faim, mais but plusieurs gorgées du vin qu'on versait dans son gobelet d'argent, si bien qu'elle ne tarda pas à se sentir un peu grise ; bavarder avec ses suivantes lui permit enfin de se détendre un peu et de prendre du bon temps. Après tout, c'était une grande fête, et Lucrèce n'avait que treize ans.

Plus tard, le pape annonça que le soir il y aurait dans ses appartements privés un dîner au cours duquel les mariés se verraient offrir leurs présents. Avant de se retirer, il ordonna aux serviteurs de jeter du balcon les restes du repas à la foule réunie sur la place, qu'elle puisse, elle aussi, prendre part aux réjouissances.

C'est bien après minuit que Lucrèce eut enfin l'occasion de discuter avec son père. Il était à son bureau, seul ; presque tous les invités étaient partis, seuls ses frères et quelques cardinaux attendaient dans l'antichambre.

Elle s'approcha, hésitante, ne voulant pas l'offenser. Mais la question était trop importante pour qu'elle pût attendre. S'agenouillant, elle baissa la tête en attendant qu'il l'autorise à parler.

— Père, finit-elle par dire d'une voix à peine audible, dois-je vraiment rejoindre Giovanni dans la chambre nuptiale cette nuit même ? Dois-tu vraiment honorer le contrat si vite ?

Alexandre leva les yeux au ciel. Lui aussi y avait longuement pensé — plus, sans doute, qu'il ne l'aurait voulu.

— Si ce n'est pas maintenant, quand ? Mieux vaut en terminer aussi vite que possible, dit-il en souriant à sa fille. Ensuite, tu pourras reprendre ta vie, sans que l'épée ne soit suspendue au-dessus de ta tête.

Elle soupira :

— Faut-il que César soit là aussi ?

— Quelle importance ? Ma présence suffira. Pour que le contrat soit valide, il suffit de trois témoins.

— Je préfère qu'il n'en soit pas.

— Si tel est ton vœu, il en sera ainsi.

Les mariés se rendirent sans grand enthousiasme dans la chambre nuptiale ; Giovanni parce qu'il était un peu ivre, et que sa première femme lui manquait toujours ; Lucrèce parce qu'elle était gênée à l'idée d'être observée, et surtout parce qu'il lui fallait permettre à un autre que César de la toucher. Mais elle se sentait à ce point prise de vertiges, que rien ne semblait plus avoir d'importance. Son frère avait disparu. Elle but en hâte trois gobelets de vin pour rassembler le courage dont elle aurait besoin.

Les deux époux se dévêtirent avec l'aide de leurs serviteurs, puis se glissèrent dans les draps de satin blanc, en prenant soin de ne pas se toucher avant l'arrivée des témoins.

Quand le pape entra, il s'assit dans un fauteuil de velours rouge, face à une tapisserie évoquant les Croisades, qu'il pourrait contempler tout en priant, les doigts posés sur les perles de son rosaire. Les deux autres témoins étaient le cardinal Ascanio Sforza, et le frère de Julia, nommé cardinal par le pape, mais que les mauvaises langues appelaient « le *monsignore* en jupons ».

Giovanni ne dit mot ; se rapprochant, il saisit Lucrèce par l'épaule pour l'attirer vers lui. Il tenta de l'embrasser, mais elle détourna la tête. Il avait une odeur de bœuf. Quand il se mit à la caresser, elle eut l'impression que tout son corps se révulsait. L'espace d'un instant, elle craignit de vomir, et espéra que quelqu'un avait pensé à placer un pot de chambre à côté du lit. Envahie par une tristesse sans fin, Lucrèce crut bien qu'elle allait pleurer. Mais, quand il grimpa sur elle, elle ne ressentait plus rien. Fermant les yeux, elle se renferma en elle-même et songea au Lac d'Argent, le seul endroit où elle s'était sentie libre, où elle avait couru dans les roseaux, roulé dans l'herbe douce...

Le lendemain matin, quand Lucrèce se précipita pour rattraper César, qui sortait du Vatican pour se rendre aux écuries, elle vit aussitôt qu'il était furieux. Elle tenta en vain de le réconforter : il n'écoutait pas. La jeune fille resta donc silencieuse et le regarda monter à cheval, puis s'éloigner.

Il ne revint que deux jours plus tard, pour lui dire qu'il avait passé tout ce temps à la campagne, à réfléchir à leur avenir. Il ajouta qu'il lui pardonnait, ce dont elle fut furieuse :

— Pardonner quoi ? J'ai fait ce que je devais, comme toi ! Tu te plains toujours d'être cardinal, mais je préférerais en être un, plutôt qu'une femme !

— Nous devons être ce que veut le Saint-Père ! Je préférerais être soldat ! Aucun de nous deux n'a ce qu'il voudrait !

César se rendait bien compte que la plus grande bataille qu'il aurait à livrer serait contre lui-même. L'amour peut triompher de la volonté, sans autres armes que ses attraits. César adorait son père, il avait étudié sa stratégie depuis assez longtemps pour savoir ce dont il était capable ; et jamais lui-même ne consentirait à s'abaisser à de telles méthodes.

Dépouiller quelqu'un de ses biens, de ses richesses, voire de sa vie, était un crime bien moins grave que de le priver de sa volonté. On n'est plus qu'un pantin, une bête de somme obéissant au fouet. Il s'était juré que cela ne lui arriverait pas.

Il comprenait bien pourquoi son père lui avait demandé de faire l'amour à Lucrèce ; mais il se jugeait aussi digne de l'aimer, au point de se duper lui-même et de croire qu'il l'avait délibérément voulu. Et Lucrèce aimait avec un tel cœur qu'elle aurait pu charmer la plus féroce des bêtes sauvages ; sans s'en rendre compte, elle était devenue le fouet d'Alexandre.

Lucrèce se mit à pleurer ; César la serra contre lui et tenta de la consoler :

— Tout ira bien, murmura-t-il en caressant ses boucles blondes. Ne t'inquiète pas de ce faisan de Sforza. En dépit de tout, nous serons toujours l'un à l'autre.

6

Ludovico Sforza le More était le véritable maître de Milan, bien qu'officiellement il ne fût que régent ; mais son neveu était trop falot pour lui tenir tête.

En dépit de son sobriquet, Ludovico était un homme de grande taille, d'une vive élégance, avec cette beauté blonde typique des Italiens du Nord ; il était intelligent, ouvert aux choses de l'esprit. Sans doute était-il moins sensible à la religion qu'aux mythes d'autrefois. Confiant et sûr de lui quand les choses allaient bien, il perdait de son assurance dans l'adversité. Ses sujets le respectaient et, s'il se montrait parfois peu scrupuleux, voire d'une grande duplicité, c'était un gouvernant empli de compassion, au point d'imposer aux citoyens les plus riches un impôt destiné à financer des foyers et des hôpitaux pour les pauvres.

Milan était l'un des grands foyers de l'humanisme ; le More et son épouse, Béatrice d'Este, avaient beaucoup fait en ce domaine, rénovant et décorant leurs châteaux, faisant repeindre les mornes maisons de la ville aux vives couleurs de l'art nouveau, ou nettoyer les rues pour faire disparaître la puanteur qui obligeait la noblesse à porter des gants parfumés, voire à tenir en permanence une demi-orange sous le nez. De surcroît, conscient de la valeur de l'éducation, le More dépensait sans compter pour attirer les meilleurs maîtres dans ses universités.

Belle et ambitieuse, Béatrice l'avait, bien des années auparavant, encouragé à s'emparer du pouvoir aux dépens de son neveu Gian. Lui ayant donné un fils, elle redoutait en effet qu'il n'eût aucun droit légal sur leur royaume.

Treize ans durant, le More avait donc régné sans que son neveu s'y opposât ; Milan était devenue une ville d'art et de culture. Mais ensuite, Gian épousa une jeune femme au vif tempérament, Avia, petite-fille du redoutable roi Ferrante de Naples.

Ayant donné deux fils à son mari — elle jurait qu'à cause du More, ils seraient contraints de vivre en roturiers —, elle se plaignit auprès de lui. Mais le duc était parfaitement heureux de laisser son oncle régner sur Milan. N'ayant pas le choix, la jeune femme écrivit lettre sur lettre à son grand-père. Ferrante finit par s'inquiéter : après tout, il ne pouvait tolérer cette insulte faite à sa petite-fille. Il était donc bien résolu à la venger et à lui redonner la place qu'elle occupait de droit.

Informé par ses conseillers, qui redoutaient la férocité du roi de Naples, le More réfléchit longuement. Il lui serait impossible de défendre Milan face à l'armée napolitaine, dont la puissance militaire était légendaire.

Il apprit alors — véritable don du ciel ! — que le roi de France Charles VIII préparait une invasion de l'Italie pour faire valoir ses droits à la couronne de Naples. Sans perdre de temps, le More proposa aussitôt au souverain français de l'accueillir, lui et ses troupes, sur le chemin qui les mènerait à Naples.

Au Vatican, Alexandre VI se livrait aux mêmes calculs. L'arrivée des Français changeait tout, même si le More témoignait en ce domaine d'une incroyable myopie politique. Ce matin-là, le pape avait convoqué César très tôt pour discuter de la question avec lui, quand Duarte Brandao vint les informer d'une menace supplémentaire :

— J'apprends que le roi Ferrante a envoyé à son cousin, le roi d'Espagne, un message dans lequel il s'inquiète de votre alliance avec le More, et de la position du Vatican face au danger d'invasion française.

César hocha la tête d'un air entendu :

— Il a de quoi s'inquiéter, en effet !

— Quelle a été la réponse du bon roi Ferdinand ? demanda Alexandre.

— Pour le moment, il refuse de se mêler de nos affaires.

Le pape éclata de rire :

— Voilà un homme d'honneur ! Il n'a pas oublié que je lui ai fourni la dispense lui permettant d'épouser sa cousine Isabelle de Castille, et donc d'unifier leurs deux royaumes.

— Il serait judicieux d'envoyer une ambassade à Naples, pour parvenir à un accord, dit Duarte.

— Nous leur offrirons une alliance maritale, convint Alexandre. Pourquoi Milan serait-il seul à en bénéficier ?

— Père, intervint César qui s'amusait beaucoup, je dois te rappeler que je suis cardinal de l'Eglise apostolique et romaine.

Le soir, Alexandre contempla les cieux et réfléchit aux destinées humaines. La crainte pousse les hommes à agir contre leurs propres intérêts. Oubliant toute raison, ils se transforment en niais babillards. Sinon, pourquoi le More prendrait-il le parti des Français, alors qu'il n'avait rien à y gagner ? Une fois une armée entrée dans sa ville, tous ses habitants seraient en danger — et son pouvoir avec. Le pape soupira. En ce domaine, les lueurs de la foi ne lui assuraient qu'un maigre réconfort.

La traîtrise règne sur le monde : mais certains sont encore plus féroces que d'autres. La cruauté anime leurs cœurs, réchauffe leurs veines, éveille leurs sens : ils éprouvent, à torturer leurs semblables, le même plaisir que d'autres à faire l'amour. Ils imaginent un Dieu vengeur de leur propre invention et, animés d'une ferveur religieuse démente, s'en font les serviteurs zélés. Le roi Ferrante était du nombre, même si, au grand malheur de ses ennemis, il préférait les tortures mentales.

C'était un homme trapu, de petite taille, à la peau olivâtre, aux sourcils noirs si épais qu'ils lui cachaient presque les yeux, ce qui lui donnait un air extraordinairement menaçant. Il était si velu que les poils émergeaient de son col et de ses manches, comme une fourrure d'animal sauvage. Jeune, il avait souffert de caries très graves qui avaient entraîné l'arrachage de ses deux incisives ; plus tard, par vanité, il avait demandé à l'orfèvre royal de lui en faire d'autres, en or. Cela avait d'ailleurs peu d'importance, car il souriait rarement — prenant alors un air plus sinistre encore. Toute l'Italie murmurait qu'il n'était jamais armé, et qu'il se déplaçait sans gardes du corps ; il se contentait, de ses dents en or, d'arracher la chair de ses ennemis !

Maître de Naples — le plus puissant royaume de la péninsule —, Ferrante inspirait à ses sujets une crainte éperdue. Il enchaînait dans des cages les ennemis qui lui tombaient entre les mains et, chaque matin, visitait ses donjons en jubilant. Une fois que ses prisonniers, succombant aux tortures, rendaient leur âme à Dieu, il faisait embaumer leur corps, qu'il replaçait dans leur cage, pour rappeler à ceux qui survivaient encore que son plaisir ne prendrait pas fin avec leur mort. Ses plus fidèles serviteurs n'échappaient pas à sa cruauté. Il les dépouillait de tout puis les faisait assassiner dans leur lit.

Et malgré tout cela, c'était un homme d'Etat de premier ordre, qui avait réussi à tenir la papauté à distance. Cela faisait des années qu'il refusait de payer la dîme à l'Eglise, se contentant d'envoyer à Rome, comme le voulait la tradition, un cheval blanc destiné à l'armée pontificale.

C'est en roi, et non en guerrier cruel, que Ferrante réfléchit à une alliance avec le pape. Toutefois, pour s'épargner toute mauvaise surprise et s'assurer une aide extérieure, il écrivit à son cousin, le roi d'Espagne Ferdinand : « Si le Saint-Père ne propose rien qui me satisfasse et refuse de nous assister, nous lancerons nos troupes sur Milan et, chemin faisant, nous emparerons de Rome. »

Le roi d'Espagne, conscient des tensions existant entre Naples, Rome et Milan, comprit qu'il devait intervenir. Il avait besoin du pape pour maintenir la paix, qu'il préférait toujours à la guerre. Si tout allait bien, il pourrait même l'informer de certains faits qui retiendraient son attention.

Homme de grande taille, à l'allure imposante, Ferdinand prenait très au sérieux sa tâche de monarque. Il était profondément chrétien et se soumettait sans discuter au pouvoir du pape. Pour autant, il était dépourvu du zèle évangélique de son épouse, Isabelle de Castille, et n'éprouvait nul besoin de persécuter ceux qui pensaient autrement que lui. C'était un homme raisonnable à qui la foi permettait avant tout de défendre son royaume. Alexandre et lui s'estimaient mutuellement ; chacun jugeait l'autre digne de confiance — sans excès superflu.

Vêtu d'une simple cape de satin bleu sombre ornée de fourrure, le roi avait l'air très élégant face au pape qui l'accueillait dans son immense salle de réception. Il but pensivement une gorgée de vin.

— Votre Sainteté, en signe de bonne volonté, le roi Ferrante m'a chargé de vous informer d'un fait qu'il a appris récemment, et qui pourrait vous être utile. Il est en effet certain que l'Eglise est l'alliée, non seulement de l'Espagne, mais aussi de Naples.

Alexandre sourit, mais son regard restait prudent :

— Le ciel récompense toujours ses fidèles.

— Peu après le conclave, le chef des armées du roi Ferrante, Virginio Orsini, a rencontré le cardinal Cibo pour lui acheter trois châteaux hérités de son père, Sa Sainteté Innocent VIII.

Le pape fronça les sourcils et resta silencieux quelques instants :

— Cette transaction n'a pas été portée à notre

connaissance. Une véritable trahison ! Et commise par un prince de l'Eglise !

A dire vrai, Alexandre s'inquiétait moins de la duplicité de Cibo que de celle d'Orsini. Ce dernier était en effet le beau-frère d'Adriana ; le pape l'avait toujours considéré comme un ami. De surcroît, certains hommes inspirent confiance, quelles que soient les circonstances, et Virginio Orsini était du nombre.

Ce soir-là, lors du dîner, le roi Ferdinand donna la clé de l'énigme :

— La discussion s'est tenue à Ostie, dans le palais de Giuliano Della Rovere.

Alexandre comprit d'un coup : son vieil ennemi était derrière tout cela ! Quiconque s'assurait ces trois imprenables forteresses situées au nord de Rome tenait la ville à sa merci.

— C'est là un problème qu'il faut résoudre, finit-il par dire.

— En me rendant à Naples, je peux discuter avec Ferrante en votre nom, pour voir ce qui peut être fait.

Le roi se retira après avoir baisé l'anneau du pape, en l'assurant qu'il ferait tout pour régler la difficulté. Puis il ajouta négligemment :

— Votre Sainteté, il y a un autre problème. Le Portugal et l'Espagne se disputent les territoires du Nouveau Monde. La reine et moi-même apprécierions beaucoup votre médiation, car de toute évidence il est nécessaire que la sagesse divine éclaire cette situation.

Le roi d'Espagne se rendit ensuite à Naples pour y rencontrer son cousin. Dès son arrivée, des messagers se mirent à faire la navette entre Rome et Naples. Pour finir, Ferrante assura le pape qu'il n'avait jamais été question de le menacer en s'assurant la possession des trois châteaux, dont le souverain pontife pourrait disposer pour défendre Rome en cas d'invasion française.

Virginio Orsini en demeurerait le maître, mais il devrait verser chaque année quarante mille ducats de dîmes, afin de témoigner de sa fidélité à l'Eglise.

En échange, que proposait le pape ?

Le roi Ferrante voulait que César épouse sa petite-fille Sancia, âgée de seize ans. Alexandre refusa, rappelant que son fils était cardinal, et offrit à sa place le plus jeune de ses fils, Geoffroi. Ferrante ne voulut rien savoir : c'était vraiment perdre au change !

Les prédécesseurs d'Alexandre n'avaient jamais rien refusé à Ferrante ; mais le pape se montra inflexible. Il avait de grands projets pour César ; c'était un or pur qu'on ne saurait échanger contre du plomb.

Ferrante n'ignorait nullement les talents de négociateur d'Alexandre ; il se sentit furieux. S'il laissait passer cette occasion de nouer une alliance entre eux, le pape aurait tôt fait d'en conclure une autre qui mettrait Naples en péril. Après bien des délibérations, le roi finit donc, à contrecœur, par accepter la proposition. Pourvu que Geoffroi, qui n'avait que douze ans, fût capable de faire l'amour à Sancia, pour légitimer le contrat, avant que son père ait trouvé mieux ailleurs !

Mais Ferrante mourut cinq mois après les fiançailles. Son fils Alfonso lui succéda. Beaucoup moins cruel que son père, il était aussi beaucoup moins doué, et se retrouva à la merci d'Alexandre. Naples étant, officiellement, territoire pontifical, dont le pape demeurait suzerain, lui seul pouvait accorder au fils du roi le droit de monter sur le trône. Si Alfonso le froissait, il serait bien capable de choisir un autre prétendant.

Il est vrai qu'Alexandre devait faire face à un nouvel adversaire. Charles VIII avait lui aussi des visées sur Naples, et en réclamait la couronne. Il envoya au souverain pontife une ambassade chargée de lui rappeler que, si nécessaire, il le ferait déposer et remplacer par un nouveau pape. Alexandre savait toutefois que la mainmise française sur Naples marquerait la fin de l'indépendance des territoires pontificaux.

Pire encore, l'agitation gagnait les ennemis des Espagnols et de la papauté dans toute la péninsule, ce qui pourrait rompre la paix fragile régnant en Italie depuis son accession au trône de saint Pierre.

C'est alors qu'il reçut des nouvelles qui l'aidèrent à prendre une décision. Duarte Brandao vint le voir :

— L'invasion française se précise. Charles VIII est plein d'enthousiasme, et bien résolu à devenir le plus grand monarque de son temps. Il compte même prendre la tête d'une nouvelle croisade pour libérer Jérusalem.

— Auparavant, il lui faut conquérir Naples, et pour cela traverser les Etats de l'Eglise.

— En effet. Il a par ailleurs annoncé son intention de réformer la papauté, ce qui ne peut se faire que d'une seule façon, que vous connaissez.

Alexandre réfléchit :

— Il lui faudra me déposer pour obtenir ce qu'il veut...

Le pape ne pouvait s'aliéner Alfonso : il aurait besoin des armées napolitaines, qui pourraient s'installer au nord de Rome pour repousser toute attaque française contre la Ville éternelle.

Tout cela le conduisit à former de nouveaux projets. Il lui faudrait unifier les cités-Etats de toute l'Italie, pour se défendre lui-même, défendre Rome, défendre l'Eglise. A cette fin, il songea à créer une sainte ligue.

A peine présenté aux intéressés, le projet se heurta toutefois à de vives résistances. Comme toujours, Venise voulait demeurer neutre. Milan était déjà du côté des Français, Florence n'avait plus guère de puissance militaire, et un prêcheur enflammé nommé Savonarole y avait trop d'influence sur la populace pour que les Médicis songent à se joindre à la coalition.

Alexandre en conclut qu'il devait couronner Alfonso sans perdre de temps — faute de quoi un autre ne tarderait pas à coiffer la tiare papale.

Quatre jours plus tard, le fils de Ferrante devint donc roi de Naples, tandis que Geoffroi épousait la fille du nouveau souverain, Sancia.

Devant l'autel de la chapelle de Castel Nuovo, le marié, qui n'avait que douze ans, fit de son mieux pour paraître plus âgé aux côtés de son épouse, qui en avait seize. Il était plus grand qu'elle, et assez beau, avec son épaisse chevelure blonde et ses yeux clairs, mais n'avait ni charme ni esprit. Sa promise, fort agacée du choix de son père, jetait des regards mauvais à l'assistance. Quand l'archevêque demanda à Geoffroi : « Prendrez-vous cette femme... », le jeune garçon, sans attendre la fin, lança un « Oui ! » retentissant.

Tout le monde éclata de rire ; Sancia en fut humiliée et prononça ses vœux d'une voix à peine audible. Devoir épouser un gamin idiot !

Elle s'adoucit un peu quand, lors de la réception qui suivit, elle vit les pièces d'or et les bijoux qu'il apportait en cadeau ; quand il en distribua à pleines poignées à ses demoiselles d'honneur, elle consentit même à lui sourire.

Le soir, dans la chambre des époux, en présence du roi et de deux autres témoins, Geoffroi Borgia grimpa sur sa nouvelle épouse et la chevaucha comme il l'aurait fait d'un poney. De son côté, elle demeura aussi immobile qu'un cadavre. Il la monta ainsi à quatre reprises, puis le monarque jugea que c'en était assez, et que le contrat de mariage était parfaitement valide.

Alexandre convoqua César et Juan dans la salle de la Foi où, selon l'accord conclu avec le roi Ferdinand, il avait promis de recevoir les ambassadeurs d'Espagne et du Portugal afin de régler la querelle qui les opposait dans le Nouveau Monde.

Quand ses fils entrèrent, il leur dit :

— Ce sera l'occasion pour vous d'apprendre un peu ce qu'est la diplomatie. Vu les positions que chacun de vous occupera, vous serez amenés à prendre part à bien des négociations.

Il se garda d'ajouter que la requête du roi Ferdinand n'était pas qu'un simple geste de déférence ; cela reflétait l'influence, à la fois politique et religieuse, de la papauté en cet âge de découvertes. Cela lui assurerait le soutien de l'Espagne, dont le pape aurait grand besoin si jamais le roi de France envahissait la péninsule.

Levant les yeux quand les ambassadeurs entrèrent, Alexandre les accueillit avec chaleur et dit :

— Vous connaissez sans doute nos fils, le cardinal Borgia et le duc de Gandia ?

— Bien sûr, Saint-Père, répondit l'Espagnol, aristocrate massif sanglé dans une tunique noire couverte de brocart.

Il eut un signe de tête à l'intention des deux hommes. Son collègue portugais l'imita.

— Mes fils, dit le pape en montrant de la main une carte étalée sur une table, nous croyons avoir résolu un problème qui tourmentait les deux nations que représentent Leurs Excellences.

Les diplomates acquiescèrent en silence, tandis qu'Alexandre poursuivait :

— Toutes deux ont envoyé de courageux explorateurs jusqu'au bout du monde, par-delà des mers inconnues ; chacune a des droits sur les richesses du Nouveau Monde. L'Eglise, du temps de notre prédécesseur Calixte III, avait décrété que le royaume du Portugal avait droit à toutes les terres non chrétiennes situées sur les côtes de l'Atlantique. La couronne portugaise déclare donc que tout le Nouveau Monde lui appartient. L'Espagne, de son côté, affirme que Calixte ne voulait parler que des terres situées sur les côtes occidentales de l'océan, non de celles récemment découvertes de l'autre côté. Afin d'éviter un conflit entre ces deux grands peuples, le roi Ferdinand nous a demandé d'arbitrer leur différend. Et les deux nations, soucieuses d'être guidées par la lumière divine, ont accepté de se soumettre à notre décision. Est-ce bien exact ?

Les deux ambassadeurs hochèrent la tête sans mot dire.

— Nous avons réfléchi à la question avec le plus grand soin, et passé bien des heures à genoux, en prières. Et nous avons fini par prendre une décision. Il faut que le Nouveau Monde soit divisé selon cette ligne.

Il désigna du doigt un trait qui, sur la carte, se trouvait à une centaine de lieues à l'ouest des Açores et des îles du cap Vert.

— Toutes les terres situées à l'est de cette ligne, dont beaucoup d'îles très riches, appartiendront au royaume du Portugal. Celles situées à l'ouest appartiendront à Leurs Majestés Catholiques Ferdinand et Isabelle.

Il se tourna vers les ambassadeurs :

— Nous avons rédigé une bulle, *Inter Caetera*, qui détaille notre règlement de la question. Plandini, le secrétaire du Vatican, vous en donnera une copie à chacun. J'espère qu'elle vous satisfera et permettra de sauver bien des âmes qui auraient été sacrifiées sans notre intercession.

Il eut un sourire éblouissant ; les deux diplomates s'agenouillèrent pour baiser son anneau et se retirèrent.

— Qu'en pensez-vous ? demanda Alexandre à ses fils.

— Les Portugais ont perdu au change, père, répondit César. Ils ont reçu beaucoup moins de territoires !

Alexandre eut un sourire féroce :

— Mon fils, c'est le roi Ferdinand qui m'a demandé d'intervenir ! Et d'ailleurs, notre famille est d'origine espagnole. De surcroît, il ne faut pas oublier que l'Espagne est actuellement le royaume le plus puissant d'Europe. Nous aurons besoin de son aide si le roi de France envahit l'Italie avec l'assistance du cardinal Della Rovere. Les Portugais ont de grands marins, mais peu de soldats.

Il posa la main sur l'épaule de Juan :

— Mon fils, suite au succès de la médiation de l'Eglise, tes fiançailles avec Maria Enriquez auront lieu plus tôt que prévu. Prépare-toi. Il ne faut pas offenser notre ami le roi Ferdinand : assurer cette alliance nous a demandé beaucoup de diplomatie. Il nous faudra remercier Dieu chaque jour pour la bonne fortune de notre famille, comme pour cette mission de diffuser la parole du Christ sur la terre entière.

Moins d'une semaine plus tard, accompagné de somptueux présents, Juan se mit en route pour l'Espagne, pour rencontrer à Barcelone la famille Enriquez.

Le pape se sentait las : la terre comme le ciel semblaient reposer sur ses épaules. Un peu de détente le ferait revivre...

Il avait invité sa jeune maîtresse, Julia Farnèse, à passer la nuit dans son lit. Tandis qu'un serviteur le baignait et lui lavait les cheveux à l'aide d'un savon parfumé, il sourit en pensant à son petit visage, qui le regardait toujours avec admiration et, pensait-il, une sincère affection.

Il s'étonnait qu'une jeune femme aussi belle, aussi charmante, pût être enchantée par un homme qui avait depuis longtemps dépassé l'âge mûr. Il l'acceptait, tout simplement, comme tant d'autres énigmes tout au long de son existence. Certes, il était assez sagace pour savoir que son pouvoir et ses faveurs pouvaient inspirer un profond dévouement. Qu'elle soit sa maîtresse ne pouvait que profiter à sa famille, et donc rehausser sa propre position. Il savait pourtant que cela allait plus loin. Faire l'amour avec Julia lui était un bonheur sans prix. Son désir de plaire à son amant, sa curiosité sans bornes, son innocence même la rendaient follement attirante.

Alexandre avait connu bien des courtisanes superbes, qui avaient beaucoup plus d'expérience que Julia. Mais la réaction de cette dernière au plaisir sensuel était celle d'une enfant pleine d'allégresse ; il en tirait une satisfaction immense, sans pour autant penser que c'était là la relation la plus passionnée qu'il ait connue.

Vêtue d'une robe de velours rouge, Julia fut conduite dans sa chambre. Ses longs cheveux blonds tombaient librement, elle portait au cou un collier de petites perles qu'il lui avait donné la première fois qu'ils avaient fait l'amour.

Il était assis au bord du lit. S'avançant, elle entreprit de se dévêtir et, se tournant, lui demanda :

— Soulève mes cheveux.

Il obéit, humant l'odeur enivrante de lavande qui émanait de sa chevelure, pour prendre dans ses larges mains ses longues boucles blondes. Elle ôta sa robe et la laissa tomber sur le sol.

Elle leva la tête en attendant un baiser ; il dut se baisser pour le lui donner. Julia était plus petite que Lucrèce, plus délicate d'allure. Elle lui passa les bras autour du cou, il la souleva de terre.

— Julia, ma douce, cela fait des heures que j'attends ton arrivée.

Elle sourit ; ils se glissèrent dans les draps de satin.

— J'ai reçu un message d'Orso aujourd'hui, dit-elle. Il veut revenir à Rome et y séjourner quelque temps.

Alexandre dissimula son déplaisir : cette nuit était vraiment trop belle.

— Je regrette, mais la présence de ton mari à Bassanello devra se prolonger encore un peu. Il se pourrait que je lui confie le commandement de certaines de mes troupes.

Julia devina sans peine que son amant était jaloux ; cela se voyait dans ses yeux. Pour l'apaiser, elle se pencha et l'embrassa passionnément. Alexandre prenait toujours soin de lui manifester la plus grande douceur ; il ne voulait pas l'effrayer. Ils avaient déjà fait l'amour bien souvent, mais il s'efforçait à chaque fois d'oublier son propre plaisir pour ne penser qu'au sien. Au demeurant, il redoutait trop de s'abandonner et de laisser sa passion le conduire trop loin.

— Que veux-tu ? demanda-t-elle.

— Je vais m'étendre sur le dos, tu me chevaucheras à ta volonté, répondit-il. De cette façon, tu pourras contrôler ta propre passion, tout en goûtant autant de plaisir que tu pourras en supporter.

Il avait souvent pensé à l'innocence enfantine de Julia ; elle était semblable aux déesses de la mythologie, à ces tentatrices qui jetaient des sorts aux princes et les retenaient à jamais prisonniers.

Elle avait les yeux clos, la tête rejetée en arrière ; lui-même éprouva un plaisir qui lui parut, une fois de plus, un don divin : qui d'autre que Dieu pourrait assurer à l'homme un tel bonheur ?

Le lendemain matin, avant que Julia ne s'en aille,

il lui offrit une croix d'or, commandée au meilleur orfèvre de Florence. Elle s'assit sur le lit, nue, pour qu'il la lui passe autour du cou. Tout son visage, tout son corps étaient l'image de la grâce et de la beauté. Une fois de plus, Alexandre fut convaincu de l'existence de Dieu : personne sur terre n'aurait pu concevoir une telle perfection.

7

Le médecin du pape accourut en toute hâte au Vatican pour l'avertir que plusieurs cas de peste venaient d'être découverts à Rome. Inquiet, Alexandre convoqua aussitôt sa fille.

— Il est temps que tu partes pour Pesaro rejoindre ton époux, lui déclara-t-il.

S'agenouillant aussitôt, elle s'écria :

— Mais père, comment pourrais-je te quitter ? Comment pourrais-je quitter mes frères, Adriana, Julia ? Comment vivre si loin de la ville que j'aime ?

En temps normal, il aurait consenti à discuter ; mais vu les circonstances, il insista :

— Adriana et Julia t'accompagneront à Pesaro, ma chère enfant. Nous échangerons des messages tous les jours, qu'aucun de nous deux ne se sente seul.

Lucrèce se redressa, le regard enflammé :

— Je préfère mourir de la peste à Rome plutôt que de vivre là-bas avec Giovanni ! Il est impossible ! Il ne me regarde jamais, me parle à peine, et toujours pour se rengorger, ou m'ordonner de faire quelque chose dont je n'ai pas envie !

Alexandre la serra contre lui et tenta de la consoler :

— N'avons-nous pas déjà parlé de cela ? Nous

devons consentir à bien des sacrifices pour assurer le bonheur de notre famille et la puissance de Dieu sur terre ! Julia m'a dit que tu vénérais sainte Catherine. Crois-tu qu'elle se serait dérobée à l'appel du Père céleste, dont après tout je suis le représentant sur terre ?

Elle le regarda d'un air boudeur :

— C'était une sainte et je ne suis qu'une femme. Je n'ai pas à suivre son exemple. Que je sois la fille du pape ne doit pas me contraindre au martyre !

Une lueur passa dans les yeux d'Alexandre. Peu d'hommes auraient pu résister aux arguments de sa fille ; et son refus de le quitter l'attendrissait.

Il prit sa main :

— Moi aussi, mon enfant, je dois faire bien des sacrifices à Dieu, car il n'y a personne en ce monde que j'aime plus que toi.

— Même pas Julia ? demanda-t-elle timidement.

Il se signa :

— Je jure devant Dieu que c'est toi que j'aime le plus.

Elle se jeta à son cou :

— Père ! Promets-tu de m'envoyer lettre sur lettre, sans jamais t'arrêter ? Et de me faire revenir, quand je ne pourrai plus supporter d'être là-bas ? Sinon, je mourrai de désespoir, et plus jamais tu ne me reverras !

— Je te le promets ! Réunis tes dames de compagnie, je vais informer ton époux que tu pars sur-le-champ pour Pesaro.

Elle s'agenouilla pour baiser son anneau, puis demanda :

— Qui prévient Julia ? Toi ou moi ?

Il sourit :

— Tu peux t'en charger, répondit-il en prenant un air faussement sérieux. Maintenant, va...

A l'issue d'un voyage de cinq jours, les trois femmes et leurs serviteurs parvinrent à Pesaro sous une pluie battante. Lucrèce en fut déçue, car elle comptait faire bonne impression à son arrivée : après tout, elle était la duchesse ! Avec une naïveté d'enfant, elle aurait voulu goûter l'admiration et l'affection de ceux qui étaient désormais ses sujets.

Leur petit groupe — elles et leur suite à cheval, accompagnées par des carrioles où s'entassaient des biens précieux — avait suivi une simple route de terre battue, au milieu, il est vrai, d'un paysage magnifique. Michelotto et plusieurs hommes d'armes les accompagnaient pour les protéger de toute agression ; mais chaque soir, vers le crépuscule, ils devaient s'arrêter et passer la nuit sur place. Les endroits où loger demeuraient rares, et plus d'une fois ils avaient dû dresser un camp de fortune.

Quelques heures avant leur arrivée à Pesaro, Lucrèce demanda à ses compagnons de s'arrêter, pour que Julia et elle puissent se préparer. Son visage et sa chevelure avaient souffert des intempéries, ses chaussures et sa robe étaient tachées de boue. Elle demanda à ses suivantes d'essuyer ses cheveux avec des linges, puis de les enduire d'un baume qui en soulignerait les reflets dorés. Mais, comme elle s'apprêtait à revêtir une autre robe, elle fut brusquement prise de vertige et dut s'appuyer sur l'épaule de l'une de ses dames de compagnie :

— J'ai pris froid ! soupira-t-elle.

Adriana parut inquiète : les joues de Lucrèce montraient qu'elle avait la fièvre.

— Tu es malade ? demanda-t-elle.

Lucrèce sourit, mais il y avait dans ses yeux une lueur inquiétante, et elle avait la chair de poule :

— Je me sens bien. Dès que nous serons arrivées et que j'aurai pris une boisson chaude, je suis certaine que tout ira pour le mieux. Mettons-nous en route : on doit avoir prévu des festivités, et il ne faut pas avoir l'air trop épuisées devant le peuple !

Toutefois, lorsqu'ils arrivèrent aux portes de la ville, la tête de Lucrèce lui tournait, et quand Giovanni, pour une fois souriant, vint l'accueillir, elle l'entendit à peine et, succombant à la faiblesse, tomba de cheval.

Un serviteur la prit aussitôt dans ses bras et l'emmena au palais. Surpris de la sentir si légère, fasciné par sa blondeur et sa beauté, il la déposa doucement sur le grand lit de plume avant de courir apprendre aux autres quelle beauté était la nouvelle épouse du duc. Adriana et Julia s'affairèrent, réclamant quelque chose de chaud à boire ; Giovanni était déjà retourné auprès de la foule qui attendait, pour expliquer que la duchesse viendrait les saluer le lendemain, une fois qu'elle se serait un peu reposée.

Cette nuit-là, seule dans sa chambre, perdue dans une ville inconnue, Lucrèce dit ses prières et tenta de dormir un peu. Son père lui manquait horriblement, et César plus encore. Le jour de son départ, il avait promis de lui rendre visite et, si pour une raison quelconque cela se révélait impossible, de lui envoyer Don Michelotto : il accompagnerait la jeune fille au Lac d'Argent, à mi-chemin entre Rome et Pesaro, et tous deux pourraient s'y retrouver, y passer un peu de temps seuls, discuter ensemble, courir dans l'herbe comme quand ils étaient enfants, loin des regards du pape et de ceux qui avaient pour mission de les protéger.

Penser à César la réconforta un peu ; elle ferma les yeux en imaginant les lèvres de son frère sur les siennes, et finit par s'endormir.

Le lendemain matin, à son réveil, elle se sentait encore fiévreuse, mais refusa de rester au lit, voulant voir Pesaro, et surtout saluer ses habitants. La pluie avait cessé, le soleil brillait, la chambre paraissait des plus agréables. Certains citoyens de la ville avaient passé la nuit dehors, sur la place devant le palais : elle les entendait chanter par-delà ses fenêtres grandes ouvertes.

Giovanni lui avait promis de grands bals, des soirées : elle devait se préparer. Avec l'aide d'Adriana, de Julia et de ses dames de compagnie, elle finit par choisir une robe de satin rose à la fois simple et élégante, au corset orné de dentelle vénitienne. Elles lui nouèrent les cheveux sur les côtés, tout en les laissant tomber librement dans le dos, et les ornèrent de perles et d'épingles d'or. Lucrèce fut enchantée de l'effet produit :

— Ai-je l'air d'une duchesse, au moins ? demanda-t-elle à Julia.

— D'une princesse ! répliqua celle-ci.

Sortant sur le balcon, Lucrèce salua de la main la foule massée sur la place. Ils l'acclamèrent à tout rompre, lui jetèrent des couronnes ornées de fleurs ; elle en attrapa une qu'elle plaça sur sa tête, faisant redoubler les vivats.

Puis il y eut de la musique, des jongleurs, des bouffons qui couraient dans les rues — bref, comme à Rome ! Lucrèce se sentit pleine de bonheur, tant l'affection qu'on lui témoignait la touchait. Elle s'était toujours demandé pourquoi son père et César aimaient tant prendre part aux défilés à travers la ville ; cette fois, elle comprit. Contemplant la marée de visages qui la dévoraient des yeux, elle se sentit beaucoup moins seule.

Pesaro était une belle ville, la campagne environnante, parsemée d'oliviers, semblait superbe. Et surtout, les reliefs tout proches des Apennins protégeaient la cité. Lucrèce savait pouvoir y être heureuse — si bien entendu elle trouvait le moyen de supporter son époux.

Le roi de France accordait toute sa foi à l'Eglise, mais aussi aux présages des constellations célestes. Son conseiller le plus écouté était donc Simon de Pavie, à la fois médecin et astrologue. C'est lui, qui, à la naissance du souverain, avait lu dans les astres qu'il serait un jour le chef d'une grande croisade contre les Infidèles. Dès l'enfance, le futur roi n'avait pris aucune décision importante sans le consulter.

L'habileté de Duarte Brandao, mais aussi la chance, lui permirent de l'apprendre. Sur ces informations, il échafauda une brillante stratégie. Il était de si bonne humeur qu'il entra en courant dans les appartements du pape pour en discuter avec lui.

Alexandre était à son bureau, occupé à signer des papiers. Quand, levant les yeux, il aperçut son visiteur, il sourit et congédia tous ceux qui se trouvaient là.

Se levant, il alla s'asseoir dans son fauteuil favori, non sans repousser Brandao qui voulait baiser son anneau :

— Mon cher, réservons de telles simagrées aux cérémonies publiques, ou quand il y a du monde ; en privé, tu sais parfaitement que c'est à toi que je fais le plus confiance, avant même mes enfants. Bien que je sois vicaire du Christ, il y a entre nous une sorte d'égalité, car ta fidélité et ton amitié me sont précieuses.

Il désigna un autre siège de la main, mais Duarte, incapable de rester en place, marcha de long en large en lui expliquant ce qu'il avait appris.

Alexandre l'écouta avec la plus vive attention, puis demanda :

— Crois-tu vraiment que les étoiles gouvernent notre destin ?

— Votre Sainteté, ce que je pense en ce domaine n'a aucune importance.

— Bien au contraire !

— Je crois qu'elles ont de l'influence sur nos vies, mais que c'est l'homme, et surtout Dieu, qui gouvernent l'existence de chacun.

Le pape prit entre ses doigts l'amulette qui ne quittait jamais son cou et la caressa :

— Chacun de nous croit que quelque chose régit nos vies, Charles VIII ne fait pas exception.

Puis il sourit :

— Mais tu dois avoir un plan, je le vois à ton visage ! Dis-moi tout !

— Laissez-moi contacter ce Simon de Pavie, répondit Duarte, chuchotant presque.

— Combien te faudra-t-il ?

Brandao hésita un instant ; il savait le pape peu porté aux dépenses, sorti des cérémonies et des affaires de famille :

— Je dirais vingt mille ducats...

— Duarte ! s'écria Alexandre en s'efforçant de contrôler sa surprise. Vingt mille ? Il y a de quoi équiper une armée entière !

— Votre Sainteté, répliqua Brandao en souriant, il ne faut pas regarder à quelques pièces d'or ! Cet homme a la confiance du roi de France, il faut donc veiller à ce qu'il lise correctement dans les étoiles.

Le pape réfléchit quelques instants, puis acquiesça de la tête :

— Tu as raison, comme d'habitude ! Paie-lui ce que tu estimeras nécessaire. L'astrologie nie le libre arbitre, qui est pourtant le plus grand don que Dieu ait fait à l'homme. Et elle est interdite par le droit canon ! Nous n'avons donc pas affaire à un véritable chrétien, et par conséquent nous ne compromettrons pas nos âmes.

Cette nuit-là, Duarte, déguisé, franchit secrètement les lignes françaises, puis chevaucha plusieurs jours avant d'atteindre sa destination — une petite chaumière perdue dans les bois. Simon de Pavie était fort occupé avec une courtisane des plus dodues. Brandao, en véritable homme du monde, présenta ses excuses à la dame et convainquit le médecin-astrologue de bien vouloir lui accorder une entrevue privée : il avait un message des plus importants à lui remettre.

Quelques instants suffirent pour que de l'argent change de mains.

Toujours déguisé, et ravi du succès de sa mission, Brandao remonta à cheval et repartit pour Rome.

Si seulement un pape avait l'âme et le cœur d'un saint, non les désirs profanes d'un simple mortel ! Déjà perdu dans de multiples intrigues politiques, Alexandre était de surcroît constamment distrait par ses affaires personnelles. Sa jeune maîtresse, Julia Farnèse, avait accompagné Lucrèce à Pesaro ; mais elle y était restée plus longtemps que prévu, la fille du pape étant tombée malade. Puis, une fois son amie guérie, elle avait décidé d'aller rendre visite à son époux Orso au château de Bassanello, pour des raisons qu'Alexandre ne pouvait comprendre. Et auparavant, elle comptait s'arrêter à Capodimonte, afin de voir sa mère et son frère malade !

Quand Alexandre prit connaissance de sa requête, il y opposa une interdiction formelle : après tout, son mari était un soldat, envoyé en mission sur ses ordres ! Julia s'obstina et lui écrivit une seconde lettre, le suppliant de lui pardonner sa désobéissance. Et pour couronner le tout, elle emmenait Adriana jusqu'à Capodimonte !

Quand le pape reçut sa missive, il explosa de fureur. Il ne pouvait supporter l'idée d'être loin d'elle. Pourquoi donc n'éprouvait-elle pas le même sentiment ? Tous ceux qui étaient au service d'Alexandre durent subir les effets de sa colère. Il passait des nuits entières sans dormir, oubliant jusqu'aux tempêtes politiques qui le menaçaient, ne songeant qu'à elle, à la douceur de ses mains, à l'odeur de ses cheveux, à la tiédeur de son corps. Quand il ne pouvait plus le supporter, il s'agenouillait devant l'autel et priait pour que le démon de ses insatiables appétits lui soit, une bonne fois pour toutes, arraché du cœur. Le cardinal Farnèse tenta de le raisonner, de lui expliquer que sa sœur n'avait pas le choix — Orso avait réclamé sa présence et, après tout, il était son époux... Le pape le congédia tout net en s'écriant :

— *Ingrazia !*

Il rumina sa fureur des jours durant, marchant de long en large dans ses appartements, dressant la liste des innombrables vices de sa maîtresse, de son mari, de toute sa famille ! Il les excommunierait tous, ils iraient en enfer pour l'avoir trahi !

C'est Orso qui, finalement, mit un terme à cette situation impossible. Informé du courroux d'Alexandre, et craignant pour sa propre carrière, il interdit à son épouse de venir à Bassanello. Elle devrait retourner à Rome sur-le-champ ; les troupes françaises approchaient, les chemins n'étaient pas sûrs. Cette fois, Julia fut bien obligée d'obéir à ses ordres : il était son mari.

Quand Charles VIII franchit les Alpes avec son armée pour entrer en territoire italien, le cardinal Della Rovere était à ses côtés, le pressant sans arrêt, lui ressassant qu'il fallait en finir avec les Borgia avant de songer à une croisade contre les Infidèles.

Les troupes françaises prirent le chemin du sud, en direction de Naples, sans que Milan, Bologne ou Florence songent à leur faire obstacle.

Alexandre, averti de leur prochaine arrivée, entreprit de défendre Rome et le Vatican. Pour cela, il faisait confiance au général du roi Ferrante, Virginio Orsini, le chef de la lignée des Orsini ; il avait convaincu le pape en s'acquittant scrupuleusement des impôts qu'il devait verser sur ses châteaux. Alexandre savait en effet qu'il pouvait rassembler plus de vingt mille vassaux : ils seraient invincibles avec l'imprenable forteresse de Bracciano.

Mais la trahison et la cupidité peuvent se dissimuler dans les cœurs des hommes les plus courageux, et le Saint Père lui-même ne pouvait les empêcher d'agir.

Duarte arriva en courant :

— Votre Sainteté, on vient de me prévenir que votre cher ami Virginio Orsini est passé du côté des Français.

— Il a perdu l'esprit !

Brandao témoignait toujours d'un calme à toute épreuve ; cette fois, pourtant, il paraissait bouleversé.

— Que t'arrive-t-il donc ? demanda le pape. Il va nous falloir changer de stratégie, c'est tout. Au lieu de combattre le roi Charles, nous devrons nous montrer plus malins que lui.

Duarte baissa la tête et répondit, chuchotant presque :

— Il y a pire, Votre Sainteté. Les Français ont capturé Julia Farnèse et Adriana, qui venaient de quitter Capodimonte. Elles sont détenues au quartier général de la cavalerie.

Alexandre blêmit et demeura muet un long moment, envahi par la crainte. Puis il dit :

— Duarte, la chute de Rome serait une tragédie, mais si ma chère Julia devait souffrir... je préfère ne pas y penser. Il faut que tu obtiennes sa libération. Je suppose qu'ils vont demander une rançon.

— Combien voulez-vous payer ?

— Ce qu'il faudra ! La prunelle de mes yeux est désormais aux mains du roi de France !

Les Français étaient connus pour leur esprit chevaleresque. Après avoir capturé Julia et Adriana, ils libérèrent tous leurs serviteurs, puis s'efforcèrent de rassurer les deux femmes à grand renfort de mets délicats et de propos galants. Toutefois, quand Charles apprit qui elles étaient, il ordonna qu'elles soient immédiatement rendues au pape.

— Contre quelle rançon ? demanda le chef de sa cavalerie.

— Trois mille ducats.

— Mais le pape serait prêt à payer cinquante fois plus ! protesta l'homme.

— Nous sommes venus ici nous emparer de Naples, qui vaut bien davantage.

Moins de trois jours plus tard, les deux femmes parvenaient à Rome sans encombre, escortées par quatre cents soldats français. Alexandre, soulagé, empli de joie, les attendait aux portes de la ville.

Ce soir-là, dans ses appartements, vêtu en cavalier, dague et épée au côté, chaussé de bottes noires, une cape noire ornée de brocart d'or sur les épaules, il fit l'amour à Julia et, pour la première fois depuis qu'elle l'avait quitté, se sentit enfin en paix.

Le pape savait qu'après l'ignoble trahison de Virginio Orsini, il était désormais impossible de résister aux Français : sans les forteresses qui défendaient l'accès à Rome, il n'avait plus aucun moyen d'arrêter le roi Charles. Plutôt que de l'affronter sur le champ de bataille, mieux valait essayer de se montrer plus avisé que lui. Mais pour cela, il lui faudrait gagner du temps.

Alexandre voyait loin : à peine élu pape, il avait pris des précautions contre une éventuelle invasion étrangère, faisant creuser entre le Vatican et le Castel Sant'Angelo un tunnel qui lui permettrait de s'y mettre à l'abri. Il y avait fait stocker eau et provisions, de quoi tenir un hiver. Il pourrait donc résister un moment si nécessaire.

Sous le regard attentif de Duarte Brandao et de Don Michelotto, Alexandre et César enjoignirent à leurs serviteurs de rassembler tous les objets de valeur — tiares d'or, bijoux, reliques, coffres, tapisseries, lits — et de les porter jusqu'au Castel Sant'Angelo. Le cardinal Farnèse eut par ailleurs la sagacité de faire sortir Julia de Rome, ce qui épargnait bien des problèmes au pape. Vanozza n'avait jamais pris la jeune fille très au sérieux ; mais Julia se montrait fort jalouse de celle qui avait donné tant d'enfants à Alexandre.

Le jour de Noël, celui-ci ordonna aux troupes napolitaines de quitter la ville : elles n'étaient pas de taille à tenir tête aux Français, et le pape craignait que leur présence ne donne à Charles VIII un prétexte pour mettre Rome à sac — ou du moins pour s'abstenir d'en empêcher son armée.

Il dit à Duarte :

— Transmets au roi Charles un message selon lequel Sa Sainteté Alexandre VI lui souhaite la bienvenue lors de son passage à Rome, en route pour le royaume de Naples.

Brandao fronça les sourcils :

— « De son passage à Rome » ?

— C'est une façon de parler ! Mais je ne suis pas sûr que ce soit ce que le bon roi a en tête.

La neige recouvrait tout d'un manteau grisâtre quand, en décembre, Alexandre et César contemplèrent, du haut de leur forteresse, les troupes françaises qui, en bon ordre, franchissaient les portes de Rome.

La ville fut inondée de Suisses armés de longues piques mortelles, de Gascons porteurs d'arbalètes et de ces énormes fusils qu'on appelait des arquebuses, de mercenaires allemands brandissant des haches, de cavaliers agitant des lances. Venaient ensuite des hommes en armure, suivis d'artilleurs traînant de gigantesques canons de bronze.

Alexandre avait décidé d'offrir le palazzo Venezia au roi Charles. Il y bénéficierait des talents du meilleur cuisinier que le pape avait pu trouver, et de centaines de serviteurs chargés d'offrir au monarque toutes sortes de plaisirs. Pour répondre à une telle hospitalité, le monarque défendit à ses troupes, sous peine de mort, de se livrer au pillage ou à la moindre violence.

Mais si le souverain appréciait fort sa « visite » à Rome et le respect que lui témoignait le pape, le cardinal Della Rovere et plusieurs de ses confrères ne cessaient de lui chuchoter qu'Alexandre était un fourbe, et d'insister pour qu'il convoque un concile.

Pour répondre aux accusations de simonie proférées par Della Rovere, le pape envoya auprès du roi Charles un de ses cardinaux les plus fidèles, qui sut convaincre l'auguste visiteur. Quelques jours plus tard, le monarque fit parvenir un message scellé à

Alexandre, qui le lut avec soulagement. C'était une requête : Charles VIII sollicitait une audience.

La stratégie du pape avait payé : il semblait bien que cette situation à peu près impossible puisse être négociée à son avantage. Certes, les troupes ennemies avaient envahi son territoire, mais il lui faudrait maintenir une attitude un peu hautaine face à ces impétueux Français. Pas d'arrogance, bien entendu : il devait simplement éviter de trahir son soulagement.

Il arrangea donc une audience dans les jardins du Vatican. Restaient d'épineux problèmes de préséance : pas question pour lui d'arriver en avance — mais pas question non plus de faire attendre le roi. En ce domaine, il est vrai, Alexandre témoignait toujours d'un véritable génie.

Il partit pour le rendez-vous en litière, ordonnant à ses porteurs de la dissimuler derrière un grand buisson proche des bâtiments bordant les jardins du Vatican. Il y attendit en silence près de vingt minutes, puis fit son apparition au moment même où le roi de France arrivait.

Le pape avait pris soin de paraître aussi impressionnant que possible, se coiffant de la triple tiare d'or, d'une mitre surmontée d'une croix étincelante, et se passant autour du cou un grand crucifix orné de joyaux.

Charles VIII était roi de France, la nation la plus puissante de la chrétienté ; mais c'était un homme de très petite taille, presque un nain. Il ne chaussait que des bottes à semelles compensées et semblait vouloir se dissimuler dans de volumineux vêtements qui avaient toutes les couleurs de l'arc-en-ciel. Il fut si stupéfait de l'apparence d'Alexandre qu'il en resta bouche bée.

Et c'est ainsi, dans ces jardins remplis de roses, qu'Alexandre entreprit de négocier pour sauver Rome.

Le lendemain, les deux hommes se rencontrèrent de nouveau, cette fois dans la salle des Papes. Le souverain pontife savait que cela lui donnerait l'avantage : Charles y verrait forcément un lieu saint, le plus sacré de tous.

Alexandre imposa un préambule qui interdirait à Charles VIII de le déposer : « Notre Saint-Père le pape sera le père bienveillant du roi de France, et celui-ci demeurera son fils soumis. »

Après quoi, il fut temps de passer aux choses sérieuses. Le pape permettait aux troupes françaises de traverser librement les Etats pontificaux, et leur fournirait du ravitaillement. En bref, si Charles réussissait à s'emparer de Naples, Alexandre lui donnerait la bénédiction de l'Eglise. Pour garantir la bonne application de l'accord, il remettrait en otage au roi son fils César, qui recevrait le pouvoir de couronner le monarque une fois la conquête achevée.

Le prince Djem serait également remis à Charles, le pape conservant toutefois les quarante mille ducats versés chaque année par le sultan de Turquie. Le roi de France comptait en effet se servir de lui lors de sa croisade contre les Infidèles, que le prince captif pourrait démoraliser.

Et Charles VIII désirait par-dessus tout qu'Alexandre le reconnaisse officiellement comme chef de la croisade. Le pape y consentit — à condition que le monarque lui jure obéissance et déclare voir en lui le véritable vicaire du Christ. Au demeurant, le roi ne serait reconnu qu'après avoir conquis le royaume de Naples.

Charles VIII s'inclina à plusieurs reprises, baisa l'anneau du Saint-Père et dit :

— Je jure obéissance à Votre Sainteté, comme tous les rois de France, et reconnais en Elle le pontife de tous les chrétiens, le successeur de saint Pierre.

Alexandre se leva, saisit le bras du roi et déclara :

— Je vous accorderai trois faveurs.

C'était en effet la coutume : un vassal qui jurait obéissance à un nouveau souverain avait le droit de les réclamer. Bien entendu, celles-là avaient été négociées au préalable, pour éviter toute impression de marchandage.

— Je vous demande de confirmer ma lignée dans tous ses privilèges royaux et de décréter que nous régnons de par la volonté de Dieu. En second lieu, je désire que vous bénissiez mon expédition vers Naples. Enfin, je réclame que vous nommiez cardinaux trois de mes candidats, et que vous permettiez au cardinal Della Rovere de résider en France.

Alexandre y consentit sans difficulté. Ravi, le roi se tourna vers ceux qui l'accompagnaient et fit venir auprès de lui un homme maigre et sec, au long visage et au regard chagrin.

— Votre Sainteté, j'aimerais vous présenter Simon de Pavie, mon médecin et astrologue. Ce qu'il a lu dans les astres m'a convaincu de rejeter les exigences du cardinal Della Rovere, et de placer toute ma confiance en vous.

Le pape sourit intérieurement. Il triomphait :

presque réduit à l'impuissance, il avait réussi à négocier une paix raisonnable.

Dans la soirée, il convoqua César dans ses appartements, pour lui expliquer en détail la nature de l'accord passé avec Charles VIII.

Bien que gagné par la colère, son fils s'inclina en silence. Etant cardinal et fils du pape, il faisait un otage tout trouvé. Juan ne pouvait l'être : il serait bientôt commandant en chef de l'armée pontificale. Au demeurant, la situation ne présentait pas de véritable danger ; mais César était furieux de se voir rappeler qu'il n'était jamais qu'un pion sur l'échiquier, soumis aux caprices des autres.

Alexandre s'assit sur le coffre placé au pied de son lit. Le Pinturicchio l'avait orné de décorations superbes ; il abritait gobelets, vêtements de nuit, parfums, essences rares — tout ce dont les maîtresses du pape pourraient avoir besoin quand elles le rejoignaient dans son lit.

— Mon fils, tu sais qu'il m'était impossible de donner Juan en otage ; il ne restait plus que toi. Charles a également demandé que Djem lui soit remis : tu auras donc un compagnon. Et Naples sera une ville très agréable pour un jeune homme tel que toi !

Il s'interrompit un instant, puis dit d'un ton négligent :

— Tu n'aimes guère ton frère.

Mais César connaissait trop la vieille astuce paternelle : feindre la jovialité pour dissimuler ses véritables intentions.

— Il est mon frère et, à ce titre, je l'aime.

A dire vrai, il le haïssait : mais il avait à cacher bien d'autres terribles secrets, qui pourraient ruiner son existence, ses rapports avec son père, avec l'Eglise, avec les autres. Il préféra donc ne pas nier son mépris pour Juan :

— Bien entendu, ajouta-t-il en riant, il serait mon ennemi s'il n'était pas mon frère.

Alexandre fronça les sourcils, sentant que quelque chose lui échappait :

— Ne dis jamais cela, même pour plaisanter ! Les Borgia ont bien des adversaires, et nous ne pourrons survivre que si la confiance règne entre nous !

Se levant, il s'avança et prit César dans ses bras :

— Je sais que tu préférerais être soldat. Mais crois-moi, tu as bien plus d'importance que Juan dans mes projets, et pourtant tu sais à quel point j'aime ton frère. Quand je mourrai, toutefois, tout sera perdu si tu n'es pas là pour me succéder. Tu es le seul de mes enfants à en avoir la capacité : tu as l'intelligence, l'audace et la vigueur nécessaires.

— Je suis trop jeune. Il va te falloir vivre encore vingt ans !

— Et pourquoi pas ! s'esclaffa le pape en lui donnant un coup de coude.

Il eut l'un de ces sourires espiègles qui ravissaient ses enfants comme ses maîtresses et, d'une voix enjouée, poursuivit :

— Qui aime les banquets plus que moi ? Qui peut chasser plus longtemps que moi ? Qui aime autant les femmes ? Combien aurais-je eu de bâtards, si le droit canon n'interdisait pas aux papes d'être pères ? Je compte bien vivre encore vingt ans, en effet, et tu seras pape : je l'ai déjà prévu.

— J'aurais préféré combattre, soupira César : c'est dans ma nature.

— Tu en as déjà fait la preuve ! Je te dis tout cela pour montrer à quel point je t'aime. Tu es mon fils préféré, et mon plus grand espoir. C'est toi qui, un jour, reprendras Jérusalem, et non le roi de France !

Il s'interrompit, submergé par l'émotion. C'était son arme la plus redoutable : faire croire aux autres qu'il se préoccupait d'eux plus que tout ; ils finissaient par avoir plus confiance en lui qu'en eux-mêmes. Là était sa plus grande duplicité. Il agissait ainsi envers ses sujets, envers les rois, envers ses propres enfants : tant qu'il serait pape, la terre entière serait sous sa juridiction.

César fut un moment sous le charme — que rompit pourtant l'allusion à la croisade. C'était une vieille astuce des papes et des rois pour extorquer un peu d'argent aux croyants. Le temps en était passé : l'Islam était trop fort et menaçait l'Europe. Venise redoutait qu'une guerre ne ruine ses activités commerciales, ou que les Turcs ne viennent l'attaquer. La France et l'Espagne s'affrontaient depuis longtemps au sujet de Naples, Alexandre lui-même avait fait tout ce qu'il pouvait pour assurer sa domination sur les Etats pontificaux. Il était bien trop informé, bien trop intelligent, pour ignorer tout cela. Mais César savait également qu'en réalité son père lui préférait Juan — à juste titre, se dit-il. Son frère avait l'esprit d'une femme trompeuse, l'âme d'un courtisan. Parfois, il parvenait même à charmer César, qui pourtant le méprisait, jugeant que c'était un lâche. Lui, commander l'armée pontificale ? Quelle dérision !

— Quand je dirigerai la croisade, dit-il, je me ferai tonsurer.

C'était une vieille plaisanterie entre père et fils ; bien que cardinal, César s'y était toujours refusé. Alexandre éclata de rire :

— Et ensuite, tu pourras peut-être convaincre l'Eglise de mettre un terme à la tonsure, comme d'ailleurs au célibat ! Des pratiques très saines, sans aucun doute, mais peu naturelles !

Puis il parut se perdre dans ses pensées, avant de reprendre :

— Souviens-toi bien d'une chose. Quand tu accompagneras l'armée française à Naples, il faudra que tu veilles sur la vie du prince Djem ; son frère me verse quarante mille ducats par an pour son entretien. S'il meurt ou s'il s'échappe, il n'en sera plus question !

— Je veillerai à sa sûreté autant qu'à la mienne. J'espère que tu feras comprendre à Juan qu'en Espagne, il ne doit rien faire pour s'aliéner le roi Ferdinand, et menacer ainsi notre entente avec le roi de France.

— Ton frère n'agit que sur mes ordres, qui sont de te protéger. Après tout, tu tiens entre tes mains l'avenir des Borgia.

— Je ferai de mon mieux, comme toujours : pour toi, pour l'Eglise.

Sachant que, l'après-midi, il devrait quitter Rome en otage, César sortit du Vatican avant l'aube et partit à cheval à la campagne. Il avait un but bien précis.

Après avoir traversé les collines, puis une épaisse forêt où criaillaient les hiboux, il parvint dans un petit village au moment même où le soleil se levait. Son cheval était déjà trempé de sueur. Arrivé près d'une maison, il lança :

— Noni ! Noni !

Personne ne répondit. Les champs environnants étaient vides. Toujours à cheval, il contourna la petite chaumière.

Une vieille femme courbée en deux par l'âge s'appuyait lourdement sur un bâton d'aubépine. Elle s'avançait dans le jardin en traînant les pieds, avec au bras un panier d'osier dans lequel étaient déposées fleurs et herbes médicinales qu'elle venait de cueillir. Levant lentement la tête, elle regarda en tous sens, mais parut ne rien voir. Elle posa son panier sur l'herbe, se signa, puis se remit en marche avec difficulté.

— Noni ! répéta César en se rapprochant. Noni !

Elle s'arrêta et leva son bâton comme pour frapper mais, avec bien du mal, finit par le reconnaître et sourit :

— Viens donc, mon garçon ! dit-elle d'une voix rauque. Viens donc !

Sautant à bas de son cheval, César la prit dans ses bras — avec précaution : elle paraissait très fragile, prête à se briser.

— C'est toi, mon fils ! Que puis-je faire pour toi ?

— J'ai besoin de ton aide, expliqua-t-il. Il me faut une herbe qui puisse endormir quelqu'un pendant de longues heures, mais sans lui faire de mal. Il faut aussi qu'elle n'ait ni goût ni couleur.

La vieille gloussa et lui caressa la joue avec affection :

— Tu es un bon garçon ! Tu es un bon garçon ! Pas de poison, alors ? Tu n'es pas comme ton père !

Elle gloussa de nouveau ; son visage se plissa comme un vieux parchemin.

César connaissait Noni depuis l'enfance. On chuchotait dans Rome qu'elle avait été la nourrice du pape en Espagne, et qu'il avait tant d'affection pour elle qu'il l'avait emmenée avec lui en Italie, lui offrant cette chaumière et son jardin.

Elle y avait toujours vécu seule, sans que jamais personne ose la déranger — y compris les brigands qui, la nuit, venaient souvent s'en prendre aux villageois pour les dépouiller. Qu'elle ait survécu si longtemps était un miracle — mais il est vrai que, selon les rumeurs, elle disposait de protections encore plus puissantes que celle du Saint-Père. On disait en effet qu'on entendait souvent, en pleine nuit, d'étranges hurlements venir de sa demeure, et pas seulement à la pleine lune. De surcroît, oiseaux et animaux morts semblaient toujours apparaître à sa porte ou dans son jardin, prêts à passer à la marmite.

César avait rarement entendu son père parler d'elle, mais toujours avec chaleur et tendresse. En tout cas, chaque année, Alexandre venait chez elle pour qu'elle le baigne dans la petite mare au fond du jardin. Ceux qui l'accompagnaient restaient à distance, mais juraient avoir entendu des bruits d'ailes battantes, de grands vents, et vu comme de grands serpents d'étoiles.

Alexandre portait autour du cou une amulette d'ambre que Noni lui avait donnée du temps où il était encore jeune cardinal. Un jour, il la perdit, et en fut désespéré : l'après-midi même, il tomba de cheval, se blessa gravement à la tête et resta inconscient plusieurs heures : tous crurent qu'il allait mourir.

Tous ses serviteurs, et plusieurs cardinaux, cherchèrent frénétiquement l'amulette, qu'on finit par retrouver. Alexandre se remit de sa chute et, une fois sur pied, ordonna à l'orfèvre du Vatican de lui confectionner une chaîne en or à laquelle le morceau d'ambre serait attaché : plus tard, il fit même souder la chaîne, de façon à ne plus pouvoir l'enlever. A l'en croire, l'amulette le protégeait du mal ; personne ne put le convaincre que c'était là pure superstition.

Noni rentra lentement dans sa chaumière, suivie par César. A l'intérieur, plongé dans la pénombre, des petits sachets noués de rubans contenaient toutes sortes d'herbes. Elle en prit un, en sortit quelques feuilles que, de ses doigts crochus, elle déposa dans un mortier et pila longuement pour les réduire en une poudre qu'elle plaça dans un sachet et tendit à César :

— C'est le grand secret de cette herbe ! lui dit-elle. Elle provoque un sommeil sans rêve. Une pincée suffit pour un homme, mais là tu en as pour toute une armée !

Il la remercia et, de nouveau, la serra dans ses bras. Toutefois, comme il allait remonter à cheval, elle lui posa la main sur l'épaule et dit :

— La mort est dans ta maison. Quelqu'un de jeune. Prends garde, toi aussi tu es en danger.

César hocha la tête et répondit d'un ton rassurant :

— La mort n'est jamais bien loin : nous vivons des temps périlleux !

8

Les troupes françaises, parfaitement disciplinées, s'avancèrent en territoire italien sans rencontrer grande résistance, se taillant un chemin vers Naples avec la précision d'une gigantesque faux.

César accompagnait la cavalerie. Bien qu'officiellement il fût otage, on le traitait avec le plus grand respect ; il n'était surveillé que de loin. Sa vieille passion des choses militaires s'était réveillée ; il observa avec le plus grand soin comment les chefs français élaboraient leur stratégie. Ici, sur le champ de bataille, il n'était plus cardinal, mais guerrier : pour la première fois de sa vie, il se sentait pleinement à l'aise.

Il aurait pu se contenter d'accompagner les Français jusqu'à Naples. Mais il lui fallait prendre en compte d'autres facteurs, à la fois en fils et en cardinal de l'Eglise apostolique et romaine. Il savait parfaitement qu'en dépit du pacte passé avec Charles VIII, son père ne tenait nullement à voir une puissance étrangère contrôler l'ensemble du territoire italien. Au même moment, Alexandre rencontrait les ambassadeurs d'Espagne, de Venise, de Milan et de Florence, tentant de ressusciter son vieux projet d'une sainte ligue qui barrerait la route à toute invasion de la péninsule.

Par ailleurs, l'Espagne se préparait à envoyer des troupes à Naples. Si les Français y arrivaient, si Charles parvenait à triompher des féroces armées napolitaines et à renverser le roi Alfonso, Alexandre VI, soutenu par le roi d'Espagne et Venise, pourrait le contraindre à se retirer en refusant de le couronner.

Cela n'allait pas sans difficultés. Le pape ne pourrait y réussir que si la vie de César n'était pas en danger. Or celui-ci se retrouvait otage du roi de France ; peut-être son père hésiterait-il... peut-être même, à cause de lui, refuserait-il d'agir. La solution s'imposait d'elle-même : César devait s'enfuir. Restait la question de Djem : fallait-il l'emmener ? Y consentirait-il ?

Le prince semblait en effet se réjouir de sa condition d'otage. La veille encore, César l'avait entendu parler avec les chefs militaires français et préparer avec eux le renversement de son frère le sultan. Le convaincre de revenir à Rome serait donc difficile, et en aucun cas César ne devrait se confier à lui.

Il y réfléchit intensément. S'échapper à deux accroîtrait les risques et il ne pouvait se permettre d'échouer. Djem ne courrait aucun danger ; il était trop précieux pour les Français, qu'il aiderait à organiser leur croisade si jamais Alexandre et l'Espagne ne parvenaient pas à les chasser d'Italie.

César se décida donc et, la nuit venue, vers minuit, sortit discrètement de sa tente. Deux gardes — des jeunes gens qu'il connaissait bien, ayant passé de nombreuses soirées avec eux — étaient assis autour d'un feu de camp.

— Belle nuit, leur dit-il. C'est la pleine lune, et pourtant je n'entends pas de hurlements.

Il éclata de rire pour bien montrer qu'il plaisantait.

L'un des gardes sortit une fiasque qu'il lui tendit, mais César refusa :

— J'ai bien mieux !

Retournant dans sa tente, il en revint avec une bouteille de vin et trois gobelets. Il les remplit et en offrit deux à ses compagnons.

Ils burent à leur santé tout en contemplant les étoiles. Bientôt les deux jeunes gens se mirent à bâiller. Leur souhaitant bonne nuit, César rentra dans sa tente, où il replaça dans sa cachette le sachet que Noni lui avait donné. Puis il attendit.

Vingt minutes plus tard, il jeta un coup d'œil dehors et constata que les deux gardes dormaient à poings fermés.

Marchant à pas de loup, il longea les tentes jusqu'à l'endroit où les chevaux étaient attachés. Un autre garde se trouvait là, lui tournant le dos. César se glissa derrière lui en silence, lui ferma la bouche d'une main puis, de l'avant-bras, lui écrasa la gorge et le cou. L'homme perdit conscience presque aussitôt.

César eut tôt fait de retrouver son cheval, qu'il mena à la sortie du camp en s'efforçant de ne faire aucun bruit. Puis il le monta — à cru, comme il l'avait fait si souvent au Lac d'Argent. Une fois sur la route, il partit à toute allure à travers la nuit en direction de Rome.

Le lendemain matin, après avoir pris un bain et changé de vêtements, il fut conduit dans le bureau de son père. Alexandre vint l'accueillir, larmes aux yeux, et le serra dans ses bras avec une telle force que César en fut surpris.

— Mon fils ! s'exclama-t-il. Tu ne peux imaginer quelle torture j'ai subie ces derniers jours ! Grâce à toi, j'ai échappé au plus terrible choix que j'aie jamais eu à faire. Je savais que le roi Charles considérerait la sainte ligue comme une rupture de nos accords, et je craignais pour ta vie. C'est bien l'une des rares fois de mon existence où j'ai été tourmenté par l'indécision. Devais-je renoncer à mes plans et sacrifier les territoires et le pouvoir de l'Eglise ? Ou bien les mettre en œuvre, au risque de menacer la vie de mon fils ?

Voir son père à ce point agité amusa fort César :

— Et qu'as-tu décidé ? demanda-t-il d'un ton badin.

— Cela n'a plus d'importance ! répondit le pape en souriant. Tu es là et mon dilemme est résolu !

Quand Charles VIII apprit la fuite de César, il réagit moins violemment qu'Alexandre ne l'aurait cru. Le pape comprit pourquoi à mesure que se succédaient les événements.

Les troupes françaises avaient occupé Naples sans coup férir et Alfonso, après avoir abdiqué, s'était enfui. Ayant gagné, rêvant toujours à sa croisade, le roi Charles ne songeait plus guère à s'inquiéter de l'évasion de César : il y avait à Naples bien trop de plaisirs à savourer.

Mais le pape, de son côté, avait désormais les mains libres. Naples ne risquant plus d'envahir Milan, le More était de nouveau disposé à s'allier avec Rome. Des troupes milanaises et vénitiennes se rassemblèrent donc dans le Nord : elles feraient leur jonction avec celles du roi d'Espagne, qui débarqueraient en dessous de Naples et remonteraient le long de la péninsule.

Alexandre convoqua César et Duarte Brandao pour discuter avec eux de sa stratégie militaire et de la sainte ligue.

— Père, dit César, ne crois-tu pas que le roi Charles se jugera offensé à l'idée que tu as rompu ta parole ?

Le pape parut perplexe, puis fronça les sourcils :

— Rompu ma parole ? Que veux-tu dire ? J'ai simplement juré de ne pas l'empêcher de conquérir Naples. Jamais je n'ai dit que je lui permettrais de la conserver !

Duarte sourit :

— C'est là une subtilité que le jeune roi, j'en ai peur, ne pourra comprendre.

— Ton idée, reprit César, est que les troupes de la sainte ligue interdisent toute retraite aux armées françaises qui, prises entre elles et celles du roi d'Espagne, seront écrasées entre le marteau et l'enclume ?

Duarte intervint :

— Mais si les Français, échappant aux Espagnols, remontaient sur Rome ?

— Alors, s'ils s'y installaient, ne serait-ce que pour quelques jours, ils pourraient piller la ville et y causer des dommages considérables, convint Alexandre d'un ton pensif.

— Et je ne crois pas que, cette fois, le roi Charles les en empêcherait, dit Duarte.

César réfléchit :

— Il faut qu'il comprenne que s'il veut posséder

Naples, il doit te convaincre de rompre avec la sainte ligue. Il faudra que tu le couronnes et que tu lui accordes ta bénédiction, car après tout tu es le suzerain du royaume.

Alexandre fut impressionné par les talents d'analyse de son fils, tout en sentant bien qu'il ne disait pas tout :

— Et quelle serait ta stratégie, mon fils ?

César eut un sourire espiègle :

— Si, battant en retraite, le roi Charles trouve Votre Sainteté à Rome, il pourrait La contraindre à des concessions. Mais si Elle est ailleurs...

Quand l'avant-garde des troupes françaises entra dans Rome, elle fit savoir à Charles VIII que le pape était parti pour Orvieto, plus au nord. Le monarque, bien décidé à contraindre le Saint-Père à lui obéir, ordonna donc à son armée de gagner cette ville sans attendre. Toutefois, quand elle y parvint, Alexandre avait déjà pris la route de Pérouse, où il retrouverait Lucrèce.

Il avait envoyé Don Michelotto à Pesaro, pour qu'il y accompagne sa fille : le pape ne l'avait pas revue depuis des mois, et voulait s'assurer qu'elle allait bien, tout en discutant avec elle de son époux. Il serait agréable de passer le temps en sa compagnie, en attendant de voir ce que deviendrait l'invasion française.

Le roi Charles entra dans Orvieto, soucieux de convaincre Alexandre de signer un nouveau traité, apprit qu'il s'était envolé et, furieux, ordonna à ses troupes de prendre la direction de Pérouse.

En chemin, il vit apparaître un de ses éclaireurs qui, hors d'haleine, lui apprit que d'importantes troupes de la sainte ligue étaient concentrées dans le Nord. Peu après, lui parvint une autre mauvaise nouvelle : Virginio Orsini, son allié de fraîche date, avait été capturé par les Espagnols qui, venant du Sud, se rapprochaient dangereusement.

Le souverain n'avait donc plus le temps de chercher à s'emparer d'un pape insaisissable. Le piège qu'il redoutait tant allait se refermer. Sans perdre un instant, il ordonna à son armée de gagner les Alpes à marches forcées. Elle y parvint de justesse, non sans devoir affronter des fantassins de la sainte ligue armés de piques, qui faillirent bien l'empêcher de franchir la frontière.

Vaincu, Charles VIII regagna donc le royaume de France.

9

La tourmente politique s'étant — pour le moment — apaisée, le pape se rendit au Lac d'Argent pour y prendre un peu de repos bien mérité. Il enjoignit aussitôt à ses enfants de venir l'y retrouver : ce serait l'occasion de réjouissances familiales.

Lucrèce vint de Pesaro, Juan d'Espagne, mais sans son épouse, Geoffroi et Sancia de Naples. Julia Farnèse et Adriana arriveraient ensuite ; car Alexandre comptait ne consacrer ses premiers jours qu'à ses enfants.

Il avait fait édifier au Lac d'Argent une somptueuse villa, un pavillon de chasse et ses écuries, ainsi que plusieurs petites chaumières destinées aux femmes et aux enfants qui l'accompagnaient souvent quand il décidait de fuir l'étouffante chaleur estivale de la ville. Il aimait être entouré de belles créatures élégamment vêtues, les entendre rire. Leurs époux étant partis pour des lieux lointains, elles venaient lui tenir compagnie, souvent avec leur progéniture.

Son entourage comptait, outre les membres de sa cour, une bonne centaine de personnes : aristocrates et leurs épouses, dames de compagnie, serviteurs, cuisiniers. Il y avait aussi des musiciens et des acteurs, des jongleurs et des bouffons, pour ces représentations théâtrales que le pape aimait tant.

Alexandre passa une grande partie de ces journées au bord du lac, en compagnie de ses enfants. Il leur racontait, comme souvent, les grands miracles auxquels on avait assisté quand des pécheurs venus de Rome s'étaient baignés dans ces eaux pour s'y laver de leurs forfaits.

Il y a bien des années, quand il leur avait dit cela pour la première fois, César lui avait demandé s'il comptait faire de même. Borgia, qui n'était encore que cardinal, avait souri :

— Jamais ! Quels péchés ai-je donc commis ?

— Alors, je ne m'y baignerai pas non plus, avait répondu César en riant.

Lucrèce, les regardant tous les deux, avait lancé d'un ton espiègle :

— Et je suppose qu'aucun de vous d'eux n'a besoin d'un miracle ?

— Bien au contraire, mon enfant ! avait répondu son père. Mais les désirs terrestres me sont trop chers, je ne veux pas qu'ils soient lavés trop tôt. Le temps viendra, mais pas tant que je préférerai goûter la vie dans toute sa plénitude que songer au salut de mon âme...

Puis il s'était signé, comme par peur d'avoir commis un sacrilège.

Cette fois-là, chaque journée commençait de bon matin par une partie de chasse. Le droit canon l'interdisait au pape ; aussi celui-ci s'abritait-il derrière ses médecins, qui lui recommandaient de prendre de l'exercice. Il faisait d'ailleurs bien d'autres choses interdites, qui lui plaisaient encore davantage. Son valet lui ayant fait remarquer qu'il portait des bottes rendant impossible à ses sujets de lui baiser les pieds, il répondit en plaisantant qu'au moins les chiens de meute ne pourraient lui dévorer les orteils !

Autour du pavillon de chasse, un large espace avait été enclos à l'aide de poteaux de bois et de toile forte, formant une sorte d'enclave où le gibier se retrouvait prisonnier : chaque matin, on jetait à l'entrée des morceaux de viande crue pour attirer les bêtes sauvages, qui se voyaient ainsi prises au piège.

Les chasseurs se rassemblèrent comme l'aube se levait. Ils burent une tasse de vin de Frascati pour se réchauffer, puis Alexandre agita la bannière papale. Au son des trompettes et des tambours, on ouvrit la porte de l'enclos : les animaux qui y étaient prisonniers — cerfs, loups, sangliers, lièvres, porcs-épics — se ruèrent en avant, croyant recouvrer la liberté. Ils se heurtèrent aussitôt aux chasseurs qui, armés de lances et d'épées — voire de haches pour les plus sanguinaires —, se jetèrent sur eux sans pitié.

Lucrèce et Sancia, ainsi que leurs dames de compagnie, s'étaient installées sur une estrade surélevée, qui leur permettait d'assister sans danger à la boucherie. Lucrèce se couvrit les yeux de la main et détourna la tête, révulsée : le destin des pauvres bêtes prises au piège lui rappelait trop le sien. Sancia, en revanche, ne voyait pas si loin, et savourait le spectacle sans arrière-pensée, allant jusqu'à donner son mouchoir de soie à son beau-frère Juan pour qu'il le trempe dans le sang d'un sanglier. La cruauté du jeune homme, son besoin de se mettre en avant faisaient de lui le plus acharné chasseur de la famille. Il tint à montrer son courage en restant immobile face à la charge du sanglier ; puis il lui planta une lance dans le corps et l'acheva à coups de hache.

César parcourait le terrain de chasse à cheval, accompagné de deux de ses lévriers favoris. Cela lui suffisait, il ne faisait que semblant de chasser — et de surcroît ses pensées l'occupaient. Il enviait Juan : son frère pouvait mener une vie normale, bien remplie, il serait bientôt chef militaire ; César était prisonnier d'un poste de cardinal qu'il n'avait pas choisi. Il sentit monter en lui une telle haine pour Juan qu'il se la reprocha aussitôt. C'était interdit à un homme de bien, surtout à un prêtre — et par ailleurs c'était dangereux. Chef des armées pontificales, Juan aurait plus de pouvoir que tous les cardinaux réunis. César s'était donné bien du mal pour satisfaire son père, mais la vérité demeurait qu'Alexandre lui préférait toujours Juan.

Perdu dans ses pensées, il sursauta en entendant geindre un de ses lévriers et, s'avançant, vit qu'une lance clouait au sol le magnifique animal. Mettant pied à terre, il aperçut son frère, dont un rictus farouche défigurait le visage avenant. César comprit aussitôt : Juan avait manqué le cerf qu'il visait et touché le lévrier. L'espace d'un instant, il crut bien que c'était exprès ; mais son frère vint à sa hauteur et s'excusa :

— Je t'en offrirai deux pour remplacer celui-là !

César contempla la lance plantée dans le corps de l'animal et se sentit envahi par une rage meurtrière.

Puis il vit son père se diriger à cheval vers un sanglier pris dans un enchevêtrement de cordes et qui n'attendait plus que le coup de grâce. Alexandre passa à hauteur des deux frères en leur lançant : « Le travail est déjà fait, il faut que j'en trouve un autre ! » Puis il éperonna sa monture, se dirigeant vers une proie un peu moins facile. D'autres cavaliers se lancèrent à sa poursuite, inquiets de le voir aussi hardi ; mais le pape avait déjà planté sa lance dans le flanc d'un autre sanglier, lui infligeant une blessure mortelle ; après quoi il lui perça le cœur à deux reprises. La bête eut un ultime sursaut et ne bougea plus. Les chasseurs se jetèrent sur sa dépouille et la mirent en pièces.

César suivit la scène, émerveillé de la force dont son père faisait preuve : il se sentit fier de lui. Si lui-même n'était pas libre, au moins satisfaisait-il Alexandre. Contemplant le sanglier mort, il se dit aussi qu'il avait de la chance d'être à la hauteur de sa tâche.

Au crépuscule, César et Lucrèce, main dans la main, se promenèrent le long des rives du lac. Frère et sœur formaient un beau couple : très brun, il contrastait avec la beauté blonde de la jeune femme, dont les yeux noisette brillaient d'intelligence. Ce soir-là, pourtant, elle était très agitée.

— César, père a commis une erreur en me contraignant à épouser Giovanni. Il me parle à peine, et toujours sur un ton grossier. Je savais bien que c'était un mariage inspiré par des raisons politiques, mais je ne me doutais pas qu'il serait malheureux à ce point.

— Lucrèce, dit son frère d'une voix douce, tu sais bien que le More est le maître de Milan. Epouser Giovanni était le moyen de cimenter notre alliance avec lui à une période où nous en avions bien besoin.

— Je sais cela, soupira Lucrèce en acquiesçant de

la tête. Je croyais que je pourrais faire face. Mais dès la cérémonie, alors que nous étions agenouillés sur ces tabourets d'or ridicules, j'ai senti que quelque chose n'allait pas. Je voyais les cardinaux en soutane pourpre, les témoins du marié en costumes turcs, et je ne savais s'il fallait rire ou pleurer. Ç'aurait dû être une fête et je me sentais malheureuse comme les pierres.

— Rien ne t'a donc plu ? demanda-t-il en souriant.

— Si, toi, vêtu de noir. Et les gondoles vénitiennes ornées de milliers de roses.

— Lucrèce, c'était insupportable pour moi. Je ne pouvais endurer l'idée de te voir dans les bras d'un autre. Si seulement j'avais pu être ailleurs ! Mais père a tenu à ce que je sois là. Mon humeur était aussi noire que ma tenue...

Elle l'embrassa tendrement sur la bouche.

— Giovanni n'est qu'un bravache arrogant. Et un amant déplorable ! Je n'échappe à ses griffes qu'en pleurant à chaudes larmes. Même son odeur m'est intolérable.

— Tu te plais moins avec lui qu'avec moi ! lança César en s'efforçant de ne pas sourire.

Lucrèce gloussa :

— Mon cher amour, pour moi il y a autant de différence entre vous qu'entre le paradis et l'enfer.

Ils franchirent un petit pont et entrèrent dans la forêt.

— Ton époux me fait penser à Juan, dit César.

— Juan est jeune, protesta sa sœur, peut-être changera-t-il. Ma véritable bénédiction est de t'avoir comme frère.

César resta silencieux quelques instants, puis dit d'un ton très grave :

— A la vérité, je crois que Geoffroi, et non Juan, est la malédiction de la famille ! Je me suis fait à sa stupidité, mais la vie qu'il mène avec Sancia est franchement scandaleuse ! A eux deux, ils ont plus d'une centaine de serviteurs ! De la vaisselle en or, des gobelets ornés de joyaux, deux cents convives chaque fois qu'ils en ont envie ! Cela porte tort à notre réputation ; et de surcroît, c'est dangereux pour le fils du pape de vivre ainsi.

— Je sais ! Père s'en inquiète aussi, même s'il ne veut pas le reconnaître. Mais il lui pardonne, parce qu'il connaît ses faiblesses, et que de toute façon il l'aime moins que nous.

César s'arrêta pour contempler Lucrèce à la lueur de la lune. Sa peau de porcelaine semblait plus lumineuse que d'habitude. Il prit son visage entre ses mains et la regarda bien en face, mais il y avait tant de tristesse dans ses yeux qu'il préféra détourner la tête.

— Veux-tu que je parle à père pour lui demander ton divorce d'avec Giovanni ? Père t'adore, il y serait sans doute disposé. Ton époux y consentirait-il ?

Elle sourit :

— Il pourrait très bien vivre sans moi. Mais ma dot lui manquerait ! C'est la seule chose qui l'intéresse.

César sourit à son tour :

— Alors, j'attendrai le bon moment pour en parler à père.

Comme le soir tombait sur le Lac d'Argent, Juan entreprit de montrer à Sancia, sa belle-sœur, l'ancien pavillon de chasse de son père, un peu à l'abandon depuis que le nouveau, plus élégant, avait été achevé.

Sancia avait le même âge que lui, bien qu'elle parût beaucoup moins mature. Une beauté à l'aragonaise, avec de grands yeux verts, de longs cils et des cheveux d'un noir de jais. Elle avait un air un peu espiègle, qui donnait l'impression d'un esprit vif et joueur, mais ce n'était jamais qu'un masque, une façon de tromper son monde.

Juan prit sa main tandis qu'il la conduisait, sur un chemin envahi d'herbes folles, vers une clairière. C'est là que se dressait le pavillon, fait de troncs d'arbres grossièrement équarris, avec une cheminée de pierre.

— Ce n'est pas un endroit pour une princesse, dit Juan en souriant — après tout, elle était la fille du roi Alfonso de Naples.

— C'est charmant ! répondit-elle.

A l'intérieur, il fit du feu tandis que Sancia examinait la pièce, avec ses nombreux trophées d'animaux accrochés aux murs. Elle s'arrêta pour mieux voir les meubles, le lit pourvu d'un matelas de plumes ; le mobilier était de grande qualité, sa patine dorée révélait des années d'usage et de soin.

— Pourquoi ton père laisse-t-il cet endroit meublé, s'il ne s'en sert plus ?

Juan, agenouillé devant la cheminée, leva les yeux et sourit :

— Il en fait encore usage à l'occasion, quand il reçoit de la visite et veut être seul... comme moi en ce moment.

Se levant, il traversa la pièce, l'attira contre lui en la prenant par la taille et l'embrassa.

— Je ne peux pas ! protesta-t-elle. Geoffroi...

Il la serra d'encore plus près et murmura d'une voix rauque :

— Geoffroi ne fera rien du tout ! C'est un incapable !

Juan, s'il détestait ses frères, avait un certain respect pour l'intelligence et la force de César. Mais le cadet ne lui inspirait que du mépris.

Il poussa la jeune femme vers le lit tout proche.

A la faible lueur du feu de bois, les longs cheveux noirs de Sancia, étalés sur l'oreiller, la rendaient particulièrement séduisante. Levant sa jupe de satin blanc, il se jeta sur elle. Elle geignit quand il la pénétra, sans pour autant résister ; bien au contraire, elle l'embrassa avidement. La vigueur de Juan fit bientôt oublier à la jeune femme toute volonté de se défendre.

Ce soir-là, le pape et sa famille dînèrent très tard en plein air, sur les bords du Lac d'Argent. Des lanternes de couleur étaient accrochées aux arbres, des torches enflammées à de grands poteaux. Le gibier tué le matin même était assez abondant pour nourrir la centaine de convives ; il resterait même de quoi offrir aux pauvres des villes voisines. Musiciens et jongleurs charmèrent l'assistance, puis Juan et Sancia se levèrent pour chanter un duo.

Assis à côté de Lucrèce, César se demanda quand son frère et sa belle-sœur avaient pu trouver le temps de répéter, car ils chantaient superbement. Geoffroi, sans y voir malice, applaudit des deux mains. Etait-il vraiment aussi sot qu'il en avait l'air ?

Alexandre aimait passionnément la chasse, les plaisirs de la table, les jolies femmes et les échanges d'idées. La pièce qui suivit le banquet lui donna l'occasion de discourir. L'un des acteurs avait eu l'audace d'y insérer un dialogue dans lequel un noble appauvri se demandait comment Dieu pouvait infliger à ses fidèles d'aussi terribles épreuves : incendies, épidémies, famines... Comment pouvait-Il laisser des enfants innocents subir d'horribles cruautés, et surtout permettre à l'homme, créé à Son image, de faire souffrir ses semblables ?

Alexandre releva le défi. Entouré de parents et d'amis, il s'abstint de recourir aux Saintes Ecritures et préféra répondre comme un philosophe grec l'aurait fait à un marchand florentin :

— Si Dieu avait promis le paradis sur terre, celui du ciel n'aurait aucun attrait ! Comment mettre à l'épreuve la sincérité et la foi des hommes ? Sans le purgatoire, il n'y aurait pas de paradis. Les hommes trouveraient tant de moyens de se tuer entre eux que la terre serait dépeuplée. Ce qu'on acquiert sans souffrance n'a pas la moindre valeur, ce qu'on fait sans difficulté ne compte pas. L'homme deviendrait un tricheur jouant avec des dés pipés. Il serait à peine supérieur au bétail. Sans ces obstacles que nous appelons des infortunes, quels plaisirs pourrait nous donner le paradis ? Non, de telles épreuves sont le signe de la bonté de Dieu, de Son amour pour l'humanité. Ce que les hommes se font les uns aux autres n'est pas de Son ressort. Nous en sommes tous responsables, et nous le paierons au purgatoire.

— Alors, Père, qu'est-ce que le mal ? demanda Lucrèce, toujours portée aux spéculations.

— Le pouvoir, mon enfant, répondit le pape. Il est de notre devoir d'en effacer le désir dans les cœurs et les esprits des hommes. L'Eglise en est capable. Mais il nous sera à jamais impossible de supprimer le pouvoir de la société. Nous ne pourrons donc jamais extirper le mal au sein de la civilisation. La société sera toujours injuste, cruelle envers l'homme du peuple. Quel bonheur si, un jour, les hommes cessaient au moins de se duper et de s'assassiner !

Il se tourna vers Juan et César :

— Il est dans la nature même de la société que, pour maintenir l'unité de son peuple, un roi doive pendre ou brûler ses sujets, afin de soumettre leur volonté. Car l'humanité est aussi intraitable que la nature, et certains démons sont insensibles à l'eau bénite.

Il leva son verre :

— A notre mère l'Eglise, et à notre famille. Puissions-nous prospérer en répandant la parole de Dieu dans le monde entier !

Tous l'imitèrent et crièrent :

— Vive le pape Alexandre ! Que Dieu lui accorde santé, bonheur, la sagesse de Salomon et des grands philosophes !

Tous se retirèrent bientôt dans les chaumières installées au bord du lac, et dont chacune était ornée d'un oriflamme représentant un taureau rouge, l'emblème des Borgia.

Dans l'une d'elles, Geoffroi marchait de long en large, l'air boudeur. Quand, un peu plus tôt, il lui avait demandé de la suivre, Sancia avait refusé en ricanant, et congédié son jeune époux d'un geste de la main. Il s'était senti rougir de honte sous les regards de l'assistance.

La journée entière avait été une humiliation. Il est vrai que les autres buvaient, riaient et se donnaient tant de bon temps qu'ils n'avaient sans doute rien remarqué. Quand sa femme et son frère avaient chanté, il avait souri et applaudi, comme l'exigeaient les convenances, mais ce spectacle l'avait fait grincer des dents.

Il était donc rentré seul. Après avoir, en vain, tenté de dormir, il ressortit pour apaiser un peu son agitation. Il se sentit un peu moins solitaire en entendant le bruissement des créatures nocturnes dans les fourrés. Il s'assit et, quelque peu apaisé par la fraîcheur du sol, réfléchit, songeant à son père, à ses frères et à sa sœur.

Il avait toujours su qu'il était moins intelligent que César, et beaucoup moins fort que Juan. Pourtant, il comprenait confusément que ses propres péchés étaient moins graves que l'ambition du premier et la cruauté du second.

A quoi bon, d'ailleurs, avoir l'intelligence vive ? Sa sœur Lucrèce était, en ce domaine, infiniment plus douée que lui, et pourtant elle n'avait pas plus le choix. Tout cela avait bien moins d'importance que les conseils que pouvaient vous donner une âme et un cœur purs.

Juan avait toujours été le plus féroce envers lui : il l'injuriait déjà quand Geoffroi était tout petit. Prince de l'Eglise, César était tenu de réprimander son frère cadet pour ses excès, mais toujours avec une bonté un peu hautaine, non la cruauté et le goût d'humilier propres à Juan. Lucrèce le traitait avec affection, elle lui donnait toujours l'impression d'être heureuse de le voir. Mais son père le pape semblait à peine remarquer son existence.

Repris par son agitation, Geoffroi résolut de se mettre en quête de Sancia ; il la convaincrait de revenir avec lui dans leur chaumière. Se levant, il emprunta l'étroit sentier serpentant entre les arbres. Puis il aperçut deux ombres à peine visibles sous le ciel noir. Il fut tenté de les appeler, mais quelque chose l'en dissuada.

Il l'entendit rire avant même de la voir. La lune révéla alors la présence de son frère Juan, qui marchait bras dessus bras dessous avec Sancia. Sans faire de bruit, Geoffroi rebroussa chemin et fit un détour pour les précéder sur le chemin de la chaumière. Il eut un rictus méprisant quand il vit son frère donner à la jeune femme un baiser passionné.

Geoffroi le jugea méprisable. Mais il y avait quelque chose de plus : Juan était l'incarnation du mal, cela ne faisait aucun doute. Il n'était plus son frère.

Juan s'éloignait : d'excellente humeur, il sortit sa dague de son fourreau, l'agita et éclata de rire :

— Je serai bientôt commandant en chef des armées du pape, et alors tu verras ce dont je suis capable !

Geoffroi secoua la tête, s'efforçant de maîtriser sa fureur. Puis, avec un calme effrayant, il chercha à se raisonner. Les batailles politiques ne l'intéressaient nullement — à dire vrai, elles l'ennuyaient à mourir. Tuer un tel pour un quelconque objectif militaire, et donc risquer la damnation éternelle, n'avait tout simplement aucun sens. Pour s'y risquer, il fallait que la raison en soit bien plus grave et personnelle.

César, lui aussi, était troublé. Le souvenir de sa conversation avec Lucrèce lui pesait ; il ne pouvait fermer l'œil. Le pape, avait-il appris, s'était déjà retiré dans ses appartements. Il fallait pourtant qu'il lui parle.

Alexandre était à son bureau, signant des papiers présentés par deux secrétaires, qu'il congédia en voyant entrer son fils. Un feu de bois brûlait dans l'énorme cheminée.

Le pape avait déjà revêtu une chemise de nuit de laine, recouverte d'une tunique de soie ornée de fourrure ; il était coiffé d'une barrette rouge vif très simple. Alexandre disait souvent que, si le pape doit toujours exhiber en public les richesses de l'Eglise, il doit dormir aussi simplement qu'un paysan.

— Qu'a donc confié ma fille à son frère préféré ? demanda-t-il. Elle s'est plainte de son époux ?

Le ton était ironique ; César fut surpris de la sagacité de son père.

— Elle est malheureuse avec lui, répondit-il.

Alexandre prit un air pensif :

— Je dois bien reconnaître que ce mariage me déçoit ; il n'a pas donné les résultats politiques escomptés. Le neveu du More ne nous a pas été d'une grande utilité ; je ne l'ai jamais vraiment aimé, et c'est un soldat des plus médiocres. Le Maure lui-même a perdu de sa valeur : il est trop changeant, on ne peut lui faire confiance. Nous avons évidemment besoin de lui pour la sainte ligue, mais c'est quelqu'un d'imprévisible. Et pourtant, il nous faut bien tenir compte des sentiments de ta sœur, ne crois-tu pas ?

César comprit à demi-mot. Lucrèce serait ravie, il passerait pour un héros à ses yeux.

— Comment faire ? demanda-t-il.

— Le roi Ferdinand m'a demandé de nouer amitié avec le royaume de Naples. Le mariage de Geoffroi avec Sancia répondait déjà à cette exigence, mais cela ne suffira pas, il se pourrait même que cela nous ait fait du tort.

Alexandre sourit et reprit :

— Une nouvelle alliance pourrait réparer les dégâts.

— Je ne te comprends pas, père, dit César en fronçant les sourcils.

Il y avait dans les yeux du pape une lueur espiègle :

— Alfonso, le frère de Sancia ! Ce serait un époux bien plus digne de Lucrèce ! Il est toujours un peu risqué d'offenser les Sforza, mais cela vaut la peine d'y réfléchir. Dis à ta sœur que j'y penserai.

Se levant, Alexandre alla remuer le feu à l'aide d'un des tisonniers posés sur le sol de pierre.

— César, tu comprends bien qu'il nous faut reprendre le contrôle des Etats pontificaux. Ils sont aux mains de nobles qui se font la guerre, oppressent le peuple et défient l'autorité de l'Eglise. Il faut les mettre à la raison.

— Et tu as un projet en ce sens.

— Les rois de France et d'Espagne soumettent chacun leur royaume à leur autorité. Il nous faut faire de même, c'est indispensable pour la papauté comme pour le peuple — et aussi pour notre famille. Si les Borgia ne dominent pas l'Etat, pour contraindre les aristocrates locaux à reconnaître l'autorité du pape et de Rome, nous serons tous en grand péril.

— Il nous faut des forteresses bien défendues, dit César d'un ton résolu. Cela permettra d'empêcher les soulèvements locaux, et aussi toute invasion étrangère visant à s'emparer des Etats pontificaux.

Alexandre semblait perdu dans ses pensées et ne répondit rien.

— Je suis à ton service, père, dit César en s'inclinant : je suis cardinal de l'Eglise.

Le pape se rassit :

— Inutile de te dire à quel point vous serez menacés si je meurs et si un cardinal aussi hostile que Della Rovere est élu. Je préfère ne pas penser à ce qui arriverait à ta sœur ; elle connaîtrait un enfer encore pire que celui de Dante.

— Père, pourquoi me dis-tu tout ceci ? Nous n'avons nul besoin de trembler ; tu n'as pas encore entamé les bonnes œuvres que tu dois accomplir pour l'Eglise, et je suis certain que tu vivras encore bien des années.

Alexandre baissa la voix :

— Quels que soient les périls, il n'y a au Vatican que deux personnes à qui tu puisses faire entièrement confiance. L'une est Don Michelotto.

— Père, l'affection que tu as pour lui n'a échappé à personne. Et je me fie à lui depuis l'enfance. Pour autant, sa vie est un mystère pour moi. Lui qui vient de Valence, comment peut-il si bien connaître Rome ?

Le pape raconta donc à son fils l'histoire de Miguel Corello, dit Don Michelotto.

— On l'appelle l'étrangleur ! dit César.

— En effet, mon fils, mais il est bien plus que cela. C'est un meneur d'hommes, un soldat féroce, qui mourrait pour protéger notre famille : sa fidélité n'a d'égale que sa fureur. L'autre homme à qui tu peux te fier, c'est Duarte Brandao. Je ne sais pas grand-chose de son passé. Il y a bien des années, j'avais besoin d'un traducteur d'anglais, et on me l'a amené. Il avait été fait prisonnier par nos troupes, qui l'avaient à ce point roué de coups qu'il jurait ne pouvoir se souvenir de rien.

— Et tu l'as gardé quand même.

— Quand je l'ai vu, il était sale et misérablement vêtu mais, après un bon bain, je l'ai vu d'un autre œil. Il m'a fait penser à un certain Edward Brampton, un juif converti qui avait rendu bien des services au roi d'Angleterre Edouard IV. Je ne l'avais rencontré qu'une fois, mais il m'avait frappé, car c'était le seul juif jamais fait chevalier. On dit qu'il avait servi le frère du roi, Richard III, plus tard exécuté par les hommes d'Henry Tudor. Brampton a ainsi littéralement sauvé la flotte anglaise. Puis il a disparu, et c'est à peu près à la même époque que Brandao a été capturé à Rome. Les Tudor l'auraient tué s'ils avaient mis la main sur lui, aujourd'hui encore il lui faut se méfier de leurs agents.

— Ce qui explique qu'il ait changé de nom... Il est vraiment juif ?

— Si c'était le cas, il s'est converti : je l'ai vu recevoir la communion. Et cela fait sept ans qu'il sert l'Eglise plus religieusement qu'aucun autre. Jamais je n'ai rencontré d'homme aussi courageux, aussi intelligent, qui soit à la fois un bon soldat et un excellent marin.

César prit un air amusé.

— Père, peu m'importe qu'il soit juif, je pense simplement à ce que les gens diraient s'ils savaient que le pape a pour conseiller quelqu'un qui n'est pas chrétien.

— Je suis ravi de ta réaction ! dit Alexandre, sarcastique. César, tu connais mon opinion à ce sujet. Quand Ferdinand et Isabelle d'Espagne m'ont demandé de faire emprisonner, torturer et exécuter les juifs qui pratiquaient leur religion en secret, j'ai refusé. Je leur ai dit que l'Inquisition espagnole était une abomination, comme leur manière de traiter les juifs de leur pays. Les juifs nous ont donné la Loi, nous ont donné Jésus ! Devrais-je les massacrer parce qu'ils refusent de croire qu'il est le Fils de Dieu ? Non ! Je ne peux pas toujours empêcher la populace, voire certains de nos dignitaires, de les insulter ou de s'en prendre à eux, mais ce n'est certainement pas ma politique !

A chaque élection, le nouveau pape se voyait présenter les lois mosaïques par le chef de la communauté juive de Rome. Tous les prédécesseurs d'Alexandre avaient jeté le livre à terre, scandalisés ; lui s'était contenté de le rendre avec respect.

— Et quelle est ta politique, père ? demanda César.

— Je ne leur ferai aucun mal ; je me contenterai de les taxer lourdement.

10

Alexandre avait été trahi, à un moment crucial, par Virginio Orsini — son vassal et l'un des hommes auxquels il faisait le plus confiance. C'était là une offense qu'il ne prenait pas à la légère. Qu'Orsini ait par la suite été capturé, torturé et exécuté dans l'un des plus sinistres donjons de Naples n'apaisait en rien le désir de vengeance du pape.

Cela devenait une véritable bataille entre le vicaire du Christ et Satan lui-même. Chef des Etats pontificaux, il savait qu'il lui fallait agir contre les aristocrates locaux, ces fripouilles cupides toujours occupées à se faire la guerre et — pire encore — qui ne tenaient aucun compte des ordres de l'Eglise, dont l'autorité était ainsi bafouée. Et alors, comment sauver les âmes pour le bien de Dieu ?

Alexandre comprenait parfaitement que le pouvoir spirituel se devait d'être soutenu par la puissance temporelle. L'armée française s'était retirée, celles de la sainte ligue avaient dispersé ce qui restait de troupes ennemies. Mais le pape devait concevoir un châtiment tel que plus jamais personne n'oserait le trahir.

Après y avoir mûrement réfléchi, il se dit qu'il

devrait faire un exemple des Orsini, pour décourager toute tentative de rébellion. Pour cela, il lui faudrait recourir à l'arme absolue : l'excommunication. Il n'avait d'ailleurs pas le choix : toute la famille Orsini devait être exclue de l'Eglise catholique.

C'était une mesure d'une exceptionnelle gravité, car elle s'étendait non seulement à cette vie, mais aussi à l'au-delà. Quiconque était excommunié se voyait refuser les saints sacrements. Son âme ne pouvait plus être lavée de ses péchés par la confession, l'extrême-onction lui était déniée. L'âme du défunt serait condamnée au purgatoire, voire à l'enfer.

Ayant interdit aux Orsini l'accès au paradis, Alexandre entreprit de détruire leur pouvoir temporel. Il rappela d'Espagne son fils Juan, en dépit des protestations de son épouse, Maria Enriquez : elle était de nouveau enceinte, et son premier-né, Juan II, âgé d'un an à peine, avait besoin de la présence de son père.

Le pape exigea toutefois que son fils revienne immédiatement en Italie : il commanderait les armées pontificales — car il n'était plus question de se fier à un condottiere après la trahison de Virginio Orsini. Dans le même temps, Alexandre adressa également une missive à son gendre, Giovanni Sforza, pour qu'il lui envoie autant de soldats que possible — non sans ajouter prudemment qu'il lui offrirait une grosse somme d'argent si cela était fait au plus vite.

Après le départ de Juan vers l'Espagne, César avait espéré un moment que son père songerait à le faire changer de rôle. Après tout, il avait toujours été à ses côtés pour l'aider dans toutes les questions touchant à l'Etat ; il comprenait l'Italie, alors que son frère demeurait fondamentalement espagnol.

Vint un jour, toutefois, où Alexandre lui confia ses projets : Juan devrait s'emparer des châteaux des Orsini, et les conserver à la papauté.

César explosa :

— Lui ? s'exclama-t-il, incrédule. Père, il n'y connaît rien ! Il ignore tout de la stratégie, il est trop occupé de lui-même ! Certes, il sait séduire les femmes, puiser dans la fortune familiale et satisfaire sa vanité ! Il est mon frère et je lui dois respect, mais je te jure que je pourrais conduire nos troupes les yeux bandés, et avoir plus de succès que lui !

Le pape plissa les paupières :

— César, tu es plus intelligent et plus doué, j'en conviens. Mais tu es cardinal, non soldat. A qui pourrais-je confier la tâche ? Ton frère Geoffroi ? Il serait capable de monter à cheval à l'envers ! Je n'ai donc pas le choix. Il faut qu'un Borgia commande nos armées, sinon l'excommunication des Orsini n'intimidera guère les autres.

César resta un moment silencieux avant de répondre :

— Et tu espères que Juan va remporter des victoires ? Tu as vu quelle a été sa conduite en Espagne ; jouer gros, courir la gueuse, insultant ainsi sa femme et les Enriquez, cousins germains du roi Ferdinand ! Mais tu le choisis quand même !

— Guido Feltra sera le véritable commandant en chef, dit Alexandre d'une voix apaisante. Il a beaucoup d'expérience militaire.

César avait entendu parler de Feltra. On le disait fidèle et compétent. Duc d'Urbino, c'était un grand mécène des arts et des lettres. Mais à la vérité, il n'était jamais que le fils d'un condottiere célèbre, qui avait conquis le duché à la pointe de l'épée. Guido lui-même n'avait que rarement combattu, livrant des batailles sans danger ; jamais il ne serait de taille face aux Orsini, bien connus pour leur férocité — surtout devant Bracciano, leur principale forteresse. Et si les troupes pontificales voulaient s'emparer d'Ostie, domaine du cardinal Della Rovere, Rome et le pape seraient en grand danger. Mais César ne dit mot de ses inquiétudes ; son père était incapable d'entendre raison lorsqu'il s'agissait de Juan.

Plus tard, toujours furieux, il envoya un message à Lucrèce, et fit promettre à Don Michelotto d'accompagner la jeune femme depuis Pesaro : car César avait demandé à sa sœur de le retrouver au Lac d'Argent la semaine suivante.

Quand Lucrèce arriva, César l'attendait. Elle était vêtue d'une robe de satin bleu qui mettait en valeur ses tresses blondes. Le voyage avait été long — un jour et demi à cheval —, mais elle courut vers la chaumière et enlaça son frère :

— Tu m'as tellement manqué !

Elle lut aussitôt l'angoisse dans ses yeux :

— César, que se passe-t-il ? Qu'est-ce qui t'inquiète ?

Il s'assit dans un grand fauteuil et fit signe à sa sœur de l'imiter. Elle prit sa main, tentant de le réconforter.

— Lucrèce, tout cela est pure folie ! Père a ordonné à Juan de revenir commander ses troupes ! J'en suis si furieux que je le tuerais !

Se levant, elle vint lui caresser le front :

— César, dit-elle, il te faut accepter ton destin. Juan n'est pas le seul responsable ; tu es toi aussi à blâmer. Vous êtes comme deux enfants vous disputant les gâteaux de Vanozza ! Je comprends ce que tu ressens, mais cela ne pourra te faire que du tort. Comme d'habitude, père n'en fera qu'à sa tête.

— Mais je suis bien meilleur soldat que Juan, bien meilleur capitaine, et j'assurerais la victoire ! Pourquoi père devrait-il nommer commandant en chef un niais arrogant, qui fera simplement semblant de mener ses troupes ?

Elle le regarda droit dans les yeux :

— Et pourquoi père a-t-il une fille qui fait semblant d'être l'heureuse épouse d'un sot qui est duc de Pesaro ?

Il sourit :

— Viens, dit-il en l'attirant près de lui. J'ai besoin de toi. Au moins tu es réelle. Je fais semblant d'être un homme de Dieu, mais je te jure que, sans ce chapeau de cardinal et l'amour que j'ai pour notre père, j'aurais vendu mon âme au diable ! Je ne suis pas ce que je parais être, cela m'est insupportable.

Il l'embrassa en s'efforçant de se montrer tendre, mais il avait attendu si longtemps qu'il ne put y parvenir. Elle se mit à trembler, puis fondit en larmes.

— Pardonne-moi, dit-il en la serrant contre lui. Je suis brutal.

— Je pleure parce que j'ai tant envie de toi. A Pesaro, je rêve de la grandeur de Rome, et tu en fais partie.

Ils firent l'amour, puis restèrent longtemps immobiles, dans les bras l'un de l'autre. César semblait s'être détendu, Lucrèce pouvait de nouveau sourire. Posant la tête sur son épaule, elle demanda :

— Crois-tu, comme père, que c'est la volonté de Dieu que ses enfants vivent sans aimer vraiment ?

— C'est ce qu'il pense ? On ne s'en douterait pas à voir son attitude !

— Je suis mariée à un homme que je n'aime pas — et Juan n'a certainement pas épousé sa Maria par amour ! Aussi bizarre que cela puisse paraître, c'est sans doute Geoffroi le plus heureux : il aime facilement. Seul ton chapeau de cardinal t'a sauvé d'un destin comme le mien.

— Il est lourd à porter !

Ils se rhabillèrent et s'assirent pour se restaurer un peu. César versa du vin, puis leva son gobelet :

— A ton bonheur, ma chère sœur, dit-il avec un sourire attendri.

Il se sentait toujours heureux en sa présence, tant il se savait aimé, et n'aurait pu imaginer de vivre sans elle.

La collation fut très simple : il avait apporté de Rome du pain et du fromage. Tout en servant sa sœur, il dit :

— J'espère que je parviendrai à contrôler mes sentiments demain, quand Juan arrivera à Rome ! Il faut vraiment que je me force à le traiter en frère !

Elle sourit :

— Il a peut-être ce que tu veux, mais pas ce que tu as.

— Je le sais, ma douce, répondit-il en l'embrassant sur le nez. C'est bien ce qui me sauve.

L'arrivée de Juan à Rome donna lieu à de grandes célébrations. Il parcourut les rues monté sur une jument drapée d'un tissu d'or, tenant en main des rênes ornés de joyaux. Il était vêtu de velours brun, avec une cape brodée d'émeraudes ; ses yeux bruns brillaient, ses lèvres avaient le sourire insolent du héros conquérant.

Au Vatican, son père le serra dans ses bras :

— Mon fils, mon fils ! répétait-il.

Il le conduisit dans la salle des Papes, où il avait convoqué une réunion pour définir la stratégie de l'armée pontificale.

Alexandre, Juan, César, Guido Feltra et Duarte Brandao passèrent donc de longues heures à discuter de la question. Cela leur prit trois jours entiers. César nota que Brandao évitait de parler à Juan, et préférait s'adresser au pape. C'était la première fois que Duarte témoignait de son déplaisir, mais si subtilement que César fut certain d'être le seul à l'avoir remarqué.

Ce soir-là, pourtant, la réunion achevée, alors que le pape était seul avec Duarte, il lui demanda :

— Tu penses que c'est une erreur de charger Juan d'aller affronter les Orsini ?

— Disons qu'il est regrettable qu'un prince, de par l'ordre des naissances, devienne un soldat, et un vrai guerrier un cardinal.

— Ne crois-tu donc pas à la destinée ? Aux plans du Père céleste ?

— Qui peut se flatter de les connaître ? Nous autres, simples mortels, sommes toujours sujets aux erreurs d'interprétation — y compris les plus honorables et les plus vertueux !

— Duarte, dit Alexandre, la coutume veut que le deuxième fils serve l'Eglise. De ce point de vue, il n'y a pas d'erreur possible. Le destin d'un homme est à la fois un don et un fardeau : il ne doit pas lutter, mais dire : « Mon Dieu, que votre volonté soit faite, et non la mienne. »

Le rire de Brandao résonna dans la salle.

— Pardonnez-moi, Votre Sainteté. C'est avec respect et admiration que je ferai valoir un autre argument. Qui vous dit que César est votre deuxième fils ? L'attrait que vous exercez sur les femmes est légendaire, votre vigueur a des proportions épiques. J'ai peine à croire qu'il n'y a pas eu d'autres fils, dont les mères vous auraient dissimulé l'existence...

Alexandre éclata de rire :

— Tu es un excellent conseiller, et un grand diplomate ! Ton argument nous servira si un jour le destin du cardinal est d'être un guerrier de l'Eglise. Mais, pour le moment, c'est Juan qui commandera nos armées. Il faudra donc nous agenouiller et prier pour la victoire.

César, qui se tenait à l'entrée, surprit une bonne part de la conversation et, pour la première fois, eut quelque espoir. Se pourrait-il vraiment qu'il y ait, au-dessus et au-delà de la perfidie du monde, un ciel, un Père céleste capable d'écouter ? Il se retira dans ses appartements, la tête pleine de chimères, osant pour la première fois imaginer le jour où il pourrait être appelé à commander les troupes pontificales.

Juan Borgia et le condottiere Guido Feltra, partant du nord de Rome, se dirigèrent avec leurs troupes vers la première forteresse des Orsini. Ceux-ci étaient de farouches soldats ; mais ils succombèrent sous le nombre, et la citadelle tomba sans combat, comme la suivante.

Quand Duarte apprit la nouvelle, il s'en alla trouver le pape :

— Je crois que c'est une ruse des Orsini, visant à faire croire aux chefs de notre armée que la victoire sera facile. Ce n'est qu'ensuite que nos ennemis feront la preuve de leurs capacités.

— Tu ne fais pas confiance à Feltra ?

— J'ai déjà vu les Orsini à l'œuvre.

César était là. Son père, connaissant ses talents de stratège, lui demanda :

— Parle franchement. D'après toi, quel est le plus grand danger qui nous menace ?

César prit soin de dominer ses sentiments et répondit d'un ton prudent :

— Je crains que Feltra ne soit pas plus doué pour les choses militaires que notre commandant en chef. Après des victoires aussi faciles, ils vont baisser leur garde, ce qui mènera à un désastre à Bracciano, où les Orsini ont rassemblé leurs meilleurs guerriers. Et Della Rovere fait tout pour les convaincre qu'il s'agit d'une guerre sainte, ce qui les rendra encore plus forts.

Le pape fut très impressionné par cette analyse, mais il ignorait encore à quel point elle était exacte. Au bout de quelques jours, la résistance des Orsini se durcit, tandis que Della Rovere demandait à Vito Vitelli, commandant d'artillerie réputé, de lever une armée pour leur venir en aide.

Les troupes qu'il avait réunies s'avancèrent sans

perdre de temps et fondirent sur l'armée pontificale à Soriano. Ce fut une écrasante défaite où Juan et Guido Feltra firent amplement la preuve de leur incompétence. Feltra fut fait prisonnier et jeté dans un donjon des Orsini ; plus heureux, Juan réussit à s'enfuir sans une égratignure.

Apprenant la nouvelle, et sachant qu'au moins son fils était indemne, Alexandre convoqua de nouveau César et Brandao.

— Cette guerre n'est pas perdue, dit celui-ci, car nous avons encore bien des ressources.

— Si le danger est si grand, intervint César, nous pouvons toujours recourir aux troupes espagnoles de Gonsalvo de Cordoba, basées à Naples...

Mais après avoir rencontré les ambassadeurs français, espagnol et vénitien, qui le pressaient de signer la paix, le pape, diplomate dans l'âme, accepta, bien qu'à contrecœur, de rendre aux Orsini les forteresses qu'il leur avait prises. Bien entendu, cela donnerait lieu à dédommagement : après de longs palabres, Alexandre accepta de se contenter de cinquante mille ducats. Après tout, il fallait bien remplir les coffres de l'Eglise.

Toutefois, quand Juan revint à Rome, il se plaignit amèrement de ces accords qui l'avaient privé de ses futures conquêtes, et des richesses qui les accompagnaient. Il réclama donc les cinquante mille ducats, et le pape — à la grande consternation de César — finit par céder.

Il y avait pourtant un problème plus grave encore : pour rétablir une renommée fortement compromise, Juan tenait à se voir confier la tâche de reprendre le port d'Ostie, contrôlé par une garnison française laissée sur place par Charles VIII.

César courut voir son père :

— Je sais bien qu'il n'y a là-bas que quelques troupes ! s'exclama-t-il. Mais s'il y a un moyen de perdre, Juan le trouvera, et sa défaite sera celle de la papauté et des Borgia ! Della Rovere tend le piège en attendant que nous commettions cette folie !

— César, soupira Alexandre, nous avons déjà discuté de tout cela bien des fois. Crois-tu que je sois assez sot pour ne pas m'en rendre compte ? Cette fois, je veux la victoire, et j'appellerai Gonsalvo de Cordoba : il n'y a pas de meilleur capitaine au monde.

— Cela n'empêchera pas mon frère de vouloir se mêler de tout, et de supplanter Cordoba ! Je t'en supplie, réfléchis !

— Juan ne fera rien de tel, répliqua le pape, têtu. Je lui ai donné des instructions très strictes. Il quittera simplement Rome à la tête de nos armées et, une fois la victoire acquise, reviendra ici en vainqueur, en arborant la bannière des Borgia. Il n'aura pas à donner d'ordres, ni même de conseils !

Juan obéit à son père. Il quitta Rome sur un superbe cheval noir, agitant son chapeau à l'intention des foules bordant les rues qu'il empruntait.

Gonsalvo de Cordoba organisa la chute d'Ostie de main de maître, et conquit la ville sans que la garnison française puisse opposer grande résistance. Juan reprit donc le chemin de Rome, où il entra sous les vivats.

Trois jours plus tard, le cardinal Ascanio Sforza donna au palazzo Borgia un grand bal auquel il invita des hôtes de marque, dont les enfants d'Alexandre. Deux des Médicis, Piero et Gio — dont César avait été l'ami à l'université — se trouvaient également à Rome ; leur famille avait été chassée de Florence par les Français, et par les prêches de Savonarole.

L'énorme palais avait accueilli les Borgia du temps où leur père était encore cardinal ; devenu pape, il en avait fait don à Sforza. C'était, de l'avis général, le plus beau de Rome.

Ce soir-là, César s'y rendit avec plusieurs de ses amis, avec qui il avait passé la nuit précédente à boire et à jouer.

Les murs de l'immense entrée étaient tendus de tapisseries superbes. L'endroit donnait sur d'autres pièces au mobilier magnifique, au sol couvert de tapis d'Orient précieux, aux couleurs assorties à celles des sièges de velours et de satin.

De jeunes couples dansaient déjà dans la grande salle de réception, au son d'un orchestre installé sur la mezzanine.

César, qu'accompagnait une courtisane connue, venait de danser avec elle quand il vit arriver Gonsalvo de Cordoba. Solidement bâti, l'air toujours grave, celui-ci semblait particulièrement agité. Il s'inclina, puis demanda au fils du pape la permission de lui parler en privé.

César conduisit le capitaine espagnol jusqu'à l'un de ces balcons où il avait joué enfant. Il dominait une cour où beaucoup de gens bavardaient en riant, tout en dévorant des hors-d'œuvre et en buvant le vin que des serviteurs leur proposaient sur des plateaux d'argent.

Une vive colère déformait les traits de Gonsalvo de Cordoba :

— Je suis furieux contre votre frère à un point que vous ne pouvez imaginer !

César lui posa la main sur l'épaule :

— Qu'a-t-il donc fait ?

— Vous n'ignorez pas qu'il n'a joué aucun rôle dans la prise d'Ostie ?

César eut un grand sourire :

— C'est bien ce que je pensais, puisque nous avons gagné.

— Mais savez-vous qu'il s'en attribue le mérite, et va répétant partout qu'il a mis les Français en déroute !

— C'est un vantard sans cervelle, et ses forfanteries sont ridicules. Personne à Rome ne le croira. Mais il faut voir ce que nous pouvons faire pour réparer cette injustice envers vous.

Gonsalvo parut ne rien entendre :

— En Espagne, je l'aurais provoqué en duel ! Mais ici... Savez-vous que ce niais arrogant a ordonné la frappe d'une médaille de bronze commémorant ses exploits ?

— Une médaille ? demanda César en fronçant les sourcils. Il n'était au courant de rien.

— Elle le représentera de profil et portera la légende : « Juan Borgia, vainqueur d'Ostie. »

César faillit éclater de rire, mais se retint ; mieux valait ne pas pousser Cordoba à bout :

— Ce titre vous revient, et tout le monde le sait

parmi les troupes pontificales — sans parler des Français !

Le capitaine espagnol demeura insensible à l'éloge :

— Lui, vainqueur d'Ostie ! J'aurais dû le tuer ! Je le ferai peut-être...

Puis, tournant les talons, il rentra à l'intérieur du palais.

César resta sur le balcon et contempla le ciel noir, en se demandant s'il était bien possible que son frère et lui soient issus de la même mère. Puis, comme il allait regagner la salle de bal, quelque chose dans la cour retint son attention.

En dessous de lui, tout près d'une grande fontaine, Geoffroi discutait avec Cordoba et un autre homme, grand et mince. Le capitaine espagnol écoutait avec attention, son compagnon parcourait les lieux du regard, comme s'il cherchait quelqu'un. Ce fut pourtant Geoffroi qui surprit le plus son aîné : lui qui était d'ordinaire si affable, si indolent, avait une expression féroce que jamais César ne lui avait vue.

Il allait l'appeler quand il sentit une main se poser sur son épaule. Un doigt sur la bouche, Don Michelotto le fit reculer jusqu'à ce que tous deux soient dans l'ombre, où ils observèrent les trois hommes. Au bout d'un moment, Cordoba sourit et serra la main de Geoffroi. Comme celui-ci faisait de même avec leur compagnon, Don Michelotto aperçut furtivement, à la lueur de la lune, un reflet bleu, celui d'une topaze de forme irrégulière :

— César, il faut prendre garde : cet homme n'est autre que Vanni, un neveu des Orsini.

Puis il s'éloigna aussi vite qu'il était venu.

Une fois revenu dans le palais, César chercha Geoffroi, mais celui-ci semblait avoir disparu. Lucrèce dansait avec son mari, Juan avec sa belle-sœur. Tous deux riaient et semblaient se donner du bon temps. César, pourtant, s'inquiéta de voir Cordoba quitter les lieux : car, tout d'un coup, le capitaine espagnol semblait avoir l'esprit en paix.

11

Lucrèce, venue rejoindre son père et ses frères pour les festivités pascales, se trouvait dans ses appartements du palais de Santa Maria del Portico, quand le chambellan de Giovanni Sforza vint lui communiquer un message urgent. Son mari voulait qu'elle rentre avec lui à Pesaro : trouvant oppressante l'ambiance régnant à Rome, il souhaitait se soustraire à la vigilance du pape.

Accablée, elle écouta l'homme, tandis que Julia choisissait déjà des affaires qu'une servante se chargerait d'emballer. Lucrèce avait été incroyablement seule à Pesaro ; elle se sentait enfin renaître depuis son retour dans la Ville éternelle.

— Que faire ? s'exclama-t-elle. Ici comme là-bas, le duc ne semble pas se soucier de moi et, quand il lui arrive de me regarder, c'est sans affection aucune ! Et pourtant il veut que je l'accompagne !

Julia tenta de la consoler. Le chambellan se racla la gorge et, rassemblant tout son courage, demanda la permission de parler :

— Le duc est très épris de son épouse ! Il désire être en sa compagnie, et souhaite qu'elle revienne avec lui dans son duché, qu'il est libre de gouverner selon son bon plaisir.

— S'il en est ainsi, qu'il agisse comme il l'entend. Mais que deviendrai-je une fois de retour là-bas ? J'y mourrai de solitude ! Il n'y a rien à Pesaro qui puisse me retenir.

Julia s'excusa et quitta la pièce, un peu agacée : elle savait quels tourments tout cela imposerait à Alexandre.

On frappa soudain à la porte :

— C'est moi, César ! Puis-je entrer ?

Lucrèce ordonna aussitôt au chambellan de se dissimuler derrière un paravent — non sans ajouter qu'il ferait mieux de ne pas se trahir, car cela pourrait lui coûter la vie : César détestait de plus en plus son beau-frère, et se mettrait en fureur en découvrant chez elle un des serviteurs du duc...

Le petit homme s'exécuta et se couvrit la tête de vêtements, au cas où le cardinal déciderait de fouiller la pièce.

César embrassa sa sœur, l'air ravi :

— Père a décidé de t'accorder le divorce, comme tu le voulais. Il est désormais certain que ce porc de Giovanni Sforza ne nous a servi à rien ; et Milan est désormais passé du côté des Français. Père est également mécontent de savoir que tu es malheureuse avec lui.

Lucrèce s'assit sur un divan et lui proposa de faire de même, mais il préféra marcher de long en large dans la pièce.

— Que vas-tu dire à Giovanni ? demanda-t-elle. Et comment puis-je divorcer ? Ce n'est pas un hérétique, il ne s'est rendu coupable d'aucune trahison... Certes, il ne m'a pas rendue heureuse...

— C'est un crime suffisant ! lança César en souriant.

— J'en suis bien persuadée ! dit-elle, amusée. Mais je crains que les autres ne soient d'un avis différent.

— Père ne courra pas le risque d'un procès, reprit César d'un ton plus grave : cela ferait scandale. Il a simplement ordonné que Giovanni disparaisse.

— C'est impossible ! C'est une brute, certes, mais si je suis malheureuse, c'est avant tout parce qu'il n'est pas toi. Cela ne peut mériter un tel châtiment.

— Préfères-tu dire au Saint-Père que tu refuses d'obéir à ses ordres, ce qui te condamnerait aux flammes de l'enfer, pour un porc tel que ton mari ?

— Lui a-t-on demandé s'il acceptait de voir annuler le mariage ?

— C'est ce que père a fait, mais Giovanni a refusé. Il n'y a plus de discussion possible.

— Alors, préviens notre père que je ne veux pas souiller mon âme en laissant commettre un tel acte. L'enfer est éternel ; j'ai commis bien des péchés, mais j'espère que Dieu sera assez compatissant pour m'accorder le paradis.

— Lucrèce, soupira César, il faut faire quelque chose, et vite, pour mettre un terme à cette mascarade.

— Je désire plus que tout être débarrassée du duc, tu le sais parfaitement. Mais je me soucie trop de mon salut pour prendre part à son assassinat.

César était si certain que Lucrèce serait ravie, que sa réaction le déçut. Il comptait bien l'arracher aux griffes de celui qui les séparait l'un de l'autre — et ce faisant, se présenter en sauveur. Furieux, il préféra se retirer, non sans s'écrier :

— Ma chère sœur, se trouver entre père et toi, c'est vraiment être pris entre les mâchoires d'une tenaille ! Dis-moi donc ce que tu veux que je fasse !

— Ne te renie pas toi-même, et ne trahis pas un autre, répondit-elle.

Puis, quand Lucrèce fut certaine qu'il s'était éloigné, elle passa derrière le paravent. Le malheureux chambellan tremblait de tous ses membres sous l'entassement de vêtements qui le dissimulaient.

— As-tu entendu ? demanda-t-elle.

— Pas un mot, duchesse, pas un mot ! balbutia-t-il, terrifié.

— Mon Dieu ! Es-tu donc sot à ce point ! Pars, va le répéter au duc. Il faut qu'il se hâte : je ne veux pas que mes mains soient souillées de son sang. Allez, pars !

Quand le chambellan, hors d'haleine, vint confier à son maître ce qu'il avait surpris, Giovanni Sforza s'en alla voir le pape et lui demanda la permission de ne pas assister aux vêpres du soir : il voulait se rendre dans l'église Sant'Onofrio, au sortir de Rome, pour s'y confesser.

Alexandre accepta : c'était la Semaine sainte, et à cette période tout pécheur pouvait obtenir dans cette église une indulgence plénière lavant son âme de ses péchés. Vu les projets qu'il avait en tête, le pape donna donc son accord.

A peine parvenu à destination, Giovanni monta un cheval turc fourni par le commandant de ses troupes et, poussé par sa propre terreur, galopa vingt-quatre heures d'affilée avant de parvenir à Pesaro. Devant les portes de la ville, l'animal épuisé s'effondra et mourut.

Giovanni Sforza, qui aimait plus les bêtes que les hommes, en fut accablé. Il ordonna à ses serviteurs de faire enterrer sa monture en grande pompe et s'enferma plusieurs jours durant, mangeant à peine et ne parlant à personne. Les citoyens de la ville ne purent dire s'il pleurait la perte de sa femme ou celle de son cheval.

Lucrèce était furieuse que son père ne l'ait pas informée de ses projets, lui interdisant ainsi de faire connaître son opinion. Elle se décida en apprenant qu'Alexandre avait envoyé à Pesaro un émissaire chargé d'annoncer à Giovanni qu'une procédure d'annulation du mariage allait être mise en route pour impuissance — seul motif acceptable juridiquement. Elle n'aimait guère le duc ; mais, s'il se voyait demander d'avouer une faiblesse à la fois imaginaire et humiliante, il refuserait tout net — et peut-être soupçonnerait-il ce qui se passait entre elle et César. Une telle idée répugnait profondément à la jeune femme.

Après tout, c'était elle et non Giovanni qui, après la nuit de noces, avait refusé d'entrer dans le lit conjugal. Certes, reconnaître publiquement son impuissance valait toujours mieux que de périr par la dague ou le poison ; mais ce serait un coup mortel pour quelqu'un d'aussi arrogant. Il chercherait à se venger, ce qui mettrait en danger la papauté comme la famille Borgia.

Le lendemain matin, Lucrèce s'éveilla à l'aube puis réunit plusieurs de ses dames de compagnie, qui l'accompagneraient au couvent de San Sisto. C'était en effet le seul refuge possible pour une femme voulant échapper au pouvoir de son mari et de son père.

Julia et Adriana tentèrent de l'en dissuader :

— Le Saint-Père ne connaîtra pas le repos tant que tu seras là-bas ! dit la seconde. Et il n'acceptera jamais de te voir partir !

— Il n'y pourra rien, pour la bonne raison qu'il ne le saura que bien après mon départ !

— Lucrèce, intervint Julia, donne-lui une chance de te dissuader, explique-lui tes raisons. Tu sais à quel point il est malheureux quand tu n'es pas là...

— Je ne changerai pas d'avis ! répliqua la jeune femme, agacée. Si tu veux qu'il soit heureux, occupe-toi de lui comme tu sais si bien le faire ! Je n'ai pas à le satisfaire, ses projets ne tiennent aucun compte ni de mon opinion, ni du Père céleste !

Adriana revint à la charge :

— Lucrèce, tu as répété si souvent que tu étais malheureuse ! Et quand ton père, qui t'aime tant, essaie de fléchir un époux que tu détestes, voilà que tu lui tournes le dos ! Tout cela n'a aucun sens !

Les yeux de Lucrèce se remplirent de larmes, mais elle ne pouvait se permettre de douter d'elle-même, sinon tout ce qu'elle aimait serait perdu. Sans répondre, elle serra les deux femmes dans ses bras, avant de leur donner ses instructions.

— Attendez une demi-journée pour prévenir le Saint-Père. S'il s'inquiète, répondez que je suis en prières et ne souhaite pas être dérangée.

Puis elle se tourna vers l'une de ses dames de compagnie et lui remit une lettre rédigée la veille au soir.

— Donne ceci à mon frère le cardinal, et prends soin de la lui remettre en main propre.

Le pape se montrait parfaitement rationnel pour tout ce qui touchait à l'Eglise ou aux affaires d'Etat ; mais il n'en allait pas de même quand il s'agissait de ses enfants. Apprenant que sa fille était partie s'enfermer dans un couvent, il en fut à la fois accablé et furieux. A quoi bon être pape, s'il ne pouvait se faire obéir de sa propre fille ? Comment pouvait-elle baiser son anneau, puis ne tenir aucun compte de son autorité ? Il convoqua César et Duarte Brandao, puis fit mander Don Michelotto.

— Qu'ai-je donc fait à ma fille, que j'aime tant, pour qu'elle m'abandonne ainsi ?

César, tête basse, garda le silence. Brandao répondit :

— Votre Sainteté, c'est peut-être l'appel de Dieu.

— Duarte, je t'en prie ! Ne me prends pas pour un sot ! L'heure n'est pas aux plaisanteries ! Il y a quelque chose que j'ignore, ou que je ne comprends pas.

Brandao acquiesça de la tête :

— Votre Sainteté, je ne voulais pas plaisanter, mais simplement vous dissuader de vous croire responsable des actes d'une enfant. A dire vrai, ce n'en est plus une, et je ne sais si elle veut échapper à une menace, ou réaliser de grandes promesses.

— De quoi s'agit-il ? demanda Alexandre en se tournant vers son fils.

Le regard de César croisa celui de son père. Jamais ils n'avaient discuté de cet amour qui comptait plus que tout pour lui ; il craignait qu'il ne soit encore plus précieux pour son père. Et César était certain de perdre la bataille face à Alexandre, dès lors qu'il était question d'amour ou de pouvoir. Le pape attendait de ses enfants une fidélité sans faille. Lui dire la vérité sur la relation unissant le frère et la sœur ouvrirait les portes de l'enfer.

César n'en avait jamais soufflé mot à quiconque, parvenant à tenir sa langue même quand il était ivre ou en compagnie des courtisanes. Ses serviteurs ne diraient jamais rien, de peur d'y laisser leur tête. Mais son père, étant pape, ne pourrait-il, guidé par l'inspiration divine, lire dans l'âme de son fils ?

Le visage farouche d'Alexandre s'adoucit brusquement, et il sourit :

— Don Michelotto ! Trouve-moi quelqu'un qui se rendra chaque jour au couvent. Je suis certain que Lucrèce finira par céder. Veille à ce qu'il soit affable, intelligent, séduisant, que ma chère fille accepte mes messages ; elle reviendra un jour ou l'autre.

Don Michelotto, obéissant aux consignes du pape, choisit un jeune homme nommé Perotto, qu'il savait fort apprécié d'Alexandre ; musicien et poète, plus instruit que la plupart des courtisans, l'adolescent était venu d'Espagne pour découvrir les beautés de Rome, dont on lui avait tant parlé. Il était intègre et totalement dévoué à l'Eglise.

Quand le pape lui confia le premier message destiné à sa fille, ce fut en sachant que si Perotto ne le lui remettait pas, c'est qu'il avait été assassiné en route. C'est dire la confiance qu'il lui portait.

Lorsque Lucrèce reçut le jeune homme dans le jardin du couvent, elle refusa d'abord la missive qu'il apportait :

— Je ne souhaite pas être en désaccord avec le

Saint-Père, dit-elle. Et le meilleur moyen d'y parvenir, c'est de ne pas entrer dans des discussions avec lui.

Les yeux clairs de Perotto pétillèrent ; agitant sa longue chevelure blonde, il répondit gaiement :

— Je comprends parfaitement, Votre Seigneurie. Je ne me permets d'abuser de votre bonne volonté que parce que je crois que ce message parle de choses importantes.

Lucrèce le regarda, secoua la tête puis alla s'asseoir sur l'un des bancs de pierre du jardin en se demandant que faire.

Au lieu de se retirer, ou de laisser la lettre sur place, Perotto s'éclipsa quelques instants, revint avec sa guitare, et demanda à Lucrèce la permission de jouer.

Elle fronça les sourcils, mais il avait un visage si doux, si plaisant... la vie du couvent était si morne...

— Si tu veux.

Elle fut surprise en l'entendant chanter : il avait une voix des plus agréables. Cela faisait si longtemps que Lucrèce n'avait pas eu de compagnie masculine qu'elle sourit sans même s'en rendre compte.

Quand il en eut terminé, elle se sentait de si bonne humeur qu'elle accepta de recevoir le message, que Perotto lui remit en souriant.

Sur un ton très formel, son père lui apprenait que les négociations relatives à l'annulation de son mariage se poursuivaient, et progressaient un peu. Giovanni réfléchissait aux compensations qu'on lui offrait. Alexandre ajoutait que, si elle avait des inquiétudes, il faudrait qu'elle lui en fasse part ; le messager reviendrait le lendemain pour apporter d'autres nouvelles.

Elle se rendit dans les appartements qu'elle occupait au couvent pour rédiger une brève réponse fort conventionnelle, déclarant à son père qu'elle espérait qu'il allait bien, et le remerciait de ses efforts. Mais elle signa simplement « Lucrèce Borgia », pour lui faire comprendre qu'elle lui en voulait toujours.

Le lendemain, Alexandre se leva bien décidé à en finir. Les affaires de l'Eglise ne le retenant que peu de temps, il consacra le plus clair de sa journée aux affaires familiales.

César, lui aussi, était de bonne humeur et, venant trouver son père, lui dit :

— Il serait peut-être temps d'organiser de nouvelles fêtes, car la ville s'agite : les Romains doivent se distraire, faute de quoi tout finira par des troubles.

— C'est vrai. J'aurais moi-même besoin d'un carnaval, je deviens bien trop sérieux à m'occuper de l'Eglise !

C'est à ce moment que Plandini vint leur annoncer l'arrivée de Ludovico Sforza et de son neveu Giovanni.

Tous quatre s'assirent autour d'une table de marbre pour faire honneur aux fromages, aux fruits et au vin qui leur furent servis. On échangea quelques plaisanteries, puis Alexandre se tourna vers le More :

— Ludovico, tourner en rond ne sert à rien. Je vous ai invités aujourd'hui pour parvenir à un divorce en bonne et due forme.

Le maître de Milan, qui s'apprêtait à boire, se figea d'un coup — mais quelques instants lui suffirent pour se remettre :

— Votre Sainteté, c'est inutile — si du moins vous parlez de Giovanni et de votre fille Lucrèce ?

Alexandre se leva :

— Oh que si, Ludovico ! Cela fait des mois que Giovanni a quitté Rome pour Pesaro, laissant seule son épouse !

Le More se leva à son tour, imité par son neveu :

— Giovanni est rentré chez lui suite aux menaces de votre fils, Très Saint Père.

César, resté assis, finissait son vin.

— Des menaces, mon fils ? dit le pape. Est-ce vrai ?

— Ce n'est pas mon genre, répliqua César d'un ton très calme. Si quelqu'un me met en fureur, je le défie en duel. Et je ne me souviens pas de l'avoir fait avec toi, Giovanni, ajouta-t-il en jetant à son beau-frère un regard glacé.

— Peut-être n'as-tu pas osé, répliqua l'intéressé d'un ton arrogant.

Un peu crispé, le More se tourna vers Alexandre.

— Votre Sainteté, Giovanni est revenu à Rome. Sa femme et lui auraient pu vivre heureux à Pesaro, mais Lucrèce a refusé : elle voulait être ici.

Les quatre hommes allèrent s'asseoir dans le cabinet de travail du pape. Celui-ci s'impatientait :

— Ludovico, mon ami, nous pourrions discuter toute la journée, mais vous et moi avons autre chose à faire. Giovanni et Lucrèce doivent se séparer. Je suis sensible à vos inquiétudes, comme à ce que peut ressentir votre neveu. Cependant cela doit être fait, pour le bien de l'Eglise.

— De l'Eglise ? demanda le More, perplexe.

Alexandre et lui se mirent à marcher de long en large.

— Saint-Père, chuchota-t-il, je suis certain que Giovanni accéderait à vos exigences, s'il pouvait être établi que le mariage était nul depuis le début, Lucrèce ayant été fiancée à un Espagnol.

Le pape lui posa la main sur l'épaule :

— Ludovico, Ludovico, cela pourrait être réglé sans problème. Mais la commission n'est pas d'accord.

La voix du More baissa encore :

— Vous pourriez promulguer une bulle.

— C'est vrai — s'il s'agissait de la fille d'un autre. On ne peut invoquer que l'impuissance, le mariage n'ayant jamais été consommé. La commission l'acceptera, comme le peuple — et j'ai le témoignage écrit de Lucrèce.

Giovanni se dressa d'un bond, rouge de colère :

— Elle ment ! Je ne suis pas impuissant, et jamais je ne le reconnaîtrai !

Le More se tourna vers lui :

— Assieds-toi ! lança-t-il d'un ton sans réplique. Il nous faut trouver un moyen de satisfaire le Saint-Père.

Le maître de Milan savait en effet avoir besoin du pape, car les troupes françaises ne feraient qu'une bouchée de sa ville s'il ne pouvait compter sur les soldats de la papauté et du royaume d'Espagne.

— J'ai peut-être une solution, intervint César. Lucrèce dit une chose, Giovanni une autre. Je propose donc de réunir les membres de nos deux familles dans une grande salle, où nous installerons un lit dans lequel se glissera une courtisane des plus attirantes. Giovanni l'y rejoindra et fera la preuve de sa virilité.

— Devant nos deux familles ? s'exclama le jeune homme, scandalisé. Jamais je n'y consentirai !

— Cela règle la question, intervint Alexandre. Giovanni refuse l'occasion de prouver qu'il est un homme, nous devons donc en conclure que les déclarations de Lucrèce sont exactes. Bien entendu, nous saurons nous montrer généreux, car il a fait ce qu'il a pu, et de toute façon ce n'est pas le moment de blâmer qui que ce soit.

Giovanni voulut parler, mais son oncle l'en empêcha :

— La famille tout entière te reniera si tu refuses. Tu y perdras ton titre et tes terres ! Au moins, tu seras toujours duc, et ce n'est pas rien.

Plus tard, seul dans ses appartements, César s'assit pour relire le message reçu la veille de sa sœur. Etre séparé de Lucrèce lui pesait, mais quelque chose d'autre le préoccupait. Il tremblait.

Une ligne semblait se détacher du texte :

« A cette heure, je ne suis pas libre de parler d'une question de première importance pour nous. »

Ce qui l'inquiétait le plus, c'était ce ton guindé, ce refus de donner la moindre information : bref, tout ce que Lucrèce ne disait pas. César la connaissait suffisamment pour comprendre qu'elle avait un secret qui, s'il était révélé, les mettrait tous en danger.

12

Les hôtes de Vanozza Catanei s'assirent autour des tables tendues de tissus aux couleurs vives pour regarder le soleil descendre derrière les ruines rougeâtres du Forum romain. Elle avait invité ses enfants, et plusieurs amis, afin de fêter le départ de César pour Naples, la semaine suivante : il y représenterait le pape.

Le vignoble de Vanozza, comme l'appelaient ses enfants, était situé sur la colline à peu près déserte de l'Esquilin, juste en face de l'église de San Pietro, imposante bâtisse du Vᵉ siècle.

Les trois frères Borgia, pour une fois réunis, riaient et s'amusaient beaucoup. Puis César remarqua que sa mère, de l'autre côté de la cour, discutait gaiement avec un jeune garde suisse. Il sourit : elle était encore très belle — grande mais d'allure délicate, avec une peau olivâtre et de longs cheveux bruns où l'on ne discernait pas le moindre reflet d'argent. Elle avait l'air splendide dans sa longue robe de soie noire ornée d'un simple collier de perles offert par Alexandre.

César adorait Vanozza, il était fier de sa beauté, de son intelligence, de son remarquable sens des affaires : elle savait gérer ses auberges bien mieux que n'importe quel Romain. Il jeta un nouveau coup d'œil au garde et sourit encore : si sa mère appréciait toujours l'amour, que lui souhaiter de mieux ?

Pour cette soirée, Vanozza avait fait venir de Rome deux des meilleurs chefs de ses auberges, qui leur préparèrent des mets délectables : foies d'oies sautés avec des tranches de pommes et des raisins secs, langouste fraîche cuite dans une sauce à base de crème, de tomate et de basilic, escalopes de veau poêlées aux truffes...

Certains des cardinaux les plus jeunes, dont Gio Médicis, poussaient des cris d'enthousiasme à chaque nouveau plat. Ascanio Sforza, s'il se montrait plus discret, se servit à plusieurs reprises, comme son confrère de Montréal, cousin d'Alexandre.

On offrit, dans de grandes carafes de porcelaine, du vin tout droit venu des vignes de Vanozza. Chaque fois qu'on lui servait à boire, Juan vidait aussitôt son gobelet, avant de réclamer qu'on le remplisse de nouveau. Un jeune homme très maigre et masqué de noir, assis à ses côtés, lui chuchotait à l'oreille.

César l'avait déjà vu plusieurs fois au Vatican au cours du mois précédent, toujours en compagnie de son frère, mais il avait en vain cherché à se renseigner : personne ne semblait le connaître. Interrogé, Juan s'était contenté d'un rire sardonique avant de s'éloigner. Sans doute était-ce un artiste un peu excentrique de ces quartiers où Juan se rendait fréquemment pour s'ébattre avec des courtisanes et dépenser son argent à pleines mains.

Celui-ci, la tunique déboutonnée, la chevelure trempée de sueur, se leva en titubant — il était déjà complètement ivre — pour porter un toast, levant très haut son gobelet, non sans répandre une bonne part du contenu ; Geoffroi voulut lui venir en aide, mais Juan le repoussa brutalement. Puis, d'une voix pâteuse, il se tourna vers César :

— A l'évasion de mon frère, qui a échappé aux Français ! A son habileté à éviter tout danger ! Certains y voient de l'audace... Je dirais plutôt... que c'est... de la couardise...

Il éclata d'un rire bruyant.

César se dressa d'un bond, la main sur la garde de son épée, et voulut se précipiter sur son frère, mais Gio de Médicis l'en empêcha et, aidé de Geoffroi, réussit à le retenir.

Vanozza s'interposa :

— Il ne sait pas ce qu'il dit, mon fils, il est trop ivre. Il ne le pensait pas.

— Il le sait parfaitement, mère, rétorqua César, le regard brûlant. Si nous n'étions pas dans ta demeure, je tuerais ce chien insolent sur l'heure, bien qu'il soit ton fils et mon frère !

Puis, tremblant encore de fureur, il laissa Gio le ramener à table. L'algarade parut refroidir un peu l'assistance, qui n'échangea plus que des conversations à voix basse.

L'homme masqué se leva et, une fois de plus, chuchota quelque chose à l'oreille de Juan. Celui-ci, que la colère de son frère semblait avoir calmé, se leva à son tour et dit :

— Veuillez m'excuser, j'ai un autre rendez-vous qu'il me faut honorer.

Un page lui tendit sa cape de velours bleu sombre, puis il s'éclipsa en hâte, suivi de l'un de ses écuyers et de l'homme masqué.

En fin de soirée, tout le monde prit congé ; César partit en compagnie de Geoffroi, de Gio et d'Ascanio Sforza. Comme ils s'éloignaient à cheval, il eut un geste de la main à l'intention de sa mère, que le garde suisse semblait ne pas quitter d'un pas.

Les quatre hommes partirent à vive allure vers Rome. Une fois franchies les portes de la cité — au carrefour devant le palazzo Borgia —, ils discutèrent longuement de l'incident provoqué par Juan. César fit clairement comprendre qu'il n'entendait pas tolérer l'insolence de son frère. Il comptait bien en discuter avec lui, le raisonner ; mais si nécessaire, il n'hésiterait à l'affronter en duel pour régler le problème une fois pour toutes. Il était de loin le meilleur escrimeur des deux ; Juan serait contraint de se repentir de son comportement ridicule — non seulement envers son frère, mais aussi envers tous ceux qu'il avait insultés, couvrant de honte la famille Borgia.

César savait également que le véritable couard n'était autre que Juan lui-même, en dépit de ses stupides accusations.

Ascanio Sforza se plaignit également : quelques jours auparavant, Juan, ivre une fois de plus, avait poignardé son majordome sans raison aucune. Le cardinal en était encore furieux : il jura que s'il n'avait pas été prince de l'Eglise et n'avait pas redouté la vengeance du pape, il se serait chargé lui-même de venger la mort de son serviteur.

Comme d'habitude, Geoffroi, désormais âgé de seize ans, n'eut pas le moindre mot contre son frère. Mais César savait qu'il lui en voulait, car il n'ignorait plus rien de ses relations avec Sancia. Le jeune homme était vraiment une énigme. Il avait toujours une expression un peu neutre qui lui donnait l'air d'un sot. Mais César se souvenait de cette nuit où il l'avait vu avec Cordoba, et savait qu'il n'en était rien.

Le cardinal Sforza rentra dans son palais, Gio de Médicis se dirigea vers le sien. Geoffroi dit à son aîné :

— Je crois que je vais me rendre dans le ghetto et passer quelques heures en compagnie d'une femme qui saura répondre à mon affection.

César sourit et lui tapa dans le dos.

— Je n'y vois pas d'objection, petit frère ! Passe une bonne soirée !

Suivant des yeux Geoffroi qui s'éloignait, il remarqua soudain quelque chose qui l'inquiéta. Trois hommes à cheval sortirent de l'ombre des bâtiments environnants et se mirent à suivre le jeune homme. L'un d'eux, plus grand que les deux autres, montait un étalon blanc.

Après avoir attendu quelques instants, pour qu'ils ne puissent entendre le bruit des sabots de son cheval, César se dirigea vers la place dominant le ghetto. Devant lui, à quelques rues de là, quatre cavaliers émergeaient à peine de la pénombre. Geoffroi était parmi eux. Ils discutaient avec animation. Convaincu que son frère ne courait aucun danger, César fit faire demi-tour à sa monture et rentra seul au Vatican.

Il dormait depuis plusieurs heures, quand un horrible cauchemar le réveilla. Des cavaliers ? Il tenta de s'éveiller tout à fait, mais la lanterne installée dans sa chambre s'était éteinte et il faisait noir comme dans un four.

En nage, le cœur battant à tout rompre, il voulut

se raisonner, mais rien ne pouvait apaiser sa panique. Il se leva et, à l'aveuglette, s'efforça de trouver de quoi rallumer la lampe, malgré ses mains tremblantes et la terreur qui l'envahissait. Il appela son serviteur : personne ne répondit.

Brusquement, et sans raison, la lanterne se ralluma. César se rassit sur son lit, entouré d'ombres qui semblaient quitter les murs pour venir vers lui. Il se sentait glacé et s'enveloppa d'une couverture, sans pouvoir contrôler ses frissons. La voix de Noni parut lui résonner dans les oreilles : « La mort est dans ta maison... »

Il tenta une fois encore de se dominer, mais la peur ne le quittait pas. Lucrèce serait-elle en danger ? César se dit que non : son couvent était un endroit d'autant plus sûr que leur père y avait envoyé Don Michelotto, chargé de monter la garde — tout en restant aussi discret que possible, pour ne pas effrayer ou exaspérer la jeune femme. Alors, Geoffroi ? Mais le souvenir de sa discussion avec ses compagnons rassura César.

Juan ? S'il y avait une justice, le savoir en danger n'aurait pas dû lui donner de cauchemars, loin de là ! Il s'inquiéta pourtant : comment réagirait leur père, s'il arrivait quelque chose à son fils préféré ?

César s'habilla en toute hâte et se dirigea vers les appartements du pape. Deux gardes se tenaient de chaque côté des lourdes portes de bronze.

— Le souverain pontife dort-il bien ? leur demanda-t-il en luttant pour garder son calme.

Jacamino, le serviteur préféré d'Alexandre, répondit depuis le vestibule :

— Il dormait paisiblement il y a quelques instants. Tout va bien.

César fit demi-tour, mais son agitation ne le quitta pas pour autant. La seule solution était de partir à cheval vers la campagne, comme toujours quand le battement de son cœur se faisait trop fort. Il courut aux écuries et s'apprêtait à monter son étalon préféré quand il vit qu'un palefrenier bouchonnait le cheval de Geoffroi, dont les sabots étaient couverts de cette épaisse boue rouge qu'on trouvait au bord du Tibre.

— Mon frère est-il bien rentré ? demanda-t-il au jeune garçon.

— Oui, monseigneur.

— Et mon frère Juan ?

— Non, monseigneur, pas encore.

César sortit de Rome sans trop savoir où aller, comme possédé par un démon. Tout ce qui l'entourait paraissait sorti d'un rêve ; c'est sans s'en rendre compte qu'il se retrouva en bordure du fleuve.

La nuit était humide et froide, l'odeur salée du Tibre lui éclaircit les idées et l'apaisa un peu. Il examina les rives en quête de signes révélateurs, mais n'en trouva aucun. Au bout de quelques heures, il parvint à l'endroit où s'étendait une vaste étendue de boue rouge, tout près d'un quai de pêcheurs ; de l'autre côté du fleuve, se dressait le palais du comte Murandella, ainsi qu'un hôpital aux fenêtres duquel brûlaient des lanternes. Là encore, tout avait l'air tranquille.

César mit pied à terre, cherchant quelqu'un à qui il pourrait demander s'il avait vu Juan. Mais l'endroit était désert, et il n'entendait que les poissons qui, de temps à autre, sautaient à la surface des eaux.

Il s'avança jusqu'au quai et examina les lieux.

Quelques bateaux étaient à l'ancre, mais leurs équipages devaient y dormir, ou bien s'étaient rendus dans une taverne proche. Quelle existence que la leur ! Il leur suffisait, chaque jour, de jeter leurs filets et d'attendre. César sourit et se sentit un peu apaisé.

Il allait repartir quand il aperçut une barque ancrée près d'un entassement de troncs d'arbres. Un homme y était allongé.

— *Signor ! Signor !* lança César en s'avançant. Je suis le cardinal Borgia, dit-il au pêcheur qui le regardait d'un air un peu indécis. Je cherche mon frère, le commandant des armées du pape. As-tu remarqué quoi que ce soit de suspect cette nuit ?

Tout en parlant, il ne cessait de faire tournoyer un ducat d'or entre ses doigts. L'homme, qui s'appelait Giorgio, vit la pièce et se sentit rassuré.

Il parla pendant près d'une demi-heure. Après quoi, César lui offrit le ducat.

— Personne ne doit savoir que nous nous sommes rencontrés, dit-il avant de s'éloigner. Je compte sur toi !

— Je ne sais même pas qui vous êtes, monseigneur, répondit Giorgio.

César rentra au Vatican, mais ne confia à personne ce qu'il avait appris.

Alexandre s'éveilla plus tôt que d'habitude, se sentant un peu mal à l'aise. Peut-être était-ce l'effet des inquiétudes que lui inspirait la réunion convoquée pour ce jour-là ? On devait discuter de la stratégie de ses armées. Quand il arriva, seul Brandao était là.

— Où sont mes fils ? Il est temps de commencer !

Duarte comprit qu'il allait devoir apprendre de

mauvaises nouvelles au pape. Un peu avant l'aube, il avait été réveillé par un serviteur de Juan : son maître n'était toujours pas revenu du dîner chez Vanozza, et l'écuyer qui l'accompagnait non plus — détail encore plus inquiétant.

Brandao avait rassuré l'homme, avant de lui ordonner de retourner dans les appartements du capitaine général, et de l'informer quand il serait de retour. Toutefois, l'affaire était étrange, et Duarte ne put se rendormir. Il finit par se lever, s'habilla en hâte et, comme le jour se levait, se rendit dans le ghetto pour demander si quelqu'un avait vu Juan. En vain.

Revenant au Vatican, il se rendit aussitôt chez César.

— Il a quitté la soirée avec son écuyer et l'homme masqué, dit celui-ci. Il devait revenir ici, son écuyer avait été chargé d'y veiller, car Juan était vraiment ivre.

— Je l'ai cherché en vain dans la ville, et son serviteur aussi.

— Je vais m'habiller sur l'heure, au cas où mon père aurait besoin de moi.

Quittant les lieux, Brandao eut pourtant le temps de remarquer que les bottes du cardinal étaient trempées et couvertes d'une boue rouge encore humide.

A mesure que les heures passaient, l'absence de Juan inquiéta de plus en plus son père, qui marchait de long en large, rosaire d'or en main.

— Ce garçon est impossible ! dit-il à Duarte. Il faut le trouver, et il devra s'expliquer !

Brandao tenta de le rassurer :

— Votre Sainteté, il est jeune, et Rome est pleine

de jolies femmes. Peut-être s'est-il endormi dans une chambre du Trastevere.

Alexandre acquiesça de la tête, mais au même moment César entra, porteur de sinistres nouvelles :

— Père, on vient de retrouver l'écuyer de Juan, mortellement blessé, et si gravement atteint qu'il ne peut parler.

— Je veux le voir ! Il me dira tout !

— C'est un peu difficile sans langue, répondit César à voix basse.

Le pape frémit :

— Ne peut-il pas écrire ?

— Non, père : il n'a plus de doigts.

— Où l'a-t-on retrouvé ?

— Sur la piazza della Giudecca. Il devait y être depuis plusieurs heures, sous les yeux de centaines de passants, qui ont eu trop peur pour prévenir qui que ce soit.

— Et l'on ne sait toujours pas où est ton frère ?

— Non, père.

César et Duarte revinrent au Vatican après avoir rencontré les chefs de la garde pontificale, des troupes espagnoles, des gardes suisses et des forces de police.

Alexandre était assis, immobile, serrant son rosaire entre ses doigts. Quand ils entrèrent, les deux hommes se regardèrent. Mieux valait sans doute que Brandao lui apprenne les dernières nouvelles.

Il s'approcha donc du pape, lui posa une main sur l'épaule et dit :

— Votre Sainteté, on vient tout juste de m'apprendre que le cheval du capitaine général vient d'être retrouvé, errant à l'aventure. L'un des étriers avait été sectionné, apparemment d'un coup d'épée.

Alexandre eut un gémissement, comme si on l'avait frappé.

— Et Juan ? demanda-t-il dans un souffle.

— On ne sait pas, père, intervint César.

Le pape releva la tête, larmes aux yeux, et se tourna vers son fils.

— Réunis la garde pontificale, fais-lui fouiller la ville et la campagne. Dis-leur qu'il leur sera interdit de rentrer tant qu'ils n'auront pas retrouvé Juan !

César quitta la pièce aussitôt et, dans le couloir, croisa Geoffroi.

— Juan a disparu, lui dit-il, et père est accablé. Si j'étais toi, je tiendrais ma langue, et je me garderais bien de dire où j'étais hier soir.

Geoffroi hocha la tête et se contenta de répondre :

— Je comprends.

Rome fut envahie de rumeurs : le fils du pape avait disparu, son père était aux cent coups, il menaçait des pires châtiments ceux qui auraient pu s'en prendre à Juan.

Toutes les boutiques fermèrent au passage des soldats espagnols, qui avançaient l'épée à la main. Les ennemis d'Alexandre, dont les Orsini et les Colonna, craignirent d'être accusés et préférèrent s'armer ; on fouilla les moindres ruelles, les soldats se virent menacés de mort s'ils ne retrouvaient pas le disparu.

Le lendemain, en début de matinée, le guet réveilla un pêcheur endormi dans sa barque. L'homme qui s'appelait Giorgio Schiavi déclara que, le soir de la fête chez Vanozza, il avait vu passer quatre cavaliers, dont l'un était masqué. Ils avaient avec eux un autre cheval, en travers duquel un corps était jeté. Ils l'avaient conduit à l'endroit où les égouts de la cité se déversaient dans le Tibre, pour le jeter dans le fleuve.

— A quoi ressemblaient ces hommes ? lui demanda-t-on.

— Il faisait très noir... soupira l'homme.

Il reconnut par ailleurs avoir entendu l'un des cavaliers, manifestement leur chef, ordonner aux autres de jeter des pierres sur le cadavre, dont la cape bleu nuit flottait à la surface. Par ailleurs, l'un des chevaux était blanc.

Mais il tint la promesse faite à César et s'abstint de décrire celui qui les commandait. Il lui fut demandé pourquoi il n'avait pas signalé l'événement aux autorités, mais il se borna à répondre, l'air agacé :

— Depuis des années, j'ai vu des centaines de corps jetés dans le Tibre ! Si je devais prévenir le guet à chaque fois, je n'aurais plus le temps de pêcher, ni même de manger !

Vers midi, on sonda les eaux du fleuve d'une rive à l'autre, à l'aide de filets et de grappins. Ce n'est pourtant qu'à trois heures passées que l'on trouva quelque chose : un cadavre fut ramené à la surface, tandis que sa cape bleue flottait dans les remous du Tibre.

Il avait encore ses bottes et ses éperons, ses gants étaient passés dans sa ceinture, sa bourse contenait trente ducats — on ne l'avait donc pas attaqué pour le voler. Mais il avait la gorge tranchée, et son corps portait plusieurs blessures profondes.

Duarte Brandao vint l'identifier. Il n'y avait aucun doute : c'était bien Juan Borgia, le fils du pape.

Le corps fut aussitôt ramené par bateau au Castel Sant'Angelo. En le voyant, Alexandre tomba à genoux, accablé de douleur, et sanglota à n'en plus finir, tandis que ses cris résonnaient dans tout l'édifice.

Quand il parvint enfin à se reprendre, il ordonna que les funérailles aient lieu le jour même. La dépouille de Juan fut revêtue de son uniforme de capitaine général de la sainte Eglise apostolique et romaine. A six heures du soir, elle fut placée sur une bière magnifique, que des membres de sa famille emportèrent, tandis que le pape, seul, la regardait s'éloigner depuis la tour du Castel Sant'Angelo. La procession, menée par cent vingt porteurs de flambeaux, était suivie de centaines d'ecclésiastiques et de serviteurs, tous en larmes. Elle passa entre deux lignes de soldats espagnols, l'épée à la main, avant de parvenir à l'église de Santa Maria del Popolo, où Juan fut déposé dans la chapelle où Vanozza, sa mère, comptait reposer un jour.

Alexandre était encore bouleversé quand, juste après les funérailles, il convoqua César. Celui-ci arriva aussitôt.

Entrant dans le cabinet de travail de son père, il le trouva assis à son bureau, le visage pâle, les yeux rougis de larmes. César l'avait déjà vu dans cet état, il y avait bien longtemps : Juan avait alors failli être empoisonné. Il se demanda si la prière pouvait changer le destin, ou ne parvenait qu'à retarder l'inévitable.

Perdu dans son chagrin, le pape finit par remarquer la présence de son fils et, se levant, s'approcha de lui. La souffrance et la fureur le mettaient hors de lui. Il avait toujours su que César n'aimait pas son frère ; il comprenait même qu'il jalousait Juan de mener la vie qu'il aurait tant aimé vivre. Alexandre savait aussi que tous deux s'étaient vivement affrontés chez Vanozza, deux jours plus tôt — et Juan avait disparu juste après. Il voulait donc la vérité. D'une voix rauque, il lança :

— Jure-moi sur ton âme que tu n'as pas tué ton frère, et n'oublie pas que si tu mens, tu brûleras en enfer !

César en eut le souffle coupé. Certes, il ne regrettait nullement la mort de Juan — mais après tout, il ne l'avait pas tué. Au demeurant, il ne pouvait reprocher à son père de le soupçonner.

Il le regarda bien en face et, la main sur le cœur, lui dit la vérité :

— Père, je n'ai pas tué mon frère, je le jure. Et que je sois damné, si je ne dis pas la vérité.

Alexandre parut perplexe et finit par détourner les yeux. Il alla se rasseoir dans son large fauteuil de cuir, où il parut s'effondrer, se couvrit les paupières d'une main et dit d'une voix faible :

— Merci. Merci, mon fils. Comme tu le vois, je suis accablé de la perte de ton frère. Et je suis soulagé d'avoir entendu ce que tu m'as dit. Car je tiens à ce que tu saches que, si tu l'avais tué, je t'aurais fait arracher les membres, et je ne plaisante pas ! Maintenant laisse-moi, car je dois prier pour trouver le réconfort.

Il y a dans la vie des moments où les décisions que l'on prend peuvent modifier la destinée de chacun. Ce sont autant de carrefours dont on ignore où ils mènent, mais dont on sait qu'emprunter une des voies qui en partent modifiera tous les événements à venir. C'est ainsi que César ne raconta pas à son père que le pêcheur avait trouvé un anneau orné d'une topaze bleue, et que lui-même savait que Geoffroi avait fait tuer son frère. A quoi bon ?

Juan l'avait bien cherché. Que Geoffroi ait été l'instrument du destin était bien digne de sa pitoyable existence ! Il n'avait en rien servi la famille Borgia, il l'avait même mise en péril.

César n'était pas surpris que son père l'ait soupçonné, mais il en souffrait bien plus qu'il ne l'aurait cru.

Mais mieux valait qu'il en soit ainsi. Il pourrait certes dire la vérité à Alexandre, mais celui-ci n'en souffrirait que davantage. Qu'il doute de son fils, passe encore, mais de lui-même ? Il en serait affaibli, et la famille avec lui. Ce que jamais César n'accepterait.

Lucrèce priait devant une grande statue de la chapelle du couvent quand l'une des religieuses vint l'appeler. C'était une jeune fille un peu crispée appartenant à la famille royale de Naples. Beaucoup de lignées aristocratiques faisaient en effet entrer leurs filles au couvent ; elles y côtoyaient de jeunes paysannes animées par une sincère vocation religieuse. Les unes comme les autres servaient l'Eglise : les familles opulentes lui versaient de grosses sommes d'argent, les pauvres priaient pour le salut des riches.

La jeune fille, bégayant presque, apprit à Lucrèce que quelqu'un attendait pour lui remettre un message important.

Lucrèce, pleine d'appréhension, s'avança aussi vite qu'elle put, ses pas résonnant dans les couloirs vides.

Elle était vêtue d'une robe de laine grise très simple, sur laquelle elle avait passé un gilet de coton. Dieu merci, pensait-elle chaque matin en s'habillant, ce sont des vêtements amples et peu raffinés : ils dissimulaient son ventre, qui s'arrondissait de jour en jour.

Il ne lui fallut que quelques instants pour parvenir dans le vestibule, mais ses pensées se bousculaient. Son père allait-il bien ? César, incapable de vivre sans elle, et ne l'ayant pas revue depuis des mois, serait-il parti pour de bon ? Ou bien s'agissait-il simplement d'un autre message où Alexandre la supplierait de revenir à Rome ?

Elle n'en avait ouvert qu'un, bien que Perotto, le jeune page, lui en ait apporté de nombreux. Elle redoutait que son père ne lui demande d'obéir, chose impossible, quand bien même elle l'aurait voulu. Son état lui interdisait de se montrer en public, d'autant plus que le jeune messager lui avait appris qu'Alexandre comptait faire annuler le mariage avec Giovanni en accusant celui-ci d'être impuissant. Elle se tapota tendrement le ventre :

— Et alors, comment ferait-il pour expliquer ta venue ?

Le vestibule était austère et glacé ; sols de marbre, fenêtres couvertes de rideaux noirs, crucifix accrochés aux murs nus. Y pénétrant, la jeune femme s'arrêta net, stupéfaite : César l'attendait, seul, en tenue de cardinal.

Lucrèce fut si heureuse de le voir qu'elle se précipita vers lui pour se serrer dans ses bras, sans se soucier qu'on puisse les voir. Mais César la repoussa et, le visage fermé, lui jeta un regard sévère. Elle faillit fondre en larmes :

— César ! Que se passe-t-il ?

Il était impossible qu'il ait remarqué son état, ou en eut entendu parler par quiconque. Comme elle restait là, pétrifiée, il baissa la tête et dit :

— Juan est mort. On l'a assassiné l'autre nuit.

Lucrèce sentit ses jambes se dérober sous elle et tomba en avant ; César n'eut que le temps de la rattraper. S'agenouillant, il nota la pâleur de sa peau, les petites veines qu'on discernait sur ses paupières closes. Il l'appela doucement, mais elle ne répondit pas. Otant sa cape, il la lui glissa sous la tête.

Les paupières de Lucrèce s'ouvrirent au moment où César la prenait dans ses bras. Elle voyait encore flou et n'aperçut que ses yeux.

— Tu te sens mieux ? demanda-t-il.

— Quel horrible cauchemar ! Juan est mort ? Et père ? Est-il capable de le supporter ?

— Pas très bien.

Puis César posa la main sur le ventre de sa sœur et fronça les sourcils :

— J'ignorais tout de ton état.

— Oui.

— Ce n'est pas le meilleur moment ; père veut faire annuler ton mariage, et personne ne croira que ce porc de Giovanni est impuissant !

Lucrèce se redressa. Il y avait quelque chose de tranchant dans la voix de son frère — de toute évidence, il était mécontent. Apprendre que Juan était mort l'avait bouleversée, et voilà que César se montrait furieux contre elle :

— Giovanni n'y est pour rien, dit-elle d'un ton froid. Je n'ai couché avec lui qu'une fois, lors de ma nuit de noces.

— Alors, quel scélérat me faudra-t-il poignarder ?

Elle tendit la main pour lui caresser la joue :

— Cet enfant est de toi. C'est bien douloureux.

Il resta silencieux pendant un long moment, puis dit :

— Il faut que je renonce à ce chapeau de cardinal ; je ne veux pas qu'un enfant de moi soit un bâtard.

Elle lui mit un doigt sur la bouche :

— Mais, s'il est de toi, il ne peut être de moi.

— Il va nous falloir réfléchir. Quelqu'un d'autre est au courant ?

— Personne. J'ai quitté Rome le jour où j'ai été sûre.

Après les funérailles de Juan, le pape s'enferma dans ses appartements et, malgré les supplications de son entourage, refusa des jours durant de parler à qui que ce soit — Julia comprise —, se nourrissant à peine. De l'autre côté des portes de bronze, on l'entendait prier à voix haute et pousser des cris de remords tandis qu'il suppliait Dieu de lui accorder son pardon.

Car il avait commencé par des paroles de colère, agitant le poing à l'adresse du Créateur :

— Père, à quoi bon sauver les âmes de milliers

d'hommes quand la perte de celui-là me cause tant de souffrance ? Me punir de mes péchés par la mort de mon fils, quelle injustice ! L'homme est en proie à bien des faiblesses, mais un Dieu ne se doit-il pas d'être miséricordieux ?

Par moments, on l'aurait pris pour un fou. Les cardinaux se succédaient devant sa porte, frappant en vain, le suppliant de les laisser entrer pour prendre part à sa souffrance. Mais il refusait toujours. Puis il y eut des cris qu'on entendit dans tout le Vatican : « Oui, mon Dieu, oui, je comprends ! Votre Fils aussi a été mis à mort... » Après quoi, ce fut le silence pendant deux jours.

Quand Alexandre finit par ouvrir, il était très pâle et très amaigri, mais semblait avoir enfin trouvé la paix. Il annonça à tous ceux qui se pressaient à l'entrée :

— J'ai fait vœu à la Madone de réformer l'Eglise, et sans retard. Convoquez le consistoire, que je m'adresse à ses membres.

Le pape déclara aux cardinaux ainsi réunis qu'il renoncerait volontiers à sa charge, si cela pouvait lui rendre son fils. Mais, comme c'était impossible, il entreprendrait au moins de réformer l'Eglise, car le meurtre de Juan lui avait fait comprendre la gravité de ses propres péchés.

Il évoqua son chagrin, dénonça sa propre ignominie et celle de sa famille, avec une détresse évidente. Il ajouta qu'il avait offensé la Providence, et réclama la création d'un comité chargé de faire des suggestions en vue de grands bouleversements.

Le lendemain, Alexandre écrivit aux rois de la chrétienté, leur apprenant sa tragédie, comme son intention de procéder à des réformes. Chacun fut à ce point convaincu de sa sincérité que Rome tout entière lui témoigna sa sympathie, et que deux de ses plus grands ennemis, le cardinal Della Rovere et Savonarole, lui firent parvenir des lettres de condoléances.

Il semblait qu'une ère nouvelle allait commencer.

13

Alexandre pleurant toujours son fils, Brandao s'en vint voir César pour lui suggérer, une fois qu'il aurait couronné le roi de Naples, de se rendre à Florence, que l'invasion française avait mise sens dessus dessous. Pour le moment, afin d'améliorer les rapports entre la papauté et la *Signoria* qui dirigeait la ville, de tenter de restaurer le pouvoir des Médicis, et de voir quel danger exact représentait Savonarole, il fallait envoyer là-bas quelqu'un de sûr, qui saurait discerner le vrai du faux dans les rumeurs parvenant à Rome. Duarte expliqua :

— On dit que ce frère dominicain, Savonarole, est devenu encore plus influent ces derniers mois, et qu'il dresse le peuple de Florence contre le pape.

Alexandre lui avait déjà interdit de prêcher tant qu'il ne serait pas venu à Rome faire pénitence devant lui ; il avait également menacé d'interdit ceux qui écoutaient ses sermons enflammés. Mais rien ne semblait pouvoir retenir le prophète.

L'arrogance de Piero de Médicis lui avait aliéné les Florentins ; et les violents discours de Savonarole nourrissaient parmi le peuple un vif désir de réformes. Les riches marchands de la ville, quant à eux, pensaient que leur opulence leur donnait le droit d'intervenir dans les affaires de la cité. Tout cela ne pouvait, à long terme, que saper le pouvoir pontifical.

César sourit :

— Et peux-tu me garantir que je ne serai pas poignardé dès mon arrivée à Florence ? Ils pourraient vouloir faire un exemple ! D'après ce que j'ai entendu, Savonarole et ses partisans me jugent presque aussi diabolique que le pape lui-même !

— Vous n'avez pas que des ennemis là-bas, mais aussi des amis, voire des alliés. Machiavel est du nombre. C'est un brillant orateur. En cette période d'incertitude, nous avons besoin d'un œil aiguisé, qui saura distinguer le vrai du faux dans les dangers menaçant la famille Borgia.

— Duarte, je suis sensible à tes arguments : si j'en ai l'occasion, je me rendrai à Florence après en avoir terminé à Naples.

— Le chapeau de cardinal vous protégera, y compris du prophète ! Il pourrait d'ailleurs être utile d'apprendre directement ce dont il accuse le pape, que nous puissions réfuter ses arguments.

L'expulsion des Médicis, l'élection d'une nouvelle *Signoria* menaçaient directement l'autorité du pape. César décida donc d'aller à Florence, pour voir s'il pouvait retourner la situation :

— J'agirai comme tu le veux, dès que ce sera possible.

Niccolo Machiavel venait juste de rentrer de Rome, où la *Signoria* l'avait envoyé afin d'enquêter sur le meurtre de Juan Borgia.

L'énorme salle du palazzo della Signoria était tendue de tapisseries superbes et ornée de tableaux sans prix dus à Giotto, Botticelli et bien d'autres — cadeaux de feu Laurent le Magnifique.

Assis dans un fauteuil de velours rouge, entouré de ses sept autres collègues, le président de la *Signoria*, un peu nerveux, attendait avec impatience que Machiavel fasse le récit de ce qu'il avait découvert.

Les huit magistrats redoutaient d'avoir à apprendre des choses terribles. De surcroît, si le jeune Machiavel les impressionnait, ils devaient toujours faire de gros efforts pour saisir pleinement ce qu'il exposait.

D'allure frêle, il avait vingt-cinq ans, mais paraissait plus jeune. Enveloppé dans une longue cape noire, il se mit à marcher de long en large tout en parlant :

— Tout Rome est persuadé que César Borgia a fait assassiner son frère, mais je n'en crois rien. Il se pourrait que le pape lui-même le croie aussi ; je ne le pense pas. Certes, César Borgia avait un motif, et nous savons tous que ses relations avec son frère étaient tendues. On dit qu'ils ont failli se battre en duel le soir où Juan Borgia a disparu. Cela ne me fait pas changer d'avis.

Le président eut un geste de la main agacé :

— Jeune homme, peu m'importe ce qu'on pense à Rome : nous autres Florentins sommes capables de nous faire une idée. On vous a envoyé là-bas pour juger de la situation, pas pour nous rapporter de ces ragots comme on en entend dans les rues.

Machiavel eut un sourire espiègle et poursuivit son exposé comme si de rien n'était :

— Je ne crois pas que César Borgia ait fait assassiner son frère, Excellence. Nombreux sont ceux qui auraient pu s'en charger. Les Orsini, par exemple, qui reprochent à la papauté la mort de Virginio et l'assaut contre leurs forteresses ; ou Giovanni Sforza, suite à son divorce d'avec Lucrèce, la fille du pape.

— Dépêchons-nous ! lança le président. Sinon, je mourrai de vieillesse avant que vous en ayez terminé !

Machiavel demeura impassible :

— Il y a aussi Guido Feltra, le duc d'Urbino, emprisonné dans les geôles des Orsini en raison de l'incompétence de Juan Borgia, lequel avait d'ailleurs refusé de payer sa rançon... Il y a aussi Cordoba, le général espagnol, frustré de sa victoire à Ostie... Mais il y a surtout le comte Mirandella, dont Juan avait séduit la fille de quatorze ans, ce dont il s'est vanté partout. Vous comprendrez sans peine la fureur et la honte du père... Et son palais se trouve juste en face de l'endroit où le corps de Juan Borgia a été jeté dans le Tibre.

Le président paraissait somnoler ; Machiavel éleva la voix :

— Et il avait bien d'autres ennemis, comme le cardinal Ascanio Sforza, dont il avait poignardé le majordome quelques jours auparavant. Sans compter l'homme dont il avait séduit l'épouse : son propre frère Geoffroi...

— Cela suffit ! s'exclama le président, exaspéré. Ce qui nous intéresse, c'est de savoir quelle menace ce meurtre peut représenter pour Florence. Juan Borgia a été assassiné, on ne sait par qui, mais certains disent que c'est par son frère César. Et, si c'est le cas, nous sommes en danger. Cela témoigne en effet de la brutalité de ses ambitions, qui peuvent un jour l'amener à vouloir s'emparer de notre cité. Pour me résumer, jeune homme, la question est donc : César Borgia est-il le meurtrier ?

— Je n'en crois rien, Votre Excellence. Je vais donner mes raisons. Juan Borgia a été poignardé à plusieurs reprises — dans le dos. Ce n'est pas le genre de son frère César. Celui-ci est un guerrier, un homme solidement bâti, un seul coup lui aurait suffi. De surcroît, il combat toujours face à face. Un meurtre accompli de nuit dans une rue obscure, un corps jeté dans le Tibre... tout cela n'est pas dans sa nature. C'est bien ce qui me convainc de son innocence.

Au cours des mois qui suivirent la mort de Juan, Alexandre connut plusieurs accès dépressifs. Quand le chagrin le submergeait, il se retirait dans ses appartements, refusant de voir quiconque et même de s'occuper des affaires de l'Eglise. Puis il en ressortait, rempli d'une énergie nouvelle, bien décidé à entreprendre sa réforme.

Pour finir, il appela Plandini et lui dicta une lettre convoquant la commission de cardinaux chargée de lui soumettre ses conseils.

Il déclara également à Duarte que les changements ne se limiteraient pas à l'Eglise : il comptait bien changer de vie, changer Rome.

Et celle-ci en avait bien besoin. La fraude y était monnaie courante, comme le vol et l'immoralité. Cardinaux et archevêques n'hésitaient pas à s'exhiber dans les rues avec de jeunes gitons vêtus de costumes orientaux. On comptait près de sept mille courtisanes, qui posaient d'ailleurs un problème non seulement moral, mais sanitaire. La syphilis, venue de Naples — on la disait apportée par les Français —, était remontée vers le Nord. De riches Romains, infectés par la « vérole française », passaient ainsi des heures plongés dans des barils d'huile d'olive, croyant par là apaiser un peu leurs maux. Et bien entendu, l'huile était ensuite vendue dans les échoppes. Quelle comédie !

Le pape savait toutefois qu'il lui fallait d'abord réformer le clergé et ses pratiques, et pour cela il avait besoin de la commission. L'Eglise catholique était une énorme entreprise brassant des sommes considérables. A elle seule, la chancellerie du Vatican envoyait chaque année plus de dix mille lettres. Le cardinal dirigeant la Chambre apostolique — branche financière de l'Eglise — devait payer des milliers de factures, jongler avec toutes les monnaies d'Europe. La Curie comptait un nombre toujours croissant de clercs, tous salariés ; bien des offices — légitimes ou non — étaient à vendre ou à échanger.

Il fallait pourtant prendre en compte d'autres considérations. Une réforme affaiblirait forcément le pouvoir du pape et renforcerait celui du collège des cardinaux. Les deux camps se livraient à ce sujet une lutte sournoise qui durait depuis plus d'un siècle.

Il était donc évident que, dans ce contexte, l'accession au cardinalat représentait un enjeu de poids. En inondant le collège de parents et d'alliés, le souverain pontife accroîtrait son pouvoir. Il pouvait même, de cette façon, influencer l'élection de son propre successeur, tout en protégeant l'avenir et la richesse de sa famille.

Et, bien entendu, limiter le nombre de cardinaux renforçait le pouvoir de ceux déjà en place. Qui de surcroît y trouveraient leur compte financièrement, car les revenus du collège étaient partagés à égalité.

Un peu plus d'un mois après le début de ses travaux, la commission chargée par Alexandre de proposer des réformes se réunit dans une salle du Vatican pour exposer ses recommandations au pape.

Le cardinal Grimani, petit Vénitien très blond, se leva et, d'une voix mélodieuse, déclara :

— Nous avons examiné les projets de réformes des précédentes commissions papales, et réfléchi à celles qui nous paraissent aujourd'hui nécessaires. Je commencerai par celles relatives aux cardinaux. Il a été décidé que nous devrions renoncer aux plaisirs terrestres, limiter le nombre de repas au cours desquels on sert de la viande, et faire lire la Bible lors de chacun d'eux...

Alexandre attendit patiemment la suite : pour le moment, il n'y avait là rien de bien nouveau.

Le cardinal Grimani proposa ensuite de mettre un terme aux pratiques simoniaques, aux dons de biens d'Eglise, de limiter les revenus des cardinaux ; pas ceux, personnels, liés aux biens individuels ou familiaux, évidemment, mais certains bénéfices ecclésiastiques. Tous les princes de l'Eglise étant fort riches, cela ne présenterait pas trop de difficultés.

Mais, comme le souverain pontife s'y attendait, les choses ne tardèrent pas à se gâter :

— Il doit y avoir des limites aux pouvoirs du pape, dit Grimani d'une voix douce. Les cardinaux devront pouvoir approuver les nominations d'évêques, comme toutes celles à un poste administratif. Enfin, à chaque décès de cardinal, il ne lui sera nommé aucun successeur.

Alexandre fronça les sourcils.

— Aucun prince de l'Eglise, poursuivit Grimani d'une voix si basse qu'il fallait tendre l'oreille pour l'entendre, ne devrait avoir plus de quatre-vingts serviteurs, plus de trente chevaux, et aucun jongleur, bouffon ou musicien. Aucun membre du haut comme du bas clergé ne pourra avoir de concubine, sous peine de perdre ses bénéfices ecclésiastiques.

Le pape se mit à jouer avec les perles de son rosaire, tout en gardant un air impassible. Tout cela ne rimait à rien ; mais il resta silencieux.

Quand il en eut terminé, Grimani demanda :

— Le Saint-Père a-t-il des questions ?

La ferveur réformatrice d'Alexandre s'était peu à peu refroidie au cours des dernières semaines, et les propositions de la commission la firent disparaître entièrement.

Il se leva :

— Excellence, je n'ai pas de commentaires à faire pour le moment. Je tiens cependant à vous remercier tous de votre diligence. J'étudierai votre rapport avec soin, et Plandini, mon secrétaire, vous fera savoir quand je serai disposé à discuter des questions qui y sont soulevées.

Il se signa, bénit les cardinaux de la commission puis, faisant demi-tour, quitta la salle.

Grimani était resté immobile. Un autre cardinal vénitien, Sangiorgio, s'approcha de lui :

— Je doute que nous ayons à revenir à Rome de sitôt, chuchota-t-il. Je crains que la réforme suggérée par le pape ne vienne de recevoir l'extrême-onction.

De retour dans ses appartements, Alexandre fit appeler Brandao, et buvait un peu de vin quand Duarte entra. Il accepta le gobelet que le pape lui tendait, puis s'assit, l'air attentif.

— Il est incroyable de penser que la nature humaine va contre ses propres intérêts au nom de grands principes ! s'exclama Alexandre.

— Vous n'avez donc rien trouvé qui vaille la peine dans le rapport de la commission ?

— Tout cela est scandaleux ! De telles suggestions vont à l'encontre de toutes les joies terrestres ! La modération est une bonne chose, mais faut-il pour autant se comporter en ascète ?

— Qu'est-ce qui vous a le plus choqué dans leurs recommandations ?

— L'abandon des concubines ! Homme de Dieu, je ne puis me marier, si bien que ma chère Julia n'aurait plus sa place dans ma vie comme dans mon lit ! Je ne le permettrai pas ! Et mes enfants n'auraient plus droit à rien ? Les citoyens de Rome se verraient privés de fêtes ? Duarte, tout cela est pure absurdité, et je trouve inquiétant que nos cardinaux soient à ce point indifférents aux besoins du peuple !

— J'en conclus donc, dit Brandao en souriant, que vous n'adopterez aucune des suggestions de la commission ?

Alexandre se rassit :

— Le chagrin a dû me rendre fou de douleur ! Une telle réforme m'éloignerait de mes enfants, de celle que j'aime, de mon peuple. Nous attendrons encore un mois, puis toutes ces parlotes devront cesser.

— Avez-vous vraiment été surpris par ce rapport ?

— Horrifié, mon ami ! Horrifié !

Les rumeurs couraient dans Rome comme dans les campagnes environnantes. Il se disait que, si la Providence avait pris la vie de Juan, c'est parce que les frères Borgia, comme leur père, avaient couché avec Lucrèce.

Giovanni Sforza avait bien dû se résoudre au divorce mais, pour couper court aux ragots sur son compte — il avait été déclaré impuissant —, lui aussi se mit à propager ces accusations d'inceste. Lucrèce couchait non seulement avec César, mais avec son père, le pape ! D'aussi scandaleuses affirmations firent le délice des rues de Rome, et finirent par atteindre Florence. Savonarole proclama en chaire que « toutes sortes de maux frapperaient ceux qui suivaient le faux pape ».

Apparemment insensible à ce qui pouvait se dire, Alexandre songeait à trouver un nouvel époux pour sa fille. Alfonso d'Aragon, fils du roi de Naples, semblait être le mieux placé des prétendants.

C'était un jeune homme avenant, aux cheveux blonds, aux manières agréables et affables. Comme sa sœur Sancia, il était, au sens strict, un bâtard ; mais son père avait accepté de le nommer duc de Biceglie, pour lui assurer prestige et revenus. Mieux encore, sa famille entretenait d'étroites relations avec Ferdinand d'Espagne, ce qui assurerait à Alexandre un avantage tactique dans sa lutte contre les aristocrates locaux installés au sud de Rome.

Perotto transmettait toujours à Lucrèce les messages où son père évoquait la procédure d'annulation, comme les progrès des négociations avec le royaume de Naples.

Le jeune homme et la fille du pape étaient devenus amis. Chaque jour, ils marchaient ensemble dans les jardins du couvent, échangeant de menus propos. Pour la première fois, Lucrèce se sentait libre : n'étant plus sous l'autorité de son père, elle pouvait enfin être elle-même.

Ils commencèrent à se tenir les mains, à échanger des secrets ; Perotto passait l'après-midi à placer des fleurs dans les longs cheveux de la jeune femme, qui se remit à rire, à revivre.

Toutefois, le jour où il lui remit la lettre annonçant qu'elle devait revenir à Rome pour se présenter devant la Rota — le tribunal suprême de l'Eglise — dans le cadre de la procédure d'annulation de son mariage, elle fut terrifiée ; ses mains tremblèrent, elle se mit à pleurer. Perotto avait eu le temps de tomber amoureux, bien qu'il n'eût jamais osé le lui avouer ; il la serra contre lui pour la réconforter.

— Que se passe-t-il donc ? demanda-t-il. Qu'est-ce qui vous cause tant de chagrin ?

Elle posa la tête sur son épaule sans répondre. Seul César la savait enceinte, mais devoir se proclamer vierge paraissait désormais impossible. Si son père, ou qui que ce soit, découvrait la vérité, il ne serait plus question d'alliance avec le royaume de Naples : pire encore, César et elle pourraient même être mis à mort par leurs ennemis, car leur conduite avait mis la papauté en danger.

N'ayant personne d'autre à qui se confier, elle avoua tout au jeune Perotto. Homme d'honneur, celui-ci suggéra que, plutôt que d'admettre ses relations incestueuses avec son frère, elle pourrait déclarer que le jeune musicien était le père de son enfant à naître. Elle en subirait sans doute les conséquences, mais qui seraient forcément moins graves.

Une telle proposition toucha profondément la jeune femme, tout en l'inquiétant :

— Mais père te fera torturer pour avoir mis en danger son projet d'alliance avec Naples ! Les rumeurs qui courent sont déjà suffisamment pénibles sans que...

Elle se posa la main sur le ventre et soupira.

— Je suis prêt à donner ma vie pour vous et pour l'Eglise, répondit simplement Perotto. Dieu me récompensera de la pureté de mes intentions, quoi que puisse décréter le Saint-Père.

— Il faut que j'en parle à mon frère le cardinal.

— Dites-lui ce que vous jugerez nécessaire, et j'en assumerai les conséquences. Le bonheur que j'ai connu au cours de ces derniers mois n'a pas de prix.

Il s'inclina et repartit avec une lettre qu'elle le chargea de remettre à son frère :

— Veille à ce qu'il la reçoive en main propre, car tu sais quel danger il courrait si elle était dérobée par quelqu'un d'autre.

Arrivant à Rome, Perotto se rendit auprès du pape pour l'informer que Lucrèce était enceinte de six mois, et que lui-même était le père. Il le supplia de lui pardonner d'avoir trahi sa confiance.

Alexandre l'écouta avec attention, d'abord perplexe, mais sans se mettre en colère — à la grande surprise du jeune homme, à qui il ordonna simplement de ne parler de rien à personne. Lucrèce resterait au couvent, assistée par les fiancées du Christ qui avaient juré allégeance à l'Eglise et sauraient donc protéger ses secrets.

Mais que faire de l'enfant ? Il était évident que jamais Alfonso et sa famille ne devraient connaître la vérité. Seuls Alexandre, Lucrèce et César seraient dans le secret ; Geoffroi et Sancia ne seraient informés de rien : ce serait trop dangereux. Et Perotto ne devrait jamais rien dire, même sous la torture.

Comme le jeune homme allait prendre congé, le pape lui demanda :

— J'espère que tu n'as parlé de ceci à personne ?

— Non. L'amour que je porte à votre fille m'a imposé silence.

Alexandre le serra dans ses bras.

— Prends garde à toi ! J'apprécie ta franchise et ton courage.

Perotto se rendit ensuite auprès de César, pour lui remettre la lettre de sa sœur. César pâlit en la lisant, et le regarda d'un air surpris.

— Pourquoi diable prétends-tu être le père ?

— L'amour est à lui-même sa propre récompense, répondit Perotto.

— Tu n'en as parlé à personne ?

— Non, exception faite, bien sûr, de Sa Sainteté.

— Quelle a été sa réaction ?

— Il a paru bien le prendre.

César se sentit très inquiet ; il savait que son père était d'autant plus furieux qu'il semblait très calme.

— Alors, va te cacher quelque part dans le ghetto du Trastevere, et restes-y. Et si tu tiens à la vie, ne parle à personne de tout cela ! Je réfléchirai à ce qu'il faut faire et, dès mon retour de Naples, je te ferai chercher.

Perotto s'inclina et se dirigea vers la porte.

— Tu es une âme noble, dit César. Tu as ma bénédiction.

Lucrèce, enceinte de sept mois, se leva pour répondre aux douze juges. Son allure avait changé, comme on pouvait s'en rendre compte malgré ses vêtements très lâches. Elle avait pris soin de nouer en chignon ses longs cheveux, de se frotter très fort la peau pour avoir l'air plus fraîche. Les mois passés au couvent à prier, à manger peu et à beaucoup dormir lui donnaient un air de parfaite innocence.

La voyant, trois des juges chuchotèrent entre eux et se penchèrent pour mieux l'observer, mais le vice-chancelier, le cardinal Ascanio Sforza, eut un geste de la main pour les réduire au silence. Il donna la parole à la jeune femme qui, d'une voix entrecoupée, prononça un discours en latin rédigé par son frère ; il fut si efficace que tous les cardinaux présents parurent enchantés.

Répondant aux questions, elle porta un mouchoir de lin à ses yeux, en expliquant au milieu de ses larmes :

— Vos Excellences doivent me pardonner, et m'accorder toute leur indulgence. Songez à ce que serait ma vie, si je n'avais pas d'enfants dont je puisse m'occuper, que je puisse tenir dans mes bras ! Me condamnerez-vous à vivre sans connaître la passion de l'amour conjugal ? M'imposerez-vous une malédiction dont je ne veux pas ? Je vous supplie, dans votre bonté et votre bienveillance, de m'épargner une telle vie en annulant cet infortuné mariage — qui de par sa nature même restera sans amour.

Aucun des juges n'émit d'objection quand Ascanio Sforza, se tournant vers Lucrèce, la proclama *femina intacta.* Vierge ! Le soir même, elle regagnait son couvent pour y attendre la naissance du bébé.

Quand Perotto revint à San Sisto pour lui apprendre que son mariage était définitivement annulé, et que les négociations avec la famille royale de Naples avaient enfin abouti, elle sentit les larmes lui monter aux yeux.

— Une fois né, mon enfant me sera enlevé, et jamais je n'aurai la permission de le revoir, car bientôt je serai de nouveau mariée. Tes nouvelles sont donc à la fois bonnes et mauvaises. Je suis enfin libérée d'un homme que je déteste, mais je vais perdre mon enfant — et mon meilleur ami.

Perotto l'enlaça et lui dit :

— Vous serez toujours dans mon cœur jusqu'au jour de ma mort.

— Et toi dans le mien, ami, répondit-elle.

Comme César se préparait à partir pour Naples, Alexandre et lui se rencontrèrent pour discuter de Lucrèce et de son enfant.

— Je crois avoir résolu le problème, père. Juste après la naissance, il sera amené dans mes appartements ; je déclarerai qu'il est le mien, que la mère est une courtisane que je préfère ne pas nommer. On me croira, car c'est tout à fait conforme aux rumeurs qui courent sur mon compte.

Le pape regarda son fils avec admiration et eut un grand sourire dont César s'irrita :

— Qu'y a-t-il de si drôle ?

— Moi aussi, j'ai une réputation qui peut jouer son rôle ! Aujourd'hui même, j'ai signé une bulle, qui n'est pas encore rendue publique, aux termes de laquelle je déclare être le père de l'enfant — *infans romanus* — dont je ne nomme pas la mère.

Père et fils tombèrent dans les bras l'un de l'autre en éclatant de rire.

Alexandre convint que César ferait un père plus présentable. Le document que lui-même avait signé disparaîtrait dans une armoire du Vatican.

Lucrèce donna le jour à un très beau garçon que le pape fit aussitôt conduire au Vatican, tandis que sa fille restait au couvent pour se remettre. Il était convenu que, plus tard, elle feindrait de voir en lui son neveu, et l'élèverait elle-même. Restait toutefois un danger qu'Alexandre devait considérer avec le plus grand soin.

Il savait ce qu'il devait faire, même s'il en éprouvait un peu de regret. Il convoqua Don Michelotto. Peu avant minuit, le petit homme à l'énorme poitrine fit son apparition dans le cabinet de travail du pape.

Alexandre l'accueillit en frère et lui expliqua la situation :

— C'est le jeune homme qui affirme être le père... Un jeune Espagnol remarquable... mais...

— Je suis au service de Votre Sainteté. Si ce jeune homme est aussi noble qu'il y paraît, nul doute que Dieu l'accueillera avec joie.

— J'ai songé à simplement l'exiler, car c'est un bon serviteur. Mais on ne sait jamais, il se pourrait que la tentation le pousse à parler... ce qui provoquerait la chute de notre famille.

— Il est de votre devoir de le préserver des tentations, et du mien de vous venir en aide de mon mieux.

— Je te remercie, dit le pape, qui ajouta d'un ton hésitant : surtout, sois aussi compatissant que tu peux, car c'est un bon garçon, et il est compréhensible qu'il ait été séduit par les ruses d'une femme.

Don Michelotto s'inclina pour baiser l'anneau pontifical et l'assura qu'il ferait tout son possible.

Michelotto partit aussitôt à cheval, ne s'arrêtant que dans les dunes d'Ostie. De là, il aperçut la petite chaumière, avec son jardin ou poussaient des rangées de légumes, ainsi que des herbes inconnues, et des buissons ornés de baies rouges et noires, de fleurs d'allure exotique.

Il s'y rendit en prenant soin de contourner la maisonnette pour arriver par l'arrière. C'est là qu'il trouva la vieille femme, courbée en deux, s'appuyant lourdement sur un bâton d'aubépine qu'elle leva en l'air en apercevant le visiteur.

— Noni ! dit-il d'un ton apaisant. Je suis venu chercher un remède.

— Va-t'en ! Je ne sais pas qui tu es !

— Noni ! répéta-t-il en s'approchant. C'est le Saint Père qui m'envoie...

Elle eut un faible sourire en le reconnaissant enfin :

— Ah, c'est toi, Miguel ! Tu as vieilli !

— C'est bien vrai ! Et je suis venu te demander ton aide pour sauver une âme.

Il tendit la main pour prendre son panier d'osier, mais elle le repoussa :

— Est-ce un homme mauvais que tu veux envoyer en enfer, ou quelqu'un d'estimable qui porte tort à l'Eglise ?

— Il verra Dieu face à face, répondit Don Michelotto d'une voix douce.

Le vieille hocha la tête, lui faisant signe de la suivre

dans la chaumière. Elle examina des herbes accrochées au mur, finit par en choisir une, enveloppée dans un sachet de soie :

— Celle-là le fera dormir d'un sommeil sans rêves. Il ne se débattra pas.

Avant de donner le sachet à Michelotto, elle l'aspergea d'eau bénite.

Puis elle le regarda s'éloigner et, baissant la tête, fit le signe de la croix.

Dans le ghetto du Trastevere, le patron d'une médiocre taverne s'efforçait en vain de réveiller l'un de ses clients : c'était l'heure de la fermeture. Le jeune homme dormait, tête posée sur ses bras croisés, depuis près d'une heure, quand son compagnon l'avait quitté. Il glissa à terre lorsque le tavernier voulut le secouer avec vigueur. L'homme eut un cri d'horreur : le visage était boursouflé, tirant sur le bleu, ses yeux injectés de sang paraissaient à fleur de tête ; pire encore, la langue gonflée lui sortait de la bouche, lui donnant l'aspect d'une véritable gargouille.

Le guet arriva quelques minutes après. Le tavernier ne put que décrire sommairement celui qui avait bu avec le mort : un homme de petite taille au torse énorme. Il ignorait de qui il s'agissait.

Plusieurs personnes identifièrent la victime : c'était un musicien espagnol nommé Pedro Calderon, mais que tout le monde appelait Perotto.

14

Le jour où César couronna le roi de Naples, il reçut de sa sœur un message urgent qu'un messager lui remit comme il se promenait seul. Il devrait la retrouver au Lac d'Argent d'ici quelques jours, car elle devait lui parler avant que tous deux ne rentrent à Rome.

Il consacra la soirée à l'opulente cérémonie marquant le couronnement. Tous les aristocrates napolitains vinrent le saluer, dont plusieurs femmes superbes fascinées par son charme et sa beauté, qui l'entourèrent sans paraître remarquer qu'il était cardinal.

Il vit aussi Geoffroi et Sancia. Son frère avait changé : il semblait plus sûr de lui depuis la mort de Juan. De son côté, si Sancia se montrait toujours aussi séduisante, elle donnait l'impression d'être plus soucieuse de plaire, un peu moins allègre qu'auparavant.

Geoffroi lui présenta un grand jeune homme très beau, qui impressionna grandement César par sa courtoisie et son intelligence :

— Mon frère, le cardinal Borgia, dit Geoffroi. Le duc de Bisceglie, Alfonso d'Aragon.

Les deux hommes se serrèrent la main. Alfonso

intriguait César : il avait un corps d'athlète, mais des traits si fins, si délicats, un sourire si rayonnant, qu'on ne pouvait s'empêcher de le contempler comme on eût fait d'un tableau.

— C'est un grand honneur de vous rencontrer, dit Alfonso d'une voix plaisante.

Au cours des heures qui suivirent, quittant le banquet, ils marchèrent dans les jardins du château, discutant longuement et faisant peu à peu connaissance. L'intelligence d'Alfonso égalait celle de César, et il avait un sens de l'humour très agréable. Ils parlèrent philosophie, théologie et, bien entendu, politique. Quand le frère de Lucrèce prit congé, il en était venu à éprouver une certaine affection pour le jeune homme :

— Je ne doute nullement que tu sois digne de Lucrèce. Je suis certain qu'elle sera heureuse avec toi.

Une lueur passa dans les yeux d'Alfonso :

— Je ferai tout ce qui est en mon pouvoir pour qu'elle le soit.

César attendait avec impatience les retrouvailles au Lac d'Argent. Cela faisait des mois qu'il n'avait pas vu sa sœur et, maintenant qu'elle avait accouché, il songeait à lui faire l'amour de nouveau. Chevauchant aussi vite qu'il pouvait, il se demanda ce qu'elle pouvait bien vouloir lui dire. Ces dernières semaines, ni son père ni Duarte ne l'avaient informé de quoi que ce soit : sans doute Lucrèce avait-elle quelque chose de personnel à lui confier.

Arrivant le premier, il contempla le paysage avant d'entrer dans la chaumière. Après avoir pris un bain et changé de vêtements, il s'assit en buvant un peu de vin, songeant à sa propre existence.

Il s'était passé tant de choses, ces derniers temps ! Il savait pourtant que cela ne faisait que commencer. Une fois revenu à Rome après un crochet par Florence, il comptait bien demander à son père de le relever de ses vœux ecclésiastiques. Son chapeau de cardinal le condamnait à une hypocrisie insupportable. Convaincre Alexandre serait une tâche redoutable, et ne ferait rien pour améliorer leurs relations, car le pape semblait s'être éloigné de son aîné depuis la mort de Juan.

César bouillonnait d'ambition et de passion, il voulait enfin vivre pleinement. Pourtant, il se sentait pris au piège. Le remariage de sa sœur le mettait mal à l'aise. Alfonso était un homme remarquable, qu'il appréciait fort et qui ferait un excellent époux ; c'est bien pourquoi il en était jaloux. Lucrèce aurait des enfants à elle, qu'elle pourrait aimer. Chose impossible à César s'il demeurait cardinal — ou alors ce seraient des bâtards, comme lui. Il tenta de se raisonner, de se dire que les fiançailles de sa sœur et du fils du roi de Naples seraient un grand succès pour Rome et la papauté. Mais il ne put triompher de sa rancœur : un simple hasard de naissance avait décidé du cours de sa vie.

Alexandre savait apprécier la sienne, il était réellement heureux d'accomplir sa mission et de sauver les âmes. César, dont la foi vacillait depuis longtemps, ne ressentait rien de tel. Passer ses nuits avec des courtisanes ne l'amusait plus guère. Geoffroi et Sancia semblaient se satisfaire de vivre dans le luxe. Et Juan lui-même s'était donné du bon temps : liberté, richesse, gloire — jusqu'à ce qu'il trouve une mort bien méritée.

César était donc d'humeur maussade à l'arrivée de Lucrèce. Mais, quand elle se jeta dans ses bras, qu'il sentit la tiédeur de son corps, le parfum de sa chevelure, son amertume disparut. Ce n'est qu'en contemplant le visage de sa sœur qu'il se rendit compte qu'elle avait pleuré.

— Que se passe-t-il ?

— Père a fait tuer Perotto, répondit-elle.

— Il est mort ? s'exclama César, stupéfait. Je lui avais pourtant dit de se cacher jusqu'à mon retour. Où l'a-t-on trouvé ?

Lucrèce se serra contre lui.

— Dans une taverne du ghetto. Un endroit où jamais il ne serait allé !

César comprit qu'il était déjà trop tard quand il avait voulu aider le jeune musicien. Sa sœur et lui parlèrent de sa douceur, de son courage — il était prêt à se sacrifier par amour.

— C'était une âme de poète, dit Lucrèce.

— Sa bonté me fait honte, répondit César. Je ne suis pas sûr d'avoir eu le courage de faire autant que lui, et pourtant je t'aime.

— Je suis certaine qu'il y a une justice divine, et que sa noblesse d'âme sera récompensée.

Les heures passèrent tandis qu'ils se promenaient autour du lac, puis discutaient au coin du feu dans la chaumière.

Ensuite, ils firent l'amour, et ce fut encore plus merveilleux qu'avant. Ils restèrent allongés l'un à côté de l'autre, sans qu'aucun des deux ne veuille rompre le silence qui les unissait. Puis Lucrèce dit :

— Notre fils est le plus beau chérubin que j'aie jamais vu ! Et il ressemble à...

— A qui ? demanda César en souriant.

— A... à nous ! répondit-elle en éclatant de rire. Je crois que nous serons heureux ensemble, même s'il est ton fils sans pouvoir être le mien.

— Nous savons chacun quelle est la vérité.

Se redressant, elle s'empara d'une tunique de soie, la revêtit et sortit du lit.

— César, crois-tu que le Saint-Père est un homme mauvais ?

Il sentit un frisson le parcourir :

— Il y a des moments où je ne suis plus sûr de savoir ce qu'est le mal. Et toi ?

Elle le regarda :

— Oui, j'en suis certaine. Je le sais. Il ne peut me tromper.

Le lendemain, elle repartit pour Rome, chose impossible à César : il était trop tôt pour affronter son père, car il se sentait plein de fureur et de remords. Et maintenant que Perotto était mort, il n'avait plus de raison de se hâter.

C'est déguisé en paysan qu'il parvint aux portes de Florence. Cela faisait bien longtemps qu'il y était venu. César se souvint de sa première visite tout en entrant seul dans la cité — son entourage était resté aux portes. Il n'était alors qu'un adolescent accompagnant Gio de Médicis. Les choses étaient bien différentes alors...

Florence avait été autrefois une république orgueilleuse, allant jusqu'à interdire aux aristocrates de prendre part aux affaires publiques. Mais les Médicis, ces puissants banquiers à la fortune fabuleuse, la gouvernaient par l'intermédiaire des officiels élus par les citoyens : il suffisait pour cela de veiller à ce qu'ils deviennent riches. Le règne de Laurent le Magnifique, le père de Gio, avait marqué l'apogée du pouvoir familial.

Pour le jeune César, c'était chose nouvelle que de vivre dans une cité dont le maître était presque universellement adoré. Laurent était l'un des hommes les plus riches du monde — et l'un des plus généreux. Il dotait des jeunes filles pauvres désirant se marier. Il offrait argent et locaux aux peintres et aux sculpteurs, pour qu'ils puissent travailler. Le jeune Michel-Ange avait ainsi vécu dans le palais des Médicis, où on le traitait comme un fils.

Laurent achetait des livres dans le monde entier, puis les faisait traduire et copier à grands frais pour qu'ils soient accessibles aux érudits d'Italie. Il subventionnait les chaires de grec et de philosophie dans toute la péninsule. Il écrivait des poèmes loués par les plus sévères des critiques, des pièces musicales jouées lors des carnavals. Il invitait souvent à sa table les plus grands poètes, artistes et savants du pays.

César n'avait alors que quinze ans, mais il fut traité avec la plus extrême courtoisie par Laurent et ses compagnons. Ses meilleurs souvenirs restaient toutefois le récit de l'ascension des Médicis — ainsi que celui, narré par Gio, de la manière dont Laurent, son père, avait échappé de justesse à une conspiration de grande ampleur.

A peine âgé de vingt ans à la mort de son père, le Magnifique était devenu le chef de la lignée. A cette époque, les Médicis étaient déjà les plus grands banquiers de leur temps, ayant pour clients des rois et même le pape. Laurent comprenait cependant qu'il lui fallait renforcer son pouvoir personnel s'il ne voulait pas mettre en péril la position familiale.

Il offrit ainsi de grandes festivités au peuple, des joutes nautiques sur l'Arno, des drames musicaux sur la piazza della Santa Croce, des processions de reliques — dont un fragment de la couronne d'épines du Christ, un clou de la Vraie Croix, un reste de la lance dont un soldat romain lui avait percé le flanc. Toutes les boutiques de la ville étaient ornées de la bannière des Médicis, avec ses célèbres boules rouges.

Laurent était à la fois religieux et libertin. Les jours de carnaval, des chars superbement décorés emportant les plus jolies courtisanes de la ville défilaient dans les rues ; le vendredi saint, on faisait revivre les épisodes de la mort du Christ. Des statues grandeur nature du Sauveur, de la Vierge et des saints étaient conduites jusqu'à la cathédrale, on procédait à de grands lâchers de colombes. On organisait des concours de beauté parmi les jeunes filles de familles respectables, des processions de moines pour rappeler aux passants la menace de l'enfer.

Laurent était sans doute l'homme le plus laid de Florence, mais son charme et son esprit lui avaient valu bien des conquêtes féminines. Son frère cadet Giuliano, en revanche, avait été proclamé le plus beau de la ville lors d'une fête organisée en son honneur pour son vingt-deuxième anniversaire, en 1475. Sa victoire n'avait rien d'une surprise : son costume avait été dessiné par Botticelli, son casque par Verrochio. Le Magnifique embrassa son frère sans témoigner de la moindre envie, ce dont le peuple fut ravi.

Mais, alors même que son pouvoir et celui de sa famille étaient à leur apogée, Laurent devint la cible d'un redoutable complot.

Tout commença quand le Magnifique refusa d'accorder au pape d'alors un prêt colossal en vue d'acheter la ville d'Imola, en Romagne, d'une grande valeur stratégique. Le souverain pontife en avait été furieux. Lui aussi pensait à sa famille : il avait déjà accordé le chapeau de cardinal à sept de ses neveux, Imola étant destinée à son fils naturel Girolamo. En représailles, il se tourna donc vers les Pazzi, les grands rivaux des Médicis.

Eux aussi étaient banquiers : avec la plus grande célérité, ils prêtèrent au pape les cinquante mille ducats demandés, espérant obtenir la concession des mines d'alun du Lac d'Argent, non loin de Rome. Le souverain pontife refusa, toutefois — peut-être parce que Laurent, pour l'apaiser, lui avait fait parvenir de riches présents. Mais les tensions entre les deux hommes n'en demeuraient pas moins.

Puis le pape nomma Francisco Salviato archevêque de Pise — alors possession florentine. C'était violer un accord prévoyant qu'une telle nomination devait être approuvée par le gouvernement florentin. Laurent interdit donc à Son Eminence de prendre son poste.

La lignée des Pazzi avait des origines autrement lointaines et prestigieuses que celle des Médicis. Et son chef, Jacopo, haïssait le Magnifique, bien plus jeune que lui.

L'archevêque et Francisco Pazzi brûlaient par ailleurs d'ambition et de haine. Ils rencontrèrent le souverain pontife et le convainquirent qu'ils pouvaient renverser les Médicis. Il approuva leurs projets, ce qui décida Jacopo, homme féroce et mesquin, à se joindre à eux.

Ils convinrent d'assassiner Laurent et Giuliano pendant la messe : des partisans des Pazzi, dissimulés tout près, s'empareraient ensuite de la ville.

Pour que les conjurés puissent entrer tous ensemble dans l'église, il fut convenu d'organiser une visite du cardinal Raphael Riario, petit-neveu du pape — sans que ce jeune prélat, âgé de dix-sept ans, se doute aucunement du rôle qu'on lui faisait jouer. Comme prévu, le Magnifique donna un grand banquet en son honneur et, le lendemain, l'accompagna à la messe. Derrière eux, vinrent se placer deux prêtres, Maffei et Stefano, armés de dagues dissimulées sous leurs soutanes.

Ils attendraient que la clochette du sacristain annonce l'élévation, car alors toute l'assistance aurait les yeux baissés. Toutefois, Giuliano n'était pas présent — et ordre avait été donné de le tuer aussi. Francisco Pazzi se rendit en toute hâte dans sa demeure pour l'inviter à se rendre à l'église et, comme par plaisanterie, lui tapa dans le dos — afin d'être sûr qu'il ne portait pas d'armure sous ses vêtements.

Laurent était placé sur le côté de l'autel. Son frère entra dans la basilique avec Francisco Pazzi ; Laurent entendit la clochette annonçant l'élévation et, à sa grande horreur, vit Pazzi planter sa dague dans le corps de Giuliano. Au même moment, quelqu'un le saisit par l'épaule. Reculant prestement, il sentit une lame effleurer sa gorge. Instinctivement, il se déroba et fit usage de sa cape pour repousser l'assaut du second meurtrier.

Tirant son épée, il repoussa ses adversaires et, sautant par-dessus l'autel, gagna en courant une porte latérale. Trois de ses amis l'avaient rejoint ; avec eux, il gagna la sacristie, dont il referma les lourdes portes. Il était sauf — pour le moment.

Pendant ce temps, l'archevêque Salviato et Francisco Pazzi se ruaient hors de la cathédrale, hurlant que les Médicis étaient morts, Florence enfin libre. Mais le peuple, loin de les suivre, prit les armes. Les troupes des conjurés furent balayées et massacrées.

Laurent sortit de l'église sous les vivats et veilla à ce qu'aucun mal ne soit fait au cardinal Riario. Il s'abstint en revanche d'empêcher l'exécution des deux chefs des conjurés, qui furent pendus aux verrières de la cathédrale.

Maffei et Stefano furent châtrés et décapités, Jacopo Pazzi pourchassé, dévêtu et pendu au côté des deux autres. Le palais des Pazzi fut attaqué et pillé ; tous les membres de la lignée furent condamnés à un exil perpétuel.

Bien des années plus tard, César découvrit une cité qui avait bien changé.

Les rues étaient sales, puantes, parsemées de charognes. Certes, la peste avait frappé Florence, même si on n'avait relevé que quelques cas. Mais l'esprit même des citoyens semblait frappé de maladie : les gens s'injuriaient de toutes parts, on se battait sans merci.

S'arrêtant dans une auberge d'allure respectable pour s'y reposer en attendant la nuit, il fut rassuré de voir que le maître des lieux ne le reconnaissait pas ; l'homme tenta même de l'éconduire, jusqu'à ce que César lui glisse un ducat d'or dans la main.

L'aubergiste se décida alors à se montrer courtois. Il conduisit le visiteur dans une chambre sommairement meublée, mais très propre. De la fenêtre, on apercevait la place devant l'église de San Marco, et le monastère où vivait Savonarole. César résolut d'attendre le soir avant d'aller se promener dans les rues pour voir ce qu'il pourrait découvrir.

Quelques instants plus tard, l'aubergiste revint avec un flacon de vin et un énorme plateau de fruits et de fromages. César y fit honneur, puis s'allongea sur son lit, s'endormit et rêva...

Ce fut un cauchemar dans lequel il voyait des croix, des calices, des soutanes tournoyer autour de lui. Une voix de tonnerre, au-dessus de lui, lui ordonna de s'emparer d'un calice, mais quand il y parvint, l'objet s'était transformé en pistolet qui tirait sans qu'il pût le contrôler. Puis le décor changea, comme toujours dans les rêves : il se retrouva dans une fête, assis en face de son père, de sa sœur et d'Alfonso. Le pistolet fit feu de nouveau, tirant en plein visage de Lucrèce ou de son nouvel époux — impossible de le savoir.

César s'éveilla, trempé de sueur, pour entendre des voix et des hurlements sur la place en dessous de sa fenêtre. Se levant, il jeta un coup d'œil au-dehors. Savonarole, grimpé sur une estrade improvisée, commença par une fervente prière, d'une voix pleine de passion, suivie d'un cantique — auquel succédèrent vite de violentes invectives contre Rome :

— Alexandre est un faux pape ! hurla-t-il. Les humanistes peuvent bien mentir et faire passer le noir pour le blanc ! Mais le bien et le mal existent, et ce qui n'est pas le bien est le mal !

César dévisagea l'homme avec attention. Vêtu de la robe brune des dominicains, il était maigre, d'allure ascétique, et agitait les mains pour mieux ponctuer ses paroles.

— Ce pape fréquente les courtisanes ! Il tue et empoisonne ! Le clergé de Rome vole à leurs familles des jeunes garçons qu'on fait entrer dans le lit des riches ! Tous mangent dans de la vaisselle d'or et foulent aux pieds ceux qui vivent dans la pauvreté !

La foule se faisait de plus en plus nombreuse, et César se sentit fasciné par cet homme, bien qu'il fût de ceux que le prieur dénonçait. Il y eut des cris furieux, qui s'apaisaient chaque fois qu'il reprenait la parole : il régnait alors un silence tel qu'on aurait pu entendre une étoile tomber des cieux.

— Dieu jettera vos âmes en enfer, pour l'éternité, ceux qui suivent ces prêtres païens seront damnés ! Renoncez aux biens de ce monde et suivez l'exemple de saint Dominique !

Une voix dans la foule lança :

— Au monastère, vous mangez ce que vous offrent les puissants ! Vos assiettes ne sont pas de bois, vos fauteuils sont ornés de riches coussins ! Vous dansez au son du violon de celui qui paie !

Savonarole frémit.

— A compter d'aujourd'hui, l'argent du riche sera refusé. Les frères de San Marco ne mangeront que ce que leur offriront les citoyens de Florence. Le reste sera donné aux pauvres qui chaque soir se rassemblent sur la place ! Personne n'aura faim ! Toutefois, ce n'est là que se préoccuper du corps. Pour sauver vos âmes, il vous faut abandonner le pape de Rome. C'est un fornicateur, sa fille est une prostituée qui couche avec son père comme avec son frère !

César en avait assez entendu : quand il apprendrait cela, Alexandre excommunierait Savonarole — et pourrait de surcroît l'accuser d'hérésie.

L'homme inspirait à César des sentiments mêlés. Un visionnaire, sans nul doute, mais aussi un fou. Qui donc voudrait comme lui risquer le martyre, car il savait forcément ce qui l'attendait ? En tout cas, c'était quelqu'un de dangereux : il fallait le mettre hors d'état de nuire. Car il pourrait influencer la *Signoria*, et la dissuader de se joindre à la sainte ligue, ce qui compromettrait les projets d'unité du pape. Cela ne devait être permis à aucun prix.

César s'habilla en hâte et sortit. Dehors, parmi la foule, un jeune homme maigre et pâle, revêtu d'une cape noire, vint vers lui.

— Cardinal ! chuchota-t-il.

César se tourna vers lui, la main sur l'épée dissimulée sous ses vêtements.

L'autre s'inclina.

— Mon nom est Niccolo Machiavel. Il nous faut discuter. Il est dangereux pour vous de rester dans la rue ; venez chez moi.

Le regard de César s'adoucit ; Machiavel le prit par le bras et, lui faisant quitter la place, le conduisit chez lui.

Les pièces étaient semées de livres, les bureaux surchargés de papiers qui parfois couvraient les fauteuils et même le sol. Un feu brûlait dans l'âtre de pierre.

Machiavel offrit un fauteuil à César, qui s'assit en se sentant bizarrement rassuré. Son hôte leur versa du vin et s'assit face au visiteur.

— Vous êtes en danger, cardinal. Savonarole se croit investi d'une mission sacrée. Pour lui, il faut chasser le pape et détruire la famille Borgia.

— J'ai cru comprendre qu'il objectait à notre paganisme, répondit César d'un ton sardonique.

— Il a des visions. Il a d'abord vu un soleil tomber du ciel — et Laurent le Magnifique est mort. Ensuite, il y a eu l'épée du Seigneur qui, venue du nord, frappait le tyran — et les troupes françaises ont envahi le pays. Il exerce un pouvoir extraordinaire sur les Florentins, qui craignent pour eux-mêmes et leurs familles, et croient qu'il a le don de double vue. Il dit que la pitié viendra avec des anges en robe blanche, mais seulement après la destruction des iniquités, quand les âmes des gens de bien obéiront à la loi divine et se repentiront.

César était persuadé de la sincérité de Savonarole. Mais quiconque croit à ses propres visions doit se retirer du monde ; si elles sont authentiques, elles doivent lui annoncer son propre destin. De surcroît, cela revenait à nier le libre arbitre. Si le destin triomphe, quel rôle reste-t-il à la volonté humaine ? Les jeux étaient faits d'avance : elle n'y prenait aucune part.

— Le pape va l'excommunier, dit-il à Machiavel. S'il continue à enflammer la populace, il sera mis à mort, car il n'y a pas d'autre moyen de le réduire au silence.

Le soir, de retour à l'auberge, César entendit de nouveau la voix de Savonarole :

— Le pape Alexandre est un païen qui s'inspire des dieux de l'ancienne Egypte ! Il se livre aux plaisirs mondains alors que nous, vrais chrétiens, devons souffrir ! Chaque année, pour remplir leurs coffres, les cardinaux nous imposent de nouvelles taxes ! Nous ne sommes pas des ânes qu'on peut traiter en bêtes de somme !

César s'endormit peu à peu, bercé par cette voix prophétique :

— Aux premiers temps de l'Eglise, les calices étaient de bois, mais la vertu du clergé était d'or ! Aujourd'hui, c'est l'inverse !

15

Entrant dans la demeure de Vanozza Catanei, Alexandre songea aux années qu'ils avaient passées ensemble. Ils avaient bien des fois soupé aux chandelles dans la salle à manger, fait l'amour dans la grande chambre à l'étage, lors des nuits d'été que parfumait l'odeur des lilas montant par la fenêtre ouverte. Le corps tiède de la jeune femme contre le sien, il se sentait rempli de paix et d'amour. En de tels moments, sa croyance en Dieu était la plus forte ; il avait plus d'une fois, alors, sincèrement fait le vœu de servir l'Eglise.

Vanozza l'accueillit avec sa chaleur coutumière. Le pape sourit et lui jeta un regard empli d'une admiration affectueuse.

— Tu es l'un des miracles de Dieu, dit-il, chaque année tu es plus belle.

Elle se serra contre lui et sourit :

— Mais plus assez jeune pour toi, Rodrigo !

— Je suis pape, désormais. Ce n'est plus comme avant.

— Et c'est différent avec *la Bella* ? lança-t-elle pour le taquiner.

Comme il rougissait, elle eut un grand sourire :

— Allons, Rodrigo, ne sois pas si sérieux ! Tu sais bien que je n'en veux nullement à Julia, ni à aucune autre. Amants, nous étions très proches, nous le sommes davantage encore maintenant que nous sommes amis.

Elle le conduisit dans la bibliothèque et leur versa du vin.

— Vanozza, pourquoi m'as-tu fait appeler ? Tes vignes ou tes auberges te causeraient-elles du souci ?

Elle s'assit face à lui.

— Certes non ! Tout va très bien ! Chaque jour, je me sens pleine de gratitude pour ta générosité. Pourtant je souhaite parfois que tu ne m'aies rien offert.

— Je le sais, répondit-il avec affection. Mais alors, quel est ton problème, et comment puis-je t'aider ?

— Il s'agit de notre fils, dit-elle d'une voix grave. Il faut que tu le voies tel qu'il est.

— Je le vois parfaitement, répondit le pape en fronçant les sourcils. C'est le plus intelligent de tous nos enfants, et un jour il prendra ma place, car sinon sa vie sera en danger — comme peut-être la tienne.

— César ne veut pas être pape, Rodrigo. Ni même cardinal. Je crois d'ailleurs que tu le sais. C'est un soldat, un amant, qui veut vivre pleinement. Toutes les richesses et les maîtresses que tu lui offres ne le satisfont pas ; il veut combattre.

Alexandre resta un moment silencieux.

— Il t'a dit tout cela ?

Elle sourit et se rapprocha de lui.

— C'est inutile : je suis sa mère. Je le sais. Et tu devrais le savoir aussi.

Les traits du pape se durcirent.

— Cela me serait évident aussi si je m'étais vraiment conduit en père...

Vanozza baissa la tête un instant, puis se redressa et dit d'une voix forte :

— Je ne te dirai cela qu'une fois, car je n'éprouve pas le besoin de me défendre. Je crois pourtant que tu as le droit de savoir. Il est vrai que Giuliano Della Rovere et moi avons été amants avant que nous nous rencontrions. Et il est vrai que mon cœur s'est mis à battre en te voyant. Je ne t'insulterai pas en prétendant avoir été vierge, tu sais parfaitement qu'il n'en était rien. Mais je te jure sur mon honneur, et devant la Madone, que César est bien ton fils.

— Vanozza, je ne pouvais en être sûr, tu ne l'ignores pas. Je ne pouvais donc savoir ce que j'éprouvais pour lui, et lui pour moi.

Elle prit sa main :

— Jamais nous n'avons pu en discuter auparavant. Pour vous protéger, César et toi, j'ai fait croire à Della Rovere qu'il était son fils. Mais je jure sur le Christ que c'était un mensonge. Il le fallait pour que Giuliano s'abstienne de vous porter tort, car il n'a pas ta bonté d'âme, et pour vous protéger de sa fourberie.

Alexandre lutta contre lui-même quelques instants :

— Et comment lui ou moi pouvons-nous savoir la vérité ? Comment pouvons-nous être certains ?

— Regarde ta propre main, répondit-elle, examine-la de près, sous tous les angles. Ensuite, je veux que tu fasses de même avec celle de ton fils. Dès sa naissance, j'ai vécu dans la peur que quelqu'un découvre ce qui m'était évident ; tout aurait été perdu.

Et Alexandre comprit d'un coup pourquoi Della Rovere le haïssait à ce point. Car lui-même avait reçu tout ce que son adversaire aurait désiré avoir : la papauté, mais aussi la maîtresse et le fils.

Tous les cardinaux savaient que Della Rovere n'avait aimé qu'une fois — Vanozza, le grand amour de sa vie. Il s'était senti profondément humilié qu'elle le quitte pour Rodrigo Borgia. A l'époque, il savait rire. Ce n'est qu'après le départ de la jeune femme qu'il était devenu amer, acariâtre — et animé d'un profond zèle religieux. De plus, il n'avait eu que des filles de ses autres maîtresses. Dieu l'avait vraiment soumis à rude épreuve.

Alexandre se sentit submergé par un profond soulagement, car il comprenait désormais ce qu'il n'avait pas voulu s'avouer : il n'avait jamais été certain que César soit bel et bien son fils. S'il n'avait pas aimé et admiré Vanozza aussi passionnément, il lui aurait posé la question plus tôt et se serait épargné de grandes souffrances. Mais il n'avait pas osé : risquer de la perdre, devoir vivre sans elle, lui était un prix trop lourd à payer.

— Je réfléchirai à ce que tu m'as dit. Et je parlerai à César de sa véritable vocation — si, bien entendu, il consent à en discuter avec moi.

— Notre fils Juan est mort, répondit Vanozza d'une voix pleine de compassion, et les choses ne seront plus jamais les mêmes. Mais César est bien vivant, et tu auras besoin de lui à la tête de tes armées. Sinon, qui s'en chargera ? Geoffroi ? Non, Rodrigo. Il faut que ce soit César, car c'est un guerrier. Mais, pour qu'il soit à ton service, il faudra que tu le libères. Que quelqu'un d'autre soit pape !

Alexandre se leva et, se penchant pour l'embrasser, sentit l'odeur de son parfum ; quand il partit, ce ne fut pas sans regret.

A la porte, Vanozza le regarda s'éloigner et, souriante, eut un signe d'au revoir :

— Regarde ses mains, et sois en paix !

De retour à Rome, César vint immédiatement conférer avec son père et Brandao. Les trois hommes se retirèrent dans une pièce tendue de tapisseries où s'entassaient des coffres sculptés remplis des vêtements sacerdotaux du pape. Alexandre serra son fils dans ses bras, avec une chaleur qui inquiéta l'intéressé.

— Le prophète vous a-t-il paru aussi dangereux qu'on le dit ? demanda Duarte.

César s'assit face à ses deux compagnons :

— C'est un orateur passionné que de grandes foules viennent écouter.

— Et de quoi parle-t-il ? s'enquit le pape.

— De réformes. Et de l'ignominie de la famille Borgia. Il nous accuse de toutes sortes de mauvaises actions, terrifie ceux qui l'écoutent en leur faisant croire que, s'ils obéissent au pape et à l'Eglise, ils iront tout droit en enfer.

Se levant, Alexandre se mit à marcher de long en large.

— Quel malheur qu'un esprit aussi vif soit possédé par les démons ! J'ai apprécié ses écrits, je sais qu'il admire la beauté de la Création : on dit que souvent, quand la nuit est claire, il réveille tous les frères de son monastère pour leur faire admirer les étoiles.

— Père, il est très dangereux ! Il réclame des réformes, il s'est rangé du côté des Français, il exige qu'un homme vertueux occupe le trône de saint Pierre — et cet homme ne peut être que Della Rovere.

Le pape frémit :

— Il m'est pénible de contraindre un homme qui a si bien servi l'Eglise à avouer ses péchés, mais c'est nécessaire, dit-il à Brandao. Assure-toi qu'il existe un moyen de régler le problème rapidement, car il faut rétablir l'ordre à Florence avant qu'il ne cause davantage de dégâts.

Brandao s'inclina et sortit.

Alexandre s'assit sur un sofa et désigna à son fils un tabouret recouvert d'un coussin. Son visage demeurait impassible, mais son regard avait une acuité qu'on lui voyait rarement — et jamais en public.

— Il est temps que tu me dises ce que tu as sur le cœur. Aimes-tu l'Eglise autant que moi ? Entends-tu lui consacrer ta vie comme je l'ai fait ?

C'étaient les mots qu'attendait César : il avait plus d'une fois montré à son père qu'il voulait être soldat, et non cardinal. Pour autant, il lui fallait peser ses mots. Il n'ignorait pas que son père l'aimait moins que Juan — ce qui, il est vrai, signifiait qu'il l'aimait quand même, à sa façon. De surcroît, Alexandre n'hésitait pas à employer la ruse, y compris avec ses enfants. César serait donc contraint de dissimuler son plus terrible secret.

— Père, finit-il par dire, je dois confesser que j'ai trop d'appétits profanes pour servir l'Eglise aussi bien que toi — et je ne voudrais pas condamner mon âme aux tourments de l'enfer.

Le pape le regarda droit dans les yeux :

— Jeune, j'étais comme toi. Personne n'aurait cru qu'un jour je deviendrais pape. Mais j'ai travaillé, quarante ans durant, à devenir un homme meilleur, un meilleur prêtre. Cela pourrait t'arriver aussi.

— Je ne le désire pas.

— Et pourquoi pas ? Tu aimes le pouvoir, l'argent... En ce monde, il faut lutter pour survivre. Avec tes dons, tu pourrais donner à l'Eglise la prééminence qui lui revient. Aurais-tu sur la conscience un crime t'empêchant de la servir ?

César comprit : son père désirait connaître la vérité sur ses rapports avec Lucrèce. Mais, s'il avouait tout, jamais Alexandre ne lui pardonnerait. En fait, sans doute voulait-il qu'on lui mente, mais de manière convaincante...

— Oui, dit-il, un grand crime. Mais, si je te le confesse, tu me condamneras.

Le pape se pencha en avant, le regard dur. César comprit qu'il avait partie gagnée, et ne put s'empêcher d'éprouver un sentiment de triomphe à l'idée qu'il allait se montrer plus fin que son père.

— Il n'y a rien que Dieu ne puisse pardonner, déclara celui-ci.

— Je ne crois pas en Dieu, répondit César d'une voix douce. Je ne crois pas au Christ, à la Vierge ou aux saints.

Alexandre parut stupéfait, puis reprit :

— Bien des pécheurs disent la même chose, parce qu'ils ont peur du châtiment après leur mort. Ils tentent donc d'échapper à la vérité. Il y a autre chose ?

César ne put s'empêcher de sourire :

— Oui. Fornication... amour du pouvoir... meurtre, mais seulement de nos ennemis... Mensonges... Tu les connais déjà tous ! A part cela, non, il n'y a rien.

Le pape prit les mains de César dans les siennes et les étudia avec attention.

— Les hommes perdent la foi quand les cruautés du monde les submergent ; ils ne peuvent plus croire en la bonté divine. Ils doutent de l'existence de Dieu, refusent de se soumettre à l'Eglise. Mais la foi doit être ravivée par l'action, comme tant de saints l'ont fait. Je n'ai pas très haute opinion de ceux qui s'enterrent dans des monastères et réfléchissent pendant des années sur les mystères de l'existence. Ils ne font rien pour l'Eglise, ils ne l'aident pas à survivre dans le monde temporel. Ce sont des hommes comme toi et moi qui doivent s'en charger, même — ici Alexandre leva l'index — si nos âmes sont contraintes un moment de séjourner au purgatoire. Pense aux âmes à naître qu'il faudra sauver au cours des prochains siècles, qui trouveront le salut grâce à la puissance de l'Eglise ! Quand je prie, quand je confesse mes péchés, je me console d'avoir fait certaines choses. Que m'importent les humanistes, qui croient, parce qu'ils ont lu les philosophes grecs, que seule compte l'humanité ? Il existe un Dieu, tout-puissant, mais clément et compréhensif. Et il te faut croire en Lui. Vis avec tes péchés, confesse-les, mais ne perds jamais la foi, car il n'y a rien d'autre.

Ce discours édifiant laissa César de marbre. La foi ne résoudrait pas ses problèmes ! Il devrait lutter sur cette terre, faute de quoi sa tête s'en irait orner les murs de Rome. Il voulait avoir femme et enfants ; aussi lui faudrait-il mener une vie de pouvoir et de richesse, non se contenter d'appartenir au troupeau des impuissants. Et pour cela, il devrait accomplir des actes que le Dieu de son père lui reprocherait. Pourquoi donc croire en Lui ? A vingt-trois ans, il se sentait si plein de vie, si plein d'amour pour les plaisirs terrestres, qu'il ne pouvait pas croire à sa propre mort, bien qu'il ait été plus d'une fois confronté à celle des autres.

Il baissa la tête.

— Je crois à Rome, père. Je donnerais ma vie pour elle, si tu me donnes les moyens de combattre en son nom.

Alexandre soupira. A quoi bon lutter ? Après tout, César pourrait être son arme la plus puissante.

— Alors, dit-il, il va nous falloir tracer des plans. Je te nommerai capitaine général des armées pontificales, tu reprendras le contrôle de nos Etats, et tu deviendras duc de Romagne. Un jour, nous unifierons toutes les cités d'Italie, si difficile que cela puisse paraître aujourd'hui ! Venise, où les hommes vivent dans l'eau, comme des serpents ; les sodomites de Florence ; Bologne, si arrogante, si ingrate envers l'Eglise... Mais autant commencer par le commencement. Il faut que tu sois maître de la Romagne et, pour cela, tu dois d'abord te marier. D'ici quelques jours, nous convoquerons le consistoire cardinalice, et tu lui rendras ton chapeau. Ensuite, je te nommerai chef des armées. Ce que tu perds dans l'Eglise, tu pourras le regagner par la guerre.

César s'inclina. Il voulut baiser le pied d'Alexandre, mais celui-ci se déroba et dit d'un ton agacé :

— Aime davantage l'Eglise, et un peu moins ton père ! Témoigne de ton obéissance par des actes, non par des gestes ! Tu es mon fils et je te pardonnerai tes péchés.

Pour la première fois de sa vie, César fut enfin certain d'être maître de son destin.

Le soir où fut signé le contrat de mariage entre Alfonso d'Aragon et la fille du pape, ce dernier dit à Brandao :

— J'aimerais de nouveau entendre rire Lucrèce. Cela fait trop longtemps qu'elle est triste.

L'année précédente avait été très éprouvante pour sa fille, il espérait pouvoir y remédier afin de veiller à ce qu'elle lui demeure fidèle. Voulant la surprendre, il tint donc à ce qu'Alfonso arrive à Rome dans la plus grande discrétion.

Le jeune homme y pénétra donc un matin, accompagné de sept suivants seulement : ceux qui l'avaient accompagné depuis Naples — une cinquantaine d'hommes en tout — restèrent à Marino. Il fut accueilli par les émissaires du pape, qui le conduisirent sur-le-champ au Vatican. Après avoir pris soin de son apparence, il partit à cheval vers le palais de Santa Maria del Portico.

Lucrèce était à son balcon, à regarder des enfants jouer dans la rue en contrebas. C'était une belle journée d'été, elle songeait à son futur époux — son père lui avait appris qu'il arriverait sous peu. Elle découvrit qu'elle l'attendait avec impatience : jamais César n'avait décerné autant de compliments à qui que ce soit.

Puis soudain Alfonso parut. Lucrèce l'aperçut et son cœur se mit à battre comme cela ne lui était arrivé qu'une fois. Elle sentit ses jambes se dérober sous elle ; Julia et une de ses dames de compagnie durent la soutenir.

— Gloire à Dieu ! s'écria Julia. C'est l'homme le plus beau que j'aie jamais vu !

Lucrèce resta silencieuse. C'est à ce moment que, levant les yeux, Alfonso la vit à son tour : lui aussi parut aussitôt frappé par la foudre, pétrifié comme par sorcellerie.

Pendant les six jours qui précédèrent le mariage, les deux jeunes gens assistèrent à des soirées et passèrent de longues heures à se promener dans la campagne, à courir les boutiques, se couchant tard et se levant tôt.

Comme une enfant, elle s'en fut voir Alexandre et le serra dans ses bras :

— Père, comment pourrais-je te remercier ! Si tu savais à quel point je suis heureuse !

Le cœur enfin joyeux, il répondit :

— Je veux que tu aies tout ce que tu puisses désirer... y compris les trésors les plus fous.

La cérémonie de mariage fut assez semblable à la première, pleine de pompe et de solennité. Mais, cette fois, Lucrèce prononça ses vœux avec allégresse, et c'est à peine si elle remarqua, au-dessus de leurs têtes, l'épée que brandissait le capitaine espagnol Cevillon.

Cette nuit-là, les nouveaux époux remplirent heureusement le contrat de mariage devant le pape, Ascanio Sforza et un autre cardinal. Puis, dès que le protocole le permit, ils se retirèrent à Santa Maria del Portico, où ils passèrent ensemble les trois jours et les trois nuits qui suivirent : ils n'avaient besoin de rien ni de personne. Pour la première fois de sa vie, Lucrèce connut la liberté qu'offre l'amour.

Une fois le mariage célébré, César s'enferma dans ses appartements du Vatican. La tête lui tournait, pleine d'idées et de projets relatifs à sa future carrière de général des armées du pape ; mais son cœur restait de pierre.

Il s'était dominé de son mieux pendant la cérémonie, paraissant même, déguisé en licorne — symbole de la chasteté et de la pureté ! —, dans l'une de ces pièces de théâtre qu'Alexandre aimait tant. Lucrèce et Alfonso avaient dansé devant le pape, qui aimait voir de jolies femmes, vêtues de leurs plus beaux atours, tourbillonner à l'occasion de ces danses espagnoles qui lui rappelaient son enfance.

César avait beaucoup bu ; au moins le vin lui rendait-il la soirée supportable. Mais, l'ivresse se dissipant, il se sentit seul et agité.

Lucrèce était plus belle que jamais. Sa robe rouge sombre, brodée de velours noir, ornée de bijoux et de perles, lui donnait l'air d'une reine. C'était une femme, et non plus une enfant ; depuis la fin de son premier mariage, elle avait pris le contrôle de sa vie, eu un fils, fréquenté sans malaise la bonne société. Un tel changement était demeuré à peu près invisible à César. En grande tenue de cardinal, il avait béni les époux avant de leur souhaiter beaucoup de bonheur, mais il sentait monter en lui une fureur croissante.

Au cours de la cérémonie, Lucrèce avait à plusieurs reprises croisé le regard de son frère, souriant pour le rassurer. Plus tard, cependant, à mesure que la soirée s'écoulait, elle était devenue de moins en moins accessible et, toujours aussi gaie et souriante, songeait trop à bavarder avec Alfonso pour remarquer César.

Quittant la salle pour honorer son contrat de mariage, elle n'avait même pas pensé à lui dire bonsoir.

Il se dit qu'avec le temps il oublierait tout cela, qu'il cesserait de songer à elle après avoir renoncé à son chapeau de cardinal, qu'il entamerait une vie nouvelle, aurait femme et enfants et livrerait de grandes batailles, comme il l'avait toujours rêvé.

Il réussit même à se convaincre que le mariage avec Alfonso n'était qu'une ruse de son père pour allier Rome et Naples, de sorte que lui-même puisse épouser une princesse napolitaine — sans doute Isabella, la fille du roi, très jolie et d'humeur facile. Une fois installé à Naples, pourvu de titres et de biens, il ferait la guerre aux barons locaux, pour la papauté et la famille Borgia.

Il tenta de s'endormir en se grisant de visions grandioses, mais ne cessa de se réveiller, songeant toujours à sa sœur.

16

Interrogateur du Conseil des Dix de la République florentine, Francisco Saluti savait que soumettre Girolamo Savonarole à la question serait la tâche la plus importante de sa carrière.

Que l'accusé soit ecclésiastique, et homme d'importance, ne le détournerait pas de son devoir. Certes, il avait souvent écouté ses sermons, il en avait été touché. Mais Savonarole avait attaqué le pape, menacé la classe dirigeante de Florence, conspiré avec ses ennemis. Il devrait donc être jugé pour trahison, et la vérité lui serait arrachée du corps.

Dans la pièce gardée par des soldats, Saluti donna ses instructions. Le chevalet était prêt, l'artisan en avait vérifié le mécanisme, les roues, les poulies, les poids. Tout était en ordre. Un petit fourneau déjà porté au rouge, dans l'ouverture duquel on avait disposé des tenailles, chauffait si fort que Saluti était en nage. Mais cette journée lui vaudrait un confortable salaire.

Il avait la fierté de l'homme de métier, sans pour autant prendre plaisir à son travail. Ses fonctions demeuraient secrètes, pour sa propre sécurité : Florence était peuplée de rancuniers. Il était toujours armé en sortant ou en rentrant chez lui, et sa demeure était entourée de celles de sa parentèle, qui viendrait à son secours s'il était attaqué.

Ses fonctions lui rapportaient assez : soixante florins par an, soit deux fois ce que gagnait le caissier d'une banque florentine — sans compter vingt florins pour chaque interrogatoire que lui confiait le Conseil.

Saluti était vêtu d'un justaucorps et d'une tunique d'un bleu sombre, presque noir, qu'on ne fabriquait qu'à Florence. Cette couleur était le signe de son office. En dépit de ses insomnies et de ses ulcères d'estomac, il demeurait un homme à la fois gai et réfléchi, à qui il arrivait de suivre à l'université des conférences sur Platon, ou de se rendre dans les ateliers d'artistes pour voir leurs peintures et leurs sculptures. Il avait même été invité une fois dans les superbes jardins de Laurent le Magnifique : le plus beau jour de sa vie.

Il ne se réjouissait pas des souffrances de ses victimes ; qu'on puisse l'en accuser le scandalisait. Pour autant, il n'avait aucun problème de conscience. Après tout, le pape Innocent VIII avait promulgué une bulle justifiant l'emploi de la torture dans la lutte contre l'hérésie. Certes, les hurlements des suppliciés étaient horribles à entendre, et ses nuits étaient longues ; mais il prenait toujours soin, avant de se coucher, de boire une pleine bouteille de vin.

Ce qui le préoccupait vraiment, c'était l'incroyable obstination de ses victimes. Pourquoi refusaient-elles donc d'admettre leur culpabilité ? Pourquoi tenaient-elles à souffrir — et à faire souffrir les autres ? Il était vraiment dommage que Francisco Saluti dût être l'instrument de leurs douleurs. Mais n'était-il pas vrai, comme l'avait dit Platon, qu'il y avait dans la vie de chacun, fût-il animé des meilleures intentions, des personnes qu'il faisait souffrir ?

De surcroît, la légalité de la procédure ne faisait aucun doute. Aucun citoyen de Florence ne pouvait être soumis à la torture si sa culpabilité n'était pas établie. Les officiels de la *Signoria* avaient contresigné les documents. Saluti les avait relus plus d'une fois. Le pape avait donné son approbation et envoyé des dignitaires de l'Eglise qui seraient autant d'observateurs officiels. La rumeur voulait même que le cardinal Borgia soit venu secrètement à Florence pour suivre les événements, ce qui voulait dire que le prieur dominicain n'avait aucune chance. Saluti pria en silence pour qu'il quitte cette terre le plus tôt possible.

Puis, se sentant serein d'esprit et de corps, il attendit à l'entrée de la chambre de tortures qu'on lui livre celui qu'on avait appelé le « Marteau de Dieu », Fra Girolamo Savonarole. Le célèbre orateur fut enfin traîné dans la pièce. Manifestement, il avait été roué de coups, ce dont Saluti s'offusqua : c'était vraiment insulter sa compétence professionnelle.

Ses assistants et lui attachèrent Savonarole sur le chevalet. L'homme de l'art tint à faire tourner lui-même les roues de fer actionnant les engrenages qui à leur tour étiraient lentement les membres de la victime. Le tout sans dire un mot, pas plus d'ailleurs que le frère prêcheur. Saluti en fut ravi. Pour lui, cette pièce se devait d'être une sorte d'église, un lieu pour le silence, la prière et la confession.

Il entendit bientôt un craquement sourd qui lui était familier : les avant-bras de Savonarole venaient de se briser au niveau des coudes. Le cardinal de Florence, qui assistait à l'opération, blêmit.

— Girolamo Savonarole, demanda Saluti, confesseras-tu que ton message était celui d'un hérétique voulant défier Dieu ?

Le visage du supplicié était d'une blancheur de cire, ses yeux exorbités se levaient vers le ciel, comme ceux des martyrs peints sur les fresques. Mais il ne répondit rien.

Le cardinal eut un signe de tête à l'adresse de Saluti, qui tourna encore un peu la roue. Au bout d'un instant, il y eut un cri de bête prise au piège, tandis que retentissait un grand craquement : les os et les muscles venaient d'être arrachés des épaules.

— Girolamo Savonarole, répéta Saluti, confesseras-tu que ton message était celui d'un hérétique voulant offenser Dieu ?

— Je le confesse, chuchota le frère d'une voix à peine audible.

Et ce fut tout. Savonarole ayant reconnu les faits, la fin ne faisait plus de doute. Les Florentins ne protestèrent pas. Ils l'avaient adoré autrefois ; ils furent heureux d'être débarrassés de lui. Quelques jours plus tard, le Marteau de Dieu fut pendu, son corps disloqué s'agita au bout de la corde jusqu'à ce qu'il soit mort. Ensuite, il fut brûlé sur la place devant l'église San Marco, sur les lieux mêmes où il avait plus d'une fois prononcé des prêches enflammés qui avaient bien failli venir à bout du pape.

Alexandre songeait souvent à la marche du monde, aux duplicités des nations, aux vilenies des grandes familles, aux noirceurs sataniques dans le cœur de chacun. Pour autant, il ne désespérait pas. Vicaire du Christ sur la terre, sa foi était sans limites et il n'avait pas à s'interroger sur les voies de Dieu — lequel était miséricordieux et pardonnait à tous les pécheurs. Le pape ne doutait nullement que le Créateur voulût le bien et le bonheur de l'Homme en ce monde.

Mais Alexandre avait des devoirs. Il lui fallait par-dessus tout rendre l'Eglise plus forte, qu'elle puisse répandre la parole du Christ partout dans le monde — et, plus important encore, au cours des siècles à venir. Il n'y aurait pas de plus grande calamité pour les hommes que de voir la voix du Sauveur réduite au silence.

César pourrait lui être utile en ce domaine. N'étant plus cardinal, il pourrait contribuer à renforcer l'unité des Etats pontificaux, car c'était un excellent stratège militaire. La seule question était de savoir s'il aurait la capacité de résister aux tentations du pouvoir. Connaissait-il la pitié ? Si ce n'était pas le cas, il pourrait sauver bien des âmes tout en perdant la sienne. Le pape s'en inquiétait.

Il y avait toutefois d'autres décisions à prendre, toutes sortes de détails administratifs fastidieux. Ce matin, un seul lui posait réellement problème. Il lui fallait décider du sort de Plandini, son secrétaire, convaincu d'avoir vendu des bulles papales. Il devrait également accepter ou refuser la canonisation d'un membre d'une très grande famille. Enfin, avec César et Brandao, il devrait réfléchir à ses projets d'unification militaire des Etats pontificaux.

Le pape était vêtu simplement, comme il convient à celui qui dispense des faveurs, et n'en demande pas. Sa soutane blanche n'était doublée que de soie rouge, il n'était coiffé que d'une mitre de lin et ne portait au doigt que l'anneau de saint Pierre.

Aujourd'hui, pour justifier ses actes, il devrait incarner l'Eglise miséricordieuse. Aussi s'était-il installé dans la salle de réception, aux murs peints d'effigies de la Madone, qui intercède auprès de Dieu au nom de tous les pécheurs.

Il avait enjoint à César de s'asseoir à ses côtés, voulant lui apprendre ce qu'est la pitié.

Steri Plandini était depuis vingt ans son plus fidèle serviteur. On l'avait pourtant surpris à rédiger de fausses bulles papales.

L'homme fut amené dans un fauteuil de prisonnier, immobilisé par des chaînes recouvertes d'étoffe, par respect pour le pape.

Alexandre ordonna qu'on le libère, puis qu'on lui serve un verre de vin : incapable de s'exprimer, il ne pouvait plus que geindre d'une voix rauque.

— Plandini, dit le pape d'une voix pleine de compassion, tu as été jugé et condamné. Tu m'as servi fidèlement vingt ans durant ; pourtant je ne puis te venir en aide. Tu as toutefois sollicité une audience qu'il m'était impossible de te refuser. Parle.

Plandini était un parfait bureaucrate : des yeux usés à force de lire des documents de toutes sortes, un visage un peu mou trahissant l'homme qui n'a jamais chassé ni porté d'armure, un corps maigre qui semblait disparaître dans le fauteuil. Il réussit à dire d'une voix faible :

— Saint-Père, ayez pitié de ma femme et de mes enfants, et ne les faites pas souffrir à cause de mes péchés.

— Je veillerai à ce qu'il ne leur soit fait aucun mal,

répondit Alexandre. As-tu dénoncé tous tes complices ?

Le pape espérait en effet que l'homme donnerait le nom d'un cardinal qu'il détestait tout particulièrement.

— Oui, Saint-Père, chuchota Plandini. Je me repens de mes péchés, et je vous supplie, au nom de la Vierge, de me laisser la vie, que je puisse veiller sur ma famille.

Alexandre y réfléchit. Pardonner à cet homme encouragerait les autres à trahir sa confiance. Combien de fois, lui dictant des lettres, avait-il échangé avec lui des plaisanteries ? Un secrétaire parfait, un chrétien dévot...

— Tu étais bien payé. Pourquoi as-tu commis un tel crime ?

Plandini, la tête dans les mains, tremblant de tous ses membres, répondit, au milieu des sanglots :

— Mes fils ! Mes fils ! Ils sont jeunes, écervelés, je devais payer leurs dettes ! Je voulais les garder près de moi, les ramener à la foi !

Le pape regarda César du coin de l'œil, mais il demeurait impassible. Vraie ou fausse, la réponse était habile. Tout le monde à Rome savait quelle affection Alexandre avait pour ses propres enfants.

Baigné par la vive lumière qui passait à travers les vitraux, entouré de portraits de la Vierge, le pape sentit tout le poids de ses responsabilités. Ce jour même, l'homme prostré devant lui se balancerait-il à un gibet, désormais sourd et aveugle aux plaisirs de ce monde ? Ses cinq fils et ses trois filles en seraient accablés de chagrin — et réduits à la misère. Certes, ses trois complices devraient mourir, même s'il pardonnait à Plandini. Serait-il juste de le condamner aussi ?

Alexandre ôta sa mitre ; il ne pouvait plus en supporter le poids, si légère qu'elle fût. Puis il ordonna aux gardes d'aider le prisonnier à se lever, ce qui lui permit de voir son torse déformé, ses épaules tordues par la torture du chevalet.

Envahi de tristesse — non à la vue de ce pécheur, mais devant l'étendue du mal dans le monde —, il se leva et serra Plandini dans ses bras :

— La Vierge m'a parlé. Je te pardonne. Tu ne mourras pas. Mais il te faudra quitter Rome et ta famille pour passer le reste de tes jours dans un lointain monastère, où tu consacreras ta vie à Dieu pour mériter son pardon.

Il aida l'homme à se rasseoir dans son fauteuil et fit signe aux gardes de l'emmener. Tout était bien : son pardon resterait secret, les autres seraient pendus, Dieu et l'Eglise servis au mieux.

Le pape ressentit brusquement une joie qu'il éprouvait rarement — même avec ses enfants, ses maîtresses, ou lorsqu'il recueillait les dons en vue de la croisade. C'était l'effet d'une croyance au Christ si pure, si éloignée de toute pompe, de toute volonté de pouvoir, qu'elle semblait être toute lumière. Ce sentiment se dissipa peu à peu, tandis qu'Alexandre se demandait si César pourrait jamais connaître une telle extase.

Le visiteur suivant serait une tout autre affaire : il lui faudrait se concentrer, et ne jamais céder d'un pouce. Un rude maquignonnage s'annonçait, lors duquel il ne devrait trahir aucune faiblesse. Le client n'inspirait aucune pitié. Le pape remit sa mitre.

— Dois-je attendre dans le vestibule ? demanda César. Son père lui fit signe que non.

— Cela devrait t'intéresser !

Alexandre choisit de changer de lieu d'audience. La salle des martyrs conviendrait parfaitement à cet entretien. Elle s'ornait de portraits de papes guerriers, triomphant des ennemis de l'Eglise à grand renfort d'eau bénite et de coups d'épée, de saints décapités par les Infidèles, de Christs portant leur couronne d'épines...

Son visiteur était le chef des Rosamundi, une puissante famille vénitienne. Il possédait cent navires qui commerçaient dans le monde entier, quoique l'étendue de sa fortune demeurât un secret bien gardé, comme toujours à Venise.

Baldo Rosamundi était septuagénaire. Si, par respect, il n'était vêtu que de noir et de blanc, sa tenue s'ornait de pierres précieuses. Il avait le visage grave d'un homme qui s'apprête à négocier durement, comme l'un et l'autre l'avaient déjà fait du temps où Alexandre était cardinal.

— Ainsi, tu penses que ta petite-fille devrait être canonisée ? demanda-t-il gaiement.

— Saint-Père, ce serait présomptueux de ma part. C'est le peuple de Venise qui le réclame. L'Eglise a enquêté et consenti à ce que l'affaire soit examinée. J'ai cru comprendre qu'il ne tenait qu'à vous de donner votre approbation définitive.

Le pape avait été informé par cet évêque qu'on appelait le Protecteur de la Foi, dont le rôle était d'enquêter sur les demandes de ce genre. Celle-ci n'avait rien d'extraordinaire. Doria Rosamundi avait mené une vie sans reproche, marquée par la pauvreté, la chasteté et les bonnes œuvres, à quoi venaient s'ajouter deux ou trois miracles un peu douteux. Il y avait chaque année des centaines de cas similaires. Alexandre n'aimait guère ce genre de saints : il préférait ceux qui étaient morts en martyrs de l'Eglise.

Le dossier montrait que Doria, méprisant les richesses de ce monde, avait voulu s'occuper des pauvres. Mais il n'y en avait pas assez à Venise : c'était une fantaisie qu'on ne permettait guère. Elle avait donc voyagé très loin, se rendant jusqu'en Sicile pour recueillir des orphelins. Elle s'était même occupée sans crainte des victimes de la peste, toujours endémique dans ces régions, et avait fini par y succomber à l'âge de vingt-cinq ans. Sa famille avait demandé l'ouverture d'un procès en canonisation moins de dix ans après sa mort.

Les prières prononcées sur sa tombe avaient permis de guérir certaines maladies mortelles. Pendant les tempêtes, les marins voyaient son visage planer au-dessus de leurs navires. Tous ces événements avaient fait l'objet d'une enquête minutieuse, sans qu'aucun puisse être démenti. Bien entendu, la grande richesse des Rosamundi ne pouvait qu'arranger les choses et accélérer le rythme des investigations.

— Ce que tu demandes est grave, dit Alexandre, et ma responsabilité l'est plus encore. Une fois ta petite-fille canonisée, elle pourra s'asseoir aux côtés de Dieu, et donc intercéder en faveur de ceux qui lui sont chers. Ses autels seront dans ton église, les pèlerins viendront l'adorer de partout. La décision est difficile à prendre. Que peux-tu ajouter aux preuves déjà réunies ?

Baldo Rosamundi s'inclina avec déférence.

— Mon expérience personnelle. Quand elle n'était encore qu'une enfant, j'étais au faîte de ma bonne fortune, et pourtant cela n'avait aucune valeur à mes yeux. Tout n'était que cendres. Doria n'avait que sept ans mais elle a vu ma tristesse, et m'a imploré de prier Dieu. C'est ce que j'ai fait, et je suis devenu heureux. Ce ne fut jamais une enfant ni une femme égoïste. Je lui offrais des bijoux coûteux qu'elle ne portait jamais : elle les vendait et donnait l'argent aux pauvres. Après sa mort, je suis tombé gravement malade, et les médecins m'ont tant saigné que j'étais blanc comme un spectre, mais je souffrais toujours autant. Et puis, une nuit, j'ai vu son visage, et elle m'a parlé : « Tu dois vivre pour servir Dieu. »

Le pape leva la main pour une bénédiction, puis ôta sa mitre et la déposa sur la table :

— Et tu l'as fait ?

— Vous savez que oui, répondit Rosamundi. J'ai fait édifier trois églises à Venise, j'ai fondé un foyer pour les orphelins, en souvenir de ma petite-fille. J'ai renoncé aux plaisirs terrestres peu dignes d'un homme de mon âge, et j'ai trouvé le bonheur dans le Christ et la Madone.

Il s'interrompit et eut un sourire bienveillant dont Alexandre se souvenait parfaitement :

— Saint Père, il vous suffira de me dire comment servir l'Eglise au mieux, et j'obéirai.

Le pape feignit d'y réfléchir, puis dit :

— Tu sais sans doute que, depuis mon élection au trône de saint Pierre, j'ai l'espoir de mener une nouvelle croisade à la tête d'une armée chrétienne qui libérera Jérusalem et le tombeau du Christ.

— Bien sûr ! J'userai de toute mon influence à

Venise pour que vous disposiez de la meilleure flotte possible ; vous pouvez compter sur moi.

Alexandre haussa les épaules :

— Venise est main dans la main avec les Turcs ! Elle ne peut risquer de mettre en danger ses routes commerciales et ses colonies ! Je le comprends, d'ailleurs, comme toi. Ce dont j'ai vraiment besoin, c'est d'argent, pour payer nos soldats et leur fournir du ravitaillement. Et les fonds me manquent. Même avec les revenus de la taxe que j'ai réussi à extorquer à tous les membres du clergé et à tous les fidèles. J'ai aussi pressuré les juifs de Rome. Mais cela ne suffit pas.

Il sourit et ajouta :

— C'est là que tu peux vraiment servir l'Eglise.

Baldo Rosamundi hocha pensivement la tête et alla même jusqu'à lever les sourcils, comme si c'était là une surprise à laquelle il lui faille réfléchir :

— Saint-Père, donnez-moi une idée de ce qu'il vous faut, et j'obéirai, quand bien même il me faudrait hypothéquer ma flotte.

La pape avait déjà une idée de ce qu'il comptait demander. Avoir une sainte dans la famille permettrait aux Rosamundi d'être accueillis dans toutes les cours d'Europe, et de se protéger de leurs ennemis. Certes, on comptait déjà près de dix mille saints, mais quelques centaines seulement étaient officiellement reconnus par l'Eglise.

— Ta petite-fille était très certainement bénie par le Saint-Esprit. Elle était sans reproche et a fait honneur au royaume de Dieu sur cette terre. Mais il est peut-être trop tôt pour la canoniser. Il y a bien d'autres candidats, dont certains attendent depuis plus d'un siècle ! Je ne veux pas aller trop vite : c'est une décision irrévocable.

Jusque-là, Rosamundi semblait plein d'espoir et de confiance ; il parut se recroqueviller dans son fauteuil et dit, d'une voix presque inaudible :

— Je veux pouvoir prier dans son église avant de mourir, et je n'ai plus si longtemps à vivre. Je veux qu'elle intercède en ma faveur auprès des cieux. Je crois réellement au Christ, je suis persuadé que ma petite-fille était une sainte. Je veux pouvoir l'adorer pendant que je suis encore de ce monde. Je vous en supplie, Saint-Père, demandez-moi ce que vous voulez.

A ce moment, le pape sut que l'homme était sincère. Avec l'insouciance du joueur, il décida donc de doubler la somme qu'il comptait exiger :

— Notre croisade a besoin de cent cinquante mille ducats ; elle pourra alors partir vers Jérusalem.

Baldo Rosamundi parut sauter en l'air, frappé par la foudre. Il se couvrit les oreilles de ses deux mains, comme s'il ne voulait pas entendre ; mais, de toute évidence, il se concentrait et essayait de trouver une réponse. Puis il s'apaisa d'un coup :

— Merci, Saint-Père. Mais il faudra que vous veniez en personne à Venise pour consacrer son église, et présider aux cérémonies.

— C'était bien mon intention, répondit Alexandre. Un pape n'est rien en comparaison d'un saint. Nous allons prier pour qu'elle intercède en notre faveur auprès de Dieu.

17

Ce matin-là, César se leva plein d'enthousiasme. Il allait se présenter devant le consistoire réuni par le pape afin de « considérer » s'il pouvait renoncer à son chapeau de cardinal, et être libéré de ses vœux ecclésiastiques.

La commission ne comptait pas moins de quinze membres. Il n'y eut que deux absents : un cardinal espagnol souffrait de malaria et un cardinal italien était tombé de cheval.

Les autres n'avaient jamais eu l'occasion d'examiner une requête de ce genre ; l'accession au cardinalat était le rêve de tout homme d'Eglise. C'était s'élever très haut dans la hiérarchie, s'assurer l'estime générale des humbles comme des puissants. Tous les présents y avaient consacré de longues années de patience et de prières, n'hésitant pas, au besoin, à commettre plus d'un péché. La demande de César leur paraissait donc surprenante, voire impertinente : renoncer volontairement à la pourpre, c'était offenser leur honneur.

Ils étaient assis, l'air pincé, dans la salle de la Foi, vêtus de leurs plus beaux atours, le visage pâle, figé, lointain.

César se leva :

— Je suis venu me présenter devant vous pour que vous compreniez pleinement pourquoi je compte solliciter votre indulgence. Mon père, Sa Sainteté Alexandre VI, a fait un choix pour moi avec les meilleures intentions du monde. Mais ce ne fut jamais le mien, et je crains que ce ne soit pas ma vocation.

Les cardinaux se regardèrent, surpris d'une telle franchise. Il poursuivit :

— Je veux commander l'armée pontificale, défendre l'Eglise et Rome. Il me faut également ajouter que je désire me marier et avoir des enfants légitimes. Telle étant ma conviction, je vous demande humblement de me libérer de mes vœux.

L'un des cardinaux espagnols protesta :

— Permettre une telle chose pourrait être dangereux ! Que se passerait-il si, devenu prince, César Borgia décidait de former de nouvelles alliances, de servir un nouveau roi, devenant un ennemi de l'Eglise et de l'Espagne ?

Alexandre demeura impassible. Le consistoire savait quelle était son opinion sur la question ; mais ses membres se tournèrent vers lui, comme pour demander confirmation. Il déclara donc :

— Mon fils ne fait cette requête que pour le salut de son âme. Il m'a avoué que sa véritable vocation était de se marier et de combattre, non d'être un homme d'Eglise. Ses appétits, son goût des plaisirs profanes ont déjà causé bien des scandales, car il ne semble pouvoir dominer ses passions. Et nous devons bien admettre qu'ainsi il ne sert pas au mieux Rome et l'Eglise. De surcroît, il ne faut pas oublier qu'après sa démission, trente-cinq mille ducats de terres et de bénéfices reviendront à la papauté. Nous avons pour tâche de sauver les âmes, et c'est pourquoi je pense qu'il nous faut accepter cette requête.

Le vote fut unanime ; la perspective des trente-cinq mille ducats avait dissipé tous les doutes.

A l'issue d'une brève cérémonie, le pape autorisa donc son fils à renoncer à ses vœux et à se marier, non sans lui accorder sa bénédiction.

César Borgia ôta donc sa cape et son chapeau, s'inclinant devant les cardinaux et le pape son père. Puis, la tête haute, il quitta la salle. Un vif soleil répandait partout sa lumière dorée. Une vie nouvelle allait commencer.

Alexandre ressentit d'abord un profond chagrin : il avait bâti toute sa vie sur l'espoir qu'un jour César serait pape. Désormais, Juan était mort et il avait besoin d'un général pour diriger les troupes pontificales. Le pape se soumit donc à la volonté divine et accepta la décision de son fils.

Il se sentait pourtant déprimé, ce qui ne lui ressemblait guère. Il se dit qu'il lui fallait se détendre un peu. Un bon massage ferait l'affaire ; les plaisirs du corps le mettaient toujours de bonne humeur.

Appelant Duarte Brandao, il le prévint que toute audience imprévue aurait lieu dans son salon, ajoutant que son médecin personnel lui avait prescrit un long massage.

Il s'y trouvait depuis moins d'une heure quand son fidèle conseiller entra :

— Votre Sainteté, quelqu'un demande à vous voir

en affirmant que c'est une question de grande importance.

Simplement couvert d'une serviette de coton, le pape, allongé, ne leva même pas la tête :

— Ah, Duarte, quand ces jeunes femmes en auront fini avec moi, il faudra vraiment qu'elles s'occupent de toi ! Cela chasse le démon de ton corps, et apporte à ton âme des lumières nouvelles.

— D'autres moyens me paraissent plus efficaces, répondit Brandao en riant.

— Et qui souhaite donc être reçu en audience ?

— Georges d'Amboise, l'ambassadeur français. Voulez-vous que je lui dise d'attendre que vous soyez vêtu ?

— Dis-lui que, si c'est vraiment important, il devra me voir tel que je suis ! Je ne vois pas pourquoi je m'interromprais : après tout, le pape lui-même doit avoir l'occasion d'honorer le temple de son corps, car c'est une création de Dieu !

— La théologie n'est pas mon fort, dit Duarte. Mais je vais l'introduire : les Français sont rarement choqués par les plaisirs de la chair.

C'est donc étendu, nu, sur une table de massage, entouré de deux accortes jeunes femmes massant son dos et ses jambes, qu'Alexandre accueillit l'ambassadeur. Duarte, qui s'amusait fort, s'éclipsa après l'avoir fait entrer.

Georges d'Amboise était un homme raffiné, volontiers cynique : le spectacle le laissa pourtant sans voix. Mais, en diplomate aguerri, il demeura impassible.

— Vous pouvez parler sans crainte, dit le pape : elles n'y feront aucune attention.

— Les instructions de mon roi sont très strictes : seule Votre Sainteté doit entendre ce que j'ai à dire.

Agacé, Alexandre congédia ses masseuses et, se redressant, se leva. L'ambassadeur préféra détourner les yeux.

— D'Amboise, vous autres Français avez un tel goût du secret ! Pourtant nous sommes informés de toutes les rumeurs. Votre cour ne peut rien dissimuler, comme d'ailleurs la nôtre. Mais désormais nous sommes seuls ; vous pouvez parler.

Aborder des questions de grande importance devant un pape entièrement nu fut pourtant impossible à d'Amboise, qui se mit à bégayer.

— Et on dit les Français si libres d'esprit ! lança Alexandre, sarcastique. Je vais donc m'habiller, que vous cessiez de bavasser.

Peu de temps après, vêtu de pied en cap, il fit entrer le visiteur dans son cabinet de travail.

— Le roi Charles est mort, dit d'Amboise. Par accident : il s'est cogné la tête contre une poutre et a perdu conscience. Quelques heures plus tard, il était décédé, en dépit de l'intervention de ses médecins. Son parent, Louis le Douzième, va monter sur le trône, et me charge de vous informer qu'il entend faire valoir ses droits sur Naples comme sur Milan.

Le pape réfléchit un instant, puis fronça les sourcils :

— Il réclame les deux royaumes ?

— En effet, Votre Sainteté. Il a sur eux des droits qu'on ne peut nier. Mais soyez certain qu'il n'entend nullement porter tort aux intérêts de l'Eglise.

— Vraiment ? s'exclama Alexandre en feignant la surprise. Et comment pourrais-je en être certain ?

— J'espérais que vous accepteriez ma parole et celle de mon roi.

— Que désire-t-il de moi ? Car il veut forcément quelque chose, faute de quoi vous ne seriez pas venu m'apprendre tout cela.

— Il désire une chose que seule Votre Sainteté peut lui assurer. Il est marié à Jeanne de France et m'a demandé de vous faire savoir qu'il n'est pas heureux de cette union.

— On le serait à moins, répondit le pape, amusé. Avoir épousé la fille bossue de Louis le Onzième ! Rien de surprenant à cela ! Je dois pourtant dire qu'il me déçoit ; j'attendais mieux de lui. Il n'est pas aussi charitable que je l'aurais cru.

La remarque offensa l'ambassadeur, qui répondit d'un ton froid :

— Ce n'est pas une question de beauté, Saint-Père, je puis vous l'assurer. Le mariage n'a jamais été consommé, et le jeune roi désire un héritier.

— Songe-t-il déjà à une autre épouse ? demanda Alexandre, qui pensait connaître la réponse.

L'ambassadeur acquiesça d'un signe de tête.

— Il souhaite épouser Anne de Bretagne, la veuve de son feu cousin Charles le Huitième.

— Ah, ah ! dit le pape en éclatant de rire. Tout devient clair ! Il veut épouser sa belle-sœur, demande une dispense au pape et, en échange, lui proposera un traité garantissant la sûreté de nos territoires.

— En substance, c'est cela, Saint-Père, répondit d'Amboise, manifestement soulagé, même si les choses sont un peu plus complexes.

— Vous me demandez là une chose assez grave.

Ne dit-on pas dans les dix commandements : « Tu ne convoiteras pas la femme de ton frère » ?

— Votre Sainteté, votre dispense permettra de mettre ce commandement dans sa juste perspective.

Alexandre se rassit et dit d'une voix beaucoup plus sérieuse :

— C'est exact. Pourtant, avant de donner mon accord, je désirerais voir réglé quelque chose de bien plus important que la sûreté des Etats pontificaux. Après tout, votre roi sollicite une très grande indulgence. Vous savez sans doute que mon fils César vient de renoncer au cardinalat. Il est donc impératif qu'il se marie au plus tôt. La princesse Rosetta, fille du roi de Naples, semble être un excellent parti, et vous conviendrez sans doute que l'avis de votre roi pourrait jouer un grand rôle en ce domaine. Je pense que nous pouvons compter sur son appui ?

— Votre Sainteté, je n'épargnerai rien pour que mon souverain comprenne quels sont vos désirs et leur accorde tout son soutien. D'ici notre prochaine entrevue, je vous supplie de réfléchir à sa requête, car cela fait longtemps qu'il attend.

Le pape eut un regard espiègle :

— Allez, d'Amboise, et transmettez mon message au roi. Il se pourrait que la France et la papauté puissent fêter deux mariages.

César avait envoyé à Lucrèce plusieurs messages lui demandant une rencontre privée, en vain ; elle avait à chaque fois répondu que d'autres engagements la retenaient. Il en fut d'abord humilié, puis furieux.

Sa sœur était non seulement son amante, mais aussi sa meilleure amie. Les plans et les projets de César connaissaient tant de bouleversements qu'il aurait voulu les partager avec elle. Et pourtant, depuis des mois, elle passait chaque minute du jour et de la nuit en compagnie de son nouvel époux, le prince Alfonso : donnant des soirées, accueillant poètes et artistes ou partant en promenade à la campagne ; leur palais accueillait désormais des visiteurs venus de partout.

César préféra ne pas les imaginer faisant l'amour, car il avait eu des échos de leur nuit de noces ; cette fois, Lucrèce semblait en avoir tiré le plus grand plaisir.

Et maintenant qu'il n'était plus cardinal, il ne lui restait plus grand-chose à faire. Pour s'occuper, il passait des heures à lire des ouvrages de stratégie, à décider de la meilleure alliance maritale possible pour aider son père à reprendre le contrôle des Etats pontificaux. Il aurait voulu en parler à sa sœur — car qui le connaissait mieux qu'elle ?

Il se mit à passer ses nuits à boire chez les courtisanes, imprudence qui lui valut de contracter ce qu'on appelait déjà « la vérole française ». Son médecin, ravi d'avoir un cobaye sous la main, le fit macérer des semaines dans des bains bouillants agrémentés d'herbes médicinales et de punaises, pour venir à bout des pustules qui lui couvraient le corps. Il fut ainsi lavé, récuré et entaillé jusqu'à ce qu'elles finissent par disparaître, ne laissant que de petites cicatrices rondes qu'il pourrait dissimuler sous ses vêtements.

Une fois remis, César envoya un nouveau message à Lucrèce et, deux jours durant, ne reçut pas de réponse. Puis, comme il fulminait dans ses appartements, se jurant d'aller jusqu'à son palais pour exiger de la voir, il entendit frapper à la porte et se redressa sur son lit.

Et soudain elle fut là, rayonnante, plus belle que jamais. Elle courut vers lui, il se leva pour la serrer dans ses bras, l'embrasser passionnément ; mais leurs lèvres ne se touchèrent qu'un instant, car elle se dégagea. Un baiser très doux, plein de tendresse, mais où n'entrait aucun désir.

— C'est pour cela que tu es venue me voir ? demanda-t-il. Tu as trouvé quelqu'un d'autre à ensorceler ?

Puis il tourna le dos avant même qu'elle ait le temps de répondre. Lucrèce en fut réduite à le supplier :

— César, mon amour, ne sois pas furieux contre moi. Tout change, et maintenant que tu n'es plus cardinal, tu pourras toi aussi trouver un amour aussi complet que le mien.

Il se tourna enfin vers elle, le cœur lourd. Ses yeux brûlaient de colère :

— C'est tout ce que tu ressens, après nos années ensemble ? Quelques mois t'ont suffi pour offrir ton cœur à un autre ? Et que t'a-t-il donné en échange ?

— César, répondit-elle, les larmes aux yeux, Alfonso me comble de sa tendresse et de son affection. C'est un amour qui remplit mon cœur et ma vie, et surtout je n'ai pas à le cacher. Il n'est pas interdit, mais béni, ce que toi et moi ne pourrons jamais connaître ensemble.

Il eut un ricanement :

— Et tes promesses de n'aimer que moi ? Tout est oublié, en si peu de temps ? Tu te donnes à un autre parce que l'Eglise vous a bénis ? Tu le laisses t'embrasser comme je le faisais ? Ton corps brûle du même feu ?

— Pour moi, il n'y aura jamais personne d'autre que toi, dit-elle d'une voix tremblante. Tu as été mon premier amour, c'est avec toi que j'ai partagé les secrets de mon corps, comme ceux de mon cœur, comme toutes mes pensées.

Elle s'approcha, prit son visage entre ses mains, le regarda droit dans les yeux, sans qu'il se dérobe :

— Mais tu es mon frère, César. Notre amour a toujours été marqué par le péché, mais si le Saint-Père l'a approuvé, Dieu n'en fera rien. Inutile d'être pape ou cardinal pour savoir ce qu'est le péché.

— Notre amour, un péché ? Jamais je ne l'accepterai ! C'était la seule chose authentique de ma vie, et je t'interdis de le rabaisser ! Je ne vivais que pour toi. Je pouvais supporter que père aime Juan plus que moi, car je savais que tu m'aimais plus que lui. Mais que vais-je faire, maintenant que tu me préfères un autre ?

Elle s'assit sur le lit et secoua la tête :

— Je n'aime pas Alfonso plus que toi, je l'aime différemment. Il est mon mari. César, ta vie commence à peine. Père va te nommer capitaine général des troupes pontificales, et tu pourras livrer de grandes batailles, comme tu l'as toujours rêvé. Tu te marieras, tu auras des enfants qui seront vraiment les tiens. Tu seras maître de ton destin. Ta vie tout entière est devant toi, parce que tu es enfin libre. Je ne veux pas être la cause de ton malheur, car tu m'es plus cher que le Saint-Père lui-même.

Il se pencha pour l'embrasser. Un baiser tendre,

comme un frère en donne à sa sœur... et quelque chose en lui parut se briser. Que ferait-il, sans elle ? Jusqu'à ce moment précis, chaque fois qu'il avait pensé à l'amour, à Dieu, il avait toujours pensé à elle. Il craignait que cela continue, maintenant qu'il ne devait plus songer qu'à la guerre.

18

Pendant les semaines qui suivirent, César, vêtu de noir, arpenta les couloirs du Vatican, l'air morose, attendant avec impatience que commence sa nouvelle vie. Chaque jour, il espérait enfin voir arriver une invitation du roi Louis XII. Il aurait voulu échapper au décor familier de Rome, oublier tout souvenir de sa sœur et de sa vie de cardinal.

Il craignait même de s'endormir, tant il redoutait de se réveiller en sursaut, le front couvert d'une sueur glacée. Il avait beau tenter de chasser Lucrèce de son cœur et de ses pensées, elle le possédait plus que jamais. Chaque fois qu'il fermait les yeux en essayant de se détendre enfin, il imaginait qu'il lui faisait l'amour.

Quand le pape, tout heureux, lui apprit que sa sœur était enceinte, il passa la journée à chevaucher à travers la campagne, fou de rage et de jalousie.

Cette nuit-là, comme il se retournait dans son sommeil, une grande flamme jaune lui apparut en rêve, vite suivie du visage de Lucrèce. Il y vit un signe, un symbole de leur amour : elle l'avait réchauffé, puis consumé, mais elle brûlait toujours d'un éclat aussi vif. Il se jura qu'il en ferait son emblème, à côté du taureau des Borgia. A compter de ce jour, elle nourrirait ses ambitions.

Le cardinal Giuliano Della Rovere était depuis des années le plus féroce ennemi du pape. Mais son exil en France, ses efforts, aussi vains qu'humiliants, pour chasser Alexandre du trône de saint Pierre, lui firent comprendre que son combat était stérile. Un homme tel que lui se sentait beaucoup plus à l'aise dans les étroits couloirs du Vatican ; il pourrait y faire des projets d'avenir, et renforcer sa position en côtoyant amis et ennemis. L'expression d'un visage, le ton d'une voix lui en apprendraient davantage que toutes les lettres du monde.

Une fois convaincu que son opposition au pape ne le mènerait nulle part, Della Rovere entreprit de se réconcilier avec lui. La mort de Juan Borgia lui en donna l'occasion : il écrivit une lettre de condoléances à Alexandre qui, accablé de chagrin, en fut profondément ému. Dans sa réponse, il le remercia chaudement et annonça qu'il faisait de lui le légat du pape en France. Car, malgré sa douleur, Alexandre n'ignorait pas que Della Rovere gardait beaucoup d'influence et que, peut-être, il devrait faire appel à lui un jour.

César reçut enfin une invitation du roi Louis XII à venir lui rendre visite à Chinon. Bien entendu, il lui apporterait la dispense papale à laquelle le roi tenait tant. Il n'aurait plus qu'un problème à résoudre, mais de taille : convaincre la princesse Rosetta de l'épouser.

Avant son départ, le pape le convoqua dans ses

appartements et, après l'avoir serré dans ses bras, lui tendit un parchemin portant un sceau de cire rouge :

— Cette dispense annule le mariage du roi et lui permet de prendre pour femme la reine Anne de Bretagne. C'est une question politique de la plus haute importance : s'il ne peut l'épouser, toute l'Armorique échappera au contrôle du souverain, ce qui porterait un coup fatal à ses rêves de grandeur.

— N'aurait-il pas pu s'y prendre plus simplement ? demanda César.

Alexandre sourit.

— Si Jeanne est contrefaite, elle ne manque pas de cran et elle a l'esprit vif. Elle a trouvé des témoins qui ont juré avoir entendu son mari se vanter publiquement de l'avoir montée plus de trois fois lors de leur nuit de noces. Il affirme bien avoir eu moins de quatorze ans à l'époque, soit en dessous de l'âge du consentement, mais personne ne semble vouloir confirmer sa date de naissance.

— Et comment as-tu résolu le problème ?

— Ah, être pape est une véritable bénédiction. Je juge de son âge, selon ce que je pense être vrai, et déclare faux tout témoignage contraire.

— Et que dois-je emporter d'autre en France ?

— Le chapeau de cardinal pour notre ami d'Amboise. Il y tient désespérément — pour quelles raisons, seul Dieu et sa maîtresse le savent !

Alexandre serra son fils dans ses bras.

— Je serai bien seul, sans toi ! Mais j'ai veillé à ce que tu sois bien reçu en France : mon légat, ce cher cardinal Della Rovere, sera là pour t'accueillir et te protéger de tout danger. Je lui ai enjoint de te défendre et de te traiter comme un fils.

Et c'est ainsi qu'en octobre, quand César, accompagné d'un énorme entourage, débarqua à Marseille, le cardinal Della Rovere était là pour l'accueillir. César était vêtu de velours noir et de brocart d'or constellé de joyaux et de diamants, son chapeau s'ornait de plumes blanches, ses chevaux avaient des fers d'argent — autant de richesses qui avaient un peu mis à mal les finances pontificales.

Le cardinal le serra dans ses bras et dit :

— Mon fils, je suis ici pour veiller à votre confort. Si vous désirez quoi que ce soit, soyez certain que je vous l'offrirai.

Della Rovere avait déjà convaincu le conseil d'Avignon d'accueillir dignement l'envoyé du pape, par une grandiose réception qui serait financée par un emprunt.

Le lendemain, César se surpassa encore. Il était encore vêtu de velours noir, cette fois sur un pourpoint blanc inondé de perles et de rubis. Sa monture, un étalon gris pommelé, portait une selle, une bride et des étriers couverts d'or. Vingt joueurs de trompette aux tuniques écarlates et montés sur des chevaux blancs le précédaient ; il était suivi de cavaliers suisses en uniformes rouge et or. Venaient ensuite les trente gentilshommes qui le servaient, puis une foule de pages et de serviteurs, des musiciens, des jongleurs, des ours, des singes, soixante-dix mules portant sa garde-robe ainsi que les présents destinés au roi et à sa cour.

Avant son départ de Rome, Brandao l'avait pourtant mis en garde contre de tels excès, lui disant qu'un tel étalage de richesses ne saurait impressionner les Français. Mais César restait convaincu du contraire.

Della Rovere lui fit traverser la ville, parsemée de bannières et d'arcs de triomphe décorés à grands frais. Tout le monde accueillit le fils du pape en prince royal ; il fut inondé de pièces d'argenterie offertes en cadeaux, puis conduit à l'hôtel de ville pour une somptueuse réception.

Le cardinal avait pris soin d'inviter quelques-unes des plus belles femmes de la ville, car chacun savait qu'il appréciait leur compagnie. Fastueux banquets et pièces de théâtre se succédèrent matin et soir, plusieurs jours durant.

Pendant les deux mois qui suivirent, il en alla de même dans chaque ville qu'il traversa : César assista à toutes les fêtes, paria sur toutes les courses de chevaux et disputa un nombre incalculable de parties de cartes.

L'automne était froid, il soufflait des vents âpres, avec parfois de la grêle. Mais partout César attira des foules nombreuses. L'humilité n'avait jamais été son fort ; il y vit un signe de leur adoration et se sentit plein d'un pouvoir nouveau. Il devint donc un peu trop sûr de lui, voire arrogant, ce qui lui aliéna les Français qui auraient pu l'aider.

Quand il parvint à la cour, installée à Chinon, le roi de France était furieux : il attendait avec impatience l'annulation de son mariage, sans savoir si le pape avait ou non consenti à satisfaire sa requête.

Les mules de César lui firent le plus grand tort. Ornées d'étoffes rouge et or portant le taureau des Borgia et son propre emblème, une flamme, elles étaient lourdement chargées de coffrets, que certains crurent pleins de richesses, d'autres de reliques. Un tel étalage aurait fait grosse impression en Italie ; mais il ne suscita que le mépris de la noblesse française.

Le roi lui-même était un peu porté à la pingrerie, et la cour suivait son exemple. Les rires accueillirent César dans les rues mais, plein du sentiment de sa propre importance, dépourvu de la sagacité de son père, comme du bon sens de sa sœur, il ne se rendit compte de rien.

Le voyant arriver, Louis XII chuchota à l'un de ses conseillers : « Il en fait vraiment trop ! » Pour autant, il accueillit le fils du pape avec chaleur, tout en s'efforçant, bien entendu, de ne pas lui demander trop vite si la dispense pontificale lui avait enfin été accordée.

Accompagné de Georges d'Amboise, César fut présenté aux membres les plus éminents de la cour, et ne parut pas remarquer leur ironie. Qu'ils rient tout leur saoul ! Leur roi ferait mieux de le bien traiter, car il avait en sa possession un document d'une importante cruciale pour le souverain.

Celui-ci, apprenant que certains jeunes aristocrates se moquaient ouvertement de César, les gourmanda si brutalement qu'ils en restèrent sans voix.

Une fois achevées les longues présentations, César, d'Amboise et Louis XII se retirèrent dans une pièce des appartements royaux : les murs lambrissés étaient tendus de soie jaune. De grandes portes-fenêtres donnaient sur un jardin superbe, au milieu duquel se dressait une fontaine entourée d'oiseaux aux couleurs vives.

Le roi tint à rassurer César :

— Mon cher ami, vous comprenez très certainement que les troupes françaises entrant en Italie n'ont aucune intention de défier les droits du pape ou de menacer ses territoires. De surcroît, si chasser les barons de Romagne présentait la moindre difficulté, je peux vous assurer qu'elles seraient prêtes à vous assister.

— Je vous en remercie, Votre Majesté, répondit César qui, charmé par la générosité du souverain, lui tendit la dispense papale.

Louis XII ne put dissimuler son ravissement, comme d'ailleurs Georges d'Amboise quand César lui remit un autre parchemin scellé : le pape le nommait cardinal.

Le roi, d'excellente humeur, décida de témoigner publiquement de sa gratitude : César serait fait duc de Valentinois, ce qui lui vaudrait de recevoir des domaines fort riches et plusieurs châteaux superbes. Cela tombait au mieux : pour tenir son rang, il avait dû engager d'énormes dépenses — et de surcroît il lui faudrait lever des troupes pour faire campagne en Romagne. Le cadeau du roi lui épargnerait tout problème d'argent.

Les trois hommes trinquèrent, puis César demanda :

— Où en est l'alliance maritale ?

Le roi parut brusquement un peu mal à l'aise :

— La princesse Rosetta pose des difficultés. Elle est dame de compagnie de ma chère reine Anne ; toutefois ce n'est pas l'une de mes sujettes, mais la fille du roi de Naples, donc soumise à la maison d'Aragon. Elle a par ailleurs des idées bien arrêtées. Il m'est tout simplement impossible de lui ordonner de vous épouser.

— Pourrais-je lui parler, Votre Majesté ?

— Bien sûr ! D'Amboise se chargera de la question.

Un peu plus tard, César et la princesse s'assirent donc sur un banc de pierre du jardin, dans l'odeur parfumée des orangers.

Rosetta était de grande taille, et si César avait rencontré de bien plus belles créatures, elle avait un port de reine, et ses longs cheveux noirs ramenés sur la nuque lui donnaient un air sévère. Ses manières demeuraient toutefois agréables et directes : elle ne rechigna pas à discuter du projet de mariage.

Elle dit donc fermement :

— Je ne voudrais vous offenser en aucune façon, bien que je ne vous aie jamais vu. Mais la vérité est que je suis très amoureuse d'un gentilhomme breton, et que par conséquent je ne peux en aimer un autre.

— Aimer quelqu'un à la folie n'est pas toujours le plus sûr chemin vers une vie heureuse.

— Je vous parlerai franchement, car je vous crois digne de ma confiance. Vous êtes le fils du pape, dont l'opinion a beaucoup d'importance pour mon père, à tel point que si vous insistiez, il me forcerait à vous épouser. Mais je vous supplie de n'en rien faire. Jamais je ne saurais vous aimer, car j'ai déjà donné mon cœur.

Comme les yeux de la jeune femme se remplissaient de larmes, César, plein d'admiration pour sa franchise, lui tendit un mouchoir :

— Je ne désire en aucune façon vous contraindre au mariage. Si je n'ai pas su vous séduire, il est hors de question que vous soyez ma femme... Mais vous serez mon amie et, si je dois jamais passer en jugement, je vous demanderai d'être mon avocate.

A la fois soulagée et amusée, Rosetta éclata de rire. Et ils passèrent l'après-midi ensemble, chacun appréciant fort la compagnie de l'autre.

Ce soir-là, César raconta au roi ce qui s'était passé, et Louis XII, s'il ne parut guère surpris, fut heureux de le voir réagir ainsi :

— Je vous remercie de votre prévenance et de votre compréhension, dit-il.

— Auriez-vous une autre princesse qui ne soit pas amoureuse ?

Le souverain était un peu gêné de ne pouvoir tenir la promesse faite au pape :

— Je comptais vous offrir un autre titre, celui de duc de Dinois, ainsi que les terres qui y sont rattachées.

César s'inclina pour remercier son interlocuteur, puis, une lueur espiègle dans le regard, répondit :

— Je vous en suis très reconnaissant, Votre Majesté — mais cela me vaudra-t-il une épouse pour autant ?

— La princesse Rosetta ayant refusé, il va nous falloir, avec votre permission, entamer une quête sur-le-champ et chercher une princesse digne de vous.

— Dans ce cas, je prolongerai mon séjour, et en attendant je visiterai votre royaume.

A Rome, le pape ne pouvait penser qu'au mariage de son fils. Convoquant le cardinal Ascanio Sforza, il lui enjoignit de retourner à Naples discuter avec le roi.

Quelques semaines plus tard, Sforza revint les

mains vides. Non seulement Rosetta refusait toujours, mais de surcroît le cardinal n'avait pu trouver de parti digne de César. Durant son séjour, il avait par ailleurs eu vent de rumeurs selon lesquelles le roi de France préparait une nouvelle invasion de l'Italie afin de faire valoir ses droits sur Milan et sur Naples.

— Est-ce vrai ? demanda-t-il à Alexandre. Que comptez-vous faire ?

Le pape, furieux d'être ainsi questionné, ne put se décider à mentir ou à dire la vérité ; il répondit donc :

— J'agirai si mon fils est pris en otage par la cour de France.

— Un otage bien complaisant ! Qui a emporté avec lui les coffres de l'Eglise, remplis de richesses destinées à son bon plaisir ! Et qui pourrait bien séduire une femme pour conclure une alliance qui menacerait Rome !

Outré, Alexandre lança d'une voix tonnante :

— Cher cardinal, dois-je vous rappeler que votre frère, le More, a été le premier à appeler les Français ? C'est Rome qui est trahie ! La maison d'Aragon refuse de conclure une alliance ! Je n'ai pas le choix !

— Vous vous êtes donc allié à la France contre la maison d'Aragon ?

Alexandre se contint avec difficulté, puis se leva et désigna du doigt la porte de ses appartements :

— Sortez ! Ce que vous venez de dire est proche de l'hérésie ! Et je vous suggère de prier pour votre pardon, faute de quoi je vous ferai jeter dans le Tibre cette nuit même, après vous avoir donné l'extrême-onction !

Le cardinal s'enfuit, cœur battant à tout rompre,

avec tant de précipitation qu'il faillit bien tomber dans l'escalier ; il décida de quitter Rome pour se réfugier à Naples.

Au cours des mois qui suivirent, le pape négligea tous ses devoirs ecclésiastiques ; il ne pouvait penser qu'au mariage de son fils. Il alla même jusqu'à refuser de rencontrer les ambassadeurs de Venise, de Florence, de Milan ou de Naples.

Le roi Louis XII convoqua César dans ses appartements et lui dit d'un ton réjoui :

— Je crois que j'ai de bonnes nouvelles pour vous. Si le Saint-Père et vous en êtes d'accord, je vous ai trouvé une épouse digne de vous : Charlotte d'Albret est une femme aussi belle qu'intelligente, et la sœur du roi de Navarre.

Ravi, César envoya immédiatement un message à son père, lui demandant la permission de se marier et de prolonger son séjour en France.

A Rome, Alexandre, après avoir célébré la messe, s'agenouilla devant l'autel de la basilique sous le regard attentif d'une statue de la Vierge.

De toute sa vie — dont trente-cinq ans comme vice-chancelier du Vatican et six sur le trône de saint Pierre —, jamais il ne s'était trouvé face à un aussi terrible dilemme. L'alliance avec l'Espagne avait toujours été sa grande force — du point de vue spirituel aussi bien que temporel. Il avait réussi à maintenir l'équilibre entre le royaume espagnol et celui de France, s'assurant le soutien des deux.

Mais après la mort de Juan, sa veuve, Maria Enriquez, avait réussi à convaincre la reine Isabelle, et donc le roi Ferdinand, que César était l'assassin de son frère. C'est bien pourquoi tous les membres de la maison d'Aragon — en Espagne, à Milan ou à Naples — refusaient de donner leur fille au fils du pape. Alexandre avait rencontré d'innombrables ambassadeurs, multiplié les promesses, mais en vain. Et pourtant ce mariage devait avoir lieu, car sinon les Borgia n'y survivraient pas.

En tant que pape, il lui fallait le soutien des armées espagnoles et napolitaines pour reprendre le contrôle des Etats pontificaux et mettre à la raison les barons locaux. Le mariage de Lucrèce avec Alfonso répondait à de telles préoccupations, tout en préparant celui de César avec Rosetta. Mais voilà qu'elle avait refusé, et que son fils se voyait offrir une princesse française.

Joignant les mains, Alexandre baissa la tête face à la Vierge et la supplia de lui donner conseil :

— Mon fils César me demande la permission de prendre pour épouse une fille de France. Et le roi Louis XII lui propose de l'aider à reprendre les terres qui appartiennent à l'Eglise, en envoyant des troupes qui l'assisteront...

Luttant avec ses propres pensées, le pape réfléchit longuement. S'il consentait au mariage, il lui faudrait se couper, non seulement de l'Espagne et de Naples, mais aussi de Lucrèce. Car, bien entendu, Alfonso était un prince napolitain, et une alliance avec la France mettrait un terme à leur mariage. Pourtant, que se passerait-il s'il refusait de se joindre aux Français ? Louis XII serait bien capable d'envahir l'Italie, avec ou sans sa permission, et de faire du cardinal Della Rovere le nouveau souverain pontife.

Alexandre était persuadé qu'en cas d'attaque française sur Milan, le More s'enfuirait sans combattre. Par ailleurs, si Naples prenait les armes, que deviendraient Geoffroi et Sancia ?

Y avait-il une raison de préférer l'Espagne à la France ? Des heures de réflexion intense ne lui permirent pas d'en trouver une. D'un autre côté, si l'armée française, si bien entraînée, accompagnait César dans sa lutte contre les barons locaux, il pourrait devenir duc de Romagne. La famille Borgia, comme la papauté, serait alors à l'abri.

Le pape passa la nuit sans dormir, regardant s'éteindre les cierges. A l'aube, quand il quitta la chapelle, il avait pris sa décision — certes à contrecœur.

Brandao l'attendait dans ses appartements.

— Duarte, mon ami, dit Alexandre, j'ai réfléchi à tout cela aussi minutieusement que je l'ai pu. Une feuille de parchemin, une plume, et je pourrai rédiger une réponse qui me permettra de dormir un peu.

Pour la première fois, le pape paraissait vieilli, fatigué. Brandao lui tendit une plume. D'une main ferme, Alexandre se contenta de griffonner quelques mots : « Mon très cher fils, c'est une proposition excellente. Tu as ma bénédiction. »

Quand César Borgia épousa Charlotte d'Albret, il y eut de grandes fêtes à Rome. Le souverain pontife fit notamment donner un énorme feu d'artifice qui illumina les cieux, tandis que des feux de joie brûlaient dans les rues.

Lucrèce était à Rome avec Alfonso. C'est avec horreur qu'elle vit l'un de ces feux allumé devant son palais de Santa Maria del Portica. Elle était certes heureuse pour son frère, mais qu'allait devenir son propre époux ? Car le mariage de César scellait une alliance avec la France qui, pour elle, mènerait tout droit au désastre.

On avait appris que le cardinal Sforza s'était enfui à Naples, avec plusieurs de ses confrères, et Alfonso s'inquiétait : l'avenir paraissait menaçant. Prenant Lucrèce dans ses bras, il lui dit :

— En cas d'invasion française, ma famille sera en danger. Je dois me rendre à Naples pour prendre le commandement des troupes, car mon père et mon oncle auront besoin de moi.

Elle se serra contre lui :

— Mais le Saint-Père m'a assuré que nous serions à l'abri ! Jamais il ne laissera les querelles politiques porter tort à notre amour !

Il la regarda tristement, balaya une mèche qui tombait sur les yeux de la jeune femme :

— Et tu le crois ?

Cette nuit-là, après avoir fait l'amour, ils restèrent longtemps éveillés, ne pouvant dormir. Puis, quand Alfonso entendit le souffle régulier de Lucrèce, il sortit du lit sans faire de bruit et se dirigea vers les écuries. Montant à cheval, il se dirigea vers le château des Colonna, au sud de Rome : c'est de là qu'au matin il comptait partir pour Naples.

Mais le pape avait mis le guet à ses trousses : il fut donc contraint de rester où il était, faute de quoi il serait ramené de force à Rome. Jour après jour, il écrivit à Lucrèce, la suppliant de lui pardonner. Mais jamais ses lettres ne parvinrent à son épouse : des agents du Vatican s'en emparaient et les remettaient au souverain pontife.

Jamais Lucrèce n'avait été aussi malheureuse. Son

époux lui manquait désespérément — et pourquoi n'écrivait-il pas ? Elle l'aurait suivi à Naples, si elle n'avait pas été enceinte de six mois. Mais elle n'osait plus entreprendre un voyage aussi périlleux, ayant déjà perdu un bébé en début d'année, suite à une chute de cheval. D'ailleurs, il lui faudrait s'enfuir furtivement de nuit, en échappant aux gardes pontificaux qui entouraient son palais.

Après son mariage, César passa encore plusieurs mois en France, en compagnie de sa nouvelle épouse, dans un petit château de la vallée de la Loire.

Il se sentait enfin en paix. La jeune femme était aussi intelligente, aussi belle, que Louis XII l'avait promis. Il émanait d'elle une profonde sérénité, et lui faire l'amour apaisait le fils du pape. Chaque jour, pourtant, il devait lutter avec lui-même, car son cœur appartenait toujours à Lucrèce.

Pendant un moment, la présence de Charlotte contrebalança le désir farouche que César avait d'entreprendre, de réussir, de vaincre. Le jeune couple passa des jours à se promener, à naviguer en barque sur les eaux paisibles du fleuve. Il tenta même de la convaincre de pêcher et de nager ; ils s'amusaient beaucoup.

Un soir, elle avoua :

— Je t'aime plus que je n'ai jamais aimé.

En dépit de son habituel cynisme, César la crut — et pourtant de telles paroles n'avaient pas l'importance qu'elles auraient dû avoir. Il tentait désespérément d'être de nouveau amoureux, mais quelque chose l'en empêchait. La nuit, alors même qu'ils faisaient l'amour, il se demandait s'il n'était pas maudit, comme sa sœur l'avait laissé entendre. Son père l'avait-il vraiment sacrifié au serpent du jardin d'Eden ?

Le jour même où Charlotte lui annonça qu'elle était enceinte, il reçut un message urgent du pape :

« Reviens à Rome immédiatement pour y remplir tes devoirs. Le haut clergé conspire, et les Sforza ont invité l'Espagne à envahir l'Italie. »

Il dit donc à la jeune femme qu'il devait regagner la péninsule pour commander les armées pontificales, s'emparer de la Romagne et assurer le pouvoir de la papauté. Tant qu'il n'aurait pas fait en sorte que le pouvoir des Borgia puisse survivre à Alexandre et à lui-même, Charlotte et l'enfant qu'elle portait seraient en danger. Pour le moment, elle devrait donc rester en France.

Le jour de son départ, Charlotte tenta de faire bonne figure mais, comme il montait à cheval, finit par éclater en sanglots. Mettant pied à terre, il la serra dans ses bras ; elle tremblait.

— Dès que je pourrai, promit-il, je vous ferai venir, l'enfant et toi. N'aie pas peur : l'Italien qui me tuera n'est pas encore né.

Se penchant, il l'embrassa tendrement. Puis il remonta en selle et franchit les portes du château, non sans se retourner une dernière fois pour la saluer de la main.

19

Alexandre ne pouvait supporter les larmes de Lucrèce. Elle s'efforçait de faire bon visage en public mais, chaque fois qu'ils se retrouvaient, elle ne parlait plus guère que pour dire des banalités. Même la présence de Julia et d'Adriana, qui s'occupaient de son enfant, ne pouvait rien contre son désespoir. Presque toutes les soirées se passaient désormais dans un silence pesant. Il regrettait leurs conversations animées, comme la gaieté de sa fille, dont la tristesse lui pesait.

La jeune femme se sentait, une fois de plus, impuissante à maîtriser son destin. Elle ne reprochait pas à son père de s'être allié au roi de France, mais comprenait bien que son époux devait venir en aide à sa propre famille. Comme d'habitude, les nécessités politiques l'emportaient, qui la contraignaient à vivre sans Alfonso, avec son enfant à naître : situation impossible. Elle tentait bien de se raisonner, mais son cœur ne voulait rien entendre. Et chaque jour elle se demandait pourquoi son époux ne lui écrivait pas.

Plusieurs semaines passèrent, et le pape ne put en supporter davantage. Il conçut donc un plan. Lucrèce était une femme intelligente, qui avait nombre des qualités de son père. Elle avait aussi hérité de son charme, bien que cela ne fût guère évident ces derniers temps.

Alexandre avait déjà songé à lui céder certaines terres de Romagne — une fois, bien entendu, que César en aurait fait la conquête. Apprendre à gouverner ne pourrait que lui être utile, et lui ferait peut-être oublier un peu son chagrin. Son niais d'époux était toujours réfugié dans un château des Colonna, refusant obstinément de revenir à Rome. Sa femme lui manquait mais, n'ayant pas de nouvelles d'elle, il finissait par se demander si elle ne l'avait pas oublié. Le pape fut contraint de recourir à Cevillon, le capitaine espagnol, pour qu'il intervienne auprès du roi de Naples, afin de pouvoir récupérer Alfonso.

La situation exaspérait Alexandre. Il n'avait jamais été un amant très fidèle, et ses ennuis lui paraissaient plus importants que les souffrances des deux tourtereaux. Dieu sait combien d'amants et de maîtresses ils auraient au cours de leur vie !

Après bien des réflexions, et de longues discussions avec Duarte Brandao, le pape envoya donc sa fille régner sur un fort beau territoire appelé Nepi, qu'il avait confisqué au cardinal Sforza après la fuite de celui-ci à Naples.

Lucrèce était alors en fin de grossesse : Alexandre prit donc toutes les précautions possibles. Elle voyagerait en litière, accompagnée d'une escorte importante. Don Michelotto se chargerait de veiller sur elle, et de s'assurer que l'endroit était sûr. Bien entendu, un conseiller serait chargé d'initier sa fille aux subtilités du gouvernement.

Le pape était loin d'éprouver la même affection

pour Geoffroi, et Sancia, son épouse, l'agaçait prodigieusement. A dire vrai, il en voulait surtout au père de la jeune femme, le roi de Naples, dont une autre fille, Rosetta, refusait d'épouser César. Quelle audace ! Quelle incroyable arrogance ! Le prenait-on pour un imbécile ? Le roi aurait parfaitement pu l'y contraindre ; mais il ne le voulait pas.

Sancia avait toujours été têtue — et, chose plus importante, n'avait pas encore donné d'héritier à Geoffroi. En fait, celui-ci aurait dû devenir cardinal, et César le mari de la princesse napolitaine : il aurait su la dompter !

Alexandre convoqua donc son fils cadet. Le jeune homme entra, sourire aux lèvres, bien qu'il boitât fortement.

— Que t'est-il arrivé ? demanda son père d'un ton sec, sans même prendre la peine de le serrer dans ses bras.

— Rien, père, répondit Geoffroi, tête basse. Je me suis blessé à la cuisse en faisant de l'escrime.

Le pape s'efforça de se contrôler ; l'incompétence l'irritait.

Geoffroi avait des cheveux blonds, un visage avenant. Mais il n'y avait dans ses yeux ni l'intelligence de Lucrèce, ni la ruse de Juan, ni la farouche ambition de César. En fait, on ne pouvait rien y lire, ce qui rendit le pape perplexe.

— Je tiens à ce que tu accompagnes ta sœur à Nepi, lui dit-il. Elle aura besoin de quelqu'un en qui elle puisse avoir confiance, et qui pourra la protéger. Elle sera seule, elle va avoir un enfant, il faut qu'un homme la protège.

— J'en serai ravi, répondit Geoffroi en souriant. Et

Sancia aussi, car elle aime beaucoup Lucrèce ; de plus, cela lui permettra de changer de décor.

Alexandre observa son fils du coin de l'œil, en se demandant s'il allait changer d'expression en apprenant la suite ; mais il était prêt à parier que non.

— Il n'est pas question que ta femme t'accompagne, car j'ai d'autres projets pour elle.

— Je le lui dirai, soupira Geoffroi, mais je suis certain qu'elle n'en sera pas très heureuse.

Alexandre sourit. Il n'avait jamais rien attendu de son fils cadet : de ce point de vue, ce dernier ne le décevait pas.

L'après-midi, Sancia fut informée par son mari, et explosa aussitôt :

— Te décideras-tu donc un jour à être un peu plus mon époux, et un peu moins le fils de ton père ?

Il la regarda, surpris :

— Il est le Saint-Père ! Les enjeux sont trop importants pour que je puisse refuser.

— Il va me forcer à rester ici pendant que tu t'en iras ! s'exclama Sancia, qui se mit à pleurer de rage. J'étais furieuse de devoir t'épouser, mais en fait j'ai beaucoup d'affection pour toi, désormais. Et pourtant tu laisses ton père m'arracher à toi !

Geoffroi eut un sourire empreint d'une malice surprenante :

— Il y a pourtant eu des moments où tu étais plus qu'heureuse d'être loin de moi... ceux que tu passais avec Juan.

Sancia se figea :

— Je me sentais seule, tu n'étais qu'un enfant. Juan me réconfortait, rien de plus.

— Tu devais l'aimer : jamais tu n'as autant pleuré que lors de ses funérailles.

— Ne sois pas sot ! Je pleurais parce que j'avais peur. Je n'ai jamais cru que ton frère avait été tué par un inconnu.

Geoffroi parut s'animer, son regard devint froid. Il semblait d'un seul coup plus grand, plus fort :

— Voudrais-tu dire que tu sais qui l'a assassiné ?

Sancia se rendit compte à ce moment que son époux avait changé : ce n'était plus l'enfant qu'elle avait connu. S'avançant, elle le prit par le cou :

— Ne le laisse pas t'éloigner de moi ! Dis-lui que je dois être avec toi !

Il lui caressa les cheveux et l'embrassa :

— Dis-le-lui toi-même, répondit-il d'un ton sec — il en voulait toujours à sa femme et à Juan. Nous verrons bien si tu t'en tires mieux que tous ceux qui ont voulu discuter avec le Saint-Père.

La jeune femme alla donc solliciter une entrevue avec le pape.

Alexandre venait de recevoir l'ambassadeur de Venise et se sentait d'assez mauvaise humeur.

Sancia s'abstint de s'incliner, comme de baiser son anneau. Mais vu ce qu'il comptait faire, cela n'avait pas grande importance.

Elle parla sans attendre d'en avoir la permission : après tout, elle était fille et petite-fille de monarque. En ce moment précis, elle ressemblait tout à fait à son grand-père, le roi Ferrante. Sa chevelure noire était en désordre, ses yeux brillants, sa voix pleine de reproches :

— Qu'est-ce que j'apprends ? Je n'accompagnerai

pas mon mari et Lucrèce à Nepi ? Je dois donc rester seule au Vatican ?

Le pape bâilla avec ostentation :

— Ma chère enfant, tu feras ce qu'on te dit — chose qui, apparemment, ne t'est pas naturelle.

Furieuse, elle tapa du pied sans pouvoir s'en empêcher : il allait vraiment trop loin !

— Geoffroi est mon mari et moi son épouse ! Mon devoir est d'être avec lui !

Alexandre éclata de rire, mais son regard était d'acier :

— Ma chère Sancia, tu es vraiment de Naples ! Comme ton père, ce sot, et comme ton grand-père, cette brute de Ferrante ! Et je te renverrai là-bas sur-le-champ si tu ne tiens pas ta langue !

— Je n'ai pas peur de vous, Votre Sainteté, car je crois à un pouvoir plus grand que le vôtre. Et je prierai Dieu pour qu'il m'exauce.

— Prends garde à tes paroles, dit le pape d'une voix caressante. Car je peux te faire exécuter pour hérésie, ce qui retardera d'autant tes retrouvailles avec ton époux.

Sancia serra les mâchoires, furieuse :

— Je ferai un scandale, et vous pourrez me brûler si vous voulez ! Mais cela ne m'empêchera pas de dire la vérité ! Car Rome est l'empire du mensonge !

Alexandre se leva avec lenteur : il avait l'air si imposant qu'elle recula instinctivement. Mais elle se reprit aussitôt et tint bon. Elle refusa même de baisser les yeux, ce dont il fut exaspéré. Si son fils ne pouvait la dompter, il s'en chargerait :

— Tu partiras pour Naples dès demain. Et tu te

chargeras d'un message pour le roi : s'il ne veut rien qui vienne de moi, je ne veux rien qui vienne de lui.

Sancia n'aurait droit qu'à une escorte réduite, et à très peu d'argent. Avant son départ, elle dit à Geoffroi :

— Ton père a plus d'ennemis que tu ne crois ; un jour, cela finira très mal. J'espère simplement être là pour y assister !

Le roi Louis, vêtu de brocart semé d'abeilles d'or, entra à cheval dans Milan en compagnie de César. Avec eux, les cardinaux Della Rovere et d'Amboise, le duc de Ferrare, Ercole d'Este, ainsi qu'une armée d'occupation de quarante mille hommes.

Ludovico Sforza, le More, s'était ruiné à engager des mercenaires étrangers, mais ils ne furent pas de taille face aux soldats aguerris des troupes françaises. Sachant sa défaite toute proche, il avait envoyé en Allemagne ses deux fils et son frère le cardinal, pour qu'ils soient sous la protection de l'empereur Maximilien, son beau-frère.

Le roi de France fut donc proclamé duc de Milan à l'issue d'une victoire facile. Il saurait se montrer reconnaissant au pape et à César pour leur aide.

Inspectant la ville, le souverain visita d'abord le château des Sforza. Puis il chercha les coffres de chêne dont Léonard de Vinci avait conçu les serrures : la rumeur les disait remplis d'or et de joyaux. Mais ils étaient vides. Le More s'était emparé des bijoux, et de plus de deux cent quarante mille ducats, avant de prendre la fuite. Il restait toutefois suffisamment de richesses à Milan pour que Louis XII en soit impressionné : de la *Cène* de Léonard au monastère de Santa Maria, aux écuries des Sforza, qui s'ornaient de portraits de leurs plus beaux chevaux.

Toutefois, il ne se formalisa nullement que ses archers prennent pour cible une superbe statue d'argile de Léonard, représentant un cheval, qu'ils détruisirent entièrement. Les Français passaient pour des barbares aux yeux des Milanais : ils crachaient par terre, y compris dans les salles du château, et répandaient leurs ordures dans les rues.

L'invasion aurait pu s'arrêter là si les territoires de Romagne avaient été unis, mais ce n'était pas le cas. Alexandre comprit que c'était le moment d'affirmer ses droits : après tout, ils faisaient partie des Etats pontificaux, et c'était uniquement parce qu'il avait été trop indulgent avec les barons locaux que ceux-ci en étaient les maîtres depuis si longtemps.

César n'avait plus qu'a les vaincre pour réunifier les Etats pontificaux, puis l'Italie, ce qui couvrirait de gloire et de richesses Rome et sa famille.

A Nepi, Lucrèce voulut se consacrer entièrement à ses devoirs de gouvernante. Elle fit édicter des lois, créa un guet chargé de les faire respecter et de maintenir l'ordre dans les rues. Comme son père à Rome chaque jeudi, elle invitait dans son château les citoyens de la ville pour écouter leurs doléances, puis tentait de son mieux d'y remédier. Ils eurent beaucoup d'affection pour elle, car la jeune femme semblait vraiment avoir le don de gouverner.

Durant toute cette période, Geoffroi et elle furent un véritable réconfort l'un pour l'autre. Il souffrait de l'absence de Sancia, bien qu'elle fût parfois un peu difficile ; et il passait le plus clair de son temps à chasser et à chevaucher dans la campagne environnante.

Un mois après l'arrivée de Lucrèce à Nepi, le pape réussit à convaincre Alfonso de venir la rejoindre et, pour ne pas faire les choses à moitié, fit don au jeune couple de Nepi du château et des terres entourant la ville. Les deux époux étaient à ce point ravis d'être enfin réunis qu'ils ne songèrent pas à demander ce qu'Alexandre voulait en échange.

Il se passa plusieurs semaines avant qu'il ne vienne leur rendre visite. Le temps pressait. Le lendemain de son arrivée, lors d'un somptueux banquet, il demanda à Lucrèce si elle voulait revenir accoucher à Rome. Alexandre sut se montrer convaincant, disant qu'il se faisait vieux et serait ravi d'avoir un petit-fils. Enchantée d'avoir retrouvé son mari, sachant qu'elle serait avec Julia et Adriana, sa fille accepta — et Alfonso aussi : ils s'étaient juré de ne plus jamais se séparer.

Avec Geoffroi, ils revinrent donc à Rome où un orchestre, des mimes et des jongleurs les attendaient aux portes de la ville.

Pendant l'absence de Lucrèce, le palais de Santa Maria del Portico avait été tendu de panneaux de soie et de magnifiques tapisseries. Le pape vint accueillir sa fille sans perdre de temps :

— Quelle heureuse journée ! s'exclama-t-il en la soulevant de terre malgré son état. Ma chère fille est de retour, et bientôt César arrivera en héros conquérant.

Il alla même jusqu'à prendre Geoffroi dans ses bras, tant il se sentait triomphant : ses prières avaient vraiment été exaucées.

Sa joie ne connut plus de bornes quand, peu de temps après, il apprit les nouvelles de Milan. Et Lucrèce donna le jour à un beau petit garçon. Alexandre en fut à ce point ravi qu'il eut une syncope qui le contraignit à se mettre au lit pour la journée ; mais, dès qu'il fut remis, il entama les préparatifs du baptême.

20

César Borgia, vêtu d'une armure noire et monté sur un magnifique cheval blanc, rejoignit son armée à Bologne, au sortir de la ville. C'est là que mercenaires allemands, artilleurs italiens et officiers espagnols furent rejoints par d'importantes troupes françaises très aguerries.

Le roi avait tenu sa promesse.

Suivi d'un gonfalonier agitant la bannière des Borgia — un taureau chargeant, sur fond blanc —, César prit la tête de ses quinze mille hommes qui, empruntant la route de Rimini, se dirigèrent vers les villes d'Imola et de Forli.

Le soleil faisait briller le taureau d'or gravé sur l'armure de César. Elle était légère, tout en lui assurant une protection maximale ; il pourrait combattre efficacement, même s'il était contraint de mettre pied à terre.

Ses hommes, eux aussi en armure, et montés sur de lourds chevaux, étaient d'efficaces machines de guerre. Sa cavalerie légère se couvrait de cottes de maille et de cuir bouilli. Des hommes à qui rien ne résisterait, que l'on redouterait d'affronter.

L'infanterie se composait de Suisses armés de

longues piques terrifiantes, d'Italiens et d'arbalétriers allemands, dont quelques-uns portaient de lourdes arquebuses.

Son arme la plus redoutable demeurait toutefois la puissante artillerie du capitaine Vito Vitelli.

Imola et Forli avaient toujours été en Romagne la source de problèmes incessants. Le féroce Girolamo Riario, issu d'une puissante famille du nord de l'Italie et fils du pape Sixte IV, les avait un moment gouvernées. Il avait épousé Caterina Sforza, une nièce du More : à l'époque du mariage, ce n'était encore qu'une enfant. Quand, douze ans plus tard, son mari fut assassiné, elle monta à cheval et prit la tête de ses troupes lancées à la poursuite des meurtriers.

Lorsque ceux-ci furent capturés et amenés devant elle, sa vengeance fut terrible : elle les fit châtrer, puis enveloppa elle-même leurs parties génitales dans un mouchoir de lin qu'elle leur noua au cou avec des rubans pris dans ses cheveux.

— Je n'avais aucune intention d'être veuve, dit-elle. Désormais ces terres sont à moi.

Puis elle les regarda perdre leur sang jusqu'à ce qu'ils meurent.

Caterina avait ensuite proclamé qu'Imola et Forli reviendraient à son fils Otto, filleul d'Alexandre VI. Elle devint aussi célèbre pour sa cruauté que pour sa beauté : guerrière redoutable, mais très féminine. De longs cheveux blonds encadraient son superbe visage ; une très belle femme, bien qu'elle fût plus grande que la moyenne. Elle consacrait beaucoup de temps à ses enfants, et beaucoup d'argent à sa propre allure, à sa peau claire et sans défaut, à son imposante poitrine qu'elle aimait à découvrir. On disait même qu'elle tenait un registre pour y noter toutes sortes de formules magiques. Ses appétits charnels ne le cédaient en rien à ceux des hommes. Bref, une femme digne d'admiration pour les gens de cette époque : courageuse, cultivée, à la volonté de fer, parfaitement dépourvue de scrupules.

Elle se remaria, et de nouveau son époux fut assassiné. Là encore sa vengeance fut sans pitié : les assassins furent écartelés, leurs corps réduits en pièces.

Trois ans plus tard, elle épousa Giovanni de Médicis, dont elle eut un fils nommé Bando Neri ; c'était son préféré. Son mari lui plaisait fort, elle aimait jusqu'à sa laideur : la nuit, dans leur chambre, cela n'avait plus d'importance, et Gio était l'homme le plus viril qu'elle ait rencontré. L'année précédente, toutefois, elle était devenue veuve, à trente-six ans. Elle n'avait rien perdu de sa réputation de férocité, au point qu'on l'appelait « la Louve ».

Caterina méprisait les Borgia, qui l'avaient abandonnée après l'assassinat de Riario, et n'entendait nullement leur céder un territoire qu'elle gouvernait avec son fils Otto. Quelques mois auparavant, elle avait reçu une bulle papale lui réclamant les arriérés des dîmes dues à l'Eglise et l'accusant de s'en être emparée. Voyant où Alexandre voulait en venir, elle avait fait parvenir la somme requise à Rome, par courrier spécial. Mais le pape était toujours aussi décidé à la dépouiller de son fief. Elle se prépara donc à la guerre.

Des mouchards bien payés lui firent savoir que César rassemblait une armée pour conquérir ses terres. Elle fit donc parvenir un petit cadeau au pape : un fragment du linceul d'un homme mort de la peste, dissimulé dans une canne creuse. Peut-être Alexandre serait-il atteint de la maladie, et ne songerait plus à ses projets de conquête. Mais les informateurs de Caterina furent identifiés et, torturés, révélèrent tout du complot avant d'être exécutés. Et le pape échappa à la mort.

César comptait d'abord prendre Imola, puis Forli.

Quand l'armée pontificale arriva près de la première, il fit avancer l'artillerie, tandis que la cavalerie légère et l'infanterie servaient de protection. Puis il s'avança à cheval, entouré d'un bataillon d'hommes en armes.

De tels préparatifs se révélèrent toutefois inutiles ; à peine s'était-il avancé que les portes de la ville s'ouvrirent, et qu'un groupe de citoyens courut vers lui. Soucieux d'éviter que leur cité soit mise à sac et pillée, ils offrirent leur reddition.

Caterina Sforza n'était pas très aimée, vu sa cruauté et sa férocité ; ses sujets n'avaient rien à gagner à se battre pour elle. Le jour même de l'entrée dans Imola, deux lanciers français découvrirent un charpentier à qui elle avait porté tort et qui désirait se venger. Il demanda à voir César, à qui il indiqua les points faibles de la forteresse.

Mais celle-ci était commandée par Dion Naldi, qui lança du haut des remparts :

— Nous nous battrons !

César se prépara donc à un siège.

Vito Vitelli fit placer ses canons le plus près possible des murailles du château, qu'il se mit à bombarder de manière continue. Dion Naldi, comprenant le danger, réclama une trêve et fit savoir qu'il se rendrait s'il n'avait pas reçu de secours d'ici trois jours.

Sachant que des négociations permettraient d'épargner des vies humaines, et beaucoup d'argent, César installa son camp et attendit.

Personne ne vint en aide aux assiégés. Naldi était un guerrier de valeur, issu d'une famille célèbre pour ses talents militaires ; il aurait combattu jusqu'à la mort s'il s'était senti tenu d'être fidèle à Caterina ; mais celle-ci n'avait pas daigné lui porter secours, et détenait sa femme et ses enfants en otage à Forli. Il se rendit donc, à la condition que lui et ses hommes puissent se joindre à l'armée papale.

César Borgia avait donc atteint son premier objectif, et ce sans perdre un homme... ni affronter Caterina Sforza.

Mais Forli était la principale forteresse de la Louve, et il serait bien contraint d'engager la bataille. Il était plus jeune qu'elle, il avait moins d'expérience ; aussi s'approcha-t-il de la ville avec prudence. Là encore, pourtant, les portes de la cité s'ouvrirent en grand, une véritable foule se précipita vers lui pour se rendre.

Du haut des remparts, Caterina contempla la scène : elle était en armure, l'épée en main, un faucon au poing. Ses archers étaient prêts à tirer.

Voir ses sujets accueillir César en libérateur la remplit de fureur ; elle cria à ses soldats :

— Tuez-les ! Tuez ces lâches qui abandonnent notre cité !

Une grêle de flèches tomba, tuant de nombreux habitants de la ville.

— Grands dieux ! dit César en se tournant vers Vitelli. Cette femme est folle ! Elle massacre son propre peuple !

Un des officiers de Caterina hurla d'une fenêtre qu'elle voulait rencontrer César, pour négocier avec lui une reddition honorable.

— Traversez le pont-levis ! Sa Seigneurie vous rencontrera sur le chemin de ronde !

Les portes de la forteresse s'ouvrirent. César s'avança, suivi de Porto Diaz, le capitaine espagnol ; mais, comme il levait la tête pour jeter un coup d'œil à travers la large ouverture du toit de bois surmontant l'entrée, il crut entendre des bruits suspects au-dessus d'eux. Se retournant brusquement, il aperçut les hommes de Caterina relevant le pont-levis et la porte de fer commençant à retomber.

— C'est un piège ! hurla-t-il à l'adresse de son compagnon. Vite !

Il bondit sur l'énorme poulie d'acier qui levait le pont, qui faillit bien le broyer ; il n'eut que le temps de plonger dans les douves. Des flèches d'arbalète s'en vinrent cribler la surface des eaux tandis qu'il s'efforçait désespérément de nager jusqu'à la rive. Trois mercenaires suisses accoururent pour le tirer de là, non sans maudire violemment Caterina.

Porto Diaz avait eu moins de chance : il resta pris entre la porte de fer et le pont-levis désormais refermé. Dès qu'elle vit que César s'était échappé, Caterina ordonna qu'on verse de l'huile bouillante par l'ouverture du toit. Sur la rive, César entendit les hurlements de douleur du capitaine espagnol et se jura que la Louve serait châtiée de sa félonie.

Mais elle se ne rendrait pas sans avoir combattu ; il revint donc dans son camp pour élaborer un plan. Il avait capturé deux de ses enfants, qu'il amena au bord des douves, bien en vue.

— Caterina, lança-t-il, j'ai là quelque chose qui t'appartient ! Si tu ne te rends pas sur-le-champ, et si les tortures infligées à mon capitaine ne cessent pas immédiatement, je tuerai tes fils sous tes yeux !

La nuit tombait déjà ; elle émergea de l'obscurité, eut un rire féroce aux échos menaçants, puis leva sa jupe jusqu'à la poitrine.

— Regarde bien, fils de pute ! lança-t-elle. J'ai encore le moule pour en faire de plus beaux ! Tue-les donc ! J'en aurai d'autres !

Elle agita le bras ; César entendit quelque chose tomber dans l'eau. C'était le corps décapité de Porto Diaz, que l'on venait de jeter par-dessus les remparts.

César ordonna donc le bombardement du château, dont les canons de Vito Vitelli criblèrent les murailles de boulets.

Dans la pénombre, Dino Naldi s'approcha de César :

— Allez-vous vraiment ordonner que les enfants soient mis à mort ?

César parut surpris : il les avait déjà oubliés.

— Ce n'était qu'une menace, qui aurait pu sauver bien des vies. Mais cette femme est folle et n'a rien d'une mère ! Tuer deux innocents ne servirait à rien. Emmène-les.

— Que dois-je en faire ?

— Garde-les, et élève-les comme s'ils étaient les tiens.

Naldi sourit et se signa. Qu'on puisse traiter César de monstre lui paraissait incompréhensible ; et lui-même avait deux fils aux mains de la Louve, qui était bien pire que le fils du pape.

Le lendemain, dès l'aube, le bombardement recommença. Sans impressionner Caterina, qui paradait sur les remparts en agitant une épée. César ordonna à ses hommes d'abattre des arbres afin de construire des radeaux :

— Chacun emportera trente soldats ! Nous traverserons les douves dès qu'il y aura une brèche dans les murailles.

Il y fallut du temps, mais les boulets de pierre tirés par les canons de Vitelli finirent par faire leur effet : la muraille nord s'était effondrée.

Un capitaine français fit monter ses hommes sur les radeaux déjà en place au bord des douves. Pagayant sans perdre de temps, ils parvinrent de l'autre côté, puis renvoyèrent leurs embarcations pour que d'autres viennent les rejoindre. Plus de trois cents hommes se ruèrent ainsi à l'assaut du château.

Une fois qu'ils eurent réussi à abaisser le pont-levis, César et ses cavaliers le franchirent au galop et entrèrent dans la forteresse en poussant de grands cris.

C'est alors que Caterina, installée sur le toit, se dirigea vers les munitions et la poudre à canon entassées au centre de la forteresse et y jeta une torche. Plutôt disparaître avec sa ville que de se rendre ! L'explosion ébranla le château, détruisit des maisons et des boutiques voisines et causa la mort de près de quatre cents personnes. Toutefois, César et nombre de ses soldats s'en tirèrent indemnes. Les hommes de la Louve, émergeant des ruines, hagards et blessés, se rendirent sans condition.

Caterina Sforza, malheureusement pour elle, avait échappé à la mort. Le capitaine français la fit prisonnière puis, le soir, après une partie de cartes à l'issue du dîner, la céda à César pour trente mille ducats.

Elle lui appartenait, désormais, et il pourrait en faire ce qu'il voudrait.

César prit un bon bain, se vêtit d'une tunique de soie noire puis, allongé sur le lit d'une des chambres du château restées intactes, songea à ce qu'il allait décider.

Elle était enfermée dans les sous-sols de la forteresse, sous la surveillance de deux hommes de César, qui avait toute confiance en eux : il leur avait enjoint de ne pas la quitter des yeux un instant.

A minuit, il se rendit donc dans sa cellule — et, bien avant de la voir, l'entendit hurler, jurer, proférer des malédictions. La pièce était minuscule, humide, faiblement éclairée par une seule bougie. Caterina était allongée sur un lit de fer, aux montants desquels on l'avait enchaînée par les poignets et les chevilles ; elle agitait la tête en tous sens.

Il la regarda sans mot dire. Dès qu'elle le vit, la Louve, cessant de hurler, voulut lui cracher au visage : mais il était hors d'atteinte.

— Ma chère, dit-il d'un ton affable, tu aurais pu épargner bien des souffrances à tes sujets, comme à toi-même, si tu avais eu un peu de jugeote.

Elle le regarda fixement puis, le visage tordu de fureur, lança d'un ton mauvais :

— Lâche ! Pauvre merde ! Quelles tortures comptes-tu infliger à une femme ?

— Je vais te montrer, dit-il d'une voix froide.

Otant sa tunique, il grimpa sur elle et la pénétra, d'abord avec lenteur, puis de plus en plus brutalement.

Il s'attendait à ce qu'elle hurle et le maudisse, mais Caterina demeura silencieuse — on n'entendait guère que les commentaires étouffés des deux gardes.

César continua à la besogner avec rage, jusqu'à ce que, tout d'un coup, elle se mette à réagir. Ses lèvres s'ouvrirent, elle répondit à ses mouvements, et il se mit à croire qu'il lui procurait du plaisir. Bientôt, il fut certain de sa victoire ; quand il en eut terminé, les joues de la Louve avaient viré au rose, sa chevelure était trempée de sueur.

— Tu pourrais me remercier, dit-il en se levant.

Les yeux bleus de Caterina brûlaient de rage.

— C'est tout ? demanda-t-elle d'une voix hautaine.

Il sortit de la cellule furieux — mais, au cours des quinze jours qui suivirent, revint chaque nuit pour la posséder. Pourtant rien ne changea : chaque fois elle répétait :

— C'est tout ?

Il résolut de recommencer jusqu'à ce qu'elle crie grâce. Quelques jours plus tard, cependant, alors qu'il la besognait, elle dit :

— Détache-moi, car sinon ce n'est pas une vraie joute.

Elle était nue et ne pouvait avoir d'armes... Les deux gardes étaient là... Quel danger pouvait-il courir ? César lui ôta donc ses chaînes. Elle eut un mouvement de tête pour le remercier et, pour la première fois, son regard parut s'adoucir. Comme il la pénétrait, elle l'entoura de ses jambes, puis de ses bras et le serra contre elle, lui prit la tête, l'embrassa et glissa sa langue dans sa bouche, tout en tremblant de tout son corps. Enfin elle se mit à pousser des cris qui faillirent rendre César fou d'extase.

Le lendemain matin, Caterina refusa de manger si on ne lui permettait pas de prendre un bain. Elle fut conduite, enchaînée, jusqu'à une salle où elle fut lavée par l'une de ses rares dames de compagnie ayant survécu à l'explosion — mais ce fut la seule fois où elle put quitter son lit.

Et, au cours des deux semaines suivantes, César revint chaque soir. Il la libérait de ses chaînes et, à chaque fois, elle se serrait contre lui. Pour autant, les deux gardes ne quittaient pas la pièce : la Louve était bien capable, dans un moment de fureur, de lui arracher les yeux. Et puis, une nuit, tous deux commencèrent à échanger quelques paroles.

— Tu vois que même le viol a ses plaisirs, dit-il.

Elle rit et rétorqua d'un ton espiègle :

— Tu crois m'avoir violée ? Tu te trompes, bâtard, fils de bâtard ! Dès que je t'ai vu du haut des remparts, j'ai décidé soit de te tuer soit de te violer. Si je t'avais capturé, moi aussi je t'aurais attaché ! Et je t'aurais chevauché ! Cela revient donc au même.

Caterina avait de réels dons de stratège : en affirmant qu'en réalité il ne faisait que lui obéir, elle retournait la situation et le désarmait. César s'était cru vainqueur : il comprit qu'en fait il était vaincu.

Le jour où ils devaient repartir pour Rome, elle lui demanda :

— Tu vas me promener enchaînée dans les rues, pour que la populace puisse m'insulter, comme on le faisait dans l'ancienne Rome ?

Il éclata de rire. Caterina paraissait très belle, ce jour-là, pour quelqu'un qui vient de passer un mois dans un donjon.

— Je n'y avais pas réfléchi. Mais maintenant que tu m'en parles...

— Tu vas me faire brûler vive parce que j'ai tenté d'assassiner le pape ? Mes espions étaient de tels sots !

— On a souvent menacé sa vie ; il s'en offusque rarement, les tentatives ayant toujours échoué. Mais, s'il veut te pendre ou te brûler pour hérésie, je lui dirai que je t'ai suffisamment punie chaque nuit depuis ta capture.

— Et il te croira ?

— Pour lui, ce sera un viol, châtiment qu'il juge pire que la mort ; l'âme elle-même en est souillée. Et il aime les femmes beaucoup plus que moi.

— Mais il faut croire à l'âme pour cela, dit-elle en souriant.

— Il y croit ! En attendant, et puisque après tout tu es une Sforza, j'ai pris des arrangements pour que tu sois détenue au Belvédère — sans chaînes. Ce château m'appartient, il a de beaux jardins, on y a une vue superbe de la ville. Tu y seras traitée en hôte d'honneur. Sous bonne garde, évidemment.

21

César entra dans Rome en héros conquérant : le grandiose défilé célébrant sa victoire fut le plus spectaculaire qu'on ait jamais vu. Ses hommes d'armes, ses cavaliers, ses piquiers suisses étaient en noir, comme les chariots de son train de bagage. Il chevauchait à la tête de son armée, en compagnie de quatre cardinaux dont les soutanes pourpres formaient avec lui un contraste parfait. Le taureau des Borgia lui-même était représenté en rouge sur un fond de laque noire — et non blanche comme à l'accoutumée. En armure noire, monté sur un cheval noir, il avait vraiment l'air d'un prince des ténèbres.

Le défilé avança non sans peine à travers les foules amassées le long des rues menant au Vatican. C'est là que César, s'agenouillant pour baiser l'anneau du pape, le salua en espagnol avant de lui présenter les clés des villes et des châteaux dont il s'était emparé. Puis il se retira dans ses appartements.

Il avait énormément changé depuis son départ à la guerre. Les Français s'étaient moqués de lui en le prenant pour un niais ; Rosetta était restée insensible à son charme ; sa nouvelle épouse n'avait pu lui faire oublier le souvenir de sa sœur. Tout cela l'avait convaincu de dissimuler ses sentiments. Il cessa de sourire, ses yeux ne trahissaient jamais la fureur qu'il éprouvait souvent.

Mais son visage ! Il avait récemment souffert de la vérole, une fois de plus ; la maladie avait creusé des trous dans ses joues, son nez, son front, laissant derrière elle de petites cicatrices rondes qui refusaient de disparaître. Peu importait sur le champ de bataille, mais en ville, ou lors d'un défilé, ou au lit avec une courtisane, c'était une vraie malédiction. A vingt-cinq ans, César avait l'habitude d'être loué et admiré pour sa beauté, et ne savait plus que faire. Il alla jusqu'à tendre de noir tous les miroirs de ses appartements, en défendant à ses serviteurs de les découvrir.

Ses terreurs nocturnes lui revinrent, aussi résolut-il de dormir le jour et de travailler la nuit, ou de passer des heures à chevaucher dans les campagnes environnantes.

Il était impatient de revoir Lucrèce — il était parti si longtemps, et n'avait pensé qu'à elle... Près de deux ans s'étaient écoulés depuis leurs dernières retrouvailles ; il se demanda si elle avait changé. Comment réagirait-il à sa présence, maintenant qu'il était marié ? Il espérait qu'elle se serait lassée de son époux — d'autant plus que désormais la papauté avait noué d'autres alliances : Alfonso représentait un danger pour la famille Borgia.

Bien des pensées lui occupaient l'esprit tandis qu'il attendait d'être admis dans les appartements de sa sœur. Il était agité et semblait ne s'intéresser à rien ; mais il s'inquiétait. Que penserait-elle ? Aurait-elle cessé de l'aimer ?

Dès qu'elle le vit, Lucrèce se précipita vers lui, le prit par le cou et posa la tête sur sa poitrine.

— César ! Comme la vie t'a maltraité !

Il l'entendit à peine et préféra détourner le regard. Son cœur battait toujours aussi fort, comme à chaque fois.

— Tu as l'air de bien te porter, dit-il doucement. Es-tu toujours aussi heureuse ?

Elle prit sa main et le conduisit jusqu'à un canapé.

— Seul le paradis pourrait me donner plus de joie. Avec mes enfants, comme avec Alfonso, j'éprouve un bonheur que je n'ai jamais connu. C'est un rêve dont j'ai toujours peur de m'éveiller.

Il se raidit :

— J'ai rendu visite au petit Giovanni. Notre fils te ressemble plus qu'à moi ! Des boucles blondes, des yeux clairs...

Elle éclata de rire.

— Pas tout à fait ! Il a tes lèvres, ton sourire, et tes mains, qui sont aussi celles de père. Adriana me l'amène tous les jours de chez toi, et comme tu étais parti j'ai eu le plaisir de le voir souvent. C'est un enfant intelligent et raisonnable, mais qui a aussi tes accès de fureur !

— Et ton autre fils ? Es-tu aussi contente de lui ?

— Rodrigo n'est encore qu'un nouveau-né, qui peut savoir ce qu'il deviendra ? Mais il est aussi beau et aussi doux que son père.

— Tu es toujours satisfaite de ton mari ? demanda César d'un ton un peu hésitant.

Lucrèce savait qu'il lui fallait répondre prudemment. Si elle laissait entendre que non, Alfonso serait exposé à tous les dangers, perdrait la liberté et peut-être la vie. Il en irait d'ailleurs de même si elle disait l'aimer.

— Alfonso est un homme bon et vertueux. Il est très attentionné envers moi, comme envers les enfants.

— Si père tentait de faire annuler ce mariage, y consentirais-tu ?

Elle fronça les sourcils.

— César, s'il y pensait, je préférerais mourir. Je ne peux vivre en ce monde sans Alfonso... ni sans toi.

Il la quitta sans savoir que penser. Il lui était difficile d'accepter que Lucrèce aime son époux, mais que lui-même soit encore aimé d'elle le réconfortait.

Cette nuit-là, étendu dans son lit, à la seule lueur de la lune qui filtrait à travers la fenêtre, César chercha à se souvenir de leur rencontre : son allure, son parfum, ce qu'elle avait dit. Elle avait eu une grimace presque imperceptible en le voyant. Et la pitié dans sa voix... « Mon pauvre César, comme la vie t'a maltraité ! » Il comprit qu'elle avait discerné ses cicatrices — celles de son visage mais aussi celles, plus profondes, de son âme.

Il se jura que désormais il se couvrirait le visage d'un masque, pour dissimuler le fardeau qui pesait sur son existence. Il s'envelopperait de mystère et continuerait à faire la guerre — non pour le Dieu de son père, mais grâce à Lui.

Un mois après le retour de César à Rome, lors d'une cérémonie solennelle, le pape se tint devant le magnifique autel de la basilique Saint-Pierre, dans ses plus superbes vêtements sacerdotaux. César était devant lui ; Alexandre plaça sur ses épaules la cape de *gonfaloniere* et de capitaine général des armées papales, sur sa tête une barrette écarlate, avant de lui remettre le bâton symbolisant son office.

Agenouillé devant son père, César jura sur la Bible d'obéir au souverain pontife, de ne jamais conspirer contre lui et ses successeurs, et de ne jamais révéler le moindre de ses secrets, même sous la torture.

Alexandre lui tendit la Rose d'or en disant :

— Reçois cette fleur comme un symbole de joie, mon fils, car tu as fait la preuve de ta noblesse et de ton courage. Que Dieu te protège et te garde de tout mal !

Plus tard, lors d'une réunion privée, le pape, en présence du seul Brandao, annonça à César qu'il lui faisait don de territoires et de bénéfices supplémentaires :

— Je te récompense ainsi par admiration pour tes victoires. Il s'ensuit que tes campagnes doivent reprendre, il nous faut en discuter. Imola et Forli sont désormais à nous, c'est vrai, mais Faenza, Pesaro, Carmarino et Urbino restent à conquérir. Tu devras t'en charger, car il nous faut renforcer le pouvoir de la papauté et créer un gouvernement efficace sur l'ensemble de la Romagne.

Et, là-dessus, Alexandre se retira, car il devait recevoir sa courtisane préférée.

Il n'y avait un jubilé que tous les vingt-cinq ans, et le pape se disait qu'il n'y en aurait qu'un pendant son règne. C'était l'occasion de revenus énormes, car des pèlerins venus de toute l'Europe affluaient vers Rome pour entendre le sermon pascal du souverain pontife. Il fallait donc préparer l'événement avec soin si l'on voulait remplir les coffres de l'Eglise. C'était d'autant plus nécessaire que cet argent financerait la campagne militaire de César.

Alexandre voulait par ailleurs que le jubilé soit splendide, magnifique, de manière à refléter la majesté divine. Il aurait donc bien des choses à faire. Il lui faudrait percer de nouvelles avenues, assez larges pour accueillir des carrosses, faire disparaître les taudis, édifier des bâtiments neufs où les pèlerins se sentiraient en sécurité.

Il convoqua donc César et lui demanda de se charger de tout ; son fils avait intérêt à ce que le jubilé soit un succès financier sans précédent.

César accepta — mais il était porteur de mauvaises nouvelles.

— Selon des informations fiables, deux personnes de ton entourage te trahissent. Le premier est le maître de cérémonies du Vatican, Johannes Burchard.

— Que t'a-t-on dit de lui ?

— Qu'il est stipendié par le cardinal Della Rovere et tient un journal rempli de mensonges, souvent scandaleux, sur notre famille.

— J'en connais l'existence depuis longtemps ! répondit Alexandre en souriant. Burchard est d'une grande valeur pour moi.

— Comment cela ?

— Ses devoirs officiels n'ont que peu d'importance. Il m'est précieux parce que je lui confie tout ce que je veux que Della Rovere sache. C'est un système excellent, qui m'a bien servi jusqu'ici.

— Tu as lu son journal ?

Le pape éclata de rire :

— En effet, et depuis pas mal de temps. Certains passages sont fort intéressants : si nous étions aussi dépravés qu'il le prétend, nous nous amuserions davantage ! D'autres sont simplement ridicules, car ils témoignent de son manque d'intelligence, et d'autres sont risibles.

César fronça les sourcils :

— Je suis certain que Della Rovere compte le publier un jour, en le présentant comme un tableau fidèle de ton règne ! Cela ne t'inquiète pas ?

— Nos ennemis ont installé dans la place tant de chercheurs de scandale qu'un de plus n'y changera rien.

— Mais tu pourrais les mettre hors d'état de nuire.

Alexandre prit un air pensif et répondit après un silence :

— Rome est une ville libre, mon fils, et je chéris la liberté.

— Père, les calomniateurs et les menteurs restent en liberté, et ceux qui servent et gouvernent sont incapables de se défendre ! Car personne ne croit la vérité. Si je devais juger les chercheurs de scandales, je les punirais sans pitié !

L'indignation de son fils amusa fort le pape. Comme si on pouvait empêcher les gens de se faire une opinion et de noter leurs pensées par écrit ! Mieux valait savoir ce qu'ils écrivaient.

— La liberté n'est pas un droit, mais un privilège ; pour le moment, j'ai décidé de l'accorder à Burchard. Il se pourrait que je change d'avis plus tard.

César n'insista pas ; il avait à porter d'autres accusations, redoutables pour sa sœur.

— Selon plusieurs de mes sources, très fiables, quelqu'un de notre famille complote avec nos ennemis pour nous détruire.

Alexandre demeura impassible :

— Ne me dis quand même pas que c'est ton frère Geoffroi ?

— Non, bien sûr. Il s'agit d'Alfonso.

Un peu d'inquiétude passa sur le visage du pape :

— Ce n'est sans doute qu'une rumeur mensongère. Je ne porterai pas de jugement, car Lucrèce l'aime beaucoup. Mais j'y réfléchirai.

A ce moment, une bruyante musique de fête monta de la rue, interrompant leur conversation. Le pape alla jusqu'à la fenêtre, souleva le rideau et éclata de rire.

— Viens donc voir !

S'approchant, César jeta un coup d'œil dans la rue. Des hommes vêtus de noir — plus d'une cinquantaine — s'avançaient, tous dissimulés derrière un masque dont le nez était remplacé par un énorme pénis.

— Qu'est-ce que c'est que ça ? demanda César, perplexe.

— Ce doit être en ton honneur, mon fils ! Je suppose que c'est toi qui as posé pour ces masques ?

Pendant qu'il attendait de repartir en campagne, César écrivit de longues lettres à son épouse, en lui disant combien elle lui manquait. Ils seraient bientôt réunis, mais il se méfiait trop pour qu'elle puisse le rejoindre.

Il semblait mû par une ambition surnaturelle, tourmenté par ses craintes. Il se rendait, déguisé, dans les villages proches de Rome, pour y défier les lutteurs et les boxeurs locaux, et l'emportait toujours.

Comme beaucoup d'aristocrates de son temps, il croyait aux astres, et consulta donc le plus éminent astrologue de Rome. L'homme étudia les étoiles et les planètes, sans pouvoir conclure : le destin de César restait troublant. L'intéressé n'en fut pas inquiet, car il était certain de pouvoir duper jusqu'aux cieux, s'il savait se montrer suffisamment sagace.

Lors d'un déjeuner avec Lucrèce, il lui prit la main et, souriant, lui confia ce qu'il venait d'apprendre :

— Je sais désormais qu'à l'âge de vingt-six ans je risque de perdre la vie les armes à la main. Tu devrais donc m'aimer tant que je suis encore vivant.

— César, ne parle pas ainsi ! Sans toi, je suis sans défense, comme les enfants. Il faut que tu prennes garde, père compte sur toi autant que nous.

Moins d'une semaine après, toutefois, pour mettre son destin à l'épreuve, il organisa une course de taureaux pendant laquelle six bêtes combattraient dans un enclos édifié sur la place Saint-Pierre.

Il entra dans l'arène sur son cheval blanc, affrontant successivement chaque bête, armé d'une simple lance. Il en tua cinq. La dernière était énorme, d'un noir d'encre, plus rapide que les précédentes. César prit donc une épée et, d'un seul coup, lui trancha la tête.

Il semblait éprouver le besoin de mettre son courage à l'épreuve en se livrant à de telles audaces. Son visage masqué, son absence de peur, son mystère commencèrent à inspirer de la crainte à tous les Romains.

Duarte Brandao s'en inquiéta suffisamment pour aller en parler au pape, qui lui dit :

— Sa vengeance est terrible, c'est vrai, et il ne tolère aucune insulte. Mais, pour le reste, César est un bon garçon.

22

Alfonso d'Aragon avait toujours un port de roi — même quand il avait trop bu, comme ce soir-là. Dès que s'acheva le dîner auquel il avait pris part au Vatican en compagnie du pape, de ses deux fils et de Lucrèce, il s'excusa et dit devoir rentrer, car il avait quelque chose à faire. Il embrassa son épouse en lui promettant d'attendre son retour, à quelque heure que ce fût.

La vérité est qu'il se sentait mal à l'aise en compagnie d'Alexandre, de César et de Geoffroi, car il avait noué des contacts secrets avec Giuliano Della Rovere. Celui-ci, de nouveau dévoré par l'ambition, lui avait demandé son soutien à deux reprises, en soulignant à quel point la situation du jeune homme était dangereuse. Il fallait qu'Alfonso songe à l'avenir, après la chute des Borgia, quand le cardinal deviendrait pape. Le royaume de Naples n'aurait plus rien à craindre : la couronne serait arrachée au roi de France et rendue à ses légitimes possesseurs.

Alfonso était terrifié à l'idée que le pape puisse découvrir ses menées secrètes. Depuis son retour à Rome, il avait plus d'une fois remarqué que les Borgia le surveillaient de près, et savait qu'ils le soupçonnaient de trahison.

Il traversa la place Saint-Pierre, ses pas résonnant sur le pavé. Tout devint brusquement noir comme dans un four : les nuages s'en étaient venus cacher la lune. Il crut entendre des bruits étouffés, se retourna pour voir si on le suivait. Rien. Haletant, il tenta d'apaiser son cœur qui battait à tout rompre. Pourtant quelque chose n'allait pas, il le sentait.

Soudain la lune brilla de nouveau, et il aperçut plusieurs hommes masqués qui, sortant de l'ombre, se précipitaient vers lui. Ils brandissaient des *scroti* — une arme primitive, faite d'un sac de cuir rempli de morceaux de fer. Il voulut faire demi-tour, retraverser la place en courant, mais trois de ses assaillants s'emparèrent de lui et le jetèrent sur le sol, puis le frappèrent sur tout le corps. Il tenta de se retourner sur le ventre, de se protéger la tête, mais les *scroti* le frappèrent sans merci, tandis qu'il s'efforçait de retenir ses cris de douleur. Puis l'un des agresseurs le frappa en plein visage sur le nez. Alfonso entendit l'os se briser et perdit connaissance.

Un des assassins, sortant un stylet, venait de l'entailler du cou au ventre, quand un garde pontifical poussa un grand cri. Aussitôt les assaillants s'enfuirent en courant et se perdirent dans les rues donnant sur la place.

Le garde examina les blessures d'Alfonso, qui paraissaient graves. Il ne savait que faire : chercher de l'aide ? Se lancer à la poursuite des tueurs ? A la faible lueur de la lune, il reconnut le jeune homme : c'était le gendre du pape !

Il appela frénétiquement à l'aide et, ôtant sa cape,

tenta d'endiguer le flot de sang qui coulait de la poitrine du blessé. Sans cesser de hurler, il le souleva et l'emmena jusqu'aux locaux voisins de la garde pontificale, où il le déposa précautionneusement sur un lit.

Le médecin du Vatican arriva en toute hâte. Fort heureusement, la plaie à la poitrine n'était pas trop profonde et, d'après ce qu'il pouvait voir, aucun organe vital n'avait été touché. L'arrivée providentielle du garde, la promptitude de sa réaction avaient sauvé la vie du jeune homme.

Homme d'expérience, le médecin regarda autour de lui ; apercevant une fiasque d'eau-de-vie, il fit signe qu'on la lui donne. Il en versa le contenu sur la blessure, qu'il entreprit ensuite de recoudre. Il ne pouvait toutefois faire grand-chose pour le nez du prince, sinon y placer une compresse en espérant que les dégâts ne seraient pas trop graves.

Duarte Brandao s'en vint trouver le pape et, le prenant à part, lui apprit la nouvelle.

Alexandre ordonna qu'on amène Alfonso dans ses appartements, et qu'on l'y mette au lit. Seize gardes pontificaux parmi les plus fidèles le protégeraient. Duarte se vit enjoindre d'envoyer de toute urgence au roi de Naples un message qui lui apprendrait la nouvelle, tout en lui demandant de faire venir à Rome son propre médecin, ainsi que Sancia, qui veillerait sur son frère et réconforterait Lucrèce.

Le pape redoutait d'avoir à informer celle-ci, mais il le fallait. Revenant à table, il lui dit :

— Il s'est passé quelque chose sur la place... Alfonso a été attaqué par un groupe de fripouilles.

Sidérée, elle se leva :

— Où est-il ? Est-il blessé ?

— Ses blessures sont graves mais, espérons-le, pas mortelles.

Elle se tourna vers ses frères :

— César, Geoffroi, faites quelque chose ! Trouvez les assassins, tuez-les et faites-les dévorer par des chiens !

Puis elle éclata en sanglots :

— Père, conduis-moi auprès de lui !

Il l'emmena au plus vite, tandis que les deux autres les suivaient.

Alfonso était inconscient ; tout son corps était couvert de compresses de coton, le sang coulait encore des blessures qu'il avait au visage.

Lucrèce poussa un hurlement et s'évanouit. Geoffroi la rattrapa de justesse et, la soulevant, la déposa dans un fauteuil. Lui-même en état de choc, il remarqua pourtant que César, dont le visage était dissimulé sous un masque, ne trahissait guère d'émotion.

— Pourquoi l'a-t-on attaqué ? demanda Geoffroi.

Il n'apercevait que les yeux de son frère, qui paraissaient brûlants.

— Chacun de nous a plus d'ennemis qu'il ne le croit, répondit César. Je vais voir ce que je peux découvrir.

Puis il quitta la pièce.

Quand Lucrèce revint à elle, elle ordonna aux serviteurs d'apporter de nouveaux bandages et de l'eau tiède. Elle leva le drap, voulant voir quelles étaient les blessures infligées à son bien-aimé mais, voyant l'énorme entaille, blêmit et alla se rasseoir.

Elle et Geoffroi passèrent la nuit à attendre qu'Alfonso ouvre les yeux. Mais il fallut deux jours pour que le jeune homme remue. Le médecin du roi de Naples était arrivé entre-temps, tout comme Sancia. Bouleversée, celle-ci voulut embrasser son frère sur le front, mais il était couvert de blessures ; elle prit donc sa main et y déposa un baiser.

Elle embrassa Lucrèce et Geoffroi — lequel, même en ces pénibles circonstances, ne put dissimuler son plaisir de la revoir. Elle lui paraissait plus belle que jamais, et il l'aimait davantage encore à voir ses yeux remplis de larmes.

S'asseyant près de Lucrèce, Sancia prit sa main :

— Ma chère sœur, il est horrible de penser que des assassins aient pu agresser notre prince ! Je suis là, maintenant, tu vas pouvoir te reposer sans t'inquiéter, car je vais m'occuper de lui pour toi.

Lucrèce était si heureuse de la voir qu'elle fondit de nouveau en larmes. Sancia chercha à l'apaiser :

— Où est César ? A-t-il découvert quelque chose d'important ? A-t-il retrouvé les assassins ?

Lucrèce était si lasse qu'elle ne put que faire non de la tête.

— Il faut que je me repose pour un petit moment. Ensuite je reviendrai attendre qu'Alfonso reprenne connaissance, car je veux être le premier visage qu'il aperçoive en ouvrant les yeux.

Elle repartit avec Geoffroi à Santa Maria del Portico, où elle vit brièvement ses enfants et Adriana, puis se laissa tomber sur son lit, épuisée. Toutefois, juste avant de sombrer dans un sommeil sans rêve, elle se souvint de quelque chose. L'expression de César en apprenant la nouvelle — ou plutôt son manque d'expression. Qu'y avait-il derrière ce masque ?

Il fallut plusieurs jours avant que Geoffroi et Sancia ne se retrouvent, seuls, dans leurs appartements.

Il avait attendu ce moment avec impatience, tout en comprenant parfaitement l'inquiétude de la jeune femme pour Alfonso.

Comme elle se dévêtait, il s'approcha et la prit dans ses bras :

— Tu m'as manqué. Et je suis navré de la tragédie qui a frappé ton frère.

Nue, elle le prit par le cou, et posa la tête sur sa poitrine avec une tendresse qu'elle lui témoignait rarement.

— Il faut que nous parlions de ton frère, dit-elle.

Il la regarda ; jamais elle ne lui avait paru si belle.

— César ? Qu'est-ce qui t'inquiète ?

Elle se mit au lit et lui fit signe de la rejoindre.

— Beaucoup de choses. Et ces masques qu'il a pris l'habitude de porter lui donnent une allure vraiment sinistre.

— Il veut dissimuler les cicatrices de la vérole, il en est gêné.

— Il n'y a pas que cela. Depuis son retour de France, il est enveloppé de mystère. Il a changé, je le sens. Il est ivre de son propre pouvoir, ou bien la maladie lui a attaqué le cerveau autant que le visage. Dans un cas comme dans l'autre, j'ai peur pour nous tous.

— Il veut défendre notre famille, rendre sa grandeur à Rome, et unifier l'Italie sous la direction de l'Eglise.

— Tu sais que je n'ai plus guère d'affection pour ton père depuis qu'il m'a renvoyée. Sans mon frère, je ne serais jamais revenue à Rome. Je ne fais pas confiance au Saint-Père, et tu devras revenir à Naples si tu veux être avec moi.

— Tu es furieuse contre lui, et tu n'as pas tort. Mais peut-être changeras-tu d'avis avec le temps.

Sancia n'en croyait rien ; mais elle préféra se taire, sachant qu'elle et Alfonso étaient en grand danger. Elle se demanda toutefois ce que Geoffroi pouvait penser de son propre père — à condition qu'il en ait l'audace, évidemment.

Il vint la rejoindre dans le lit. Elle le regarda : il avait l'air si innocent.

— Geoffroi, dit-elle en lui caressant la joue, je ne t'ai jamais caché que, quand nous nous sommes mariés, je te trouvais trop jeune et lent d'esprit. Mais j'ai appris peu à peu à te comprendre, et je sais quelle est ta bonté d'âme. Je sais aussi que tu es capable d'aimer, contrairement à d'autres membres de ta famille.

— Mais Lucrèce aussi, protesta Geoffroi.

Il fut tenté d'ajouter : « Comme César », mais se tut.

— Oui, c'est vrai, répondit Sancia. Et c'est d'autant plus triste, car son cœur sera mis en pièces pour satisfaire l'ambition sans limites de ton père et de ton frère. Tu ne vois donc pas qui ils sont ?

— Père croit à sa mission pour l'Eglise. Et César veut que Rome retrouve sa splendeur d'autrefois. Il est persuadé que sa vocation est de mener des guerres saintes.

Elle sourit :

— Et toi, as-tu jamais réfléchi à la tienne ? Quelqu'un te l'a-t-il jamais demandé ? Comment se fait-il que tu ne haïsses pas le frère qui accapare l'affection de ton père, ni le père qui te remarque à peine ?

Il lui caressa l'épaule :

— En grandissant, je rêvais d'être cardinal. Quand j'étais enfant, que père me prenait dans ses bras, l'odeur de ses vêtements m'inspirait l'amour de Dieu, le désir de Le servir. Mais avant que j'aie le choix, il m'a envoyé à Naples pour t'épouser. Et j'en suis venu à t'aimer, grâce à l'amour que j'avais pour Dieu.

Qu'il l'aimât à ce point ne fit que la pousser à lui montrer ce dont il avait été dépouillé.

— Le Saint-Père est souvent impitoyable. Ne vois-tu pas sa férocité, même si elle se dissimule sous les apparences de la raison ? Et l'ambition de César est proche de la folie, tu dois bien t'en rendre compte.

— J'en vois plus que tu ne crois, répondit Geoffroi en fermant les yeux.

Elle l'embrassa passionnément, et ils firent l'amour. C'était un amant tendre et prévenant — elle y avait veillé. Et il voulait plus que tout lui donner du plaisir.

Après, comme il restait silencieux, Sancia se dit qu'il fallait le mettre en garde, pour se protéger elle-même :

— Geoffroi, mon amour, si ta famille a tenté de tuer mon frère, ou du moins a laissé faire, crois-tu que nous serons longtemps en sécurité ? Crois-tu qu'ils nous permettront de rester ensemble ?

— Je ne laisserai personne nous menacer, dit Geoffroi d'un ton menaçant.

C'était moins une parole d'amour qu'une promesse de vengeance.

César avait passé la matinée à parcourir à cheval les rues de Rome, en posant des questions à tous ceux qu'il rencontrait : avaient-ils vu quelque chose ?

Comme cela ne donnait rien, il revint au Vatican, où Alexandre lui rappela qu'il devait retrouver le cardinal Riario, pour discuter des cérémonies du jubilé.

Il se rendit donc dans le palais du cardinal, où tous deux déjeunèrent en tête à tête sur la terrasse, tout en évoquant les fêtes qui auraient lieu à cette occasion, comme le nettoyage bien nécessaire de la ville.

Ensuite, ils se rendirent à pied jusqu'à une boutique d'antiquités voisine, dont le propriétaire avait fait savoir à Riario qu'il voulait lui montrer une sculpture superbe, qui pourrait intéresser le cardinal, grand collectionneur.

César et lui furent accueillis par un homme âgé au fort strabisme, aux longs cheveux gris, qui les fit entrer.

— Giovanni Costa, lui dit Riario, voici le grand César Borgia, capitaine général des armées du pape, que j'ai invité à venir voir tes statues.

Costa, leur faisant traverser la boutique, les conduisit jusqu'à une cour remplie de statues — ou plus exactement de fragments : bras, jambes, torses... Dans un coin, on devinait quelque chose dissimulé sous un tissu.

— Qu'est-ce que c'est ? demanda César en le montrant du doigt.

D'un air théâtral, Costa ôta l'étoffe :

— C'est sans doute la pièce la plus magnifique que j'aie jamais eue en ma possession !

Sans s'en rendre compte, César eut une exclamation étouffée. C'était un Cupidon de marbre superbe, aux yeux mi-clos, aux lèvres pleines, à l'expression à la fois rêveuse et pleine de désir. La pierre était si translucide que la statue paraissait sculptée dans la lumière, les ailes si délicates qu'on aurait cru que le chérubin allait s'envoler d'un instant à l'autre ! La beauté, la perfection de l'œuvre étaient telles qu'on on restait le souffle coupé.

— Combien ? demanda César.

Costa prétendit ne pas vouloir la vendre :

— Quand on saura que je l'ai, le prix grimpera jusqu'aux cieux.

César éclata de rire et répéta :

— Combien ?

Il songeait à Lucrèce ; elle serait ravie d'un tel cadeau.

— Pour Votre Excellence, deux mille ducats seulement.

Avant que César ait pu répondre, le cardinal Riario s'approcha pour étudier la sculpture de plus près, la toucher du bout des doigts.

— Ce n'est pas là un objet ancien, dit-il. Mon sentiment me dit qu'il est très récent.

— Cardinal, vous avez l'œil ! répliqua Costa. Je n'ai jamais prétendu que c'était une antiquité. On la doit à un jeune artiste de Florence.

— Je ne collectionne pas l'art contemporain, dit Riario en secouant la tête. Et surtout pas à un prix aussi exorbitant ! Venez, César.

Mais ce dernier restait sur place, fasciné.

— Peu m'importe de quand elle date, ni quel est son prix, je la veux !

— L'artiste et son représentant doivent toucher leur part, dit Costa d'un ton d'excuse. Et le transport est si coûteux...

— Restons-en là ! s'exclama César. Ta tâche est

terminée, je te donnerai ce que tu veux. Qui en est l'auteur ?

— Michelangelo Buonarroti, dit Michel-Ange. Il a du talent, non ?

Rome était pleine de rumeurs. On dit d'abord que César avait tué un autre de ses frères, puis que les Orsini, furieux de voir Lucrèce gouverner Nepi, s'étaient vengés sur son mari, allié à leurs ennemis, les Colonna.

On avait d'autres inquiétudes au Vatican. Après plusieurs syncopes, le pape dut s'aliter. Lucrèce, laissant son époux aux soins de Sancia, s'en vint veiller sur son père, que sa présence semblait réconforter.

— Père, souffla-t-elle, dis-moi la vérité : tu n'es pour rien dans l'agression contre Alfonso, n'est-ce pas ?

Il se redressa sur son lit :

— Ma chère enfant, jamais je ne pourrais lever la main sur celui qui t'a donné tant de bonheur. C'est bien pourquoi j'ai fait placer des gardes à sa porte.

De telles paroles réconfortèrent Lucrèce. Au même moment, pourtant, deux Napolitains connus de Sancia entraient au Vatican pour y rencontrer Alfonso. Celui-ci s'était remis de ses blessures et, quinze jours après l'agression, se sentait à peu près bien. Il pouvait même se lever, il est vrai sans pouvoir marcher très longtemps.

Il accueillit les deux hommes avec chaleur et demanda à sa sœur de les laisser quelques instants, qu'ils puissent converser entre hommes. C'étaient deux vieux amis qu'il n'avait pas revus depuis plusieurs mois.

Heureuse de le voir d'aussi bonne humeur, Sancia obéit et, quittant le Vatican, s'en fut voir les enfants de Lucrèce. Cela ne prendrait que peu de temps, et elle était certaine qu'il serait en sécurité avec les deux visiteurs.

Il régnait une forte chaleur en cette journée d'août, et les jardins du Vatican étaient en pleine floraison. César s'y promenait seul, savourant la sérénité des grands cèdres, le murmure des fontaines, les gazouillements d'oiseaux. Il avait rarement l'occasion d'apprécier une telle paix. Loin de le déranger, la chaleur lui plaisait : c'était sans doute l'effet de ses origines espagnoles. Perdu dans ses pensées — il réfléchissait à des informations que Don Michelotto venait de lui confier —, il ne remarqua pas tout de suite une superbe fleur rouge près de lui. L'apercevant enfin, il se pencha pour l'examiner — et entendit le sifflement d'une flèche d'arbalète, qui passa juste au-dessus de sa tête avant de se planter dans un cèdre voisin.

Sans réfléchir, César se laissa tomber sur le sol tandis qu'une seconde flèche le frôlait. Appelant ses gardes à grands cris, il roula sur lui-même pour voir d'où venaient les projectiles.

Son beau-frère était sur un balcon du Vatican, accompagné de deux gardes napolitains, dont l'un retendait son arbalète pour tirer de nouveau, tandis qu'Alfonso pointait la sienne en direction de César. La flèche se planta dans le sol, à quelques pouces de sa jambe. Appelant toujours ses gardes, César s'empara de son épée, en se demandant s'il aurait le temps de tuer son beau-frère avant d'être abattu par lui.

Les gardes du Vatican arrivèrent en hurlant ; Alfonso disparut. César retira la flèche du sol, mais ne put arracher l'autre du cèdre dans lequel elle s'était plantée. Puis il s'en alla trouver celui qui, au Vatican, dirigeait la frappe de la monnaie. Cet homme fort instruit, qui savait tout des métaux, confirma ses soupçons : le projectile avait été trempé dans un poison mortel — une simple égratignure aurait suffi.

César se rendit auprès d'Alfonso, dont Lucrèce soignait les blessures. Il était allongé, immobile, et la longue cicatrice rouge laissée par le stylet de son agresseur se découpait sur son torse blanc. Les deux hommes qui l'accompagnaient s'étaient enfuis, mais les gardes de César les poursuivaient.

Alfonso leva les yeux, un peu nerveux, car il ne savait pas si son beau-frère avait eu le temps de le reconnaître. César lui sourit, se pencha et lui murmura à l'oreille :

— Ce qui a été commencé au dîner prendra fin au souper.

Puis il se redressa, contempla longuement le convalescent et embrassa sa sœur avant de partir.

Quelques heures plus tard, dans la même pièce, Lucrèce discutait avec Sancia de ses projets de retour à Nepi. Elles y seraient avec les enfants tandis qu'Alfonso reprendrait des forces ; ce serait comme avant l'exil forcé à Naples de l'épouse de Geoffroi, dont Lucrèce respectait fort l'esprit indomptable ; toutes deux avaient beaucoup d'affection l'une pour l'autre.

Elles parlaient en chuchotant, car Alfonso s'était endormi. Mais il fut réveillé par un coup violent frappé à la porte. Allant ouvrir, Lucrèce fut surprise de voir Don Michelotto.

— Cousin Miguel ! dit-elle en souriant. Que fais-tu là ?

Il se souvint avec émotion des nombreuses fois où il l'avait portée sur son dos quand elle était enfant, et dit d'une voix aimable :

— Je suis venu voir le prince pour des affaires qui touchent au Vatican. Puis-je réclamer votre indulgence pour quelques instants ? Votre père vous réclame, et je désirerais parler avec votre époux en privé.

Lucrèce n'hésita qu'un instant :

— Bien sûr ! Sancia restera ici, Alfonso est encore assez faible.

Le visage de Michelotto ne perdit rien de son expression affable :

— C'est une conversation très privée... dit-il à l'adresse de Sancia.

Alfonso feignait de dormir et ne dit rien, espérant simplement que l'homme s'en irait. Il n'avait aucune intention de lui expliquer ce qui s'était passé sur le balcon l'après-midi.

Lucrèce et Sancia, quittant la chambre, se dirigèrent vers les appartements du pape, mais à peine avaient-elles fait quelques pas que Michelotto les appela à grands cris.

Revenant en courant, elles aperçurent Alfonso, qui paraissait endormi, mais dont la peau avait déjà pris une couleur bleutée. Il était mort.

— Il a dû avoir une hémorragie ! expliqua Don Michelotto : il s'est arrêté de respirer d'un seul coup.

Mieux valait ne pas avouer qu'il y était pour quelque chose.

Lucrèce éclata en sanglots et se jeta sur le corps de son époux. Poussant des hurlements, Sancia se précipita sur Michelotto, le bourrant de coups de poing. Quand César arriva, elle l'agressa à son tour, le griffant, hurlant :

— Bâtard ! Fils du diable !

Elle se mit à lui arracher les cheveux, à le bourrer de coups de pied.

Geoffroi entra à son tour et fut pareillement bourré de coups jusqu'à ce qu'elle ne puisse plus hurler. Il la serra dans ses bras pour tenter de la réconforter, mais elle tremblait de tout son corps. Il réussit enfin à l'apaiser suffisamment pour l'emmener dans leurs appartements.

C'est après que César eut congédié Don Michelotto que Lucrèce, effondrée sur le corps d'Alfonso, leva la tête vers lui :

— Jamais je ne te pardonnerai cela ! s'écria-t-elle au milieu des larmes. Tu m'as arraché le cœur et plus jamais je ne pourrai aimer ! Il ne sera plus jamais à toi !

Il voulut s'approcher, lui expliquer qu'Alfonso avait tenté de le tuer. Mais la douleur de sa sœur était telle qu'il ne trouva rien à dire.

Elle quitta la pièce en courant et se précipita chez son père :

— Désormais je ne pourrai te voir comme avant ! lança-t-elle. Tu m'as fait souffrir à un point que tu ne peux même pas imaginer ! Si c'est sur ton ordre qu'on a commis cet acte infâme, c'est que tu n'as pas pensé un instant à moi ! Si c'est une décision de César, tu aurais dû l'en empêcher ! Vous avez trahi ma confiance !

Alexandre leva la tête, l'air surpris :

— Lucrèce, que dis-tu donc ? Que t'est-il arrivé ?

— Tu m'as arraché le cœur et tu as tranché un lien avec les cieux.

Se levant, il se dirigea lentement vers elle, en s'abstenant de la serrer dans ses bras, car il savait qu'elle le repousserait avec horreur :

— Mon enfant, jamais ton époux n'aurait dû mourir, mais il a tenté de tuer César. J'ai donné l'ordre qu'on le protège, mais je n'ai pu empêcher ton frère de vouloir se protéger lui-même.

Lucrèce vit la détresse qu'on lisait sur le visage du pape et, tombant à genoux, se couvrit le visage.

— Aide-moi à comprendre ! s'écria-t-elle au milieu de ses larmes. Pourquoi le mal règne-t-il sur le monde ? Quel est donc ce Dieu qui permet qu'on détruise l'amour ! C'est de la folie ! Mon époux veut tuer mon frère, mon frère tue mon époux ! Ils seront damnés et leurs âmes iront en enfer ! Je ne reverrai jamais ni l'un ni l'autre ; après ce qui vient de se passer, je les ai perdus à jamais !

Alexandre lui posa la main sur le front et tenta gauchement de la consoler :

— Dieu est compatissant, il pardonnera à l'un et à l'autre... Sinon, il n'aurait aucune raison d'exister. Et un jour, quand la tragédie de l'existence aura pris fin, nous serons tous de nouveau ensemble.

— Je ne veux pas attendre le bonheur pendant une éternité ! cria Lucrèce qui, se relevant, s'enfuit en courant.

Cette fois, cela ne faisait aucun doute : chacun savait que César était responsable du meurtre d'Alfonso.

Mais on savait aussi qu'il y avait eu tentative d'assassinat dans les jardins du Vatican, aussi les Romains jugeaient-ils sa conduite justifiée. Les deux Napolitains, vite rattrapés, avouèrent tout et furent pendus publiquement.

Toutefois, le chagrin avait chez Lucrèce cédé la place à la fureur. Entrant chez César, elle lui jeta qu'il avait tué son beau-frère après son propre frère. Alexandre fit tout pour apaiser la colère de son fils, car César était à la fois accablé et furieux qu'elle puisse le croire responsable de la mort de Juan. N'ayant jamais imaginé qu'elle pourrait l'en soupçonner, il n'avait pas eu l'idée de le nier auprès d'elle.

Les semaines passèrent, et le père comme le fils, ne pouvant supporter les larmes de Lucrèce, commencèrent à l'éviter. Quand le pape suggéra qu'elle se réinstalle à Santa Maria del Portico avec les enfants, elle préféra retourner à Nepi avec eux, en emmenant Sancia. Geoffroi serait le bienvenu, mais il resterait le seul ! Et, juste avant son départ, elle fit savoir à Alexandre que plus jamais elle ne voulait revoir César.

Celui-ci se retint à grand-peine de la suivre, car il voulait désespérément se justifier. Mais cela ne ferait qu'envenimer les choses. Il préféra donc se perdre dans l'élaboration d'une stratégie pour sa prochaine campagne. Il lui faudrait par ailleurs se rendre à Venise, pour veiller à empêcher son intervention : officiellement, Rimini, Faenza et Pesaro étaient sous sa protection.

Après un voyage par mer de plusieurs jours, César parvint enfin aux environs de l'énorme cité construite sur pilotis ; elle miroitait sur les eaux sombres, comme un de ces dragons dont parlent les légendes.

On le conduisit du port à un imposant palais d'allure mauresque, tout près du Grand Canal : plusieurs aristocrates lui souhaitèrent la bienvenue et l'aidèrent à s'installer. Sans perdre de temps, il réclama, et obtint, un entretien avec les membres du Grand Conseil, à qui il expliqua la position du pape. Des troupes pontificales viendraient défendre Venise en cas d'attaque des Turcs ; en retour, la Sérénissime République le laisserait agir, sans défendre Rimini, Faenza ou Pesaro.

A l'occasion d'une cérémonie solennelle, le conseil vota en faveur de cet arrangement, puis revêtit César de la cape pourpre offerte aux citoyens d'honneur. Il était désormais un « gentilhomme de Venise ».

Lucrèce avait passé avec Alfonso les deux années les plus heureuses de sa vie : une époque où les promesses faites par son père quand elle était enfant avaient semblé exaucées. Mais le chagrin qu'elle éprouvait désormais allait bien au-delà de la mort de son mari, de la perte de sa gaieté et de son innocence. Quand César l'avait déflorée, elle avait eu confiance en Alexandre, en l'amour de son frère. Elle avait perdu tout cela depuis la mort d'Alfonso. Elle se sentait aussi abandonnée par son père que par Dieu.

Elle s'installa à Nepi avec Sancia, Geoffroi, ses deux fils Giovanni et Rodrigo, n'emmenant avec elle que cinquante membres de sa cour en qui elle avait toute confiance.

C'est là qu'un an à peine auparavant Alfonso et elle avaient passé le temps ensemble, faisant l'amour, choisissant des tentures et des meubles pour décorer le château, se promenant parmi les chênes et les bosquets d'arbres dont la campagne environnante était parsemée.

Nepi était une assez petite ville, avec une grand-place, des rues bordées de maisons médiévales, quelques grandes demeures où vivaient les nobles. Il y avait aussi une église très jolie, édifiée sur les ruines d'un temple autrefois dédié à Jupiter. Autant de promenades qu'elle avait faites avec Alfonso. Mais désormais la cité lui semblait chargée d'une mélancolie qui répondait à son chagrin.

Chaque fois que, de sa fenêtre, elle regardait le volcan de Bracciano, ou les monts Sabins, toujours si bleus, elle fondait en larmes : tout ce qu'elle voyait lui rappelait son mari.

Par une belle journée ensoleillée, accompagnée de Sancia, elle partit à la campagne avec les enfants. Elle paraissait un peu apaisée, mais la rencontre fortuite d'un troupeau, avec les bêlements des moutons, la flûte plaintive du berger, la replongea d'un seul coup dans son chagrin.

Certaines nuits, elle croyait vivre un cauchemar dont elle allait s'éveiller pour trouver son époux allongé à ses côtés. Mais il lui suffisait de tendre la main pour toucher les draps glacés et se sentir de nouveau seule au monde. Chaque matin elle s'éveillait plus lasse que la veille. Elle perdit tout appétit, rien ne pouvait la distraire ; seuls ses fils parvenaient à lui arracher de rares sourires. A son arrivée, elle leur commanda bien des vêtements neufs, mais même jouer avec eux semblait l'épuiser.

Sancia, mettant de côté son propre chagrin, résolut de venir en aide à sa belle-sœur et se voua entièrement à elle. Geoffroi, lui aussi, réconfortait Lucrèce chaque fois qu'elle pleurait, passait des heures à jouer avec Giovanni et Rodrigo, à leur lire des histoires ou à leur chanter des berceuses quand ils allaient se coucher.

C'est à cette époque que Lucrèce se mit à réfléchir aux sentiments que lui inspiraient son père, son frère et Dieu.

César venait de passer une semaine à Venise et s'apprêtait à repartir pour Rome afin d'entamer sa nouvelle campagne militaire. La veille de son départ, il dîna avec plusieurs de ses anciens condisciples de l'université de Pise, échangeant avec eux de vieux souvenirs et faisant honneur au vin.

Le jour, Venise était pleine de lumière et de couleur, avec ses foules affairées, ses demeures couleur pastel, ses toits dorés, ses églises grandioses et ses superbes ponts voûtés. Une fois la nuit tombée, cependant, elle prenait un air sinistre. L'humidité montant des canaux se transformait en un épais brouillard à travers lequel on ne pouvait rien voir. Les rues étroites devenaient le refuge de voleurs et de spadassins qui ne sortaient pas le jour.

César rentrait à son palais quand, soudain, il vit un rayon de lumière éclairer le canal.

Entendant le bruit d'une porte qui s'ouvre, il regarda autour de lui.

Trois hommes vêtus en paysans se ruèrent vers lui en brandissant des poignards.

Faisant demi-tour, il en vit accourir un autre, également armé.

Il était pris au piège dans la ruelle, dont ses agresseurs bloquaient l'entrée et la sortie. Sans prendre le temps de réfléchir, il plongea tête la première dans les eaux du canal, chargées de toutes les ordures de la ville, et nagea sous la surface en retenant sa respiration, jusqu'à ce qu'il ait l'impression que ses poumons allaient éclater. Il refit surface de l'autre côté.

De là, il aperçut deux autres hommes traversant un pont en courant, eux aussi armés de poignards et portant des torches.

César respira à fond, plongea de nouveau, franchit le pont, le long duquel étaient amarrées deux gondoles entre lesquelles il se dissimula.

Ses assaillants couraient sur les deux rives du canal et dans les ruelles voisines mais, chaque fois qu'ils approchaient de sa cachette, il replongeait en retenant son souffle.

Après ce qui lui parut être une éternité, tous les autres se rassemblèrent sur le pont, juste au-dessus de lui. Il entendit l'un d'eux grommeler :

— Le Romain est introuvable, il a dû se noyer !

— Cela vaut mieux pour lui que de nager dans toute cette merde ! répliqua l'un de ses complices.

— Restons-en là, intervint un troisième qui paraissait être leur chef. On nous a payés pour lui trancher la gorge, pas pour courir jusqu'à l'aube.

Il les entendit franchir le pont et s'éloigner, puis le silence retomba.

Un de leurs complices pouvait toutefois être resté dans les environs, à guetter depuis une fenêtre ou un balcon ; César nagea donc, très lentement, jusqu'au Grand Canal, avant de regagner le palais qu'il occupait. Le veilleur de nuit, nommé par le doge, fut stupéfait de voir son hôte sortir de l'eau en frissonnant. Et il empestait !

Après un bon bain, César enfila une tunique propre, but un vin chaud et se perdit dans ses pensées. Après quoi, il avertit ses serviteurs qu'il partirait à l'aube. Une fois qu'ils seraient à l'intérieur des terres, sur le Venero, il monterait dans son carrosse.

Il ne dormit guère cette nuit-là. Au petit matin, alors que le soleil se levait sur la lagune, il monta dans une gondole manœuvrée par trois hommes du doge, armés d'épées et d'arbalètes. Ils allaient s'éloigner quand un individu râblé, vêtu d'un uniforme noir, arriva en courant sur le quai.

— Excellence, dit-il hors d'haleine, permettez-moi de me présenter ; je suis le chef de la police dans ce quartier de la ville. Avant votre départ, je voudrais vous présenter mes excuses pour l'incident de cette nuit. Venise est pleine de voleurs et de bandits qui dépouilleront tout étranger qu'ils rencontreront la nuit.

— Vous devriez envoyer vos hommes là où ils ont des chances de les capturer, répondit ironiquement César.

— Vous me feriez une grande faveur si, retardant votre départ, vous consentiez à m'accompagner jusqu'à l'endroit où on vous a attaqué ; votre escorte pourra vous attendre ici. Nous pourrions entrer dans les maisons voisines, où peut-être vous seriez en mesure d'identifier l'un de vos assaillants.

César ne sut trop que répondre. Il voulait partir, mais aussi savoir qui avait voulu s'en prendre à lui. Cependant, enquêter prendrait des heures et il avait bien des choses à faire. Pour le moment, le plus important était de rentrer à Rome.

— Capitaine, dit-il, en temps normal je serais ravi de vous aider, mais mon carrosse m'attend. J'espère arriver à Ferrare avant la nuit, car les routes sont aussi peu sûres que vos rues la nuit. Je vous prie donc de m'excuser.

L'autre sourit et s'inclina :

— Comptez-vous revenir bientôt à Venise, Votre Excellence ?

— En effet.

— Alors, peut-être pourrez-vous nous aider à ce moment-là. Le quartier général de la police est sur le Rialto. Mon nom est Bernardino Nerozzi, mais tout le monde m'appelle Nero.

Pendant le voyage de retour, César se demanda si quelqu'un n'aurait pas pu payer le lieutenant de police pour l'assassiner. C'était possible, mais qui ? Il renonça : si on l'avait tué, jamais on n'aurait trouvé les coupables, tant il y aurait eu de suspects.

Ce qui ne l'empêcha pas de se poser des questions. Un des parents d'Alfonso, cherchant à venger sa mort ? Giovanni Sforza, humilié d'avoir été publiquement déclaré impuissant ? La famille ou la belle-famille de Caterina Sforza ? Giuliano Della Rovere, qui détestait tous les Borgia ? L'un de ceux qui gouvernaient Faenza, Urbino ou l'une des villes dont César comptait s'emparer ? L'un de ceux qui en voulaient à son père, ce qui faisait des centaines de personnes ?

Quand son carrosse arriva à Rome, César était en tout cas certain d'une chose : il lui faudrait faire très attention, car quelqu'un était bien décidé à le supprimer.

Pour Lucrèce, l'éveil au plaisir avec César avait été comme une entrée au paradis ; la mort d'Alfonso changeait tout. Elle fut désormais contrainte de voir sa vie, sa famille, telles qu'elles étaient vraiment. Elle se sentait dorénavant abandonnée par son père le pape, comme de Dieu Lui-même.

La perte de son innocence fut dévastatrice. Jusque-là, elle avait vécu dans un monde magique : c'était terminé. Elle en souffrait profondément et cherchait à se souvenir de la manière dont tout avait commencé, alors même que cela semblait avoir toujours été...

Quand elle était toute petite, son père, la prenant sur ses genoux, lui avait raconté l'histoire passionnante des dieux de l'Olympe et des Titans. N'était-il pas Zeus, le plus grand de tous ? Car sa voix était comme le tonnerre, ses larmes comme la pluie, son sourire comme le soleil. Et n'était-elle pas Athéna, la déesse sortie de son front ? Ou Vénus en personne, la déesse de l'amour ?

Puis elle avait été Eve, tentée par le serpent, aussi bien que la chaste Madone qui avait donné naissance au Sauveur.

Dans les bras de son père, elle se sentait protégée de tout mal ; aussi n'avait-elle jamais redouté la mort, étant certaine d'être protégée par Dieu.

Maintenant qu'elle était veuve, le lourd voile de l'illusion lui avait été ôté des yeux.

Quand elle s'était penchée pour baiser les lèvres glacées de son mari mort, elle avait ressenti un vide horrible et compris que la vie était souffrance, que la mort viendrait un jour ou l'autre. Pour son père, pour César, pour elle. Jusqu'alors, elle les avait tous crus immortels. Aussi pleurait-elle pour eux.

Certaines nuits, elle ne pouvait dormir ; elle passait ses journées à marcher de long en large, sans pouvoir trouver le repos. La peur et le doute l'assaillaient. Elle finit même par perdre ce qui lui restait de foi, à mettre en question tout ce à quoi elle avait cru, sans pouvoir se raccrocher à rien.

Parfois, elle était accablée de désespoir : alors elle se couchait, pleurant Alfonso et craignant pour elle-même.

— Que m'arrive-t-il donc ? demanda-t-elle à Sancia.

Celle-ci vint s'asseoir au bord du lit et lui caressa le front.

— Tu te rends compte désormais que tu n'es qu'un pion dans le jeu de ton père. Beaucoup moins important que la conquête par ton frère de territoires qui reviendront à la famille Borgia ! C'est une vérité difficile à admettre.

— Mais père n'est pas comme ça ! Il a toujours voulu mon bonheur !

— Ah bon ? dit Sancia d'un ton sarcastique. J'avoue que je ne m'en étais jamais rendu compte. Mais il faut que tu ailles bien, il faut que tu sois forte, car tes enfants ont besoin de toi.

— Et ton propre père ? demanda Lucrèce. Prend-il soin de toi ? Te traite-t-il comme il faut ?

— Ni l'un ni l'autre... depuis l'invasion française, il est très malade — certains disent qu'il est fou. Je le trouve pourtant plus affectueux qu'autrefois. A Naples, il reste dans une tour du palais, veillé par toute la famille. Parfois, il se met à hurler : *J'entends la France ! Les arbres et les rochers l'appellent !* Je crois quand même qu'il est préférable à ton père. Car, avant, je ne faisais pas partie de son monde, ni lui du mien. Il n'était jamais que mon père, l'amour que j'avais pour lui n'était pas assez puissant pour m'affaiblir.

Lucrèce pleura davantage encore, car il y avait dans les paroles de Sancia une vérité impossible à nier. Elle tenta de voir en quoi son père avait changé.

Il lui avait parlé d'un Dieu joyeux et compatissant, mais celui qu'il servait était vengeur et souvent cruel. Le cœur de Lucrèce battit quand elle osa penser : « Pourquoi tant de mal au nom du bien et de Dieu ? »

C'est alors qu'elle mit enfin en question la sagacité de son père. Tout ce qu'elle avait appris était-il vraiment bon et juste ? Son père était-il vraiment le vicaire du Christ sur la terre ? Son jugement était-il celui de Dieu ? Car elle savait avec certitude que le Dieu qu'elle vénérait n'était pas celui qui chuchotait à l'oreille d'Alexandre.

Moins d'un mois après la mort d'Alfonso, le pape se mit à chercher un nouvel époux pour sa fille. Il n'ignorait nullement que cela pouvait paraître cruel, mais il songeait à l'avenir de Lucrèce, ne voulant pas qu'après sa propre mort elle se retrouve seule et abandonnée.

Il convoqua donc Duarte Brandao dans ses appartements pour discuter de la situation.

— Que penses-tu de Louis de Ligny ? Après tout, il est cousin du roi de France !

— Je ne crois pas que Lucrèce l'accepterait, répondit simplement Duarte.

Alexandre envoya à Nepi un message destiné à sa fille. Qui répondit simplement : « Je ne veux pas vivre en France. »

Il lui proposa ensuite Francisco Orsini, duc de Gravina.

« Je ne souhaite pas me remarier », écrivit-elle.

Quand il lui demanda quelles étaient ses raisons, la réponse de Lucrèce fut simple : « Mes deux maris n'ont pas eu de chance, je ne veux pas en avoir un autre sur la conscience. »

Le pape appela de nouveau Brandao :

— Elle est impossible ! Têtue ! Exaspérante ! Je mourrai bien un jour, et alors il n'y aura plus que César pour la protéger !

— Elle semble bien s'entendre avec Geoffroi et Sancia, dit Duarte. Il se peut qu'il lui faille du temps pour surmonter son chagrin. Rappelez-la à Rome, et attendez l'occasion de lui demander de réfléchir. Nepi est trop loin d'ici, et un nouvel époux trop proche du précédent.

Les semaines passèrent tandis que Lucrèce s'efforçait de surmonter son chagrin et de trouver une raison de vivre. Puis un soir, alors qu'elle était au lit et lisait à la lueur d'une chandelle, Geoffroi entra dans sa chambre.

Il était coiffé d'un bonnet de velours vert ; ses yeux rougis trahissaient le manque de sommeil. Il s'était retiré très tôt, et elle fut surprise de le voir ainsi, comme s'il allait sortir. Toutefois, avant même qu'elle ait le temps de lui poser la question, il se mit à parler, comme si les mots lui étaient extirpés de force :

— J'ai fait des choses dont j'ai honte, et pour lesquelles je me condamne. Aucun dieu ne me jugerait de cette façon. Et père aussi me condamnerait, moi qui ne l'ai jamais jugé.

Elle se redressa dans son lit :

— Qu'as-tu donc pu faire, petit frère ? De nous quatre, tu as toujours été le plus doux.

Geoffroi la regarda ; elle vit qu'il hésitait. Il avait attendu si longtemps, c'était en elle qu'il avait le plus confiance...

— Mon âme ne peut plus supporter un tel péché. Je l'ai dissimulé depuis bien trop longtemps.

Elle lui prit la main, voyant dans ses yeux tant de confusion et de remords qu'elle en oublia un instant son propre chagrin :

— Qu'est-ce qui te pèse à ce point ?

— Tu vas me mépriser si je te le dis. Si j'en parle à qui que ce soit d'autre, ma vie ne vaudra plus rien. Mais, si je ne m'en délivre pas, j'ai peur de devenir fou, ou d'y perdre mon âme, ce qui serait bien plus terrifiant.

— Quel est donc ce péché si terrible que tu en trembles ? demanda Lucrèce, perplexe. Tu peux te fier à moi : jamais ton secret ne franchira mes lèvres.

Geoffroi la regarda et chuchota :

— Ce n'est pas César qui a tué Juan.

Elle lui posa un doigt sur la bouche :

— Ne dis rien de plus. Ne prononce pas les mots que j'entends dans mon cœur, car je te connais depuis que tu étais tout petit. Mais qu'est-ce qui t'a poussé à un tel acte ?

Il posa la tête sur sa poitrine et dit à voix basse :

— Sancia ! Sur mon âme, je suis lié à elle d'une manière que je ne comprends pas. Sans elle, j'ai l'impression de ne plus pouvoir respirer.

Lucrèce pensa à Alfonso et comprit. Puis elle songea à César. Comme il devait souffrir ! Ils étaient tous des victimes de l'amour, qui lui parut infiniment plus traître que la guerre.

César ne pouvait entamer sa nouvelle campagne militaire en Romagne sans d'abord passer voir sa sœur. Il fallait qu'il la voie pour s'expliquer, lui demander son pardon, regagner son amour.

Quand il arriva à Nepi, Sancia tenta de lui interdire le passage, mais il la repoussa, se dirigea vers les appartements de sa sœur et y entra.

Lucrèce était assise et jouait au luth une mélodie plaintive. Apercevant son frère, elle s'arrêta net.

Il courut vers elle et s'agenouilla :

— Je maudis le jour où je suis né ! Je maudis le jour où j'ai découvert que je t'aimais plus que la vie... J'ai voulu te revoir un instant avant de repartir combattre, car sans toi aucune bataille ne vaut la peine d'être menée.

Elle posa la main sur sa tête et lui caressa les cheveux jusqu'à ce qu'il ose lever les yeux. Mais elle ne disait mot.

— Me pardonneras-tu ? demanda-t-il.

— Comment refuser ? répondit-elle.

Les yeux de César — mais pas ceux de Lucrèce — se remplirent de larmes :

— M'aimes-tu encore plus que tout ?

Elle hésita :

— Je t'aime, mon frère, car toi aussi tu es un pion dans le jeu où nous sommes pris, ce pourquoi je nous plains tous les deux.

Il se leva, perplexe, mais tint à la remercier :

— Maintenant que je t'ai revue, il me sera plus facile de conquérir de nouveaux territoires pour Rome.

Elle lui permit de la prendre dans ses bras et en fut réconfortée, malgré tout ce qui s'était passé.

— Je pars unifier les Etats pontificaux, dit-il, et, quand nous nous reverrons, j'espère y être parvenu.

Elle sourit :

— Si Dieu le veut, nous serons bientôt tous deux de retour à Rome.

Au cours des mois qui suivirent, Lucrèce se mit à lire sans arrêt : les vies des saints, celles des grands hommes, les œuvres des philosophes. Elle se remplit l'esprit et finit par comprendre qu'une seule question importait :

Devait-elle vivre ou mettre fin à ses jours ?

Dans le premier cas, comment trouver la paix ? Son père aurait beau la remarier à n'en plus finir, jamais elle n'aimerait comme elle avait aimé Alfonso.

Pour vivre, il lui faudrait aussi pardonner à ceux qui lui avaient fait du mal — faute de quoi, la colère qui lui envahissait le cœur et l'esprit la pousserait à la haine et la priverait de sa liberté.

Trois mois après son arrivée à Nepi, elle ouvrit les portes du château à son peuple, pour entendre ses plaintes, et chercher à élaborer un système de gouvernement qui profiterait aux pauvres comme aux riches. Elle était décidée à vouer son existence à ceux qui ne pouvaient se défendre, qui avaient autant souffert qu'elle.

Si elle faisait usage du pouvoir que son père lui avait donné, si le nom des Borgia lui permettait de faire le bien, comme il permettait à César de faire la guerre, peut-être la vie vaudrait-elle d'être vécue. Comme les saints se vouaient à Dieu, elle se consacrerait à aider les autres, avec tant de générosité qu'à sa mort Dieu lui sourirait.

C'est alors que son père lui fit savoir qu'elle devait rentrer à Rome.

23

De retour à Rome, César rassembla son armée. Ses fantassins, presque tous italiens, étaient très disciplinés. Leurs pourpoints rouge et or s'ornaient du blason de leur chef. Des capitaines espagnols de talent les commandaient, sans compter des condottiere aguerris tels que Gian Baglioni et Paolo Orsini. César choisit avec soin son chef d'état-major : Vito Vitelli, qui amena avec lui vingt et un canons superbes. En tout, l'armée comptait quatre mille cinq cents fantassins et deux mille deux cents cavaliers. Dion Naldi, l'ancien capitaine de Caterina, vint y ajouter ses propres hommes pour assister César dans sa nouvelle campagne.

Son premier objectif était Pesaro, ville sur laquelle régnait toujours Giovanni Sforza, l'ex-mari de Lucrèce. Alexandre l'avait excommunié en apprenant qu'il s'était abouché avec les Turcs pour lutter contre la papauté. Comme à Forli et Imola, ses sujets ne tenaient nullement à sacrifier leurs biens et leurs vies pour le défendre. Apprenant que César était en route, ils s'emparèrent de Galli, le frère de Giovanni ; mais celui-ci, peu désireux d'affronter son redoutable ex-beau-frère, préféra s'enfuir à Venise, à qui il offrit un duché qui ne lui appartenait plus.

Entrant dans Pesaro sous la pluie avec les cent cinquante hommes de sa garde, César fut acclamé par une foule énorme, qui lui offrit les clés de la ville : il en était désormais maître sans avoir eu à combattre.

Il s'installa aussitôt dans le château des Sforza, dans les appartements même où Lucrèce avait vécu et dormit deux nuits de suite dans son lit, en rêvant à elle.

Vitelli et lui s'emparèrent de soixante-quinze canons de l'arsenal de la ville avant de se remettre en route. Leur artillerie en comptait quatre-vingt-dix de plus quand ils parvinrent à Rimini. La pluie avait été l'obstacle le plus difficile à surmonter le long de la route qui, remontant vers le nord, longeait la mer Adriatique. Là encore, les habitants de la ville chassèrent leurs maîtres détestés, Pan et Carlo Malatesta, et se rendirent sans conditions.

César était ravi ; mais une tâche redoutable l'attendait. Faenza était gouvernée par Astore Manfredi, fort aimé de ses sujets. De plus, la cité était défendue par une forteresse aux hautes murailles crénelées et peuplée d'hommes fidèles et courageux. Son infanterie était la meilleure d'Italie : la ville ne se rendrait pas sans avoir farouchement combattu.

Pour César, les choses commencèrent mal. Les canons de Vitelli, tirant sans discontinuer, percèrent bien une brèche dans les murailles de la cité, mais quand les assaillants voulurent s'y précipiter, ils furent repoussés et subirent de lourdes pertes.

Des querelles opposèrent capitaines espagnols et

mercenaires italiens, qui s'accusaient mutuellement d'être responsables de la défaite.

L'hiver arriva, le temps devint glacial, tout s'arrêta, les troupes commencèrent à se plaindre. Furieux des critiques espagnoles, Gian Baglioni quitta le camp et ramena ses troupes à Pérouse.

Ces difficultés rendaient impossible toute victoire avant le printemps. César laissa donc sur place des forces réduites et installa le gros de ses forces dans les villages qui parsemaient les environs, et déclara à ses hommes qu'ils devraient attendre le beau temps.

Lui-même se rendit à Cesena, dont les Malatesta, qui la gouvernaient, s'étaient enfuis à son arrivée. Les habitants de la ville étaient célèbres dans toute l'Italie pour leur valeur militaire, mais aussi pour aimer la vie et ses plaisirs. Il s'installa dans le palais et tint à les inviter pour qu'ils puissent voir de près les richesses au milieu desquelles leurs anciens maîtres avaient vécu, afin qu'ils comprennent où étaient passés leurs propres efforts et sacrifices.

Lui-même prit soin de se mêler au peuple. Il prenait part à toutes sortes de tournois, souvent avec les nobles du cru, assistait à leurs fêtes, leurs danses ; ils furent flattés d'être en sa compagnie.

Un soir, il arriva dans une grande salle où avaient lieu des combats de lutte. Le sol était couvert de paille, on avait dressé une sorte d'estrade de bois où s'affrontaient des jeunes gens couverts de sueur.

César chercha dans la foule un adversaire qui fût à sa mesure. Il aperçut ainsi un homme de haute taille — une bonne tête de plus que lui, massif et chauve. On lui dit que c'était le champion local, un paysan nommé Zappitto.

— Mais, ajouta son interlocuteur, il ne combattra pas ce soir.

César alla le voir.

— On m'a parlé de ta réputation, ami, lui dit-il. Me ferais-tu l'honneur de m'affronter ?

Zappitto eut un grand sourire qui révéla de très mauvaises dents. Vaincre le fils du pape lui vaudrait l'admiration générale ; il accepta donc sans hésiter.

César et lui ôtèrent leur veste, leur chemise et leurs bottes. L'homme avait des biceps et des avant-bras deux fois plus gros que ceux de son adversaire. C'était très exactement le genre de défi qui plaisait à César.

— En deux tombers ! s'écria l'arbitre, et la foule se tut d'un coup.

Tous deux tournèrent l'un autour de l'autre, puis brusquement Zappitto se précipita vers son adversaire. Mais César, se dérobant, se jeta de tout son poids dans les jambes du colosse, qu'il renversa : l'homme fut projeté à terre et, stupéfait, n'eut pas le temps de se redresser : César lui fit toucher le sol des deux épaules.

— Un tomber pour l'adversaire ! lança l'arbitre.

Le silence céda la place à des cris et des applaudissements.

Puis l'on recommença. Zappitto n'avait rien d'un sot : cette fois, plutôt que de foncer tout droit, il préféra tourner autour de son adversaire. César se décida le premier : il tenta de lui faucher les jambes, mais c'était comme de frapper un tronc : rien ne se passa.

Zappitto, réagissant sans perdre de temps, s'empara du pied de César et le contraignit à des mouvements désordonnés, jusqu'à ce que la tête de César commence à lui tourner. Le colosse le saisit ensuite aux cuisses, le souleva sur ses épaules, le projeta à terre et se jeta sur lui.

— Un tomber pour le champion ! hurla l'arbitre au milieu des cris de la foule.

Il fallut un moment à César pour reprendre ses esprits.

Sans se décourager, il s'avança de nouveau. Son plan était de s'emparer des doigts de son adversaire, grâce à une prise qu'on lui avait enseignée à Gênes. Zappitto, pour se libérer, ferait un ou deux pas en arrière ; alors il lui faucherait les jambes et le ferait tomber.

César réussit à s'emparer de sa main et, de toutes ses forces, voulut en repousser les doigts vers l'arrière. Mais il découvrit avec stupéfaction qu'ils étaient aussi durs que des tuyaux de fer.

Suant à grosses gouttes, Zappitto referma sa main sur celle de son adversaire, lui broyant les jointures. Serrant les dents pour ne pas hurler, César avança le bras pour une prise au cou, mais le colosse s'en empara également et entreprit avec lenteur de lui écraser les deux mains.

La douleur était si horrible que César en eut le souffle coupé. Dans un ultime effort, il noua ses jambes autour de la taille de Zappitto et serra de toutes ses forces pour l'empêcher de respirer. L'homme eut un grognement sourd, mais se laissa simplement tomber en avant, lui faisant toucher le sol des deux épaules.

— Deuxième tomber ! lança l'arbitre. Partie gagnée !

Il leva le bras de Zappitto sous les acclamations de la foule : son champion avait gagné !

César serra la main de Zappitto et le félicita, puis prit sa veste pour y trouver sa bourse. Souriant, il la tendit à son adversaire en s'inclinant.

L'assistance céda à un fol enthousiasme, hurla, trépigna. Leur nouveau maître les avait bien traités et n'hésitait pas à partager leurs plaisirs ! Il dansait, luttait, et savait perdre avec panache !

Bien entendu, César ne prenait pas part à tous ces divertissements par seul plaisir, bien qu'il se soit beaucoup amusé. Il voulait se gagner les cœurs pour mieux atteindre son objectif : faire régner la paix dans la région et s'en assurer la maîtrise. La bonne volonté ne suffirait certes pas : il interdit à ses troupes de se livrer au pillage et au viol, ou de s'en prendre aux habitants des territoires qu'il conquérait.

Il fut donc furieux quand, moins d'une semaine après son combat avec Zappitto, par un froid matin d'hiver, on lui amena enchaînés trois de ses fantassins.

Le sergent qui venait les lui présenter s'appelait Ramiro da Lorca : c'était un vieux briscard coriace, qui lui annonça que les trois hommes avaient passé la veille à boire.

— Pire encore, ajouta-t-il, ils sont entrés dans une boucherie, ont volé deux poulets, un rôti de mouton, et roué de coups le fils du boucher qui tentait de les en empêcher !

— Est-ce vrai ? demanda César aux prisonniers.

Le plus vieux d'entre eux — il n'avait pas trente ans — dit d'une voix geignarde et fausse :

— Votre Excellence, nous n'avons fait que prendre un peu de quoi manger. Nous avions faim, et...

— C'est un mensonge, Votre Seigneurie !

s'exclama le sergent. Ils sont payés régulièrement, comme les autres ! Ils n'avaient nul besoin de voler !

Alexandre avait toujours dit à César que, lorsqu'on commande aux hommes, il y a un moment où il faut faire des choix difficiles. Il regarda les trois hommes, puis la foule qui s'était rassemblée sur place.

— Pendez-les.

— Votre Excellence, dit le soldat comme s'il n'avait pas entendu, ce n'était qu'un peu de viande ! Rien de grave !

— Tu n'as pas l'air de comprendre, répondit César. Il ne s'agit pas de poulets ! Sur ordre du Saint-Père, chaque homme de son armée est bien payé. Pourquoi ? Pour qu'il n'aille pas voler ou brutaliser les habitants des villes que nous conquérons ! C'est aussi pourquoi j'ai pris soin de bien loger et de bien nourrir mes hommes ! Tout cela pour que le peuple ne haïsse pas les armées pontificales ! Il n'est pas contraint de nous aimer, mais j'espère qu'au moins il ne nous méprisera pas. Des imbéciles comme vous viennent gâcher mes plans et, de surcroît, désobéissent à un ordre de Sa Sainteté !

Le soir, au coucher du soleil, les trois hommes furent donc pendus sur la place, à titre d'exemple pour leurs camarades. Plus tard, dans les tavernes de la ville comme aux environs, tout le monde convint que César Borgia était un homme juste : d'heureux temps s'annonçaient.

Peu avant l'arrivée du printemps, l'armée de César fut renforcée par un contingent de troupes françaises envoyées par le roi Louis. Un ami de Milan lui recommanda par ailleurs un peintre, ingénieur et inventeur qui affirmait tout connaître des méthodes de guerre modernes, et qui s'appelait Léonard de Vinci.

Quand celui-ci arriva dans le palais des Malatesta, il trouva César occupé à examiner une carte des fortifications de Faenza.

— Ces murailles semblent repousser nos boulets comme un chien se débarrasse de ses puces ! Comment y créer une brèche assez large pour que nos troupes puissent s'y engouffrer et donner l'assaut ?

Les longs cheveux bruns de Vinci lui couvraient presque le visage. Il sourit.

— Ce n'est pas difficile, Votre Excellence. Pas du tout !

— Expliquez-vous, maestro, répondit César, fort intéressé.

— Il vous suffit de faire usage de ma tour de siège. Comme vous le savez, on s'en est servi pendant des siècles ; et je sais que vous pensez qu'elles n'ont plus aucune utilité. Mais la mienne est différente. Elle se compose de trois parties distinctes, et peut être amenée jusqu'aux murailles au moment même de l'attaque. A l'intérieur, des échelles mènent à une plate-forme assez vaste pour abriter trente hommes, protégés par un vaste panneau de bois à charnières, qu'on peut lever et rabattre comme un pont-levis ; il peut être jeté sur le sommet des remparts, et les soldats s'y précipiteront, armes à la main, tandis que trente hommes leur succéderont. En moins de trois minutes, quatre-vingt-dix hommes peuvent ainsi repousser l'ennemi. Dix minutes de plus, et il y en aura trois cents.

César éclata de rire :

— Une brillante idée, maestro !

— Mais le plus beau, reprit Léonard, est que vous n'aurez pas à vous en servir.

— Je ne comprends pas.

Le visage sévère de Vinci se détendit un peu :

— Vos plans montrent que les murailles de Faenza ont trente-cinq pieds de hauteur. Plusieurs jours avant la bataille, il faut que vous fassiez savoir à l'ennemi que vous comptez utiliser ma tour — celle-ci pouvant percer toute muraille de quarante pieds de haut. Cela vous est-il possible ?

— Bien sûr ! Toutes les tavernes sur la route menant à Rimini sont pleines de gens qui courront l'annoncer à Faenza.

— Alors, entamez la construction de la tour, sous le regard de l'ennemi !

Vinci déplia une feuille de parchemin sur laquelle l'engin était superbement dessiné. Mais le croquis s'accompagnait de commentaires strictement impossibles à déchiffrer.

Voyant que César restait perplexe, Léonard eut un petit rire.

— C'est une de mes astuces pour tromper les espions et les plagiaires. Après tout, quelqu'un pourrait vous voler ce document... J'écris toujours de manière à ce que, pour me lire, il faille tenir la feuille devant un miroir : tout devient alors parfaitement clair.

César sourit : il admirait les gens prudents.

— Capitaine général, reprit Vinci, l'ennemi entend donc parler de cette redoutable tour et voit que vous la faites construire. Il sait par ailleurs que le temps va lui manquer. La seule solution pour lui est de surélever les murailles, d'y entasser pierre sur pierre de manière à leur faire gagner dix pieds de plus. Mais c'est une terrible erreur ! C'est oublier en effet qu'elles ne seront plus stables, parce qu'il faudrait en même temps renforcer leur base pour supporter ce poids supplémentaire. Le temps que nos adversaires y pensent, votre artillerie aura commencé d'ouvrir le feu.

César fit donc en sorte que ses hommes se vantent partout que l'armée papale allait disposer d'une tour de siège invincible. Puis il en fit entamer la construction, de telle sorte qu'on pût la voir du haut des murailles de Faenza, à portée desquelles il installa ses canons. De toute évidence, les assiégés avaient compris le danger et s'affairaient sur les remparts pour y empiler d'énormes pierres. Amusé, César retarda un peu le moment de l'assaut, afin que ses adversaires disposent de plus de temps.

Il conféra ensuite sous sa tente avec Vito Vitelli :

— Voilà ce que je veux, Vito, dit-il. Concentre tous tes tirs à la base de la muraille reliant ces deux tours, dit-il en désignant un espace assez vaste pour que son armée puisse s'y engouffrer.

— A la base ? s'exclama Vitelli, incrédule. Mais c'est ce que nous avons fait tout l'hiver, sans résultat ! Mieux vaudrait viser les remparts : nous pourrions au moins leur tuer des hommes.

— Fais comme je te dis ! répondit simplement César, qui ne voulait révéler à personne la stratégie secrète de Léonard de Vinci : elle pourrait lui servir face à d'autres villes...

Vitelli donna donc des ordres à ses hommes, qui entreprirent, non sans difficultés, d'abaisser leurs canons pour que leurs boulets atteignent la zone indiquée.

César ordonna aux fantassins et aux cavaliers de se rassembler derrière l'artillerie. Lui-même avait revêtu son armure ; il enjoignit à ses hommes d'armes de se préparer et de rester à cheval. Ils obéirent en maugréant : le siège pouvait durer des mois ! Devraient-ils demeurer en selle jusqu'à l'été ?

Une fois certain que ses troupes étaient prêtes, César donna à Vitelli l'ordre d'ouvrir le feu.

Les canons se mirent à rugir avec régularité. Leurs boulets s'en venaient frapper les murailles à trois ou quatre pieds du sol, et la canonnade se poursuivit sans interruption. Vitelli se tourna à deux reprises vers César qui, à chaque fois, lui fit signe de continuer.

Il y eut brusquement un bruit d'effondrement, qui se fit de plus en plus fort : la muraille s'affaissait sur cinquante pieds de large, au milieu d'un énorme nuage de poussière et des hurlements des soldats — enfin, des survivants — qui se tenaient à cet endroit.

César ordonna aussitôt à ses troupes de charger. Poussant des cris, la cavalerie légère s'avança à travers la brèche, suivie de l'infanterie, afin de progresser suffisamment pour prendre l'ennemi à revers.

César n'attendit que quelques minutes pour donner le signal de l'attaque à ses hommes d'armes. En face, les défenseurs de la ville s'étaient rassemblés derrière la brèche, pour en interdire l'accès ; mais ils furent balayés par les assaillants.

Ceux qui défendaient la ville du haut des murailles encore intactes, pris à revers, succombèrent sous les flèches, les lances et les coups d'épées, et l'un de leurs officiers hurla :

— Nous nous rendons ! *Nous nous rendons !*

Les assiégés, jetant leurs armes, levèrent les mains

en l'air. César ordonna donc à ses officiers de mettre un terme aux combats. C'est ainsi que Faenza passa sous contrôle pontifical.

César donna au prince Astore Manfredi un sauf-conduit lui permettant de se rendre à Rome. Mais, impressionné par les hauts faits de l'armée papale, et avide d'aventures, le jeune homme — il n'avait que dix-sept ans — demanda à son vainqueur la permission de servir dans son état-major. César accepta, bien qu'un peu surpris. Toutefois, il éprouva vite de la sympathie pour Manfredi, à la vive intelligence et au jugement très sûr.

Au bout de quelques jours, l'armée de César fut prête à repartir. Il donna à Léonard une bourse pleine à craquer de ducats, et lui demanda de l'accompagner dans sa campagne militaire. Mais l'artiste secoua la tête :

— Il me faut revenir aux arts. Un jeune tailleur de pierre nommé Michelangelo Buonarroti se voit confier d'importantes commandes, alors que je perds mon temps sur le champ de bataille ! Il a un certain talent, j'en conviens, mais aucune profondeur, aucune subtilité ! Je dois partir.

César lui dit donc adieu avant de monter sur son cheval blanc. Levant la main, Vinci lui tendit un rouleau de parchemin :

— Voici la liste des diverses activités que je pratique... peintures, fresques, systèmes d'adduction d'eau... bien des choses ! Nous pourrons toujours discuter du prix.

Il eut un petit sourire et ajouta :

— Votre Excellence, j'ai peint à Milan une fresque

représentant la Cène. Je serais ravi que le Saint-Père vienne la voir. Croyez-vous que ce serait possible ?

— Je l'ai vue moi-même, elle est vraiment merveilleuse. Le Saint-Père est amoureux des belles choses, je suis certain que cela l'intéressera.

César plia le parchemin avec soin, le glissa dans une de ses poches puis, saluant Léonard, fit prendre à son cheval la route menant vers le nord.

24

L'armée pontificale marcha donc sur Bologne, sous le commandement de César, aux côtés duquel Astore Manfredi chevauchait. D'humeur affable, désireux d'apprendre, le jeune homme dînait chaque soir en sa compagnie, tout comme les autres membres de son état-major ; souvent il entonnait pour eux les chansons paillardes chères aux paysans de la région de Faenza. Après quoi, il les écoutait analyser la situation et faire des plans pour les jours à venir.

César devait affronter des problèmes stratégiques assez épineux. Il avait atteint les principaux objectifs de sa campagne et contrôlait désormais la plus grosse part de la Romagne ; mais il ne pouvait espérer s'emparer de Bologne, placée sous protection française. Qu'il prenne la ville et il se heurterait à Louis XII, ce qu'il ne désirait nullement ; de surcroît, Alexandre s'y opposerait à coup sûr.

A dire vrai, il songeait surtout à s'assurer la possession du Castel Bolognese, puissante forteresse située non loin de la cité. De ce point de vue, il disposait d'un atout majeur : les Bentivoglio, qui gouvernaient Bologne, savaient simplement que ses troupes se dirigeaient sur eux. Ses adjoints eux-mêmes ignoraient ce qu'il comptait faire — et s'en inquiétaient d'ailleurs vivement.

Après avoir beaucoup réfléchi, César fit donc avancer ses troupes jusqu'à quelques lieues de la cité. Giovanni Bentivoglio vint l'accueillir, monté sur un énorme destrier et suivi d'un écuyer portant sa bannière — une scie rouge sur fond blanc.

— César, mon ami ! Faut-il vraiment que nous combattions ? Tu as peu de chances de l'emporter, et même si tu y parvenais, tes amis français t'écraseraient. N'y aurait-il pas moyen pour moi de te convaincre de renoncer à une telle chimère ?

Il s'ensuivit d'âpres marchandages à l'issue desquels César accepta de ne pas attaquer Bologne, Bentivoglio consentant de son côté à lui céder le Castel Bolognese. Pour témoigner de sa bonne foi, il devrait également fournir des troupes lors des futures campagnes des armées pontificales.

Le lendemain, les hommes de César occupèrent donc la forteresse. Ses épaisses murailles les protégeraient de leurs ennemis, ses immenses entrepôts souterrains contenaient d'importantes réserves de poudre et de munitions. De plus, les quartiers des officiers étaient d'un confort assez peu répandu. César et son état-major en furent ravis.

Ce soir-là, il offrit à ses adjoints un somptueux dîner au cours duquel furent notamment servis du chevreau rôti assaisonné d'une sauce aux figues et aux poivrons, et des radis sautés dans l'huile d'olive. Tous bavardèrent gaiement, chantèrent en chœur et firent honneur au vin de Frascati.

Ce fut aussi la fête pour ses troupes : César vint voir ses soldats pour les remercier et les féliciter de leur victoire. Mieux valait entretenir l'affection qu'ils avaient pour lui, comme il l'avait fait dans les villes qu'il avait conquises.

Le château disposait également de bains d'eau sulfureuse, alimentés par une source souterraine : César et son état-major s'y plongèrent après s'être dévêtus, se détendant dans l'eau brûlante et boueuse, qui avait une faible odeur d'œuf pourri.

Un par un, les adjoints du capitaine général s'en furent après s'être rincés à grands seaux d'eau froide tirés d'un puits voisin. Seul Astore Manfredi resta avec César.

Celui-ci sentit une main se poser sur sa cuisse, mais il était trop ivre pour réagir et empêcher les doigts de venir caresser son sexe. Il les repoussa sans brutalité :

— Astore, ce n'est pas mon genre. Tu n'y es pour rien : ce ne sont pas mes mœurs, voilà tout.

— Tu ne comprends pas ! s'écria le jeune homme. Ce n'est pas un simple désir que je ressens. Je suis amoureux de toi, et cela fait déjà un moment.

César se redressa, tentant de reprendre ses esprits.

— Tu es mon ami, dit-il, j'ai de la sympathie et de l'admiration pour toi. Mais cela ne te suffit pas, n'est-ce pas ?

— Non, répondit Astore un peu tristement. Je t'aime comme Alexandre a aimé son jeune Perse, comme Edouard II, le roi d'Angleterre, a aimé Piers Gaveston. Je vais peut-être passer pour un sot, mais je crois que c'est un amour authentique.

— Cela n'est pas possible, dit César d'un ton ferme. Je connais bien des hommes de valeur, soldats, athlètes, et même cardinaux, qui se livrent à de telles relations et en tirent grand plaisir. Mais ce n'est pas mon cas. C'est là quelque chose que je ne peux te donner. Je peux être ton ami fidèle, mais rien de plus.

— Je comprends, César, chuchota Astore qui se leva, l'air gêné : je partirai pour Rome dès demain.

— Tu n'y es pas tenu ; je ne te méprise nullement parce que tu m'as avoué ton amour.

— Non, je ne peux rester. Il me faudrait soit accepter ce que tu viens de me dire, et alors ce serait trop douloureux de te voir chaque jour, soit me duper et croire qu'il y a encore de l'espoir. Tu finirais par en être furieux ou, pire encore, révulsé. Il faut que je m'en aille.

A l'aube, Astore dit donc adieu à tous les membres de l'état-major de César, qu'il serra dans ses bras en chuchotant :

— Adieu, mon ami. Mes rêves seront toujours pleins de ce qui aurait pu être.

Puis, souriant, il monta en selle et partit vers le sud en direction de Rome.

Ce soir-là, César réfléchit longuement. Il avait atteint tous ses objectifs militaires : il était temps de rentrer.

Pourtant, il avait toujours un appétit de conquête, comme ses deux adjoints, Vito Vitelli et Paolo Orsini. Ils le pressèrent d'attaquer Florence, le premier parce qu'il détestait les Florentins, le second parce qu'il voulait restaurer les Médicis, vieux alliés de sa famille. César était tenté d'accepter, tout en hésitant.

Quand l'aube se leva, il ne s'était toujours pas décidé. Peut-être Vitelli et Orsini avaient-ils raison ; il pourrait s'emparer de la ville, et la rendre aux Médicis. Mais ce serait heurter la France de front : même s'il parvenait à la conquérir, jamais les Français ne lui permettraient de la conserver. Mieux valait recourir à la même stratégie qu'à Bologne.

Il conduisit donc son armée vers le sud, pénétra dans la vallée de l'Arno et s'arrêta à quelques lieues de Florence.

Le commandant des troupes florentines vint le trouver pour négocier, accompagné d'un petit détachement d'hommes dont les armures brillaient sous le soleil. Quand César vit qu'ils regardaient les canons de Vitelli d'un œil inquiet, il comprit qu'ils ne voulaient pas se battre. Comme il n'y avait pas de forteresse aux environs, il se contenta de la promesse du versement annuel d'une forte somme, ainsi que d'une alliance avec Rome contre les ennemis du pape.

Ce n'était pas à proprement parler une grande victoire ; et il n'avait pas rendu la ville aux Médicis. Mais il avait fait le bon choix, et, de toute façon, il y aurait toujours d'autres terres à conquérir.

Il fit prendre à son armée la direction du sud-ouest et de la côte, vers la cité de Piombino qui, ne pouvant se défendre, se hâta de capituler.

César arpenta les quais du port, apercevant au large l'île d'Elbe, célèbre pour ses mines de fer. Quelle conquête splendide ce serait ! Mais cela lui paraissait impossible, car il n'avait aucune expérience réelle des opérations navales.

Il s'apprêtait à renoncer à ce rêve quand il aperçut un groupe de cavaliers se dirigeant vers lui. Stupéfait, il reconnut son frère Geoffroi, Don Michelotto et Duarte Brandao.

Geoffroi s'avança pour le saluer. Il avait l'air plus

grand, plus mûr. Il était vêtu d'un pourpoint vert, de chausses vert et or, ses cheveux blonds tombaient de sous une barrette verte. Il ne dit que quelques mots, mais ils étaient sans ambiguïté :

— Père te félicite de ta brillante campagne, et il est impatient de te revoir. Il tient à ce que je te dise que tu lui manques. Il t'enjoint de rentrer à Rome sans délai, car le roi de France s'est irrité de tes manœuvres à Bologne et à Florence. Père te met en garde à ce sujet : rien de tel ne doit plus advenir.

César s'offusqua qu'un tel message lui soit transmis par son frère cadet et comprit que Michelotto et Brandao étaient là au cas où il serait tenté de regimber.

Il demanda un entretien privé à Duarte, à qui il montra l'île d'Elbe, qu'on apercevait au loin à travers une brume lumineuse :

— Sais-tu à quel point ses mines de fer sont riches ? Il y aurait de quoi financer une campagne contre le monde entier ! J'aimerais la conquérir au nom de mon père : son anniversaire est proche, ce serait un somptueux cadeau, et j'ai rarement eu l'occasion de lui faire des surprises ! Il est bien maussade, ces derniers temps, je serais ravi de le voir éclater de rire. De surcroît, si rien n'est fait, elle pourrait tomber aux mains des Français dans peu de temps. Toutefois, bien que je désire passionnément m'en emparer pour le Saint-Siège, c'est pour le moment une tâche au-delà de mes capacités.

Duarte contempla l'île sans répondre. Mais César paraissait si enthousiaste à l'idée de l'offrir en cadeau à son père, qu'il fut tenté de lui venir en aide. Il jeta un coup d'œil sur les quais, où étaient amarrés huit galions génois.

— Je crois pouvoir accomplir ce que vous désirez, César, pour peu que vos hommes vous suivent. Il y a très longtemps, j'ai commandé des navires et mené des batailles en mer.

C'était la première fois que César entendait Brandao évoquer le passé avec nostalgie. Il hésita, puis dit doucement :

— En Angleterre ?

Duarte se raidit ; César comprit qu'il s'était montré présomptueux et lui posa une main sur l'épaule.

— Pardonne-moi, ce n'est pas mon affaire. Aide-moi simplement à prendre cette île.

L'autre se détendit et tous deux restèrent à contempler l'île d'Elbe, sans dire mot. Puis Brandao montra de nouveau les navires.

— Ce sont de vieux vaisseaux peu maniables, mais fiables, si l'on sait les guider. Je suis par ailleurs certain que les défenseurs de l'île redoutent moins une armée d'invasion que les pirates. Ceux-ci sont censés attaquer le port, c'est donc là que seront concentrées les défenses — canons, vaisseaux, filets d'acier... Il nous faudra trouver une plage tranquille de l'autre côté de l'île, et c'est là que débarqueront vos troupes.

— Et comment canons et chevaux supporteront-ils un trajet en mer ?

— Pas très bien, j'en ai peur : les bêtes mourraient de peur et créeraient le désordre ; les canons rouleraient en tous sens, causant de graves dégâts ou même coulant nos navires. Nous nous contenterons donc de fantassins.

Les deux hommes passèrent près de quarante-huit

heures à étudier les cartes et à élaborer une stratégie. Puis les huit galions prirent la mer, chargés d'hommes qui saluèrent gaiement la cavalerie et l'artillerie restées sur les quais.

Leur allégresse fut de courte durée. Le voyage à travers la baie, d'une grande lenteur, s'accompagna d'un roulis si fort que la plupart d'entre eux furent victimes du mal de mer et se mirent à vomir de tous côtés. César lui-même en souffrit et se mordit les lèvres pour le dissimuler. Michelotto resta impassible ; chose surprenante, Geoffroi aussi.

Duarte ordonna aux navires de jeter l'ancre dans une baie tranquille, au rivage de sable blanc, derrière lequel s'étendait une plaine parsemée de maigres buissons et de rares oliviers. Un chemin donnait sur les collines ; il n'y avait pas une âme en vue.

César ordonna à la moitié de ses hommes d'emporter leurs armes ; les autres resteraient à bord des galions jusqu'à ce qu'ils aperçoivent un signal leur indiquant que la ville avait été prise.

Puis il suivit Duarte sur le rivage en se raccrochant à une corde. Les soldats rassurés les imitèrent, un par un, sans jamais lâcher le filin.

Une fois à terre, ils se séchèrent au soleil ; après quoi, César leur fit grimper un chemin très raide et sinueux à travers les collines. Une heure plus tard, ils étaient en haut d'une crête, de laquelle on apercevait la cité et le port.

Comme Duarte l'avait prédit, à l'entrée de celui-ci étaient placés d'énormes canons pointés vers le large : mais ils étaient en position fixe et ne pouvaient être manœuvrés. Un examen plus attentif ne révéla qu'une maigre milice qu'ils voyaient évoluer sur la place.

Les troupes de César descendirent à pas de loup jusqu'à l'entrée de la ville.

— Chargez ! Chargez ! s'écria-t-il alors.

Poussant des hurlements, ils descendirent la grand-rue en courant. Pris par surprise, les défenseurs, beaucoup moins nombreux, eurent tôt fait de se rendre.

Les habitants, terrorisés, s'enfermèrent chez eux. César envoya un détachement de ses hommes s'assurer des canons, et un autre prendre le contrôle des mines, Brandao partant s'emparer des quais. Le taureau des Borgia et la flamme de César furent hissés au mât de la cité.

Quand une délégation un peu crispée osa s'aventurer sur la place, César se nomma et déclara que l'île était désormais sous contrôle pontifical, en assurant que ses habitants n'avaient rien à craindre.

Ses huit galions génois faisaient déjà le tour de l'île pour entrer au port. Ils vinrent s'amarrer aux quais, et les soldats restés à bord descendirent à terre.

César procéda à une inspection des mines, choisit les hommes qui resteraient dans l'île pour en assurer la maîtrise, fit remonter les autres à bord de ses navires et regagna le continent.

Duarte et lui s'étaient emparés de l'île d'Elbe moins de quatre heures après avoir débarqué sur la plage. Accompagnés de Michelotto et de Geoffroi, tous deux reprirent le chemin de Rome.

25

Les cardinaux Giuliano Della Rovere et Ascanio Sforza se rencontrèrent en secret autour d'un déjeuner très simple de *prosciutto*, de poivrons rouges sautés ruisselant d'huile d'olive, parsemés de pointes d'ail, et de pain sortant du four — le tout accompagné d'un vin auquel ils firent honneur.

— Je n'aurais jamais dû voter pour Borgia lors du conclave, dit Sforza. Etre son vice-chancelier, quelle tâche impossible ! Il est pourtant doué pour les tâches administratives, mais il est père avant tout, à tel point que le temps qu'un autre pape occupe le trône de saint Pierre, l'Eglise aura fait faillite ! On a vidé les coffres pour financer la campagne de César Borgia en Romagne, tant il lui faut d'argent pour payer ses troupes ! Et aucune femme du monde n'a de garde-robe aussi somptueuse que lui !

Le cardinal Della Rovere eut un sourire entendu :

— Mon cher Ascanio, tu n'as quand même pas fait tout ce chemin pour flétrir les péchés du pape : tout le monde les connaît ! Tu as sans doute d'autres raisons, mais j'avoue que pour le moment elles me demeurent invisibles.

Sforza haussa les épaules :

— Que puis-je te dire ? Mon neveu Giovanni a été humilié par les Borgia, qui se sont emparés de Pesaro ! Ma nièce Caterina, certes redoutable virago, est détenue dans l'un des châteaux de César, qui lui a confisqué ses fiefs ! Mon propre frère, le More, a été capturé et emprisonné par les Français ; Milan est désormais entre leurs mains ! Et voilà que j'apprends qu'ils ont conclu avec Alexandre et l'Espagne un pacte secret aux termes duquel ils se partageront le royaume de Naples ! C'est une abomination !

— Et quelle solution proposes-tu ? demanda Della Rovere.

Il s'était attendu à ce que Sforza vienne le voir plus tôt. Raison supplémentaire pour se montrer vigilant : on n'était jamais trop prudent, la trahison étant partout. Les deux cardinaux étaient servis par des gens qui avaient juré le secret ; mais quelques ducats peuvent rendre l'ouïe aux sourds et la vue aux aveugles. L'or fera toujours plus de miracles que la prière.

Ascanio préféra donc baisser la voix :

— Quand Alexandre ne sera plus pape, nous pourrons espérer résoudre nos problèmes. Car il ne fait aucun doute que tu seras élu par le prochain conclave.

Les yeux de Della Rovere n'étaient plus que des fentes dans son visage bouffi :

— Rien ne me laisse croire qu'il renoncera à ses fonctions ; il est par ailleurs en excellente santé. On sait également que son fils est fou. Qui se risquerait donc à leur faire du tort ?

— Tu ne comprends pas ! Alexandre a des ennemis qui seraient ravis que nous leur venions en aide. Il a aussi un fils cadet qui autrefois a réellement prié pour obtenir le chapeau de cardinal. Je ne suggère aucunement que nous prêtions la main à des actes qui souilleraient nos âmes, ou nous mettraient en danger. Je demande simplement que nous songions à une alternative — ni plus, ni moins.

— Le pape pourrait tomber malade, c'est cela ? Un verre de mauvais vin, une huître avariée ?

— Personne ne peut savoir quand Dieu rappellera à lui un de ses enfants, répondit Sforza d'une voix forte, pour être entendu des serviteurs.

Della Rovere réfléchit, dressant mentalement la liste des ennemis des Borgia :

— Est-il vrai qu'Alexandre compte rencontrer le duc de Ferrare pour nouer alliance avec lui, en lui proposant que Lucrèce épouse son fils ?

— Je n'ai pas entendu grand-chose à ce sujet. Mais mon neveu Giovanni saura forcément, car il est désormais à Ferrare. Et rien ne le convaincra jamais de tenir sa langue. Je ne vois pas pourquoi le duc accepterait la proposition du pape, car Lucrèce Borgia est perdue de vices, et de surcroît ce n'est jamais qu'une marchandise d'occasion.

Della Rovere se leva.

— César Borgia va s'emparer de toute la Romagne, pour la placer sous le contrôle de son père. Ferrare restera le seul territoire indépendant d'Italie et tombera à son tour dans les mains des Borgia si jamais ce mariage se fait. Il faut donc que nous l'empêchions à tout prix !

Toute la famille étant désormais de retour à Rome, Alexandre précipita les difficiles négociations relatives au mariage de Lucrèce avec Alfonso d'Este, âgé de vingt-quatre ans et futur duc de Ferrare.

La famille d'Este était l'une des plus anciennes et des plus respectées de toute la noblesse italienne ; chacun pensait que jamais le pape ne parviendrait à ses fins. Lui-même savait toutefois y être contraint.

Le duché de Ferrare était en effet situé dans une région de grande importance stratégique. Bien armé, bien défendu, ce serait un allié de poids, qui de surcroît servirait de tampon entre la Romagne et les Vénitiens, souvent hostiles et à qui, de toute façon, on ne pouvait se fier.

Les Romains avaient pourtant peine à croire que les d'Este, si puissants, si hautains, consentiraient jamais à donner le prince héritier aux Borgia. Certes, Alexandre était pape, César un grand guerrier enrichi par ses conquêtes ; mais ils demeuraient des parvenus.

Ercole d'Este, père d'Alfonso et maître de Ferrare, était toutefois un pragmatique endurci. Parfaitement conscient des talents militaires de César, il savait que son duché aurait du mal à se défendre en cas d'attaque de l'armée pontificale. Or rien ne garantissait qu'elle resterait l'arme au pied. Un mariage pourrait donc changer un ennemi potentiel redoutable en un puissant allié contre les Vénitiens. De plus, le pape était, après tout, vicaire du Christ sur la terre, et chef suprême de l'Eglise. Cela compenserait un peu le caractère fâcheusement rustaud des Borgia.

Les d'Este étaient par ailleurs alliés aux Français, et par conséquent soucieux de plaire à Louis XII. Le roi paraissait décidé à maintenir de bonnes relations avec le souverain pontife, il serait favorable à une union entre Alfonso et Lucrèce. Le souverain n'avait d'ailleurs pas manqué de le rappeler à Ercole ces derniers temps.

Les négociations se poursuivirent donc et, alors qu'elles touchaient à leur fin, la question d'argent ne manqua pas d'être soulevée, comme toujours en pareil cas.

Le dernier jour, Duarte Brandao se joignit à Alexandre et à Ercole d'Este pour une discussion dont tous trois espéraient qu'elle déboucherait sur un accord. Ils allèrent s'asseoir dans la bibliothèque du pape.

— Saint-Père, dit le duc d'Este, j'ai remarqué que dans vos splendides appartements, on ne voyait que les œuvres du Pinturicchio. Mais pas de Giotto, de Botticelli ou de Bellini ! Et n'est-ce pas regrettable de ne pas avoir de tableaux du Pérugin ou de fra Filippo Lippi ?

Alexandre resta de marbre : il avait en art des idées bien arrêtées :

— J'aime le Pinturicchio, et l'on reconnaîtra plus tard en lui l'un des plus grands peintres qui soient.

Ercole eut un sourire un peu condescendant :

— Je pense que non, Votre Sainteté, et je crains que vous ne soyez l'un des seuls à le croire.

Une telle remarque faisait partie de l'arsenal des méthodes de négociation : c'était une manière à peine voilée de souligner la culture des d'Este, et par conséquent les goûts plutôt communs des Borgia, voire leur ignorance crasse. Duarte préféra intervenir :

— Vous avez peut-être raison, Votre Excellence. Les villes que nous avons conquises cette année abritaient bien des œuvres des artistes que vous citez.

César a proposé de les envoyer ici, mais Sa Sainteté a refusé. J'espère pourtant parvenir à le convaincre d'accepter, car elles ennobliraient le Vatican. Nous en discutions d'ailleurs récemment, et nous sommes tombés d'accord pour dire que Ferrare, votre cité, était la plus riche en ce domaine.

Ercole pâlit : la remarque de Brandao n'était que trop claire. Mieux valait changer de sujet :

— Peut-être serait-il temps de parler de la dot.

— Qu'attendez-vous, Don Ercole ? demanda Alexandre, un peu tendu.

— Je pensais à trois cent mille ducats, Votre Sainteté.

Le pape avait songé à commencer à trente mille : il faillit s'étouffer et se contint à grand-peine.

— Trois cent mille ? C'est une plaisanterie !

— C'est le moins que je puisse accepter sans insulte, répliqua le duc d'un ton sec. Mon fils est un beau jeune homme à l'avenir radieux, l'un des meilleurs partis d'Italie.

Ils marchandèrent pendant près d'une heure, chacun faisant valoir la générosité de son offre. Alexandre refusant d'aller plus loin, Ercole menaça de se retirer.

Le pape réfléchit et proposa un compromis qu'Ercole refusa. Ce fut au tour d'Alexandre de prétendre vouloir en rester là — le temps que le duc accepte de poursuivre les négociations.

Pour finir, on transigea à deux cent cinquante mille ducats, ce que le Saint-Père trouva un peu abusif, d'autant plus qu'Ercole avait tenu à ce que Ferrare soit dispensée des impôts qu'elle payait chaque année à l'Eglise.

Et c'est ainsi que fut conclu le mariage de la décennie.

De retour à Rome, César s'en alla voir son père pour discuter avec lui du sort de Caterina. Il apprit ainsi qu'elle avait tenté de s'évader, et que pour l'en punir on la détenait au Castel Sant'Angelo, endroit beaucoup plus inconfortable et malsain que le Belvédère.

Il alla la voir aussitôt.

Le sous-sol de la forteresse abritait plusieurs grandes cellules. Il fit chercher Caterina par ses gardes et l'accueillit dans une salle de réception. Elle cligna des yeux en arrivant : elle n'avait plus vu la lumière du jour depuis un certain temps. Encore belle, elle avait toutefois manifestement pâti de son emprisonnement.

Il la salua avec chaleur et se pencha pour lui baiser la main.

— Chère amie ! Tu es donc plus sotte que je ne l'aurais cru ! Je te loge dans l'un des plus beaux châteaux de Rome, et comment me récompenses-tu de ma générosité ? Tu tentes de t'évader !

— Tu aurais dû le savoir, répondit-elle d'un ton neutre.

S'asseyant sur un sofa de brocart, il lui proposa un siège, mais elle refusa.

— J'ai dû y penser, sans doute, mais je comptais sur ta sagacité, et croyais que tu préférerais être emprisonnée à peu près confortablement.

— Confortable ou pas, c'est toujours la prison ! répliqua-t-elle d'un ton froid.

La rancœur de Caterina ne la rendait pas moins charmante :

— Quels sont tes projets ? demanda-t-il, amusé. Tu ne peux passer le reste de tes jours ici.

— Qu'est-ce que tu as à me proposer ?

— Cède officiellement Imola et Forli à la papauté, promets de ne pas chercher à les reprendre. Ensuite je donnerai l'ordre de te libérer, et tu pourras aller où tu voudras.

Elle eut un sourire espiègle :

— Je peux signer tout ce que tu veux, mais qu'est-ce qui te garantit que je tiendrai parole ?

— Ce serait indigne de toi ! J'ai du mal à y croire. Bien entendu, cela t'est toujours possible, mais dans ce cas nous prouverons devant les tribunaux que nous sommes les maîtres légitimes de tes fiefs. Et ta duplicité ne fera que renforcer notre position.

— Tu y comptes vraiment ? C'est moi qui ai du mal à te croire ! Il y a quelque chose d'autre que tu ne me dis pas.

César eut un sourire enchanteur :

— Je me montre sans doute trop sentimental, mais à la vérité il m'est pénible de penser qu'une aussi belle créature finisse ses jours dans un donjon. A quoi bon ?

Caterina fut agréablement surprise, mais il n'était pas question pour autant de faire trop de compromis. Elle avait un secret — le lui confierait-elle ? C'était une décision qui demandait un certain temps de réflexion.

— Reviens demain, dit-elle, que je puisse y penser.

Quand il arriva, elle avait pu se baigner et se laver

les cheveux, grâce aux servantes qu'il lui avait envoyées, et paraissait beaucoup plus attirante, même si ses vêtements étaient encore en piteux état.

Il s'avança vers elle. Caterina fit de même. Il l'attira contre lui, la jeta sur le sofa et l'embrassa passionnément. Mais elle se dégagea et il préféra ne pas insister.

— Je ferai comme tu veux, dit-elle en lui ébouriffant les cheveux, mais on va dire que tu es fou de te fier à moi.

— C'est déjà fait ! S'il ne tenait qu'à mes lieutenants, tu flotterais déjà dans le Tibre. Où comptes-tu aller ?

— A Florence. Imola et Forli sont hors de question, les parents que j'ai à Milan sont si ennuyeux... Au moins Florence est une ville intéressante. Peut-être même y trouverai-je un époux — que Dieu lui vienne en aide !

— Il aura bien de la chance, répondit César en souriant. Les documents seront là ce soir, tu peux partir dès demain... sous bonne escorte, naturellement.

Il se leva et se dirigea vers la porte, puis s'arrêta.

— Prends garde à toi, Caterina.

— Et toi aussi !

Une fois qu'il fut parti, elle se sentit bizarrement triste, ayant la certitude que plus jamais ils ne se reverraient, et que par conséquent il ne saurait pas que ses maudits papiers n'avaient pas la moindre importance. Car elle était enceinte de lui ; une fois mère de son héritier, les territoires qu'elle avait cédés lui reviendraient un jour ou l'autre.

Filofila était le poète à scandale le plus venimeux de Rome. Secrètement stipendié par les Orsini, il pouvait compter sur la protection du cardinal Antonio Orsini. Il était capable d'attribuer les pires horreurs aux personnages les plus respectés, les actions les plus viles aux plus puissants. Il pouvait également s'en prendre aux villes : Florence était ainsi la grande prostituée, pleine de richesses et d'artistes, mais sans guerriers, peuplée d'usuriers, de créatures des Turcs, de sodomites. En bonne putain, elle se vendait à toutes les puissances étrangères pour qu'elles la protègent, au lieu de s'allier avec les autres cités italiennes.

Bien entendu, Venise était cette cité des doges, secrète, sans merci, prête à vendre le sang de ses propres citoyens ou à les exécuter, pour peu que cela lui permît d'acheter de la soie en Orient. Un énorme serpent tapi dans le grand canal, attendant patiemment de s'emparer de tout fragment du monde civilisé passant à sa portée. Une cité sans arts, sans artisans, sans livres, sans bibliothèques, à jamais sourde aux humanités. Experte en traîtrises, n'hésitant pas à tuer si cela pouvait lui profiter.

Naples était la ville du « mal français », la vérole, tout comme Milan était le sycophante du royaume de France, et le complice des sodomites de Florence.

Mais la famille Borgia était la cible des vers les plus fielleux de Filofila.

Il évoquait ses orgies au Vatican, les meurtres qu'elle commanditait à Rome et dans toutes les cités d'Italie. Poète éloquent, superbe prosateur, il prenait la plume pour affirmer qu'Alexandre était un simoniaque, qu'il avait vingt enfants naturels, trahissait la croisade, volait l'argent de l'Eglise pour financer les campagnes de César Borgia, afin que celui-ci s'empare de la Romagne et reprenne le contrôle des Etats pontificaux. Et pourquoi ? Pour engraisser sa famille, ses bâtards, ses maîtresses, se livrer à ses orgies ! Commettre l'inceste avec sa propre fille ne lui suffisait pas ; il lui avait enseigné l'art d'empoisonner leurs ennemis dans le collège des cardinaux, avant de la vendre à plusieurs reprises à d'autres puissantes familles, pour cimenter son alliance avec elles. Son premier mariage avait été annulé, le second avait pris fin par le meurtre de son mari, assassiné par César Borgia.

Filofila se surpassait quand il consacrait des poèmes à celui-ci. Il décrivait avec un luxe de détails son habitude de porter un masque pour dissimuler un visage défiguré par les plaies suppurantes de la vérole, sa façon de duper aussi bien les Espagnols que les Français, de trahir l'Italie avec eux. Lui aussi avait commis l'inceste avec sa sœur et sa belle-sœur. Il avait cocufié l'un de ses frères, et tué l'autre. Le viol était son passe-temps préféré, avec le meurtre.

Le mariage avec Alfonso d'Este était proche : Filofila accabla Lucrèce de son venin. Elle avait couché avec son père et son frère, d'abord séparément, puis en même temps. Elle ne dédaignait pas les chiens, les ânes et les mulets ; son valet de pied l'ayant surprise, elle l'avait empoisonné. Et voilà que, sans rougir d'une conduite aussi ignoblement dépravée, son père la vendait à Ferrare pour devenir l'allié d'une illustre famille. C'était vraiment son chef-d'œuvre !

Tout cela avait rendu Filofila célèbre. Ses vers étaient recopiés, placardés sur les murs de Rome, diffusés à Florence, recherchés par les aristocrates vénitiens. Bien entendu, il ne signait jamais rien de son nom ; mais sous chaque poème étaient dessinés deux corbeaux se becquetant mutuellement, qui étaient sa marque de fabrique. Tout le monde savait qui en était l'auteur.

Par un bel après-midi ensoleillé, le poète s'habilla et se parfuma, comptant se rendre auprès de son protecteur, le cardinal Orsini. Celui-ci lui avait offert une petite maison au sein même de son palais : comme tous les grands seigneurs, il voulait que ses parents et ses protégés soient là, pour le défendre si besoin était. Et Filofila savait aussi bien manier la dague que la plume.

Entendant un cliquetis de sabots, il regarda par la fenêtre. Une douzaine de cavaliers se dirigeaient vers sa demeure, qu'ils entourèrent. Ils étaient tous en armure, hormis leur chef, entièrement vêtu de noir. Filofila eut un hoquet en reconnaissant César Borgia, masqué comme à l'accoutumée, et armé d'une dague et d'une épée.

Le poète fut soulagé de voir les gardes des Orsini s'approcher. Mais César, sans leur prêter attention, s'avança jusqu'à la maison de Filofila, qui sortit pour le saluer.

César souriait ; il s'adressa à lui en témoignant d'une politesse appuyée :

— Eh bien, maître ! J'étais venu vous aider à écrire vos poèmes ; mais c'est impossible ici. Il faut que vous me suiviez.

Filofila s'inclina avec solennité :

— Votre Excellence, il me faut refuser. Le cardinal m'a convoqué ; je vous reverrai dès que vous en aurez le loisir.

Il était furieux que César soit venu jusque chez lui ; mais mieux valait ne pas sortir sa dague.

César n'hésita pas ; se penchant, il souleva le poète comme s'il était fait de chiffons et le jeta en travers de son cheval. Puis il le frappa, un seule fois — mais de quoi le plonger dans l'inconscience.

Quand Filofila ouvrit les yeux, il était dans une pièce aux poutres apparentes, aux murs couverts de têtes d'animaux — sangliers, ours, taureaux. Ce devait être un pavillon de chasse.

Puis, regardant autour de lui, il vit un homme qu'il reconnut sans peine. Seule l'épouvante le retint de pousser un cri. C'était Don Michelotto, le célèbre tueur, fort occupé à aiguiser un couteau.

Au bout d'un moment, le poète trouva le courage de parler :

— Tu dois savoir que le cardinal Orsini et ses gardes me retrouveront ! Et qu'il saura punir ceux qui m'ont enlevé !

Don Michelotto ne répondit rien et continua à s'affairer.

— Je suppose que tu comptes m'étrangler ? lança Filofila d'une voix tremblante.

L'autre parut enfin le remarquer :

— Non, *signor* poète. Pas du tout ! Ce serait indigne d'un homme aussi ignoble que vous.

Il eut un grand sourire :

— Je vais vous couper la langue, puis les oreilles et le nez, les parties génitales, et enfin les doigts — un par un. Peut-être ne m'en tiendrai-je pas là. Mais je peux aussi, poussé par la pitié, vous faire la faveur de vous tuer.

Le lendemain, un sac ensanglanté fut jeté par-dessus les murs du palazzo Orsini. Les gardes qui l'ouvrirent en furent épouvantés : il contenait un cadavre décapité et démembré. Langue, nez, oreilles, doigts et sexe étaient délicatement enveloppés dans un poème de Filofila.

L'incident ne fut connu de personne. On ne vit plus de nouveaux poèmes de lui ; la rumeur voulait qu'il se soit rendu en Allemagne pour y prendre les eaux.

26

Ce printemps-là, le Lac d'Argent était superbe. César et Lucrèce se promenèrent sur ses rives, elle revêtue de sa cape et de son bonnet parsemés de joyaux, lui de noir, avec un béret orné de plumes et de pierres précieuses. Ils revenaient là où ils avaient passé leurs plus heureux moments ; le mariage de la jeune femme avec Alfonso d'Este était proche, et, par la suite, ils auraient peu d'occasions de se revoir.

— La semaine prochaine, tu seras une d'Este, dit-il en plaisantant. Tu auras l'honneur, et la lourde charge, d'appartenir à une famille distinguée !

— Je serai toujours une Borgia, César, répondit-elle. Et tu ne vas pas te montrer jaloux, car je ne peux me duper au point de croire que c'est un mariage d'amour. Cet Alfonso-là rechigne autant à devenir mon époux que moi sa femme. Mais je suis la fille de mon père, et lui le fils du sien.

Il eut un sourire attendri.

— Malgré tous tes malheurs, tu es toujours aussi belle. Et ton mariage te permettra de faire bien des choses que tu aimes. Les d'Este adorent les arts, la fréquentation des poètes et des sculpteurs. Ferrare est passionnée de culture et d'humanités, ce qui ne peut que te plaire. De plus, le duché est fort heureusement situé entre la Romagne et la France ; le roi Louis XII gouverne le duc d'une poigne de fer.

— Pourras-tu veiller sur Giovanni et Rodrigo chaque fois que tu seras à Rome ? Il va m'être pénible d'être séparée d'eux, même pour un petit moment, pendant que je serai à Ferrare. Me promets-tu de les protéger ?

— Evidemment ! L'un d'eux me ressemble davantage, l'autre est tout ton portrait — et je les aime autant l'un que l'autre. Lucrèce, si père ne t'avait mariée à un d'Este, aurais-tu passé le reste de ta vie en veuve, en te contentant de gouverner Nepi ?

— J'ai bien réfléchi avant d'accepter. Et si père avait tenté de me forcer la main, je me serais cachée dans un couvent, je serais même devenue nonne, si j'avais été opposée à cette alliance. Mais j'ai appris à gouverner, et je crois que je peux trouver ma place là-bas. Il me fallait aussi penser à toi et aux enfants. Le couvent n'est pas fait pour eux, et je ne peux imaginer vivre en leur absence.

César la regarda avec admiration :

— Et tu as vraiment réfléchi ? Tu peux vraiment t'adapter à tout ?

Une ombre de tristesse passa sur le visage de Lucrèce :

— Il reste un petit problème auquel je n'ai pu trouver de solution. Ce n'est pas grand-chose, mais on dirait qu'il m'afflige...

Il voulut plaisanter :

— Dois-je t'arracher la vérité, ou bien me le confieras-tu ? Cela pourrait t'être utile.

— Que mon nouvel époux s'appelle Alfonso me

fait frémir, quand je le compare au précédent. Et je ne vois pas comment il pourrait changer de nom.

César sourit :

— Il n'y a pas de problème que je ne puisse résoudre. Il se pourrait même que j'aie la réponse. Tu dis qu'il est le fils de son père, pourquoi ne pas l'appeler Fiston ? Tu le lui diras dans le lit conjugal, avec beaucoup de tendresse, et il croira que c'est un terme affectueux.

Elle éclata de rire :

— Fiston ? Pour un aristocrate de la puissante famille des d'Este ?

Toutefois, plus elle y réfléchissait, plus l'idée lui paraissait séduisante.

Ils marchèrent jusqu'au bout du vieux pont de bois où, enfants, ils avaient pêché, du haut duquel ils avaient plongé. Leur père s'asseyait là, les regardait, leur donnait l'impression d'être en sécurité. Bien des années plus tard, ils s'y assirent de nouveau, contemplant les eaux qui, sous le soleil, se chargeaient de millions de diamants. Lucrèce s'appuya contre son frère, qui l'enlaça.

— César, dit-elle d'une voix grave, j'ai appris ce qui était arrivé au poète Filofila.

— Ah bon ? répondit-il sans s'émouvoir. Sa mort t'a choquée ? Il n'avait pourtant guère d'affection pour toi ; il n'aurait pas écrit tant de poèmes infâmes, sinon.

— Je le sais, dit-elle en lui caressant le visage. Je devrais te remercier pour tout ce que tu fais pour me défendre — en dépit de la mort d'Alfonso, car j'ai compris depuis longtemps pourquoi tu avais agi ainsi. C'est toi qui m'inquiètes. Tu sembles tuer tant de gens, ces temps-ci. N'es-tu pas soucieux du salut de ton âme ?

— S'il y a un Dieu, du moins tel que père le présente, il ne peut vouloir nous empêcher de nous entretuer : sinon, il n'y aurait pas de guerres saintes. Quand on dit : « Tu ne tueras pas », cela signifie simplement qu'il faut avoir une raison honorable de le faire, faute de quoi c'est un péché. Ce n'en est pas un que de pendre un meurtrier.

Elle se plaça face à lui : c'était là un sujet qui la tourmentait.

— Mais comment en être sûr ? N'est-ce pas faire preuve d'arrogance que d'en décider ? Les Infidèles pensent qu'il est parfaitement honorable de tailler en pièces les chrétiens, qui eux-mêmes croient qu'il est juste de massacrer les musulmans.

— Lucrèce, répondit-il, surpris de la sagacité de sa sœur, je ne tue jamais par satisfaction personnelle, seulement pour notre bien à tous.

Les yeux de la jeune femme se remplirent de larmes, mais elle réussit à dire d'une voix qui ne tremblait pas :

— Il y aura d'autres morts, alors ?

— Lors des guerres, c'est évident. Mais il nous faut aussi parfois tuer des gens pour le bien, et pas seulement pour nous protéger.

Il lui raconta l'histoire des voleurs de poules lors de sa dernière campagne.

Elle hésita avant de répondre, n'étant pas convaincue :

— César, je m'inquiète à l'idée que tu puisses te servir du bien comme d'un prétexte pour éliminer ceux qui te gênent. Et la vie est toujours pleine de gêneurs.

Il contempla les eaux du lac :

— Il est heureux pour nous tous que tu ne sois pas un homme, Lucrèce, car tu es assaillie par le doute, et cela t'empêche d'agir.

— Tu as sans doute raison, dit-elle d'un ton pensif. Mais je ne pense pas que ce soit un si grave défaut.

Elle n'était plus sûre de savoir ce qu'était le mal, surtout quand il se dissimulait dans le cœur de ceux qu'elle aimait.

Comme le crépuscule tombait sur les eaux argentées, Lucrèce prit la main de son frère et, faisant demi-tour, le conduisit jusqu'au pavillon de chasse. Là, ils s'étendirent, nus, sur la vaste fourrure blanche placée devant l'âtre de pierre, où brûlait un grand feu. César s'émerveilla de la douceur de sa peau, de la fermeté de sa poitrine ; c'était désormais une vraie femme, et il fut stupéfait de voir que sa passion pour elle était devenue plus forte encore.

— César, enlève donc ce masque avant de m'embrasser ! J'ai l'impression d'avoir affaire à un inconnu.

Il cessa de sourire et baissa les yeux :

— Je ne pourrais te faire l'amour si je vois que tu as pitié de mon visage. Cela m'empêcherait d'apprécier ce qui est peut-être notre dernier moment ensemble.

— Je n'en ferai rien, je te le jure !

Elle le chatouilla et dit :

— Je pourrais même en rire, et alors tu cesseras de proférer ces paroles absurdes. Je t'aime depuis le moment où, ouvrant les yeux, je t'ai vu au-dessus de moi. Quand nous étions enfants, nous jouions ensemble, nous nous baignions ensemble. Tu étais si beau qu'il me fallait détourner les yeux, faute de quoi j'aurais perdu l'esprit. Je t'ai vu quand tu avais le cœur brisé, et la tristesse qu'on lisait dans tes yeux me donnait envie de pleurer. Mais jamais je ne pourrais moins t'admirer, et moins t'aimer, pour quelques cicatrices sur la figure.

Les lèvres de Lucrèce vinrent se poser sur celles de César ; elle tremblait. Le regardant bien en face, elle dit :

— Je veux simplement te toucher, voir tes paupières se fermer, caresser tes joues, ton nez, tes lèvres. Je ne veux pas de barrières entre nous, car tu es mon frère, mon ami, mon amant. A partir de cette nuit, ce qui me reste de passion sera avec toi.

César se redressa et, lentement, ôta son masque.

La semaine suivante, à Rome, Lucrèce épousa Alfonso d'Este par procuration. Il lui avait fait parvenir un petit portrait de lui, qui montrait un jeune homme assez attirant, mais d'allure un peu sévère et réservée. Il était vêtu de noir, avec de nombreuses médailles et des rubans ; sous son long nez, une fine moustache ornait sa lèvre supérieure. D'épaisses boucles brunes lui encadraient le visage. Ce ne devait pas être quelqu'un à s'abandonner en faisant l'amour.

Elle le rejoindrait à Ferrare, où ils vivraient. Ce qui n'empêcha pas qu'aient lieu à Rome des festivités autrement importantes que pour ses deux premiers mariages. A dire vrai, ce furent les plus extravagantes et les plus coûteuses qu'on ait jamais vues.

Les familles nobles possédaient à Rome de nombreux palais somptueux ; elles se virent pourtant accorder des subventions pour couvrir les frais de ces agapes et de ces fêtes. Afin de célébrer dignement cette brillante union, le pape semblait prêt à vider les coffres de l'Eglise. Il décréta un jour de congé, suivi pendant toute la semaine de défilés et de cérémonies. Des feux de joie furent allumés devant le Vatican et bien d'autres grandes demeures, dont bien sûr Santa Maria del Portico.

Le jour de la signature du contrat, Alexandre bénit sa fille, vêtue d'une robe d'or semée de pierres précieuses — qu'elle jeta à la foule du haut d'un balcon dès la cérémonie terminée. Un bouffon eut la chance d'en ramasser une et courut dans les rues en criant : « Longue vie à la duchesse de Ferrare ! Longue vie au pape Alexandre VI ! »

César lui-même joua un grand rôle lors de ce mariage, prenant à cheval la tête d'un défilé en l'honneur de sa sœur.

Ce soir-là, lors d'une fête réunissant toute la famille et ses amis les plus proches, Lucrèce dansa sur ces rythmes espagnols que son père aimait tant : rayonnant, celui-ci tapait des mains. Derrière lui se tenaient ses deux fils : Geoffroi à gauche, César à droite, le visage couvert d'un masque de carnaval orné d'or et de perles.

Alexandre, revêtu de ses plus somptueux atours, se leva et, lentement, se dirigea vers sa fille. Le silence se fit ; les rires cessèrent.

— Feras-tu l'honneur d'accorder une danse à ton père ? demanda-t-il. Car bientôt tu seras loin d'ici.

Faisant la révérence, elle prit sa main. Se tournant

vers les musiciens, le pape leur enjoignit de jouer, puis prit Lucrèce dans ses bras. Elle fut émerveillée de sa vigueur, de son sourire, de sa légèreté et de son aisance, et eut l'impression d'être redevenue enfant, se souvenant d'avoir posé ses petits pieds, chaussés de pantoufles roses, sur ceux d'Alexandre. A cette époque, elle aimait son père plus que tout ; c'était un moment magique où tout paraissait possible — longtemps avant qu'elle ne comprenne que la vie exigeait bien des sacrifices.

Levant la tête, elle aperçut brusquement César, juste derrière Alexandre.

— Puis-je, père ? demanda-t-il.

Se retournant, le pape parut un peu surpris, mais dit :

— Bien sûr, mon fils !

Toutefois, sans lâcher la main de Lucrèce, Alexandre demanda aux musiciens de jouer quelque chose de gai.

Il se tint ainsi entre ses deux enfants, tenant la main de sa fille comme celle de César, et se mit à danser avec eux en riant aux éclats, tournoyant avec une énergie incroyable et les contraignant à le suivre. Son visage rayonnait.

L'assistance se mit à rire jusqu'à en avoir mal aux côtes. Tous applaudirent, puis finirent par se joindre aux trois Borgia, jusqu'à ce que la pièce soit pleine de gens dansant frénétiquement.

Un seul restait à part, immobile : Geoffroi, silencieux et maussade, observait la scène sans sourire.

Peu avant le départ de Lucrèce pour Ferrare, le pape donna une soirée entre hommes à laquelle tous les aristocrates de Rome furent invités. Il y aurait des danseuses, des tables de jeux...

Ce fut une fête somptueuse où furent servis toutes sortes de mets délicats, et le vin coulant à flots ne fit qu'ajouter à la bonne humeur des convives.

Une fois les tables desservies, Geoffroi se leva brusquement et, levant son verre, porta un toast :

— En cadeau de la part de ma belle-famille de Naples, et pour honorer les d'Este, mes nouveaux parents, j'ai tenu à vous offrir une distraction inattendue, qu'on n'a pas vue à Rome depuis bien des années.

Le pape et César furent surpris — et un peu gênés de la grossière présomption de Geoffroi évoquant ses « nouveaux parents ». Un peu inquiets, ils attendirent de voir ce qu'il leur préparait, tandis que les invités se réjouissaient déjà.

Les grandes portes de la salle s'ouvrirent toutes grandes. Quatre valets de pied apparurent et jetèrent sur le sol des noix d'or. « Mon Dieu ! » pensa César en regardant son père. Il venait de comprendre et en était horrifié.

— Geoffroi, lança-t-il à voix basse, ça suffit !

Mais il était déjà trop tard.

Au son des trompettes, son frère ouvrit une autre porte pour faire entrer vingt courtisanes nues, aux cheveux dénoués, à la peau huilée et parfumée. Chacune n'était vêtue que d'une bourse de soie rose accrochée à sa taille.

Déjà ivre, Geoffroi s'écria d'une voix forte :

— Ce que vous voyez sur le sol, ce sont des noix d'or. Ces jeunes personnes seront ravies de se pencher pour les ramasser, de telle sorte que vous puissiez les admirer sous un angle différent. Ce sera une expérience nouvelle... du moins pour certains d'entre vous.

Les convives éclatèrent de rire. César et Alexandre tentèrent de mettre un terme à la plaisanterie mais, ignorant leurs grands gestes, Geoffroi poursuivit :

— Nobles gentilshommes, vous pourrez les monter à votre fantaisie, mais attention, debout et par-derrière. Et à chaque fois, votre cavalière pourra ramasser une noix et la glisser dans sa bourse. Il va sans dire qu'elles leur reviendront, à titre de récompense pour le plaisir qu'elles vous auront donné.

Les courtisanes, se penchant, commencèrent à remuer d'opulents fessiers sous les yeux des invités. Ercole d'Este blêmit, offusqué par un tel étalage de vulgarité.

Et pourtant, un par un, les nobles aristocrates romains se levèrent et, quittant leur table, s'approchèrent des courtisanes. Tous n'étaient pas en état de les satisfaire, et certains se contentèrent de les pétrir avec enthousiasme.

C'était là le genre de divertissement qu'Alexandre avait apprécié dans sa jeunesse ; aujourd'hui, pourtant, il se sentait mortifié, car tout cela, vu le lieu et l'occasion, était parfaitement grotesque. De surcroît, chacun y verrait un témoignage édifiant du manque de raffinement — et de jugement — des Borgia.

Il s'approcha donc d'Ercole d'Este et tenta vainement de lui présenter ses excuses ; mais le duc, secouant la tête, lui dit que si le mariage par procuration n'avait pas déjà été célébré, il aurait tout annulé, quitte à risquer l'affrontement avec les Français ou l'armée de César — ducats ou pas ! Il est vrai qu'il les avait déjà encaissés ; il se contenta donc de quitter les lieux en marmonnant : « Quels rustauds ! »

Plus tard, César apprit une nouvelle qui le perturba davantage encore. On avait trouvé le corps d'Astore Manfredi flottant dans le Tibre. Or César lui avait accordé un sauf-conduit pour venir s'installer à Rome, et bien des gens penseraient qu'il n'avait pas tenu parole. Certains diraient qu'une fois de plus il s'était rendu coupable de meurtre, et personne n'ignorait que Don Michelotto était toujours à son service. Mais qui donc pouvait avoir assassiné le jeune homme ? Et pourquoi ?

Deux jours plus tard, le pape dit adieu à sa fille. Elle était triste de le quitter, même s'il lui avait causé bien des peines. Il tenta de se montrer plus jovial qu'il n'était, car Lucrèce lui manquerait :

— Si jamais tu es malheureuse, fais-le-moi savoir, et je recourrai à toute mon influence pour que cela change. Ne t'inquiète pas pour tes enfants, Adriana est parfaitement capable de s'en occuper, tu le sais.

— Père, soupira-t-elle, j'ai appris beaucoup de choses sur l'art de gouverner, mais je meurs de peur à l'idée d'aller là-bas, car je sais que personne n'y a d'affection pour moi.

— Ils seront vite aussi entichés de toi que nous le sommes ici. Tu n'auras qu'à penser à moi, et je le saurai. Et ce sera pareil pour toi chaque fois que je penserai à toi.

Il l'embrassa sur le front :

— Va ! Il n'est pas séant qu'un pape verse des larmes quand il perd un de ses enfants.

Allant à la fenêtre, il lui fit signe comme elle partait, et lança :

— Sois de bonne humeur ! Tout ce que tu désires te sera accordé !

Lucrèce partit pour Ferrare, accompagnée de près d'un millier de personnes, nobles, serviteurs, jongleurs. Les aristocrates allaient à cheval ou dans des carrosses. Elle-même montait un petit poney espagnol, richement caparaçonné, à la selle et à la bride cloutées d'or. Les autres se contentaient d'ânes, de chariots primitifs ou, tout simplement, allaient à pied.

Ils s'arrêtèrent dans tous les territoires conquis par César. Dans chaque ville, les petits enfants, tout excités, venaient accueillir le cortège, vêtus de rouge et d'or — les couleurs de son frère. Le voyage fut tout du long marqué par des bals aussi superbes que ruineux, et d'innombrables fêtes. Il leur fallut plus d'un mois pour gagner Ferrare, non sans vider, chemin faisant, les bourses de leurs hôtes.

Ercole d'Este était connu pour sa pingrerie : il ne lui fallut que quelques jours pour renvoyer à Rome le coûteux entourage de Lucrèce, qui dut lutter pied à pied pour obtenir des domestiques.

Le duc lui enseigna ensuite, de manière spectaculaire, comment les choses se passaient chez lui. Il lui fit grimper un escalier en colimaçon menant à une chambre tout en haut du château, puis montra du doigt une tache brune sur le sol de pierre :

— Un de mes ancêtres a fait décapiter sa femme et son beau-fils après avoir découvert qu'ils étaient amants. Regardez, c'est leur sang !

Il eut un gloussement espiègle tandis que Lucrèce frissonnait.

Au bout de quelques mois de vie commune, elle se retrouva enceinte. Les Ferrarais en furent ravis, car ils avaient prié le ciel de leur accorder un héritier mâle. Malheureusement, l'été fut très humide, ce qui multiplia les moustiques porteurs de la malaria. Lucrèce tomba malade.

Alfonso d'Este se hâta de prévenir le pape que sa fille avait les fièvres, ajoutant qu'elle était gravement atteinte et que peut-être le souverain pontife préférerait envoyer ses propres médecins à son chevet.

Alexandre et César furent terrifiés à l'idée de perdre Lucrèce : ils craignaient surtout qu'elle n'ait été empoisonnée. Le pape répondit donc, dans une lettre rédigée de sa propre main, que seul le médecin qu'il dépêchait à Ferrare aurait le droit de la soigner.

Le soir même, César, déguisé en paysan portant capuche, accompagna l'homme de l'art à Ferrare. Ne sachant qui étaient ces inconnus, sinon qu'ils venaient de la part du pape, Ercole et son fils se retirèrent dans leurs appartements tandis qu'un serviteur menait les visiteurs jusqu'à la chambre de Lucrèce.

Bien que très faible et plongée dans la torpeur, elle reconnut aussitôt son frère. Sa peau était blême, ses lèvres craquelées par la fièvre, elle vomissait sans arrêt depuis quinze jours. Elle tenta en vain de parler ; sa voix était si faible qu'il n'entendit rien.

Le serviteur ayant quitté les lieux, il se pencha pour l'embrasser :

— Ma princesse a l'air bien pâle, ce soir, dit-il d'un

ton badin. Tes joues sont moins roses que d'habitude. Serait-ce que l'amour te fuit ?

Elle voulut lui rendre son sourire — mais sans même pouvoir lever la main pour lui caresser le visage.

De toute évidence, Lucrèce était dans un état grave ; pourtant, quand le médecin le confirma à César, celui-ci en fut bouleversé. Se dirigeant vers un bassin, il ôta sa défroque, se lava le visage, puis ordonna à un serviteur d'aller prévenir le duc.

Ercole arriva quelques instants plus tard, manifestement alarmé, et sursauta en voyant le frère de Lucrèce.

— César Borgia ! s'exclama-t-il. Pourquoi donc êtes-vous ici ?

— Je suis venu rendre visite à ma sœur, répondit César d'une voix froide. Ne serais-je pas le bienvenu ? Y aurait-il, dans l'obscurité, des choses que je ne peux pas voir ?

— Bien sûr que non ! répliqua le duc. Je suis simplement... surpris de vous trouver ici.

— Je ne resterai pas longtemps, juste le temps de vous délivrer un message de mon père — et de moi.

Posant la main sur son épée, il s'avança vers Ercole et dit d'un ton glacé :

— Le Saint-Père et moi-même désirons vivement que ma sœur recouvre la santé. Si d'aventure elle mourait, nous ne manquerions pas d'en rendre la ville responsable. Me fais-je bien comprendre ?

— Dois-je considérer cela comme une menace ?

— Je vois que vous me comprenez. Ma sœur ne doit pas mourir, car sinon elle ne sera pas la seule !

Il resta plusieurs jours en compagnie du médecin.

Il fut finalement décidé que Lucrèce devrait être saignée, mais elle refusa :

— Je ne veux pas être vidée de mon sang ! s'exclama-t-elle en secouant la tête et en se débattant faiblement.

César s'assit à ses côtés, chercha à l'apaiser, l'implora d'être forte :

— Il faut que tu vives, pour moi, lui chuchota-t-il.

Cessant de lutter, elle se cacha le visage contre la poitrine de son frère, comme pour ne pas voir ce qui se préparait. Il la tint tandis que le médecin pratiquait plusieurs entailles vers la cheville et le dessus du pied, jusqu'à ce qu'il estime qu'elle avait perdu suffisamment de sang.

Avant de repartir, César l'embrassa et lui promit de revenir bientôt, car il vivait désormais à Cesena, à quelques heures seulement de Ferrare.

Lucrèce survécut. Elle guérit peu à peu au cours des semaines qui suivirent. Elle avait cessé de suer, sa fièvre était tombée, elle était sortie de ses torpeurs, de ces sommeils sans rêve qu'elle retrouvait chaque nuit. Elle retrouva la santé — mais son enfant était mort.

Ce n'est qu'en pleine nuit qu'elle le pleurait. Ruminer son chagrin, c'était perdre son temps — et de toute façon il y avait déjà eu suffisamment de souffrances dans sa vie. Si elle pouvait tirer le meilleur parti de ce qui lui était donné, et faire le bien, il lui faudrait penser à ce qui serait à sa portée, non à ce qu'elle ne pourrait changer. C'est ainsi qu'elle trouva le chemin de la vertu.

Au bout d'un an à Ferrare, elle avait gagné le respect et l'affection de ses sujets, mais aussi de toute la famille d'Este. Ercole lui-même fut le premier à apprécier sa vive intelligence, qu'il jugeait supérieure à celle de ses fils, et sollicitait souvent ses conseils sur de nombreuses questions d'Etat.

27

Geoffroi et Sancia dormaient paisiblement dans leurs appartements du Vatican quand, sans prévenir ni donner d'explication, plusieurs gardes pontificaux firent irruption et tirèrent la jeune femme du lit. Elle se débattit vigoureusement tandis qu'il s'écriait :

— C'est un scandale ! Mon père vous châtiera !

— C'est lui-même qui en a donné l'ordre, répondit l'un des hommes, un peu gêné.

Geoffroi se rua chez Alexandre, qu'il trouva à son bureau :

— Père, que signifie tout ceci ?

Le pape leva les yeux et répondit d'un ton sec :

— Je pourrais répondre que c'est dû à la morale relâchée de ton épouse, ou à ton incapacité à lui faire entendre raison. Mais, cette fois-ci, cela n'a rien de personnel. Il semble que je ne puisse faire comprendre au roi de Naples à quel point les Français s'intéressent à son royaume : il a préféré s'allier avec l'Espagne. Le roi de France m'a demandé de faire quelque chose, j'ai obéi pour témoigner de ma bonne foi.

— Mais Sancia n'a rien à voir avec tout cela ! Elle n'a jamais eu aucun rôle politique !

— Geoffroi, cesse de te comporter en eunuque !

lança Alexandre, agacé. L'avenir de ton frère est en jeu, et celui de la papauté en dépend. La France est en ce moment notre alliée la plus puissante.

Les yeux de Geoffroi étincelèrent :

— Père, je ne peux permettre une chose pareille ! De quoi aurais-je l'air si je ne peux empêcher que ma femme soit jetée dans un cul-de-basse-fosse ?

— Qu'elle envoie un message au roi, son père, en lui disant qu'elle a besoin d'aide.

Geoffroi préféra détourner la tête — son père aurait vu la haine qu'on lisait sur son visage.

— Père, je te le demande encore une fois : libère ma femme, sinon ce sera la fin de mon mariage, et je ne peux l'accepter.

Le pape parut perplexe. Tout cela ne voulait rien dire ! Sancia leur avait créé des ennuis depuis le jour de son arrivée, et son nigaud de fils n'avait rien tenté pour lui faire entendre raison. Et il osait lui dire comment diriger l'Eglise ! Quelle arrogance !

Mais Alexandre préféra faire entendre la voix de la raison, et c'est sans émotion qu'il répondit :

— Comme tu es mon fils, je te pardonnerai ton insolence. Mais, si jamais tu me parles encore de cette façon, et pour quelque raison que ce soit, je ferai planter ta tête sur une pique, en jurant que tu es un hérétique ! Me fais-je bien comprendre ?

— Combien de temps ma femme sera-t-elle emprisonnée ?

— Demande au roi de Naples ! C'est à lui d'en décider. Dès qu'il acceptera de laisser Louis XII prendre la couronne de Naples, elle sera libre.

Geoffroi fit demi-tour et allait sortir quand son père lança :

— Dorénavant, tu seras gardé jour et nuit, pour te protéger de toute tentation.

— Puis-je la voir ?

Le pape parut surpris :

— Qui serais-je si je t'en empêchais ? Crois-tu vraiment que je suis un monstre ?

Geoffroi sortit, sans pouvoir retenir ses larmes : il venait de perdre, non seulement sa femme, mais aussi son père.

Sancia fut enfermée dans une cellule du Castel Sant'Angelo. On l'y laissa seule, mais elle pouvait entendre les cris, les plaintes et les imprécations des autres prisonniers. Ceux qui la reconnurent l'injurièrent, les autres se demandèrent comment une aussi belle jeune femme pouvait se retrouver dans une telle situation.

Elle était folle de rage. Le pape l'avait autrefois renvoyée à Naples, et voilà qu'il la faisait emprisonner ! C'était sceller son propre destin car, même enfermée ici, elle ferait tout pour assurer sa chute. Il cesserait d'occuper le trône de saint Pierre, même si elle devait donner sa vie pour cela.

Quand Geoffroi fut autorisé à la voir, elle avait retourné sa paillasse, répandu la paille sur le sol et jeté contre le mur le repas qu'on lui avait apporté.

Il fut surpris qu'elle le prenne dans ses bras.

— Mon mari, tu dois me venir en aide. Si tu m'aimes, fais parvenir un message à ma famille, il faut que mon père sache ce qui m'arrive.

— Oui, répondit-il en caressant ses cheveux. Je ferai tout mon possible. En attendant, je viendrai ici aussi souvent que tu le voudras.

Tous deux s'assirent sur la paillasse ; il l'enlaça pour tenter de la réconforter.

— Peux-tu m'apporter du papier et de quoi écrire, et veiller à ce que le message parte aussitôt ? demanda-t-elle.

— Oui, car je ne peux supporter d'être loin de toi.

Elle sourit, ce qui redonna quelque espoir à Geoffroi.

— Nous ne sommes qu'un, dit-il, et ce qu'ils te font, ils le font à moi aussi.

— Je sais que la haine est un péché, mais je suis prête à souiller mon âme de celle que j'éprouve pour ton père. Il a beau être le Saint-Père, pour moi il est encore pire que le dernier des anges déchus.

— J'écrirai à César, car je ne doute pas qu'il nous vienne en aide une fois de retour.

— Ah bon ? Je ne l'aurais pas cru.

— J'ai mes raisons. Il comprendra, je suis certain qu'il te fera sortir de cet enfer.

Il l'embrassa longuement et partit.

Mais, cette nuit-là, les gardes entrèrent dans sa cellule, la dévêtirent et la violèrent à plusieurs. Ayant été emprisonnée comme prostituée, elle n'était plus sous la protection du pape ; ils ne redoutaient nullement d'être punis.

Le lendemain, quand Geoffroi arriva, Sancia s'était lavée et vêtue, mais ne disait plus mot. Il eut beau insister, elle paraissait ne rien entendre. Ses yeux verts avaient perdu toute vie et semblaient désormais d'un gris indistinct.

César contrôlait enfin la Romagne. Mais il y aurait encore bien des villes à prendre avant qu'il puisse unifier l'Italie. Camerino, gouvernée par les Varano ; Senigallia, par les Della Rovere, Urbino, dont Guido Feltra était le maître... Cette dernière cité semblait trop puissante pour qu'il l'attaque ; mais elle bloquait le chemin de l'Adriatique, pourrait couper toute communication avec Pesaro et Rimini. Il fallait faire quelque chose.

La campagne se poursuivit donc.

Camerino fut son premier objectif. César rassembla une armée qui frapperait au nord, depuis Rome. Ensuite, elle ferait sa jonction avec ses capitaines espagnols et les troupes qu'il avait laissées en Romagne.

Toutefois, afin d'y parvenir, il fut contraint de demander à Guido Feltra de laisser passer Vito Vitelli et son artillerie. Toute l'Italie savait que Feltra n'aimait guère les Borgia. Sa réputation de condottiere était hélas surestimée. Désireux d'éviter un affrontement immédiat, il donna son accord, pour mieux dissimuler ses intentions — il comptait venir en aide à Alessio Varano, qui régnait sur Camerino.

Malheureusement pour lui, les espions de César découvrirent ses plans. La puissante artillerie de Vitelli pénétra sur ses terres puis, sans prévenir, les forces de César prirent la ville en tenaille.

La seule vue des troupes pontificales, avec à leur tête César Borgia revêtu de son armure noire, suffit à décider Feltra à prendre la fuite.

La ville se rendit aussitôt, à la grande stupéfaction, non seulement de l'Italie, mais de toute l'Europe : le duc d'Urbino avait toujours passé pour être invincible.

Comme prévu, César marcha ensuite sur Camerino

qui, ne pouvant plus compter sur l'aide de Feltra, capitula sans grande résistance.

Il semblait désormais que rien ne pourrait plus empêcher César d'imposer sa volonté à toute l'Italie.

A Florence, ce jour-là, le soleil était haut dans le ciel et brûlait la ville tout entière. On avait ouvert en grand toutes les fenêtres, mais aucun souffle d'air ne venait rafraîchir la salle, où l'on étouffait : les membres du gouvernement florentin suaient, s'agitaient, attendant avec impatience que la séance touche à sa fin, afin de pouvoir rentrer chez eux prendre un bain et boire un verre de vin.

Le rapport de Machiavel, émissaire envoyé auprès du Vatican, serait d'une importance cruciale, car il pourrait décider de l'avenir de leur cité.

La situation était des plus inquiétantes. La dernière fois, César Borgia avait menacé Florence ; on s'était débarrassé de lui contre espèces sonnantes, mais cela ne pourrait pas durer indéfiniment.

Machiavel se leva pour s'adresser aux membres de la *Signoria*. En dépit de la chaleur, il ne transpirait nullement dans son pourpoint gris perle.

— Excellences, vous savez qu'Urbino est tombée, que le duc a été pris par surprise — par traîtrise, diront certains ; mais, si c'est le cas, il l'avait bien mérité. De toute évidence, Guido Feltra complotait contre les Borgia, qui n'ont fait que lui rendre la monnaie de sa pièce. On pourrait y voir un parfait exemple de *frodi onorevoli*, de fraude honorable.

» Où en est César Borgia ? Son armée est puissante, bien organisée, ses hommes lui sont fidèles. Ils l'adorent, comme toutes les cités qu'il a conquises ont pu s'en rendre compte. Il s'est emparé de toute la Romagne, et maintenant d'Urbino. Il terrifie Bologne — et, s'il faut parler franc, il nous terrifie aussi.

D'un geste théâtral, il plaça la main en visière sur ses yeux, pour mieux faire admettre aux membres de l'assemblée les choses désagréables qu'il avait à leur dire :

— Nous ne pouvons espérer que les Français feront obstacle à ses plans. Certes, ils se méfient des Borgia, qu'ils soupçonnent d'avoir inspiré les événements d'Arezzo ; que César menace Bologne et notre grande cité les a irrités. Mais souvenons-nous que le roi de France a besoin de l'appui du pape face à l'Espagne et à Naples — et que l'armée du fils Borgia est des plus redoutables. L'attitude française est, dans ces conditions, parfaitement raisonnable.

Il baissa la voix.

— Je vais vous faire part d'une confidence. César a secrètement rencontré Louis XII, qu'il est allé voir déguisé, sans se faire accompagner d'une escorte. Il s'est placé à sa merci, l'a supplié de pardonner les petites aventures de Vitelli à Arezzo. Ce faisant, il a apaisé les rancœurs qui pouvaient subsister entre le royaume de France et la papauté. Par conséquent, s'il décide d'attaquer Bologne, je prédis que le roi de France le soutiendra. S'il s'en prend à Florence... les Français s'y opposeront peut-être... mais peut-être pas.

Un membre de la *Signoria* se leva, le visage soucieux, s'épongeant le front avec un mouchoir de batiste :

— Machiavel, vous êtes en train de nous dire que César Borgia est invincible, et que ceux d'entre nous qui ont la chance de posséder une villa dans les montagnes feraient mieux de prendre la fuite.

— Je ne pense pas que les choses soient aussi graves, Excellence. Jusqu'à présent, nos relations avec lui sont amicales, et il a pour notre cité une affection véritable.

» Toutefois, il nous faut prendre en compte un autre facteur, qui peut affecter cet équilibre. César Borgia a vaincu et humilié un certain nombre d'hommes dangereux en les chassant de leurs territoires. S'il est vrai que ses hommes l'adorent, je suis beaucoup moins sûr de ses *condottieri*, gens violents et imprévisibles, fort capables de le jalouser. Il se pourrait bien qu'un jour ils cherchent à le renverser. César veut devenir l'homme le plus puissant d'Italie : ce qui lui vaut d'avoir d'innombrables ennemis. Mieux vaut qu'ils ne soient pas les nôtres.

C'est à Magioni, château situé sur les terres des Orsoni, que le complot avait pris corps. Giovanni Bentivoglio, maître de Bologne, était bien décidé à en prendre la tête. Véritable athlète aux traits grossiers, à la chevelure poivre et sel, il souriait volontiers et savait se montrer persuasif. Mais il avait aussi son côté obscur ; avant même d'atteindre sa majorité, il avait tué près d'une centaine d'hommes, dans le cadre d'activités clandestines ressemblant d'assez près au banditisme. Il semblait avoir changé et gouvernait sa ville avec bienveillance. Mais il redoutait César et serait prêt à tout pour l'abattre.

Il convoqua donc une réunion à laquelle il invita Guido Feltra, le vaincu d'Urbino. Celui-ci prit la parole, d'une voix si basse qu'il fallait tendre l'oreille

— sans jamais oublier, toutefois, que chacune de ses paroles était une menace.

Bentivoglio et lui étaient ennemis des Borgia, ce qui n'avait rien d'étonnant ; plus surprenante était la présence de ceux qui jusque-là avaient bien servi César. Oliver Da Fermo, et Vito Vitelli en personne, assistèrent aussi à cette entrevue. L'artilleur était furieux d'avoir dû abandonner Arezzo. Les deux hommes, qui savaient que la campagne menée par César le mettait en grand danger, commandaient aussi une bonne part de son armée.

Les conjurés convinrent d'un plan. Il leur faudrait d'abord de nouveaux alliés. Cela fait, ils se rencontreraient de nouveau pour organiser leurs troupes et, chose plus importante encore, décideraient du moment de l'attaque. Les jours de César Borgia étaient comptés !

Ignorant des dangers qu'il courait, celui-ci était dans son quartier général d'Urbino, savourant un vin sorti des caves de Guido Feltra, quand l'un de ses aides de camp lui annonça l'arrivée d'un gentilhomme florentin venu le voir. C'était Machiavel.

Quand le visiteur ôta sa longue cape grise, César nota qu'il paraissait las et pâle. Il lui offrit donc un fauteuil et lui versa à boire.

— Que me vaut l'honneur de recevoir en pleine nuit la fleur de la diplomatie florentine ? demanda-t-il en souriant.

— Des affaires d'importance, César, répondit Machiavel, le visage soucieux. Je serai franc. On a demandé à Florence de se joindre à un complot de grande ampleur contre vous. Certains de vos plus proches adjoints y sont impliqués, dont quelqu'un que sans doute vous n'auriez guère soupçonné : Vito Vitelli.

Machiavel donna également les noms de tous ceux qui s'étaient réunis à Magioni.

César fut stupéfait, mais se garda bien de le montrer.

— Et pourquoi me révéler tout cela ? demanda-t-il. L'intérêt de Florence ne serait-il pas de voir mes campagnes prendre fin ?

— Nous avons longuement débattu de cette question. Les conjurés sont-ils moins dangereux que les Borgia ? La décision n'a pas été facile, et ce n'est pas la *Signoria*, mais une séance impromptue du Conseil des Dix, qui l'a prise. Je leur ai dit que vous étiez un homme parfaitement rationnel, et que vos objectifs, du moins ceux que vous avez déclarés, paraissaient fort raisonnables. Je crois par ailleurs que vous ne tenteriez pas d'attaquer Florence, à cause du refus français.

» Les conspirateurs sont beaucoup plus inquiétants. Paolo Orsini est à demi fou, sa famille déteste le gouvernement florentin, Vitelli abhorre Florence elle-même, Dieu sait pourquoi ! Nous savons qu'ils vous ont pressé de nous attaquer lors de votre dernière campagne, et que vous avez refusé. Ce témoignage de fidélité a beaucoup compté pour nous.

» Si ces hommes réussissent à vous abattre, ils feront déposer votre père et choisiront un autre pape à leur dévotion. De ce point de vue, ce serait une catastrophe : contrairement à vous, ils n'hésiteraient pas à attaquer et à piller Florence.

» J'ai d'ailleurs déclaré aux membres du Conseil

qu'on ne pouvait faire confiance aux conjurés, parce qu'ils sont trop bavards, et que vous les écraseriez, vu la supériorité de vos compétences tactiques. J'ai donc simplement recommandé que nous vous prévenions directement, ce qui peut-être nous assurera de votre bonne volonté.

César éclata de rire :

— Machiavel, dit-il en lui tapant dans le dos, vous êtes sans égal, vraiment sans égal ! Votre franchise est époustouflante, votre cynisme éblouissant !

Bien que prévenu, César se retrouvait dans une position presque désespérée. Il agit donc avec une promptitude foudroyante, retira d'Urbino et de Camerino les troupes qui lui étaient fidèles, les concentrant, plus au nord, dans des forteresses romagnoles bien protégées.

Pendant une journée et une nuit entières, il envoya des émissaires dans toutes les directions, afin de chercher des successeurs aux *condottieri* qui l'avaient trahi. Il lui faudrait des hommes d'expérience, ainsi que des mercenaires, de préférence avec des canons. Il lui faudrait aussi les fantassins des environs de Faenza, les meilleurs d'Italie... Il avait bien traité la ville après s'en être emparé, ce devrait donc être possible. Il contacta même Louis XII pour obtenir de lui des troupes françaises.

Moins d'une semaine après son arrivée nocturne, Machiavel fit parvenir un rapport au Conseil des Dix :

« Tout le monde est convaincu ici que le roi de France enverra des soldats à César Borgia, tandis que son père lui fournira l'argent nécessaire. Ses adversaires ont tardé à fondre sur lui, ce qui lui donne l'avantage. J'estime qu'il est trop tard pour qu'ils puissent lui faire beaucoup de tort, car il a installé des troupes dans toutes les villes importantes, et largement approvisionné ses forteresses. »

Les conjurés ne tardèrent pas à s'en rendre compte — et à se quereller. Bentivoglio fut le premier à contacter César, réclamant son pardon et lui jurant allégeance. Puis les Orsini se montrèrent eux aussi désireux de faire la paix — au besoin en trahissant leurs complices. Guido Feltra fut le seul à se tenir à l'écart.

César finit par rencontrer ses ennemis, envers qui il se montra généreux, leur assurant qu'ils échapperaient au châtiment. Mais ils avaient occupé Camerino et Urbino, qui devraient lui être rendus. Bentivoglio pourrait conserver Bologne, le pape ayant signé un traité avec lui à la demande du roi de France. En échange, il lui fournirait armes, hommes et chevaux pour sa prochaine campagne. Quant aux *condottieri* — Orsini, Vitelli, Gravina et Da Fermo, ils conserveraient leur position dans l'armée de César.

Quand, six mois plus tard, les troupes françaises arrivèrent, César les renvoya à Louis XII avec ses remerciements. Le complot avait pris fin.

A Rome, cependant, et sans que César le sût, Alexandre avait entrepris de lui venir en aide. Franco et Paolo Orsini ne pourraient être punis tant que leur parent, le cardinal chef de la lignée, resterait en vie : il veillerait en effet à ce que leur mort soit vengée. Inutile de risquer un nouveau décès chez les Borgia.

Le pape l'invita donc au Vatican, en lui disant qu'il comptait nommer l'un de ses innombrables neveux à une haute dignité ecclésiastique. Le cardinal accepta en feignant l'humilité et la gratitude ; mais il se méfiait.

On lui servit un somptueux dîner accompagné de plusieurs sortes de vin. Alexandre et lui discutèrent gaiement de questions politiques, évoquèrent en plaisantant des courtisanes qu'ils avaient tous deux fréquentées. Chacun semblait vivement apprécier la compagnie de l'autre, mais personne n'aurait pu dire quelles étaient leurs pensées respectives.

Le cardinal, toujours aux aguets, et qui se méfiait des Borgia, refusa de boire, de peur d'être empoisonné. Remarquant toutefois que le pape faisait honneur aux mets qui leur étaient servis, il l'imita, se bornant à réclamer de l'eau — ce qui lui permettrait de voir aussitôt si elle était trouble ou non.

Une fois le repas terminé, alors qu'Alexandre l'invitait à passer dans son cabinet de travail, Antonio Orsini éprouva soudain une brutale douleur à l'estomac, se courba en deux et s'effondra sur le sol, les yeux lui sortant de la tête, un peu comme les martyrs des fresques du Vatican.

— Je n'ai pourtant pas bu de vin ! chuchota-t-il d'une voix rauque.

— Mais tu as mangé de la seiche avec son encre, répondit le pape en souriant.

Le lendemain matin, Alexandre dit la messe en l'honneur du défunt, offrant des prières pour son âme et le bénissant à l'occasion de sa montée au ciel.

Il envoya ensuite les gardes pontificaux s'emparer des biens du cardinal — et notamment de son palais, car les campagnes militaires de César coûtaient de plus en plus d'argent. Toutefois, quand ils arrivèrent là-bas, ils y découvrirent la vieille mère d'Antonio Orsini, qu'ils se contentèrent de mettre à la rue.

— Mais j'ai besoin de mes servantes ! s'écria-t-elle, éperdue, en s'appuyant tant bien que mal sur sa canne.

Ils les chassèrent donc également.

Cette nuit-là, il neigea très fort ; un vent glacé balaya les rues. Mais personne n'osa donner abri à la vieille femme, de peur d'encourir la colère du pape.

Deux jours plus tard, celui-ci dit donc une autre messe, cette fois pour la mère du cardinal, qu'on avait retrouvée morte de froid, blottie près d'une porte, la main crispée sur sa canne.

En décembre, César, qui se rendait à Senigallia, s'arrêta à Cesena pour s'enquérir de la situation. Ramiro de Lorca en avait été nommé gouverneur et, selon certaines rumeurs, les habitants de la ville étaient mécontents.

César convoqua donc une assemblée sur la grand-place, afin que Lorca puisse se défendre des accusations de brutalité portées contre lui.

— On me dit que tu as recouru à des méthodes des plus cruelles contre les citoyens de cette cité ? demanda-t-il.

L'épaisse chevelure rousse de Lorca flottait au vent, ses lèvres étaient pincées. Il répondit d'une voix si aiguë qu'on eût dit un glapissement :

— Je ne crois pas m'être montré excessif, Excellence ! Personne ne veut m'écouter, ni obéir à mes ordres.

— On me dit aussi qu'un jeune page a été jeté sur

un bûcher édifié sur la place publique, et que tu l'as maintenu du pied pour être sûr qu'il brûlerait vif ?

Lorca hésita :

— Oui... mais il y avait des raisons à cela...

— Alors, je serais ravi de les connaître, rétorqua César, la main sur la garde de son épée.

— Il se montrait insolent... paresseux... maladroit...

— Cela ne me paraît pas très sérieux.

César savait par ailleurs que le gouverneur avait fait partie du complot dirigé contre lui. Mais le sort des habitants de Cesena lui importait bien davantage. Toute cruauté exercée sur eux saperait son pouvoir dans les régions de Romagne qu'il contrôlait. Lorca devait donc être châtié.

Il fut donc aussitôt enfermé dans un cachot de la forteresse, puis César envoya chercher son vieil ami Zappitto, le nomma gouverneur et lui donna une bourse remplie de ducats, ainsi que des instructions détaillées.

Une fois qu'il fut parti, Zappitto fit libérer son prédécesseur, à la grande surprise des citoyens de la ville, qui en furent assez mécontents ; mais au moins pouvaient-ils se dire que le nouveau gouverneur savait ce qu'était la pitié.

Le lendemain de Noël, cependant, on vit arriver sur la place du marché le corps décapité de Ramiro de Lorca, encore vêtu de sa cape rouge et or et attaché à son cheval.

Chacun convint qu'il aurait mieux valu qu'il demeurât dans un cachot de la forteresse.

César se prépara à attaquer Senigallia, que gouvernait la famille Della Rovere. Il comptait depuis longtemps s'emparer de ce port situé sur la côte de l'Adriatique, et donna donc l'ordre à ses troupes de marcher jusqu'à la mer, où elles seraient rejointes par les forces que dirigeaient les anciens membres du complot. Les *condottieri*, qu'ils aient conspiré ou non, étaient heureux de pouvoir de nouveau collaborer ; tout se passa sans encombre.

A l'approche de l'armée, la ville se rendit aussitôt. Andrea Doria, qui commandait la forteresse, exigea toutefois de ne faire sa reddition qu'à César.

Celui-ci, tout en attendant de rencontrer son adversaire, ordonna à ses troupes les plus fidèles de se placer tout près de la ville, celles de ses adjoints restant à distance des portes de la cité.

Ses principaux lieutenants, parmi lesquels Paolo et Franco Orsini, Oliver Da Fermo et Vito Vitelli, rencontrèrent un petit groupe de fantassins pour régler les détails de la reddition de la citadelle.

Tous entrèrent pour rencontrer Andrea Doria dans un palais de la ville. Les portes se refermèrent derrière eux ; César fit remarquer en plaisantant que les habitants de la ville prenaient soin d'éviter que l'armée pontificale ne mette Senigallia à sac pendant les pourparlers.

Entrant dans le palais, il conduisit ses lieutenants dans une salle de réception de forme octogonale, aux murs couleur pêche, avec une grande table et des fauteuils de velours.

Ils devisèrent gaiement tout en buvant le vin local versé par des serviteurs. La ville se rendait sans combats. Da Fermo, Vitelli et les deux Orsini étaient heureux de s'en être tirés à bon compte, et surtout de prendre part à une campagne qui s'annonçait victorieuse.

César marcha jusqu'au centre de la pièce, se débarrassa de son épée et suggéra à ses adjoints de faire de même avant l'arrivée d'Andrea Doria : après tout, il s'agissait de pourparlers de paix. Ils remirent donc leurs armes à l'un de ses aides de camp. Seul Vitelli parut vaguement inquiet ; leurs troupes étaient restées au-dehors, à quelques centaines de mètres des murailles de la cité, dont on avait fermé les portes...

— Asseyez-vous, messieurs, dit César. Senigallia a toujours été un port important, mais je crois que désormais ce sera plus vrai encore. Vous avez tous mérité une récompense, qui va vous être offerte à l'instant même !

Une vingtaine d'hommes lourdement armés entrèrent brusquement par les quatre portes de la salle et, en moins d'une minute, ligotèrent les lieutenants de César sur leurs fauteuils.

— Permettez-moi, dit celui-ci d'une voix douce, de vous présenter mon grand ami, Don Michelotto.

L'homme entra, s'inclina, sourit. Il détestait la trahison. Prenant un garrot des mains de l'un de ses aides, il passa d'un prisonnier à l'autre, les étranglant successivement sous le regard horrifié des autres.

De retour à Rome, César fut accueilli avec chaleur, aussi bien par le peuple que par son père, qui l'attendait aux portes de la ville. Le conquérant de la Romagne semblait plus porté à sourire, et aussi content de lui que l'était le pape ; il ne doutait nullement que toute l'Italie serait bientôt à lui.

Alexandre et lui avaient déjà évoqué la possibilité qu'il soit couronné roi de Romagne. Mais, pour cela, il lui faudrait d'abord conquérir la Toscane, ce que le pape avait jusqu'à présent refusé.

Ce soir-là, tandis qu'il se détendait un peu dans ses appartements, César se vit remettre une boîte accompagnée d'un message d'Isabelle d'Este, la sœur du duc d'Urbino. Alors qu'il séjournait dans le palais de celui-ci, après l'avoir contraint à la fuite, il avait déjà reçu une lettre d'elle, le suppliant de lui rendre deux statues dont il s'était emparé avec le château — un Cupidon et une Vénus. Elle expliquait que toutes deux avaient une grande valeur sentimentale — sans préciser qu'elle avait la passion des antiquités.

Mais Isabelle étant désormais la belle-sœur de Lucrèce, César avait aussitôt donné des ordres pour qu'elles lui soient restituées. Le message accompagnant la boîte l'en remerciait, ajoutant qu'elle lui offrait un petit quelque chose en retour.

L'objet était enveloppé de rubans de soie et d'or. Il l'ouvrit, impatient, aussi excité que quand il était enfant, trouva à l'intérieur une feuille de parchemin qu'il souleva. La boîte contenait près d'une centaine de masques de toutes sortes : en or incrustés de bijoux, en satin rouge et or ; d'autres, noir et argent, ou qui prenaient la forme de dragons, de démons ou de saints.

Il éclata de rire en les examinant un par un, puis en se les posant sur le visage avant de se regarder dans le miroir. Autant d'images différentes dont chacune représentait un peu de lui-même.

Un mois plus tard, son père et lui attendaient Duarte Brandao, de retour d'un voyage qui l'avait mené à Florence et à Venise.

Alexandre lui décrivit avec enthousiasme ses plans d'embellissement du Vatican :

— J'ai réussi, non sans mal, à convaincre Michel-Ange de dessiner les plans d'une nouvelle basilique Saint-Pierre ! Je veux créer quelque chose de magnifique, qui sera la gloire du monde chrétien !

— Je ne savais pas qu'il était architecte ! En tout cas, le Cupidon que j'ai acheté prouve que c'est un grand artiste.

A ce moment, Brandao entra et s'agenouilla pour baiser l'anneau du pape.

— Duarte, lui demanda César, as-tu réussi à savoir qui étaient les assassins de Venise ? Et le peuple de Florence me considère-t-il comme un ogre et un étrangleur à cause de ce qui s'est passé à Senigallia ?

— Non ! Les Florentins pensent que vous avez fait ce que vous deviez faire, avec intelligence et habileté. C'est ce qu'ils appellent *sceleratezzi glorioso*, une glorieuse scélératesse ! Ils aiment la vengeance et, plus elle est spectaculaire, mieux c'est !

Puis Brandao prit un air soucieux et se tourna vers le pape :

— Votre Sainteté, je crois que, dans les circonstances actuelles, il demeure pourtant un danger.

— Qu'est-ce qui t'inquiète ? De simples rumeurs, ou bien quelque chose que tu aurais découvert ?

— Les conjurés sont morts — mais pas leurs familles. Elles sont furieuses et chercheront à se venger.

Duarte se tourna vers César :

— Même si elles ne peuvent s'opposer à vous, jamais elles ne vous pardonneront. Et, comme le Vatican vous soutient, Sa Sainteté aussi est en danger.

28

A Ostie, le cardinal Della Rovere marchait de long en large dans ses appartements, fou furieux. Il venait tout juste d'apprendre que César s'était emparé de Senigallia, imposant la loi des Borgia à un territoire appartenant à sa famille ! Mais ce n'était pas tout.

Après son départ pour Rome, les troupes qu'il avait laissées dans la ville l'avaient mise à sac, violant toutes les femmes — dont sa nièce, Anna, qui n'avait que douze ans.

La colère du cardinal prit de telles proportions qu'il ne pouvait même plus prier Dieu de le venger. Tremblant de tout son corps, il prit une plume et rédigea une lettre à Ascanio Sforza : « Le mal régnera sans partage si nous ne savons faire prévaloir le bien qui est en nous. Il nous faut dès maintenant mettre un terme à tous ces péchés. » Il donna ensuite la date et le lieu de leur prochaine rencontre.

S'emparant d'un cachet de cire, il le passa dans la flamme d'une chandelle, regarda les gouttes rouges tomber lentement sur le parchemin plié, puis y apposa son sceau, qui représentait le Christ en croix.

Il allait appeler un messager quand il éprouva une douleur à la tête si violente qu'il en tomba à genoux et se couvrit le visage des deux mains. Il voulut appeler, mais ce qu'il vit alors le laissa sans voix.

C'était la vision du gonfalonier du pape, portant la bannière des Borgia — un taureau brodé en rouge sur fond blanc. Elle tombait d'un coup et d'innombrables chevaux la piétinaient, ne laissant dans la boue que des bribes déchiquetées.

Le cardinal Della Rovere releva la tête, regarda autour de lui. Rien. Il comprit d'un coup : le taureau des Borgia venait d'être abattu.

Encore secoué, il se redressa, s'appuya contre le mur. Quand ses jambes consentirent enfin à le porter, il alla à son bureau et reprit la plume. Il écrivit d'autres lettres, avec une prière à chaque fois qu'il en scellait une. Il en adressa une au roi de Naples, une autre à Fortunato Orsini, chef de la lignée depuis la mort du cardinal, une autre à ses confrères de Rome et de Venise, une à Caterina Sforza, et la dernière à la reine Isabelle d'Espagne. Maintenant, il allait devoir sonner la charge.

Comme il le faisait depuis des semaines, Geoffroi descendit le long escalier en colimaçon menant aux cachots du Castel Sant'Angelo. Les gardes, qui somnolaient, firent à peine attention à lui. Il se dirigea vers une petite cellule sordide.

Sancia était assise sur le matelas de paille, les cheveux emmêlés, aussi immobile qu'une statue. Il en eut les larmes aux yeux, sans qu'elle paraisse le voir.

Un garde ouvrit la porte à Geoffroi, qui entra. Il s'assit à côté de sa femme, prit sans qu'elle résiste une main molle et froide.

— Sancia, Sancia, murmura-t-il, arrête ! Ne me

quitte pas sans combattre ! J'ai envoyé un message à ton père, je suis certain qu'il réclamera ta mise en liberté ! Mais j'ai si peur qu'il t'arrive quelque chose.

Elle se mit à fredonner à voix basse, sans lui répondre.

Geoffroi savait ce qu'il devait faire. Mais comment s'y prendre ? Depuis que son père avait jeté la jeune femme dans ce cachot, il était surveillé jour et nuit — sauf quand il venait la voir ici.

César, tout juste de retour, l'avait assuré qu'il pourrait demander à Alexandre la libération de Sancia ; il suffisait d'attendre un petit moment.

C'est alors qu'un garde, venant vers lui, l'appela par son nom. Geoffroi ne le reconnut pas, bien que la voix lui semblât familière. L'homme avait d'épais cheveux noirs, des yeux bleus, des traits marqués.

— Je te connais ? demanda Geoffroi.

L'autre hocha la tête, mais ce n'est que lorsqu'il lui tendit la main que le fils du pape le reconnut :

— Vanni ! s'écria-t-il en le serrant dans ses bras. Comment te débrouilles-tu pour ne jamais te faire prendre ?

L'homme sourit.

— Un bon déguisement, non ? Venez, il faut que nous parlions : le temps nous est compté.

Quelques jours plus tard, comme le soir tombait sur la campagne, deux hommes arrivèrent devant une écurie. Le plus grand, vêtu d'une robe de cardinal, donna des instructions à quatre cavaliers masqués et encapuchonnés :

— Faites exactement ce que je vous dis. Il ne doit

pas y avoir de traces ! Il faut en finir une bonne fois pour toutes.

Les quatre hommes, traversant les dunes, se dirigèrent vers la chaumière d'une vieille femme qu'on appelait Noni. Elle s'avança vers eux d'un pas lourd, son panier d'osier à la main.

L'un des cavaliers se pencha pour lui parler à voix basse, comme s'il lui confiait un grand secret. Elle hocha la tête, se dirigea vers son jardin et revint quelques instants plus tard avec une poignée de baies noires. Entrant dans sa petite maison, elle les glissa dans un sac de cuir qu'elle tendit à l'homme qui l'avait suivie.

— Merci ! dit-il.

Puis il sortit son épée et, d'un coup rapide, lui fendit le crâne.

En quelques instants, la chaumière fut envahie de flammes où disparut le corps de Noni.

Les quatre hommes remontèrent en selle et se perdirent dans les collines.

Le matin du banquet devant célébrer les victoires de César et le onzième anniversaire de sa propre accession au trône de saint Pierre, Alexandre se leva un peu barbouillé. Toute la nuit, il s'était retourné dans son lit, sans pouvoir fermer l'œil. Il voulut, comme toujours, caresser son amulette en disant une prière. Portant la main à son cou, il ne sentit pas la chaîne et resta incrédule : des années auparavant, il y avait fait souder le porte-bonheur, qu'il ne pouvait donc perdre. Et pourtant elle n'était plus là. Inquiet, il appela ses serviteurs à grands cris, convoqua Brandao, César et Geoffroi ; mais tous eurent beau chercher, l'amulette demeura introuvable.

— Je ne sortirai pas d'ici tant qu'on ne l'aura pas retrouvée ! proclama-t-il.

Ils l'assurèrent qu'ils poursuivraient leurs recherches sans relâche.

Le soir, leurs efforts étaient demeurés vains, et le cardinal Coroneto fit savoir que tout le monde attendait que le banquet commence. Le pape se laissa convaincre mais mit chacun en garde :

— Si demain matin elle ne m'a pas été rendue, les affaires de l'Eglise devront attendre !

La fête devait avoir lieu dans le château du cardinal Coroneto, aux environs de Rome. Les tables avaient été installées dans ses magnifiques jardins, au bord d'un lac ; des fontaines coulait une eau cristalline semée de pétales de rose. Il faisait beau, les mets étaient délicieux : crevettes génoises aux herbes et au citron, gibier en sauce de baies de genièvre, crêpes garnies de fruits et de miel. Un chanteur napolitain, des danseurs siciliens vinrent aussi distraire les convives.

Les domestiques servaient avec abondance des vins qu'ils versaient dans des gobelets d'argent. Coroneto, véritable montagne de graisse, leva le sien pour porter un toast aux Borgia, comme la trentaine d'aristocrates romains présents.

Alexandre avait décidé d'oublier ses soucis et se sentait d'excellente humeur. Il plaisantait avec ses fils — César à sa droite, Geoffroi à sa gauche —, et alla même jusqu'à poser les bras sur leurs épaules. C'est alors que Geoffroi se pencha pour parler à son frère et, par accident ou non, fit tomber le gobelet que César tenait en main, répandant un vin rouge comme le sang sur son pourpoint de soie brodé d'or.

Un serviteur vint pour réparer les dégâts, mais César le renvoya d'un geste agacé.

A mesure que la soirée passait, le pape se sentait de plus en plus las. Son corps tout entier le brûlait ; il préféra s'excuser. César, lui aussi, n'allait pas très bien, mais il ne pensa qu'à son père, très pâle et qui suait à grosses gouttes.

Alexandre fut ramené au Vatican brûlant de fièvre, pouvant à peine parler.

Michele Maruzza, son médecin, fut aussitôt convoqué. Il examina le malade, secoua la tête, se tourna vers César et dit :

— Je crains que ce ne soit la malaria.

Puis il examina son interlocuteur de plus près :

— Vous-même n'avez pas l'air d'être au mieux. Mettez-vous au lit, je reviendrai demain matin vous voir tous les deux.

Ce nouvel examen lui montra que le père et le fils étaient sérieusement malades et avaient toujours la fièvre.

Maruzza, ne sachant trop si c'était l'effet de la malaria ou d'un poison, décida aussitôt une application de sangsues, qu'il avait pris soin d'apporter. Il ouvrit une jarre au fond de laquelle elles se tortillaient comme de gros fils bruns.

Prenant de petites pinces de métal, le médecin en sortit une du récipient, qu'il déposa sur un plateau d'argent, puis déclara fièrement à César :

— Ce sont les plus belles de Rome ! Je les ai achetées, fort cher, au monastère de Saint-Marc, où elles sont élevées avec le plus grand soin.

César frémit en voyant Maruzza en placer une, puis une autre, sur le cou de son père. La première vira peu à peu au noir pendant que son corps se dilatait, jusqu'à ce qu'elle tombe sur les draps de satin. Le médecin venait tout juste de mettre en place une quatrième. Fasciné, il expliqua à César, qui se sentait proche de la nausée :

— Il faut leur laisser le temps de se nourrir : elles aspireront le sang corrompu du corps de votre père et l'aideront à se remettre.

Le docteur Maruzza ôta les sangsues quand il estima qu'elles avaient rempli leur office, et déclara :

— Je crois que Sa Sainteté se sent déjà mieux.

De fait, la fièvre d'Alexandre semblait être tombée, mais il restait très pâle. Le soir, il allait plus mal encore ; son entourage commença à redouter le pire.

Retiré dans ses appartements, César apprit de Duarte Brandao que Vanozza, venue voir le pape, était ressortie en larmes. Apprenant que son fils dormait, elle n'avait pas voulu le réveiller.

César voulut se rendre au chevet d'Alexandre mais, comme il ne pouvait marcher, on dut le porter jusqu'à la chambre du malade, où il se laissa tomber dans un fauteuil. Il régnait dans la pièce une odeur douceâtre écœurante. Tendant la main, il prit celle de son père et l'embrassa.

Le pape était étendu, immobile, dans son lit ; ses poumons se remplissaient peu à peu d'un fluide épais qui lui rendait la respiration difficile. Il somnolait par à-coups, l'esprit parfois embrouillé, parfois tout à fait clair.

Levant les yeux, Alexandre aperçut César assis près

de son lit, le visage pâle, les traits tirés. Il fut ému de voir que son fils paraissait très inquiet.

Il songea à ses enfants. Avait-il enseigné tout ce qu'il aurait dû à ses fils ? Ou bien les avait-il corrompus et désarmés en exerçant trop de pouvoir sur eux, en tant que père et que pape ?

A peine s'était-il posé la question que les péchés qu'il leur avait imposés semblèrent passer devant ses yeux, comme autant d'images si vives, si fortes, qu'il comprit d'un coup : il avait la réponse à toutes ses interrogations.

— Mon fils, dit-il à César, je t'ai fait bien du tort et je te supplie de me pardonner.

César le regarda avec une compassion inquiète :

— Que veux-tu dire, père ? chuchota-t-il avec une telle douceur qu'Alexandre faillit éclater en sanglots.

— Le pouvoir, c'est le mal, répondit-il d'une voix entrecoupée. Mais je crains de ne te l'avoir jamais vraiment expliqué. Je t'ai mis en garde contre lui, j'aurais dû te le montrer de plus près. Je ne t'ai jamais dit que la seule bonne raison de l'exercer, c'est de le mettre au service de l'amour.

— Comment cela, père ?

La respiration du pape était devenue sifflante et, brusquement, il se sentit comme ivre. Il eut l'impression d'avoir retrouvé sa jeunesse, d'être ce cardinal entouré de ses deux fils, de sa fille, d'un bébé qui marchait à peine...

— Si tu n'aimes rien ni personne, le pouvoir est une aberration — pire, une menace. Car il est dangereux et peut se retourner contre toi à tout instant.

Il eut l'impression de glisser dans un rêve, s'imagina en général de l'armée pontificale, livrant et gagnant des batailles, contemplant le sang répandu, les tueries, les horreurs infligées aux vaincus.

Alexandre entendit César dire — mais très faiblement et de très loin :

— Mais le pouvoir n'est-il pas une vertu, qui permet de sauver les âmes ?

— Mon fils, dit le pape d'une voix indistincte, en soi le pouvoir ne prouve rien. C'est l'exercice vain d'une volonté sur celle des autres.

César prit la main de son père et la serra très fort.

— Père, ne dis plus rien, on dirait que cela te fait perdre de tes forces.

Alexandre eut un sourire qu'il croyait sans doute heureux, mais qui fit à son fils l'effet d'une grimace. Puis, aspirant autant d'air que ses poumons le lui permettaient encore, il dit :

— Sans l'amour, le pouvoir place l'homme plus près des bêtes que des anges.

Sa peau tournait au gris, il devenait de plus en plus pâle. Mais, quand Maruzza revint, il le congédia d'un geste agacé :

— Je t'ai assez vu ! Reste à ta place !

Il se tourna de nouveau vers son fils, en tentant de garder les yeux ouverts, car ses paupières lui semblaient de plus en plus lourdes.

— César, t'est-il arrivé d'aimer quelqu'un plus que toi-même ?

— Oui, père.

— Qui ?

— Ma sœur, répondit César, tête baissée, au bord des larmes : il avait l'impression d'être en confession.

— Lucrèce... souffla le pape en souriant. Oui... Ce fut là mon péché, et ta malédiction.

— Je lui dirai que tu l'aimais, car elle sera folle de chagrin à l'idée de n'avoir pas été là.

— Dis-lui qu'elle a toujours été la fleur la plus précieuse de ma vie... Et une vie sans fleurs n'en est pas une, car la beauté nous est plus nécessaire que tout.

César regarda son père et, pour la première fois, le vit tel qu'il était : en proie au doute, plein de défauts. Jamais ils n'avaient eu l'occasion de parler librement, et il aurait voulu savoir tant de choses sur cet inconnu qui était son père.

— Et toi, chuchota-t-il, as-tu aimé quelqu'un plus que toi-même ?

— Oui, mon fils, oui... répondit Alexandre après bien des efforts.

— Qui ?

— Mes enfants... tous mes enfants... Mais j'ai peur que ce soit là un défaut. Pour moi qui ai eu le bonheur d'être pape, c'était un péché. J'aurais dû aimer Dieu davantage.

— Quand tu levais le calice au-dessus de l'autel, tes yeux fixés vers le ciel et pleins d'amour de Dieu, cela réchauffait le cœur des croyants.

Alexandre se mit à trembler de tout son corps, à tousser et, quand il réussit à parler, sa voix était pleine d'ironie :

— Quand je bénissais le pain et buvais le vin — corps et sang du Christ, je pensais au corps et au sang de mes enfants. Comme Dieu, je les avais créés ; comme lui, je les ai sacrifiés. J'étais victime de ma propre démesure ; je m'en rends bien compte à présent.

César tenta de le réconforter, bien que lui-même se sentit très faible :

— Père, s'il te faut mon pardon, je peux te l'accorder. Et si tu veux mon amour, tu dois savoir que tu l'as toujours eu...

Le pape resta silencieux un moment, comme s'il pensait à autre chose.

— Où est Geoffroi ?

Duarte alla le chercher.

Entrant dans la pièce, Geoffroi se plaça derrière son frère, loin du lit. Son regard était dur et froid, on n'y lisait aucun chagrin.

— Viens, mon fils, dit Alexandre, viens près de moi.

Quelqu'un déplaça César, dont Geoffroi prit la place avec réticence.

— Penche-toi, dit son père. Il y a des choses que je dois te dire...

Geoffroi hésita puis obéit.

— Je t'ai causé du tort, mon fils. Mais jusqu'à ce moment, mes yeux étaient fixés sur le néant.

Les yeux du pape semblaient embrumés ; Geoffroi le regarda bien en face et dit :

— Je ne peux te pardonner, père, car à cause de toi je ne peux me pardonner moi-même.

— Je m'y prends bien tard, je le sais, mais avant de mourir il est important que je te le dise. C'est toi qui aurais dû être cardinal, car tu es le meilleur de nous tous.

— Père, tu ne sais même pas qui je suis.

Alexandre eut un sourire espiègle.

— Sans Judas, le Christ serait resté charpentier, aurait mené la vie d'un prêcheur sans ouailles et serait mort très vieux...

Il glousse : tout d'un coup, l'existence paraissait si absurde !

Geoffroi s'enfuit en courant.

César reprit sa place et tint la main de son père jusqu'à ce qu'il sente qu'elle se glaçait.

Alexandre avait plongé dans le coma et n'entendit pas qu'on frappait à la porte. Il ne vit pas Julia Farnèse, vêtue de noir et la tête couverte d'un voile, entrer dans la pièce. Elle se tourna vers César :

— Je ne pouvais supporter l'idée qu'il nous quitte sans le revoir une dernière fois, expliqua-t-elle avant de s'agenouiller et d'embrasser le mourant sur le front.

— Comment te sens-tu ? demanda César.

Elle ne répondit pas à sa question :

— Tu sais, il a été toute ma vie, le fondement de mon existence. J'ai eu bien des amants. Presque tous des enfants : indifférents, brutaux, prétentieux... Mais lui, en dépit de ses défauts, était vraiment un homme.

Les larmes lui vinrent aux yeux. Elle chuchota :

— Adieu, mon amour...

Elle reprit son voile et sa cape et s'en fut.

Une heure plus tard, le confesseur d'Alexandre vint à son chevet et lui donna l'extrême-onction.

César s'approcha. Le pape le vit, confusément, puis son visage disparut peu à peu.

Alexandre se sentit envahi par une grande paix...

Son regard croisa le visage resplendissant de la mort. Il fut tout d'un coup baigné de lumière : il marchait dans un bosquet de citronniers du Lac d'Argent, les perles d'or de son rosaire entre les doigts. Quelle vie merveilleuse ! Jamais il ne s'était senti aussi bien...

Sa dépouille vira au noir et enfla à un point tel qu'il fallut la faire entrer de force dans le cercueil, dont on fut obligé de clouer le couvercle.

29

La nuit même de la mort du pape, des bandes armées se répandirent dans les rues de Rome, lynchant et tuant tous ceux qu'elles soupçonnaient d'être d'origine espagnole — « les Catalans », comme on disait — et pillant leurs demeures.

César, bien que plus jeune et plus fort que son père, était encore gravement malade et ne pouvait quitter son lit ; il s'efforçait de toute son âme de guérir, d'échapper à la mort, mais son état ne semblait pas s'améliorer, et c'est pourquoi Duarte Brandao finit par appeler le docteur Maruzza et ses sangsues.

César était en tout cas trop faible pour prendre les mesures nécessaires à la protection de ses biens, mais aussi de ses conquêtes. Ceux qu'il avait vaincus se rencontrèrent, formèrent des alliances, réunirent leurs troupes ; ils reprirent ainsi Urbino, Camerino, Senigallia et bien d'autres cités où ils se réinstallèrent. César ne pouvait même pas quitter son lit, et encore moins livrer bataille. Les Orsini et les Colonna s'unirent et envoyèrent des troupes à Rome en espérant influencer l'élection d'un nouveau pape, sans qu'il puisse s'y opposer.

Au fil des années, son père et lui avaient élaboré des stratégies à mettre en œuvre à la mort d'Alexandre, de manière à pouvoir défendre ce dont ils s'étaient emparés. Mais César était trop malade pour les appliquer.

En temps normal, il aurait, sans perdre un instant, concentré dans Rome et aux environs les troupes qui lui étaient fidèles. Il aurait veillé à défendre ses forteresses romagnoles, conclu des alliances. Il demanda bien l'assistance de Geoffroi, mais celui-ci refusa : il pleurait la mort de Sancia, décédée dans les cachots du Vatican.

Appelant Duarte, César tenta de rassembler une armée, mais le collège des cardinaux, n'étant plus tenu de lui obéir, ordonna que toutes les troupes présentes à Rome quittent la ville sur-le-champ. Ils expliquèrent que l'élection d'un nouveau pape passait avant tout, que la présence de forces armées pourrait la perturber. Les Colonna et les Orsini eux-mêmes furent contraints d'obéir.

César envoya des messages réclamant de l'aide à la France et à l'Espagne ; mais la situation ayant changé du tout au tout, ces deux puissances préférèrent attendre que le successeur d'Alexandre soit élu.

Brandao rendait souvent visite à César, l'informant des propositions faites par ses ennemis :

— Elles sont moins féroces qu'on n'aurait pu le craindre. Vous pourrez conserver tous vos biens, mais les cités et les provinces que vous avez conquises devront être restituées à leurs précédents possesseurs.

A dire vrai, de telles offres n'étaient pas faites par générosité, mais par prudence : tant que César serait vivant, on le redouterait. Ses adversaires suspectaient même sa maladie de n'être qu'un leurre, un piège dans lequel il comptait les faire tomber.

De plus, il avait gouverné villes et territoires conquis avec un grand souci d'équité. D'où des risques d'agitation bien moindres s'il acceptait de les céder officiellement.

Il fit traîner les choses, voyant bien qu'il lui faudrait accepter : à moins d'un miracle, il n'y avait pas d'issue.

César se contraignit à se lever, à s'asseoir à son bureau, et écrivit à Caterina Sforza : s'il devait tout rétrocéder, autant qu'elle soit la première à en bénéficier. Il rédigea également des ordres pour qu'Imola et Forli lui soient rendues. Mais le lendemain matin, se sentant un peu mieux, il décida d'oublier ces messages dans un tiroir. Mieux valait attendre de voir ce qui se passerait.

Le pape est mort ! Le pape est mort ! s'écriait-on dans les rues de Ferrare. Lucrèce se leva et, encore à moitié endormie, alla à sa fenêtre. Mais, avant même qu'elle puisse comprendre, Michelotto était là, tremblant ; il avait chevauché toute la nuit sans s'arrêter un instant.

— Miguel, dit-elle, est-ce vrai ? Père est mort ?

Il ne répondit rien, tant il était accablé de chagrin.

— Qui est coupable ? demanda-t-elle, d'une voix qui lui parut étrangement calme.

— Apparemment, c'est la malaria.

— Tu les crois ? César aussi ?

— Votre frère est malade aussi, il a échappé de justesse à la mort.

— Il faut que j'aille le voir !

Elle appela une dame de compagnie : son père n'étant plus, César aurait besoin d'elle.

— Votre frère m'a demandé de vous tenir loin de Rome. Ce serait trop dangereux : il y a des émeutes et des pillages.

— Miguel, tu ne vas pas m'empêcher de le voir, de voir mes enfants, ou père avant qu'il ne soit enterré...

— Vos enfants sont en sûreté à Nepi. Adriana s'occupera d'eux, Vanozza s'y rendra bientôt. Quand César ira mieux, c'est là-bas aussi que vous le rencontrerez.

— Mais père ? Père ?

Michelotto préféra ne pas imaginer la réaction de la jeune femme en voyant la dépouille noire et boursouflée d'Alexandre : lui-même en avait été épouvanté.

— Vous pourrez prier pour lui, ici même. Dieu sait où vous êtes, il vous entendra.

Ercole d'Este et Alfonso entrèrent ; tous deux s'efforcèrent de réconforter Lucrèce. Elle dit à Michelotto de se reposer un peu avant de retourner à Rome le lendemain, l'assurant aussi qu'elle se rendrait à Nepi dès que César le réclamerait.

Il quitta la pièce, imité par le duc ; Alfonso resta, à la grande surprise de son épouse. Depuis qu'ils étaient mariés, il n'avait pas semblé faire très attention à elle, préférant passer ses jours à jouer avec sa collection d'armes, et ses nuits avec des courtisanes. De son côté, elle avait fréquenté artistes, poètes et musiciens, ou écouté les doléances de ses sujets. Mais il semblait vraiment plein de compassion :

— Puis-je te venir en aide ? Ou bien ma présence te cause-t-elle davantage de chagrin ?

Lucrèce fut incapable de répondre : sa vue se brouilla, elle s'évanouit.

Alfonso la prit dans ses bras, la porta sur le lit, puis la serra contre lui en la berçant.

— Parle-moi, dit-elle quand ses yeux s'ouvrirent. Il faut que... que je pense à autre chose...

Elle ne pouvait même pas pleurer ; les larmes paraissaient hors d'atteinte.

Il resta avec elle toute la journée, toute la nuit, ainsi que lors des jours qui suivirent, tandis que Lucrèce s'abandonnait à son chagrin.

Il était impossible de retarder davantage l'élection d'un nouveau pape. César voulait toutefois veiller à la défaite du cardinal Della Rovere, l'implacable ennemi des Borgia.

Pour cela, il choisit de soutenir Georges d'Amboise, le candidat des cardinaux français. Leurs confrères italiens, bien entendu, avaient choisi Della Rovere, et ne voulurent rien entendre. César s'efforça de convaincre les Espagnols, mais eux aussi voulaient faire élire l'un des leurs. Il ne pouvait compter que sur quelques prélats.

Les Florentins aimaient le jeu et pariaient volontiers lors de l'élection d'un pape. Les banques de la ville assuraient l'essentiel de ces paris, qui représentaient des sommes énormes. D'Amboise était donné à cinq contre un, Della Rovere à trois. Personne d'autre ne semblait avoir la moindre chance ; on donnait celui qui venait ensuite à trente contre un. Mais les conclaves demeuraient imprévisibles : le *papabile* le mieux placé n'était jamais sûr d'être élu.

Il en alla de même cette fois-là : à l'issue des premiers scrutins, il devint évident que ni d'Amboise ni Della Rovere ne pourraient espérer l'emporter.

Deux votes supplémentaires eurent lieu avant qu'une fumée blanche ne s'échappe d'une cheminée du Vatican. Ce fut une surprise : le collège avait choisi le cardinal Francisco Piccolomini, bien qu'il fût vieux et infirme. S'il n'en fut pas spécialement heureux, César se sentit au moins soulagé.

Le nouveau pape n'avait pas toujours été d'accord avec Alexandre, mais c'était un homme doux et juste, qui traiterait les Borgia avec équité et les protégerait de son mieux, tant que cela ne porterait pas tort aux intérêts de l'Eglise.

Le cardinal prit le nom de Pie III. Les jours passèrent, César se sentit peu à peu reprendre des forces. Il se mit à marcher dans sa chambre, puis à se promener dans ses jardins, et enfin à parcourir à cheval la campagne environnante. Il était temps de mettre en œuvre un plan de défense de ses conquêtes, et de vaincre ses ennemis une bonne fois pour toutes.

Puis un jour, alors qu'il revenait d'une longue chevauchée, il vit Duarte Brandao qui l'attendait, l'air chagrin :

— Mauvaise nouvelle, dit-il. Pie III est mort.

Le cardinal Piccolomini n'avait été pape que pendant vingt-sept jours.

La situation se présentait mal : César ne pourrait plus compter sur la protection papale. Ses ennemis le comprirent aussi bien que lui, et les Orsini convainquirent les Colonna de se joindre à eux pour l'abattre.

N'ayant plus guère de troupes fidèles à sa disposition, César s'installa au Castel Sant'Angelo, forteresse à peu près imprenable, et envoya Vanozza à Nepi : sa vie passait avant ses auberges et ses vignobles.

Rien ne pouvait plus arrêter le cardinal Della Rovere, incontestable favori du prochain conclave ; il n'avait aucun rival sérieux, à tel point que les banques florentines le donnaient gagnant à deux contre un. César comprit qu'il ne pourrait éviter cette défaite, et qu'il lui faudrait rassembler toutes ses forces s'il voulait survivre.

Il s'en alla donc trouver son adversaire, à qui il proposa un marché, en le menaçant d'user de son influence sur les cardinaux français et espagnols. De surcroît, il était le maître du Castel Sant'Angelo, aussi parvint-il à extorquer le compromis qu'il désirait.

Il soutiendrait Della Rovere lors du conclave, à condition de pouvoir conserver la Romagne et d'être confirmé dans ses fonctions de capitaine général de l'Eglise. Pour être certain que le cardinal tiendrait ses promesses, il tint également à ce que l'accord ainsi conclu soit proclamé publiquement. Impatient d'accéder au trône de saint Pierre, son interlocuteur consentit à tout.

Désormais assuré du soutien de César Borgia, Giuliano Della Rovere fut élu pape à l'issue du conclave le plus bref de toute l'Histoire : un scrutin suffit.

Comme César, le nouveau souverain pontife idolâtrait Jules César, et c'est pourquoi il prit le nom de

Jules II. Il avait si longtemps attendu ce miracle ! Combien de fois il avait espéré pouvoir enfin réformer l'Eglise !

Il n'était plus très jeune mais restait solide et, occupant dorénavant la position dont il se jugeait digne, cédait moins à la rancœur et à la colère. Ironiquement, il avait pour les Etats pontificaux des projets ressemblant fortement à ceux de César et d'Alexandre : il faudrait les unifier, les soumettre à un appareil d'Etat centralisé. La seule différence étant, bien entendu, qu'il ne comptait nullement y associer les Borgia.

Le nouveau pape, en accédant au trône de saint Pierre, ne savait encore pas que faire de César. Non qu'il fût soucieux de tenir parole ; de telles préoccupations lui étaient étrangères. Mais Jules II savait qu'il lui fallait d'abord rassembler ses forces pour triompher de ses ennemis.

Il redoutait les Vénitiens plus encore que les Borgia, et César serait en ce domaine un allié puissant. Il faudrait donc nouer avec lui des relations amicales, bien que les deux hommes aient été des ennemis de toujours.

De son côté, César cherchait à renforcer sa position. Il restait en contact avec ses principaux lieutenants, leur jurant que tout allait bien, en dépit de la fourberie du nouveau pape. Il contacta également son vieil ami Machiavel, qui pourrait lui assurer l'appui de Florence.

Les deux hommes se rencontrèrent par une froide journée de décembre dans les jardins du Belvédère, et longèrent les rangées de cèdres avant de s'asseoir sur un banc de pierre, d'où on avait une vue superbe de Rome. Le vent avait balayé brumes et fumées ; les bâtiments de marbre ou d'argile se découpaient nettement sur un ciel d'un bleu très vif.

Machiavel nota que César paraissait agité : il avait de grands gestes en parlant, il riait trop fort et trop souvent. Peut-être était-ce la fièvre ?

— Ce fut la cité des Borgia, dit César en désignant la ville du doigt, et je jure qu'elle le redeviendra ! Reprendre les forteresses que j'ai perdues ne sera guère plus difficile, conserver celles qui me restent un jeu d'enfant. Mes lieutenants me sont fidèles, le peuple les soutient, et je suis occupé à rassembler de nouvelles troupes, dont des mercenaires étrangers et des fantassins italiens.

» Une fois ma position en Romagne assurée, tout ce que nous voyons d'ici tombera entre mes mains. Le nouveau pape a été mon ennemi autrefois, mais tout cela appartient au passé. Il a juré publiquement qu'il me soutiendrait, qu'il me confirmerait dans mes fonctions. Nous avons même parlé d'unir nos deux familles par un mariage — peut-être entre son fils, Francesco, et ma fille Louise. Une nouvelle ère commence !

Qu'est donc devenu, songea Machiavel, consterné, le chef militaire si brillant, si sagace, que j'ai vénéré autrefois ? Que j'ai idolâtré... Certes, César était toujours son ami. Mais Florence passait avant tout.

Ce soir-là, il quitta Rome, chevauchant aussi vite qu'il pouvait, pour arriver avant qu'il ne soit trop tard. Cette fois, il aurait à dire à la *Signoria* des choses inattendues.

Quand il prit la parole devant l'assemblée, ce fut

d'une voix morne et d'un air sombre — il était encore très fatigué de son voyage. Ce qu'il allait déclarer ne lui plaisait guère, mais il le fallait.

— Excellences, ce serait une folie que de soutenir César Borgia. Certes, le Saint-Père a promis publiquement de le confirmer dans ses fonctions, de lui laisser ses conquêtes. Mais je suis convaincu que le souverain pontife ne se sent nullement tenu de le faire. Il déteste toujours les Borgia, et trahira César ; il l'a déjà décidé.

» César lui-même a beaucoup changé. Autrefois, il ne révélait jamais rien de ses intentions ; et il m'a accablé de chimères que jamais il ne pourra accomplir. Il a déjà un pied dans la tombe, Excellences, et Florence ne doit en aucun cas l'y suivre.

Machiavel voyait juste. Le pape Jules II finit par se convaincre que la menace vénitienne, comme le pouvoir de César Borgia, étaient très exagérés et, rompant tout accord avec lui, exigea qu'il cède sur-le-champ les forteresses dont il était encore maître. Cela fait, il le mit en état d'arrestation et l'envoya sous bonne garde à Ostie, afin d'être sûr qu'il soit hors jeu.

César écrivit aux capitaines commandant ses places fortes pour leur dire qu'il avait reçu l'ordre de les rendre à leurs anciens propriétaires. Son arrière-pensée était évidemment que ses adjoints, le comprenant à demi-mot, ne tiendraient aucun compte de ses directives.

A Ostie, il était placé sous la surveillance d'un vieux cardinal, à qui il demanda la permission de se rendre à Naples, passée sous contrôle espagnol. Le vieillard accepta, persuadé que César avait obéi aux ordres du pape et ne pourrait causer d'ennuis tant qu'il resterait hors de Romagne. Il l'accompagna jusqu'au port et veilla à ce qu'il monte à bord du premier bateau disponible.

A Naples, César avait encore une carte à jouer : Gonsalvo de Cordoba. Les Espagnols, maîtres du royaume, avaient plus d'influence que jamais sur les affaires de toute l'Italie. Il voulait solliciter l'aide de Ferdinand et d'Isabelle, qu'il pensait fidèles alliés des Borgia. Il expliqua à Cordoba qu'avec leur assistance, lui et ses lieutenants pourraient retarder indéfiniment la restitution des forteresses, lever de nouvelles troupes et contraindre Jules II à un accord plus avantageux, et surtout plus durable !

Cordoba accepta de plaider sa cause auprès de la cour. Naples étant devenue territoire espagnol, César se sentait enfin en sécurité. Il envoya de nouveaux messages à ses adjoints pour leur dire de tenir bon, tout en recrutant des mercenaires qui combattraient au côté des troupes commandées par Cordoba.

Il attendit plusieurs semaines sans recevoir de réponse de Leurs Majestés Catholiques. Ses craintes le reprirent : il ne pouvait rester inactif, il lui fallait faire quelque chose. Il se rendit donc, à cheval, vers les collines qui, au bord de la mer, abritaient le camp des militaires espagnols. Une escorte le conduisit jusqu'au commandant.

Gonsalvo de Cordoba, assis derrière un bureau encombré de cartes, se leva et vint le serrer dans ses bras.

— Vous paraissez inquiet, *amigo*.

— *Si, Gonsalvo caro*, répondit César. Je me bats

pour défendre mes forteresses et lever des troupes. Mais j'ai besoin du soutien de votre roi, comme de vous et de vos hommes.

— Je n'ai toujours pas reçu de réponse, mais une galère venue de Valence doit arriver demain vers midi. Avec un peu de chance, nous serons fixés.

— Pas de réponse ? Douteriez-vous que vos souverains me viennent en aide ?

— La question est très compliquée, César, vous le savez parfaitement. Nos souverains doivent prendre en compte de nombreux facteurs. Le pape, votre ennemi juré, est un homme difficile et rancunier.

— Je ne l'ignore nullement ! Mais Ferdinand et Isabelle sont de très vieux amis ; et mon père a intercédé pour que leur mariage se fasse, il a été le parrain de leur premier enfant. Vous savez par ailleurs que je les ai toujours soutenus...

Cordoba lui posa la main sur l'épaule.

— Du calme, du calme ! Je le sais parfaitement, comme d'ailleurs Leurs Majestés, qui vous considèrent comme un ami fidèle. Demain nous devrions avoir leur réponse, et si Dieu le veut ils m'enjoindront de soutenir vos efforts.

César se sentit quelque peu réconforté :

— J'en suis certain, Gonsalvo, et alors il nous faudra agir vite.

— Absolument ! Et surtout sans attirer l'attention tant que nous ne serons pas prêts ! Il nous faut un lieu de rencontre plus discret. Connaissez-vous le vieux phare sur la plage située au nord du camp ?

— Non, mais je le trouverai.

— Je vous y rejoindrai demain au coucher du

soleil. Nous entreprendrons alors d'élaborer notre stratégie.

Le lendemain soir, comme le soleil disparaissait derrière l'horizon, César arriva à la plage, bordée d'eaux aussi pâles qu'un suaire, et marcha jusqu'au vieux phare, dont il vit sortir Cordoba.

— Gonsalvo, quelles sont les nouvelles ? s'écria-t-il.

L'autre mit un doigt sur ses lèvres et dit à voix basse :

— Pas de bruit ! Entrez, César. Il nous faut être prudents.

Tous deux pénétrèrent dans le bâtiment. C'est alors que quatre hommes se jetèrent sur César, le désarmèrent et le ligotèrent, avant de lui ôter son masque.

— Gonsalvo, quelle traîtrise est-ce là ?

Cordoba alluma une bougie et César se vit entouré d'une douzaine de fantassins espagnols lourdement armés.

— Je me contente d'obéir aux ordres de mon roi et de ma reine, répondit le vieux soldat. Ils savent que vous êtes un vieil ami, mais se souviennent aussi de votre alliance avec la France, et jugent que le pouvoir des Borgia n'est plus. Le pape Jules II est désormais l'homme fort de la péninsule, et il est votre ennemi.

— *Dios mio !* s'exclama César. Et le sang espagnol qui coule dans mes veines ?

— Ils ne l'oublient pas et vous considèrent comme l'un de leurs sujets. C'est bien pourquoi j'ai reçu l'ordre de vous envoyer en Espagne — dans une prison de Valence. J'en suis navré, mon ami, mais vous savez que Leurs Majestés sont extrêmement dévotes ; elles sont convaincues que Dieu et le Saint-Père en seront ravis.

Cordoba fit une pause, puis reprit :

— Vous savez aussi, sans doute, que la veuve de votre frère Juan, Maria Enriquez, vous a officiellement accusé de son meurtre. Et elle est la cousine du roi...

César se sentait victime d'une telle trahison qu'il ne trouva rien à répondre.

Cordoba donna des ordres ; son prisonnier eut beau se débattre, il fut emmené et jeté sans cérémonie sur une mule, puis transporté ainsi jusqu'au camp espagnol.

Le lendemain à l'aube, toujours ligoté, César fut bâillonné, enveloppé dans un linceul et déposé dans un cercueil qu'on referma avant de le conduire en chariot jusqu'au port, où il fut embarqué à bord d'un galion à destination de Valence.

César pouvait à peine respirer, et il n'y avait pas assez de place pour pouvoir remuer. Il s'efforça, de toute sa volonté, de résister à la panique qui l'envahissait ; s'il y cédait, il deviendrait fou.

Cordoba avait recouru à cette méthode pour que l'arrestation de César reste inconnue de ses partisans à Naples. Il avait certes assez d'hommes pour repousser toute tentative de libération par la force mais, comme il le dit à l'un de ses lieutenants :

— Pourquoi prendre des risques ? De cette façon, les espions qui pullulent sur les quais n'auront vu que le cercueil d'un pauvre Espagnol qu'on ramenait chez lui.

Une fois en haute mer, le capitaine du navire donna

l'ordre de libérer César de sa prison de bois. Toujours ligoté, il fut jeté dans une pièce servant de soute à l'avant du navire. L'endroit était minuscule, d'une saleté infecte, mais au moins y avait-il une fente dans la porte. Tout valait mieux que le cercueil dans lequel on l'avait embarqué.

Pendant le voyage, César reçut chaque jour un peu d'eau croupie et des biscuits de mer que lui apportait un membre d'équipage. L'homme prenait soin de marteler les biscuits sur le pont, pour en chasser les vers, puis les brisait en petits morceaux qu'il fourrait dans la bouche de son prisonnier.

— Désolé de vous laisser vos liens, lui avait-il dit, mais ce sont les ordres du capitaine. Il faudra attendre l'arrivée à Valence.

Le galion, après une traversée difficile, parvint enfin à Villanueva del Grao. Ironiquement, c'était de là que le grand-oncle de César, devenu ensuite pape sous le nom de Calixte, s'était embarqué pour l'Italie, plus de soixante ans auparavant.

Le port était plein de soldats, et il n'était plus nécessaire de passer inaperçu. César fut une fois encore jeté sur une mule et ses geôliers, empruntant une rue pavée longeant le port, le conduisirent jusqu'à un grand château qui faisait désormais office de prison. Cette fois, il ne chercha pas à se débattre.

Ses liens ne lui furent ôtés qu'après qu'on l'eut enfermé dans une minuscule cellule en haut de la forteresse, et devant laquelle quatre gardes stationneraient en permanence.

Se frottant les poignets, il regarda autour de lui. Un matelas taché sur le sol, un bol rouillé, un seau hygiénique qui empestait... Devrait-il passer là le reste de sa vie ? Si oui, elle ne serait pas bien longue ! De toute façon, ses vieux amis Ferdinand et Isabelle, si dévots, ne tarderaient pas à le faire torturer et exécuter.

Les jours passèrent, puis les semaines. Assis sur le sol, César tentait de s'occuper l'esprit en comptant : les cafards sur le mur, les taches au plafond, le nombre de fois où l'on ouvrait furtivement le judas de la porte. Chaque semaine, on lui permettait de sortir une heure dans la cour, et chaque dimanche il avait droit à une bassine d'eau croupie pour se laver.

Cela valait-il mieux que la mort ? se demandait-il. Il hésitait, tout en demeurant persuadé que bientôt il connaîtrait la réponse.

Pourtant, les semaines devinrent des mois sans que rien ne change. Parfois, il croyait être devenu fou, oubliant où il était, s'imaginant qu'il se promenait sur les rives du Lac d'Argent, ou discutant avec son père. Il tentait de ne jamais penser à Lucrèce, et pourtant à certains moments elle semblait être là, caressant ses cheveux, baisant ses lèvres, lui parlant d'une voix douce...

Il avait désormais le temps de penser à son père, de voir ce qu'il s'était refusé à voir, tout en s'efforçant de ne pas lui reprocher ses erreurs. Etait-il aussi grand qu'il l'avait cru ? Il avait eu la brillante idée de lier à jamais Lucrèce et César, mais c'est bien ce que celui-ci lui reprochait ; cela leur avait coûté trop cher à tous les deux. Aurait-il, pour autant, préféré vivre sa vie sans elle ? Il ne pouvait l'imaginer, bien que cela l'eût empêché d'en aimer une autre. Pauvre

Alfonso, dont la propre jalousie avait causé la mort ! Cette nuit-là, il pleura, sur lui-même comme sur le mari de sa sœur. Elle l'avait tant aimé...

C'est à cette occasion qu'il résolut de se débarrasser de sa passion pour Lucrèce, de mener une vie tranquille avec Charlotte et leur fille Louise. Si bien entendu il sortait de ce cachot, si le Père Céleste lui accordait le pardon...

César se souvint de ce que son père lui avait répondu, des années auparavant, quand il lui avait avoué ne pas croire à Dieu, à la Vierge ou aux saints : « Bien des pécheurs disent la même chose, parce qu'ils ont peur du châtiment après leur mort. Ils tentent donc d'échapper à la vérité. » Et d'ajouter, en lui prenant les mains : « Les hommes perdent la foi quand les cruautés du monde les submergent ; ils ne peuvent plus croire en la bonté divine. Ils doutent de l'existence de Dieu, refusent de se soumettre à l'Eglise. Mais la foi doit être ravivée par l'action, comme tant de saints l'ont fait. Je n'ai pas très haute opinion de ceux qui s'enterrent dans des monastères et réfléchissent pendant des années sur les mystères de l'existence. Ils ne font rien pour l'Eglise, ils ne l'aident pas à survivre dans le monde temporel. Ce sont des hommes comme toi et moi qui doivent s'en charger, même si nos âmes sont contraintes de séjourner un moment au purgatoire. »

A l'époque, ce discours avait paru absurde à César. Cette fois, il fut tenté de revenir à la foi, il confessa tous ses péchés à Dieu — quel qu'Il fût. Mais bientôt il ne put plus entendre que : « Souviens-toi, mon fils, que tu es mon plus grand espoir pour l'avenir des Borgia. »

Un soir, peu après minuit, César vit la porte de sa cellule s'ouvrir brusquement. Il crut d'abord que c'était un garde, puis reconnut Duarte Brandao, qui portait un rouleau de corde.

— Que fais-tu ici ? s'écria-t-il, stupéfait.

— Je suis venu vous sortir de là. Mais dépêchons-nous : il nous faut partir sans perdre de temps.

— Et les gardes ?

— Je leur ai graissé la patte : c'est un art que je maîtrise depuis longtemps.

Brandao se mit à dérouler la corde.

— Elle a l'air trop courte, dit César en fronçant les sourcils.

— En effet, répondit Duarte, qui sourit. Ce n'est qu'une ruse, pour protéger les gardes. Leurs chefs croiront que c'est ainsi que vous vous êtes évadé.

Il la noua à un anneau de fer dans le mur et la fit passer à travers la fenêtre.

— Mais nous suivrons un trajet plus aisé.

Les deux hommes descendirent un escalier en colimaçon, puis sortirent par une petite porte, sans rencontrer âme qui vive. Brandao se dirigea vers l'endroit où la corde qu'il avait jetée oscillait au vent, très au-dessus du sol et, glissant la main dans sa cape, en sortit un petit flacon de terre cuite.

— Du sang de poulet ! Je vais en répandre un peu sur le sol, de façon à laisser une traînée se dirigeant vers le sud : ils croiront que vous vous êtes blessé en tombant, avant de partir en boitant dans cette direction. Mais en fait nous irons vers le nord.

Les deux hommes traversèrent un champ, puis

grimpèrent une colline en haut de laquelle deux chevaux attendaient, surveillés par un jeune garçon.

— Où allons-nous, Duarte ? Il n'y a guère d'endroits sûrs pour nous.

— En effet, César, mais il en existe au moins un. Vous irez jusqu'au château de votre beau-frère, le roi de Navarre. Il vous attend, vous serez en sécurité.

— Et toi ? L'Italie t'est interdite, l'Espagne va l'être. Tu n'as jamais fait confiance aux Français, et eux non plus, d'ailleurs ! Alors ?

— Un petit bateau m'attend sur une plage non loin d'ici, répondit Brandao. Je m'embarquerai pour l'Angleterre.

— L'Angleterre, Sir Edward ? dit César en souriant.

Brandao parut surpris :

— Vous le saviez ?

— Père s'en doutait depuis des années. Mais, et le roi ? Rien ne prouve qu'il sera compréhensif.

— En effet. Toutefois Henry Tudor est un homme sagace, qui cherche à réunir des gens capables pouvant le conseiller. J'ai même appris récemment qu'il cherchait à savoir où j'étais, laissant entendre que si je revenais le servir, j'aurais droit au pardon, et à un retour à mon ancienne position qui, je dois l'admettre, était assez élevée. Bien entendu, ce peut être un piège, mais quel choix me reste-t-il ?

— Aucun, j'en ai peur. Mais n'est-ce pas un long voyage, surtout quand on est seul ?

— Je l'ai déjà fait autrefois et, pour parler franc, j'en suis venu à apprécier la solitude. Il se fait tard : il est temps que nous nous séparions.

Les deux hommes s'embrassèrent, puis César dit :

— Jamais je ne t'oublierai. Bon voyage !

Sautant en selle, il s'éloigna vers le nord, avant que Duarte ait le temps de voir les larmes qui lui coulaient sur le visage.

30

Soucieux d'échapper à la milice espagnole, qui passerait sans doute les environs au peigne fin, César évita les villes et ne chevaucha que la nuit, dormant dans les bois pendant le jour. C'est sale, épuisé, mourant de faim, qu'il finit par atteindre la Navarre.

Son beau-frère l'attendait, car Duarte Brandao l'avait prévenu. Le fugitif fut donc admis sans peine au château et conduit dans une chambre spacieuse donnant sur le fleuve.

César prit un bain, revêtit les habits qu'on lui donnait, puis un soldat le guida vers les appartements royaux.

Le roi Jean de Navarre, homme de grande taille, à la peau bronzée, à la courte barbe bien taillée, l'accueillit avec chaleur :

— Mon cher frère, quel bonheur de vous voir ! Charlotte m'a souvent parlé de vous, vous êtes le bienvenu ! Nous avons bien de temps à autre quelques escarmouches avec des barons un peu rétifs, mais rien qui puisse menacer votre sûreté. Reposez-vous, détendez-vous, restez ici aussi longtemps que vous le voudrez. Je vais charger le tailleur royal de vous tailler de nouveaux vêtements !

César fut éperdu de gratitude : cet homme, qu'il n'avait jamais rencontré, lui sauvait la vie ! Il lui faudrait payer sa dette, d'autant plus qu'il avait laissé Charlotte en France voilà bien des années.

— Je vous remercie du fond du cœur, Votre Majesté. Mais j'aimerais vous assister dans ces « escarmouches » dont vous parlez. J'ai une certaine expérience de la guerre, et serais ravi de la mettre à votre service.

— J'ai entendu parler de vos exploits ! répondit le roi qui, souriant, tira son épée et lui en toucha l'épaule d'un air facétieux. Je vous fais commandant en chef de l'armée. Il me faut toutefois vous prévenir que le précédent a été réduit en bouillie la semaine dernière.

Jean de Navarre éclata de rire, révélant des dents d'une blancheur éblouissante.

César dormit ensuite deux jours d'affilée, tant il était exténué. Toutefois, à peine s'était-il réveillé qu'il revêtit la tenue offerte par le roi et s'en alla inspecter l'armée qu'il allait commander. La cavalerie se composait d'hommes aguerris, bien entraînés et bien nourris : ils sauraient tenir leur place dans les batailles.

L'artillerie comptait vingt-quatre canons, servis par des artilleurs eux aussi pleins d'expérience. Bien entendu, ils n'étaient pas à la hauteur des hommes de Vito Vitelli, mais feraient l'affaire quand même.

L'infanterie était moins reluisante. Elle se composait essentiellement de paysans tenus à des corvées militaires, par ailleurs de bonne volonté, mais mal équipés et peu formés. Ce n'est pas sur elle qu'il faudrait compter en cas d'affrontement.

Les semaines qui suivirent s'écoulèrent paisiblement. Jamais César n'avait été aussi heureux, sauf peut-être du temps du Lac d'Argent, ou avec Charlotte. Sa vie n'était plus en danger, il n'avait plus à comploter contre qui que ce soit, ni à redouter que l'on complote contre lui.

Le roi Jean était un compagnon charmant, qui appréciait fort son beau-frère, un homme bon dont César n'avait à craindre aucune traîtrise. Ils passaient bien des journées ensemble, à chasser et à chevaucher ; le soir, après souper, ils restaient près du feu à discuter de livres qu'ils avaient lus, de questions d'Etat, des responsabilités des chefs... Ils s'affrontèrent même lors d'une rencontre de lutte que César remporta, mais ce n'était pas une vraie victoire : il était certain que Jean de Navarre, grand et musclé, l'avait laissé gagner par affection.

Pour la première fois depuis des années, César se sentait en sécurité. Il dit donc à Jean :

— Je crois qu'il est temps que ma femme et ma fille viennent me rejoindre. Depuis que nous sommes séparés, j'ai souvent écrit à Charlotte, je lui ai envoyé des cadeaux, plus d'une fois j'ai pensé qu'il faudrait qu'elle vienne me rejoindre avec Louise. Mais il y avait toujours des crises, des périls qui les auraient mises en danger.

Le roi l'approuva avec chaleur et tous deux burent à l'arrivée prochaine de Charlotte d'Albret.

Rentré dans ses appartements, César écrivit à sa femme, qui séjournait au château de La Motte-Feuilly, dans le Berry :

Chère Charlotte,

Voici enfin la nouvelle que je voulais t'apprendre depuis si longtemps. Je crois que tu peux enfin me rejoindre ici, en Navarre, avec la petite Louise. Je suis devenu l'ami de Jean, et la situation permet que nous soyons tous réunis. Je sais que le voyage sera long, mais une fois ensemble nous ne serons plus jamais séparés.

Il confia la lettre à un courrier royal dès le lendemain. Il faudrait des mois avant que sa femme et sa fille le rejoignent, mais la pensée de les retrouver le remplissait de joie.

Quelques jours plus tard, arrivant pour le dîner, César vit que le roi brûlait d'une fureur qu'il contenait à grand-peine.

— Que se passe-t-il, mon frère ? demanda-t-il.

Jean de Navarre éclata :

— Cela fait des mois que le comte Louis de Beaumont me défie ! Ses hommes volent le bétail et le grain de mes villageois, ce qui est une catastrophe pour eux ! Son évêque prétend vouloir arranger les choses, mais en fait il contacte discrètement mes officiers pour qu'ils me trahissent, en échange de terres et d'argent ! Et voilà qu'aujourd'hui ses soldats ont brûlé un village, tué les hommes et, bien entendu, violé toutes les femmes. Et ce n'est pas une simple fantaisie d'ivrognes, César ! Beaumont veut s'emparer d'une partie de mon royaume, il recourt à la terreur, pour contraindre mes paysans à le soutenir afin de sauver leurs vies et leurs biens.

Une fois de plus la trahison relevait la tête, comme un dragon venu des profondeurs. César la reconnut aussitôt et eut peur pour le roi Jean.

Celui-ci tapa du poing sur la table :

— Il faut que j'y mette un terme ! Et sur l'heure ! Je suis le maître de la Navarre, je me dois de protéger mes sujets ! Dès demain je prendrai la tête de mon armée et me dirigerai vers son château de Viana. Je le chasserai ou je le tuerai !

— Jean, dit César, vous êtes un vrai roi ! Mais cette expédition est trop dangereuse pour que vous en preniez la tête ; votre peuple a trop besoin de vous. Je vous suis reconnaissant de tout ce que vous avez fait pour moi alors que je n'étais qu'un fugitif, et vous supplie de m'accorder l'honneur de commander l'assaut. J'ai déjà mené bien des batailles et suis sûr de l'emporter.

Le roi finit par se laisser convaincre ; tous deux passèrent la nuit à étudier un plan des fortifications de Viana, ainsi qu'à élaborer une stratégie.

César se leva avant l'aube, l'armée royale attendait déjà, sa propre monture battait du sabot avec impatience. Ils se dirigèrent vers le château de Beaumont, traversant des champs, des collines, des ruisseaux, et finirent par arriver au pied de la forteresse du comte.

Les murailles en étaient très hautes, et bien conçues, mais César en avait déjà vu de nettement meilleures : après Forli et Faenza, ce ne devrait pas être très difficile.

Il déploya ses hommes, comme il l'avait fait si souvent, revêtit une armure légère et se prépara à combattre. Ne pouvant trop compter sur ses fantassins, il mènerait la charge de la cavalerie : ce serait décisif, et pourrait suffire à lui assurer la victoire.

Se souvenant des leçons enseignées par Vito Vitelli, il dispersa ses canons sur tout le périmètre des murailles, les protégeant par des unités d'infanterie et de cavalerie. Cela fait, il ordonna aux artilleurs de bombarder les remparts. De quoi tuer ou blesser beaucoup de défenseurs, donc réduire les risques pour les cavaliers de César.

Ce fut un succès : le sommet des murailles s'effondra, au milieu des hurlements des soldats ennemis.

Une heure passa : il était temps de changer de tactique. César enjoignit aux artilleurs de déplacer leurs canons vers un seul côté du château, de façon à ne tirer que sur un endroit d'une quinzaine de mètres de large. C'est là que sa cavalerie chargerait.

La forteresse était loin d'être aussi bien construite que celles d'Italie. Les murailles se fissurèrent, il y apparut des trous béants : le moment était proche.

Il donna l'ordre à sa cavalerie de se préparer. Tous ses hommes placèrent sous le bras leur lance, qui serait une arme mortelle. Chacun avait également une épée ; ils feraient des adversaires redoutables, même s'il leur fallait combattre à pied.

César monta à cheval, prit sa lance, s'assura qu'une massue hérissée de clous était bien accrochée à la selle. Il se sentait d'humeur guerrière, mais ce n'était pas qu'une simple bataille à remporter. Il se battait pour un roi qui lui avait sauvé la vie, qui était devenu son ami. Il devait donc, par simple gratitude, mettre un terme aux exploits de Louis de Beaumont, qui provoquerait trop de dégâts si on le laissait faire.

« Une brèche ! Une brèche ! » s'écria-t-on autour de lui. Un énorme trou s'ouvrait désormais dans les murailles : sa cavalerie pourrait s'y engouffrer et prendre le château.

Cœur battant à tout rompre, César donna l'ordre d'attaquer. Baissant la visière de son casque, il éperonna sa monture et s'élança.

Pourtant quelque chose n'allait pas : il n'entendait pas de martèlement de sabots... Sans s'arrêter, il regarda derrière lui.

Ses cavaliers étaient restés sur place, immobiles : horrifié, il constata que personne ne l'avait suivi.

Les défenseurs allaient se ruer vers la brèche et, une fois installés, seraient difficiles à déloger.

Ralentissant l'allure, César se tourna vers ses hommes et, levant sa visière, hurla :

— Chargez, bande de lâches !

Mais ils parurent ne pas entendre.

Tout devint clair à César : on les avait achetés. Ils trahissaient leur roi... Son ami, son sauveur, Jean de Navarre.

Lui ne serait pas du nombre ! Rabaissant sa visière, serrant sa lance, il se précipita vers la brèche. Seul.

Au milieu des nuages de poussière, des hommes armés de piques, d'épées, de gourdins, se ruèrent vers lui. Il fonça droit sur eux, et ils se dispersèrent, mais il n'avait eu le temps que d'en tuer deux avant qu'ils ne se regroupent et, de nouveau, l'entourent de tous côtés.

L'épée dans une main, sa massue dans l'autre, il combattit avec acharnement. Puis, d'un seul coup, son cheval tomba ; il roula sur le sol, évitant les coups de pique, se redressa d'un bond : il avait perdu la massue dans sa chute, mais donnait de terribles coups d'épée.

Ils étaient toutefois trop nombreux. Ils parurent se refermer sur lui ; il ressentit une violente douleur sous l'aisselle — une lance venait de l'atteindre. Il perdait son sang et se sentit très faible. Il crut entendre une voix qui disait : « Qui a frappé par l'épée... » et pensa à Lucrèce. Puis il s'effondra et plongea dans le néant. César Borgia était mort.

Epilogue

César Borgia, qui avait été cardinal, duc, et capitaine général des armées pontificales, fut honoré à Rome lors d'une cérémonie présidée par son frère, le cardinal Geoffroi Borgia, et le pape en personne. Ses cendres furent ensuite déposées dans un énorme monument érigé dans l'église Santa Maria Maggiore. Les Romains dirent en plaisantant que Jules II voulait garder l'œil sur lui, même après sa mort.

Le pape aurait été furieux s'il avait su : Lucrèce avait réussi à les faire dérober par Don Michelotto qui, resté miraculeusement en vie, les lui apporta à Ferrare, où elle les déposa dans une urne d'or.

Le lendemain, elle partit avec une suite de trois cents gentilshommes et soldats pour le Lac d'Argent. Des tentes furent installées sur le rivage. Les pénitents des mines de Tolfa toutes proches occupaient les lieux, tandis que les maîtresses de membres du haut clergé versaient dans les eaux du lac des larmes de repentir. Les hommes de Lucrèce les dispersèrent.

Des collines, elle voyait les clochers de Rome. Cela lui rappela le temps où elle avait péché, où elle avait craint pour son frère et son père à cause de ce qu'elle savait d'eux. Comme d'autres pécheurs et pécheresses, elle était venue ici se laver de ses souillures, réellement convaincue que les eaux du lac pourraient lui apporter le réconfort ; elles avaient la réputation d'absoudre ceux qui avaient fait le mal.

Son père, en souriant, lui avait toutefois expliqué que nul n'était aussi sournois qu'un pécheur cherchant la rédemption. De telles gens témoignaient surtout de leur faiblesse de caractère ; ils allaient au gré des vents.

Assise sur la rive, Lucrèce sentit pourtant que les eaux argentées lui procuraient une paix que jamais encore elle n'avait connue. Son père et son frère étaient morts, son propre destin réglé. Elle aurait d'autres enfants, prendrait sa part du gouvernement de Ferrare, se montrerait juste et surtout miséricordieuse. Jamais elle ne connaîtrait les réussites d'Alexandre et de César ; mais cela lui importait peu, car elle serait ce qu'ils n'avaient jamais été. Il lui fallait bien reconnaître, tristement, qu'ils n'avaient pas connu la pitié. César avait fait mettre à mort le poète Filofila, parce qu'il écrivait des vers scandaleux sur les Borgia. Quelle importance ? Quel danger y a-t-il dans les mots ? Quelqu'un y avait-il jamais cru ?

C'est pourquoi elle avait apporté ses cendres au Lac d'Argent, comme si ses restes mortels pouvaient encore pécher. Peut-être était-ce aussi un pèlerinage pour expier le péché de chair, le seul qu'elle ait vraiment commis, et dont les eaux magiques la laveraient. Elle connaîtrait enfin la rédemption.

Il lui vint des souvenirs émus d'Alexandre. Cardinal quand elle était née, père aimant et dévoué une fois devenu pape et vicaire du Christ sur la terre. Son âme brûlerait-elle à jamais en enfer pour les péchés qu'il avait commis ? Si elle-même ressentait de la pitié, un Dieu tout-puissant ne le pourrait-il pas ? Elle se souvint de ce qu'il lui avait dit lorsqu'elle pleurait la mort de son mari, assassiné par César : « Dieu est compatissant, il pardonnera à l'un et à l'autre... Sinon, il n'aurait aucune raison d'exister. Et un jour, quand la tragédie de l'existence aura pris fin, nous serons tous de nouveau ensemble. »

La nuit venait, les eaux du lac se chargeaient de reflets argentés. Lucrèce se dirigea à pas lents vers le petit pont de bois près duquel ils nageaient quand ils étaient enfants. La voix de César sembla lui résonner aux oreilles : « Non, Lucrèce, il n'y a pas assez d'eau. » « Ne crains rien, je te protégerai. » Puis la même voix, plus tard, alors que certains de leurs rêves étaient déjà détruits : « Si c'est ce que tu veux, je m'efforcerai de te venir en aide. » Enfin, la dernière fois qu'ils s'étaient vus : « Si je meurs, Lucrèce, il faudra vivre pour moi. » Elle le lui avait promis.

Comme elle se dirigeait vers l'extrémité du pont, la nuit vint l'envelopper de son obscurité miroitante, et elle vit une lune pâle se lever au-dessus des grands cèdres. Otant le couvercle de l'urne, elle dispersa lentement les cendres de son frère dans les eaux du lac.

Plus tard, comme elle regagnait la rive, plusieurs pénitents qui repartaient vers les collines après avoir prié et s'être repentis la remarquèrent.

Une très belle jeune femme, se tournant vers son compagnon, la désigna du doigt :

— Qui est-ce ?

— Comment ? Tu ne le sais donc pas ? C'est Lucrèce d'Este, la bonne duchesse de Ferrare !

Postface

Quand je rencontrai Mario Puzo pour la première fois, je fus surtout surprise de constater qu'il ne ressemblait en rien à ses personnages. L'homme que j'en vins à connaître fut un époux, un père, un amant, un mentor, un véritable ami. Il était bon, généreux, aussi authentique qu'on peut l'être, sincère, intelligent, drôle. C'est à lui qu'appartenaient la fidélité et la compassion que l'on trouve dans ses livres ; mais la bassesse venait de ses cauchemars, non de ses rêves. C'était un homme timide, à la voix douce, qui jugeait rarement les autres. Nous avons passé vingt ans ensemble, à jouer, à réfléchir et à travailler.

Mario était fasciné par la Renaissance italienne, et surtout par les Borgia. Pour lui, c'était la première grande famille criminelle, bien plus retorse que tout ce qu'il avait pu écrire sur la mafia. Les papes avaient été les premiers « Dons », et Alexandre VI le plus grand de tous.

Il me racontait souvent des anecdotes sur les Borgia, qui le choquaient et l'amusaient tout à la fois ; il en transpose même quelques-unes dans ses livres.

Voyager était l'un de ses plus grands plaisirs : nous le fîmes souvent. En 1983, lors d'une visite au Vatican, il fut à ce point enchanté par l'Italie (et sa cuisine !), passionné par son histoire, qu'il voulut leur consacrer un livre. C'est à cette époque qu'il entreprit d'évoquer les Borgia, bien qu'il ait souvent présenté ce futur ouvrage comme « une autre histoire de famille ». Entre-temps, il écrivit plusieurs romans, mais à chaque fois qu'il peinait, se sentait bloqué ou se décourageait, il en revenait aux Borgia pour retrouver l'inspiration.

Comme il me le dit un jour, allongé sur le sofa de son cabinet de travail, à regarder au plafond, comme toujours :

— Si seulement je pouvais écrire sur eux un livre qui me rapporte énormément d'argent !

— Et pourquoi ne le fais-tu pas ? demandai-je.

— Je n'ai percé comme auteur qu'à l'âge de quarante-huit ans. J'ai écrit deux livres que les critiques considèrent comme des classiques, mais qui ne m'ont rapporté que cinq mille dollars ! Ce n'est qu'après *Le Parrain* que j'ai réussi à nourrir ma famille. J'ai été pauvre trop longtemps pour courir le risque d'écrire autre chose, si tard dans ma vie.

En 1992, après sa crise cardiaque, je lui demandai de nouveau :

— Et les Borgia ?

— Il faut d'abord que j'écrive deux livres sur la mafia, et ensuite je serai prêt. D'ailleurs, les fréquenter me fait plaisir, je ne sais pas trop s'il faut les laisser courir !

Du temps où nous étions à Malibu, où il se reposait après son intervention chirurgicale, chaque fois qu'il se sentait mal à l'aise ou voulait se changer les idées, il lisait des livres sur la Renaissance italienne, et rédigeait quelques pages qu'il me faisait lire pour que nous en discutions.

Mario était quelqu'un de très drôle, qui savait voir les choses sous un angle inattendu.

— Lucrèce était une bonne fille ! me dit-il un jour que nous travaillions dans son bureau.

J'éclatai de rire.

— Et le reste de la famille ? Ce sont les méchants, non ?

— César était un patriote qui voulait être un héros, Alexandre un père aimant, un vrai chef de famille. Comme tout le monde, ils ont fait des choses viles, mais ça ne fait pas d'eux de mauvaises gens.

Ce jour-là, nous discutâmes d'eux pendant des heures, et le soir il acheva la scène où César explique à son père qu'il ne veut plus être cardinal.

Mario ne consentait à sortir de chez lui pour aller dîner dehors que lorsque Bert Fields — un de ses meilleurs amis, son avocat, de surcroît historien distingué — était en ville. Que ce soit sur la côte Est ou la côte Ouest, la conversation finissait toujours par en revenir aux Borgia. Bert était lui aussi fasciné par la Renaissance, ses querelles de pouvoir et ses fourberies. « Quand auras-tu fini le livre sur les Borgia ? » demandait-il toujours.

— J'y travaille ! répondait invariablement Mario.

— Il en a déjà écrit une bonne part, ajoutais-je.

Et Bert semblait satisfait. Jusqu'à la prochaine fois.

Tous deux se téléphonaient souvent pour échanger des anecdotes, se demander conseil ou se communiquer leurs observations. Ensuite, Mario et moi discutions toujours des Borgia, et l'idée de raconter l'histoire de la famille le passionnait.

En 1995, après une journée passionnante passée à parler de l'amour, des relations entre les êtres, des trahisons, je lui dis :

— Je t'aiderai à finir le livre sur les Borgia.

Il sourit :

— Je ne collaborerai avec quelqu'un que lorsque je serai mort.

— D'accord ! Mais, dans ce cas, que pourrai-je bien faire d'un livre inachevé ? demandai-je d'une voix que je voulais très calme.

Il éclata de rire :

— Le terminer !

— Mais je ne saurais pas. Je ne me souviens plus de ce que tu m'as appris, dis-je, incapable d'imaginer le monde sans lui.

Il me tapa sur l'épaule :

— Mais si ! Tu connais l'histoire, j'en ai beaucoup écrit, et nous en parlons depuis des années. Tu combleras les lacunes.

Il me caressa la joue et ajouta :

— Je t'ai vraiment appris tout ce que je savais.

Deux semaines avant sa mort, il n'avait rien perdu de sa lucidité, même si son cœur le lâchait. Un jour, comme il était assis à son bureau, il sortit d'un tiroir un ensemble de pages de couleur jaune, zébrées d'annotations au feutre rouge. Je crus qu'il s'agissait d'un fragment d'un livre sur la mafia, mais il n'en était rien.

— Lis-le, dit-il en me les tendant.

J'avais à peine commencé que je fondis en larmes. C'était le dernier chapitre du livre sur les Borgia.

— Finis-le, dit-il. Promets-le-moi.

C'est ce que j'ai fait.

Carol GINO.

Du même auteur :

Le Parrain, Laffont, 1970.
Mamma Lucia, Laffont, 1971.
C'est idiot de mourir, Laffont, 1979.
Le Sicilien, Laffont, 1985.
Le Quatrième K., Laffont, 1991.
Le Dernier Parrain, Laffont, 1999.
Omerta, Lattès, 2000.

Composition réalisée par JOUVE

IMPRIMÉ EN ESPAGNE PAR LIBERDUPLEX
Barcelone
Dépôt légal éditeur : 45081 - 06/2004
LIBRAIRIE GÉNÉRALE FRANÇAISE - 43, quai de Grenelle - 75015 Paris.
ISBN : 2 - 253 - 10839 - 1

31/0839/6